2021中国年度作品

小小说

杨晓敏 —— 主编

中国出版集团　现代出版社

图书在版编目（CIP）数据

2021中国年度作品. 小小说 / 杨晓敏主编. —北京：现代出版社，2022.3
ISBN 978-7-5143-9708-6

Ⅰ. ①2… Ⅱ. ①杨… Ⅲ. ①中国文学—当代文学—作品综合集 ②小小说—
小说集—中国—当代 Ⅳ. ①I217.1

中国版本图书馆CIP数据核字（2022）第027789号

2021中国年度作品. 小小说

主　　编：杨晓敏
组稿编辑：庞俭克
责任编辑：申　晶
出版发行：现代出版社
通信地址：北京市安定门外安华里504号
邮政编码：100011
电　　话：010-64267325　010-64245264（兼传真）
网　　址：www.1980xd.com
电子邮箱：xiandai@cnpitc.com.cn
印　　刷：三河市宏盛印务有限公司

开　　本：710mm×1000mm　1/16
印　　张：19
版　　次：2022年4月第1版
印　　次：2022年4月第1次印刷
字　　数：347千字
书　　号：ISBN 978-7-5143-9708-6
定　　价：42.80元

目　　录

当代小小说理论概述（代序）

杨晓敏

一、小小说是平民艺术

小小说是平民艺术，那是指小小说是大多数人都能阅读（单纯通脱）、大多数人都能参与创作（贴近生活）、大多数人都能从中直接受益（微言大义）的艺术形式。小小说不仅具备人物、故事、环境等要素，还携带着作为小说文体应有的"精神指向"，即给人思考生活、认知世界的思想容量。之所以称其为"平民艺术"，当然不容忽略它在艺术造诣上的极致追求。小小说作为一种文体创新，自有其相对规范的字数限定（一千五百字左右）、审美态势（质量精度）和结构特征（小说要素）等艺术规律上的界定。小小说是平民艺术，除了上述的三种功效和三个基本标准外，着重强调两层意思：一是指小小说应该是一种有较高品位的大众文化，能不断提升读者的审美情趣和认知能力；二是指它在文学造诣上有不可或缺的质量要求。平民艺术的质朴与单纯，简洁与明朗，加上理性思维与艺术趣味的有机融合，极其本色和看得见、摸得着的亲和力，应该是大众文化的一个重要组成部分。

当代小小说之所以能以民间读写的生存方式，永葆青春而四十余年长盛不衰，社会生活孕育的必然和人为努力的因素缺一不可。在诸多重要的小小说活动中，经常聚集了来自全国乃至全世界的小小说文体的开拓者、奠基人、实践者的代表性人物，表彰奖励，高端论坛，交流成果，生机盎然。因为他们每一个人，长期以来都在力所能及的范围内，相当自觉地参与其中，并在一定范围内组织小小说征文、笔会、理论研讨、出书评奖等活动，在文坛的名利场中泰然处之，潜心耕耘，以一种独特的方式活跃在小小说读写市场，共同创造了一个令社会各界瞩目的小小说时代。

二、一个时代有一个时代的文体

任何一个伟大作家乃至不朽作品，只有附丽于某种文体才能彰显其与众不同的独特文学价值。屈原、司马迁、李白、苏东坡、关汉卿、曹雪芹、蒲松龄、鲁迅等，莫不如此。以现实主义写法为主的《诗经》有很长的历史，但是当它后来逐渐淡出时，具有浪漫主义色彩的楚辞就出现了，就是当一种文体不能满足社会读写需要或者是情感诉求的时候，必然会被一种新的文体所替代。再往后的汉乐府像《孔雀东南飞》《木兰辞》等，把现实主义、浪漫主义以及叙事功能相融合，又成为一种新的文体，这都是社会文明、历史进步的标记。继而唐诗、宋词光华四射，流誉千年；从元曲的台上台下互动，百姓参与，叙事文学开始占据文学主流舞台；中国古代小说的鼎盛期或成熟期在明代已经形成，三大名著《三国演义》《水浒传》《西游记》若加上《金瓶梅》、"三言二拍"以及公案、传奇小说都出现了，无论笔记体写作还是白话小说写作，在长、中、短篇小说领域所取得的文学创作成就都达到高峰；清代可圈可点的有一长《红楼梦》、一短《聊斋志异》；现当代小说是文坛主流，从文体流变意义上讲，仍然可以看作是一种继承和发展。《诗经》、楚辞、汉乐府、唐诗、宋词、元曲、明清小说，文脉相承，皆为文体创新之最。

当代小小说是时代文体，经过四十年的孕育已蔚然成林，荦荦大端，经典作品、代表作家、规范的理论体系和两代以上的读者认可，小小说正以一种新文体的独特身姿，跻身于社会文化建设中，赢得自己的尊严和荣光。从2010年小小说纳入第五届鲁迅文学奖评选系列，到2018年冯骥才以小小说集获得第七届鲁奖，再到今天的小小说作家王奎山的民间雕像揭幕等，对于小小说文体、小小说作品和小小说作家而言，都有着彰明丰沛的不可取代的标志性意义。

三、小小说的文学意义

在社会不断变革的每一个重要的历史阶段，国运文运交织，人们以文学的表现形式来抒发情感、解读人生时，大都会产生创新的欲望和冲动。面对一种新的文学样式，如有众多的人参与进来进行创作实践，并能相应地持续十数年、几十年或长达百年之久，必然会涌现出泰山北斗式的代表性作家和品质优良的经典性作品，这种生活孕育与人为因素的风云际会所自觉形成的文学读写，便会成为某种文学浪潮、文学运动乃至文学现象，甚至可以上升到一种具有宏大叙事的文学史意义的高度上来。三千多年以来的《诗经》、汉乐府、唐诗、宋词、元曲、明清小说、现当代小说，文韵流传，各臻其妙，波澜壮阔，气象万千，不仅涌现出日月星辰一样耀眼的文学巨匠，而且构建了文学意义上的辉煌灿烂的里程碑式的时代文明。小小说文体的简约通脱、雅俗共赏的特征，决定了它是属于大众文化的范畴。小小说的读写不仅能为徘徊在文学边缘的人，拓宽大面积的文化参与和消费，圆了文学梦的情结，而且自身就携带着具有相当亲和力的文化权益。

在经济全球化，文化多元化和文学边缘化的今天，小小说这种精短的文学样式，在中国四十年的时间里在大众读写市场持续升温，从中不难看到：有矢志坚守、纵横捭阖的倡导者、组织者的鼓与呼，有苦心经营的绩效优异的报刊、网络平台，有梯次结构分明的小小说创作中坚力量，有长期进行从实践中来又到实践中去的理论研究体系，有业界公认的专业领域的至高奖项，有两代以上读者的追随认可，小小说呈现出来的是一种与时代进步合拍的当代文化建设成果。无论现在与将来，小小说与小小说作家都会是二十世纪八十年代以来的一个创新性字眼，必将载入文学史册。

四、文学读写的"三分法"

现在的理论界和评论界，喜欢两分法，要么谈精英文化，要么谈通俗文化，或者谈纯文学（严肃文学）和通俗文学，似乎忽略或回避了这么一个庞大的中间地带的契合点，即介于它们之间的那种既有精英文化品质又有庞大文化市场的精神产品形态，即大众文化。譬如《红楼梦》是精英文化质地，因为曹雪芹在创作中调动了几乎所有艺术手段：深刻的内涵、曲折的故事、精密的结构、驳杂的人物以及言情状物、诗词歌赋等，注入了传统文化中最精髓的阳春白雪式的文化元素。《三国演义》《水浒传》是大众文化质地，语言晓畅，雅俗共赏，其故事属于地道的街谈巷议，茶余饭后、道听途说的"话本"而已。《西游记》则属通俗文化质地，稍显脸谱化概念化的描写，并没有掩盖它人物塑造丰满、想象多姿多彩、叙述妙趣横生的艺术光芒。无论是精英文化质地还是大众文化质地、通俗文化质地的文学作品，作品的表现形式与质量内涵，只要能完美统一，其实并无"孰优孰劣"之分，都能抵达艺术的巅峰。

无论是以精英文化还是以大众文化、通俗文化定位的文学体裁和艺术追求，只要在十亿人的文化市场上，借助于一种现代文明的尺度，以拳拳之心来弘扬人文精神，开启民智，德育美育，服务社会，都应该看成是并行不悖的文化创造。大众文化具有强大的兼容性，当我们跳出"两分法"的思维窠臼，置换成"三分法"看待世界时，是否会眼前豁然一亮呢？在"精英文化"与"通俗文化"之间崛起的"大众文化"，应该是真正促使人文精神升值的强心针和助推器。大众文化具有强大的兼容性，最活跃也最有亲和力。似乎这样的设计更趋于合理，文学的少数精英化带动、拓展大众化，大众化提升、改善底层的通俗化，使文学（文化）成为一个互补互动的科学和谐的链条，只有这样，才能夯实现代文明进程的基础。

五、小小说的"三个大于"

我国经济建设的腾飞，带动并刺激着文化事业的极大进步，而文化软实力的增长，又为经济跨越式发展，提供着强势的智力资本的支持，人们生活的形式和内容日渐发生变化。图书、报刊、广播、音像、影视、网络等，给精英化、大众化、通俗化的多种文化形态，营造出互动共荣的多元化格局。加上大众的积极参与，文学读写的空间被瞬间放大，变得愈加斑斓多彩，逐渐成为一种能够流通普及于文化市场、被更大的社会群体所消费实用、参与创造的精神产品。大众文化崛起的意义非同凡响，可以预期，在未来的几十年间，它必定会像改革开放之于中国经济变革一样，引起中华民族人文精神的提速升值。

作为小小说文体，它的文化意义大于它的文学意义。一篇小小说，要求它承载非常高端非常极致的文学技巧，或者要求它蕴含很大的精神能量，是非常难的，也会限制它旺盛的生命力。如果延伸一步，小小说的教育学意义又大于它的文化意义。小小说是众多文学体裁中，一种非常受社会各界读者青睐的文学读写形式。对于提高普通大众的文化水平、审美鉴赏能力，提升整体国民素质和文化自信，会在潜移默化的孕育中起到不可估量的作用。我国大专以上文化水平的人，与发达国家比起来，比例要小得多，做好基础的或中等程度的文化普及教育，应该是一个重中之重的大前提。小小说能让普通人长智慧，对传统的文化读写活动无疑是一种有益的补充。仅以《小小说选刊》《百花园》为例，四十年来的发行量已逾亿册，培养和成就了成千上万的写作者，影响了两代读者的精神生活，所以还可以认为，小小说的社会学意义又大于它的教育学意义。所以从广义上讲，小小说的社会学意义便超出了它的艺术形态意义。小小说作家除了文学写作的追求外，他们还具有文学启蒙、文化传播和普及教育的作用，这种自觉服务社会的功能理应属于公益事业的范畴。

六、大众参与有助于文化自信

人们的精神需求是多层面的，文学作品反映社会现实也只能从多层面展开和介入。小小说作者的组成，充分体现着多元的特点。一些文学青年，有写作的兴趣和天赋，凭借小小说易写易发的优势，激发自己的创作热情，来领取快速踏进文学门槛的入门证。也有相当多的文学爱好者，因诸多因素的限制，从内心深处，并不会把文学写作当成毕生追求的目标。适当写点小文章，或是为了多一点文雅话题，或是为了调剂生活情趣，或是为了宣泄胸中块垒，或是为了改善生存境况，努力之下，也同样会有所收获。热爱文学的过程，无论从阅读、思考到写作，对己对人都会起到净化心灵和美育的作用。小小说天然携带的使命，在于能让一种文学艺术形式得到广泛的普及传播。

从文化意义的角度讲，文学写作一直未能完成从"金字塔结构"到"橄榄形"的转变。也可以说，我国的文学乃至文化的"中产阶级"未能迅速形成，一个缺乏文学读写训练和缺失中等文化程度教育的庞大群众基础，迟滞了我们从文化大国迈向文化强国的步伐。一个文化大国走向文化强国的标志应该是，把原始的文化资源型积累和受众的被动性接受，逐渐转化为大众的主动参与生产和选择性消费，转化为精神产品的活力创造和国际化的文化输出。文化强国首先要文化繁荣，而真正的文化繁荣不是单指"精英文化"即科研式的开掘利用，其实大众文化形态与通俗文化形态亦有自己的经典化标准，文学繁荣从根本上涵盖了精英文化、大众文化和通俗文化的多元文化的融会贯通、相辅相成。三种文化形态，从某种意义上来说，它们不是从属关系而是并列关系，只要能达到极致，同样会构成和占据"经典"的制高点。

七、写作的选择

对于文学写作的追求，其目的历来都因人而异，比如有人执着于"文以载道"，有人陶醉于"为稻粱谋"。然而在衡量文学作品的优劣成败时，却会趋向于某些大致认同的标准。那么我们认为那些具备优秀质地的小小说作品应该凸现哪些明显特征呢？假若能把小小说写得精致隽永，幽默诙谐；故事一波三折，引人入胜；叙述语言有韵味，人物塑造有个性；或者选材新鲜，切入角度巧妙，等等，当然这些都会构成小小说接近"精品佳作"的基本要素。在此基础上，如果你是一位文学天赋极好的写作者，或许还应该有更高的追求，譬如注重在作品主题、立意方面的深度开掘，在思想容量或者说在对社会、人性问题上介入作者的犀利敏锐、清醒理性的思考，将知识分子之于历史进程中应该携带的人格锻造、质疑姿态、批判意识和责任担当，通过自己的写作精神影响感染读者，那无疑会是通向"宏大叙事"的"精英化"写作之路了。

对于一个作家来说，坚持精英化写作并能够创造阳春白雪式的经典，以此获得诺贝尔文学奖、茅盾文学奖、鲁迅文学奖等固然重要，文学作品不能没有皇皇巨著和传世的示范性标本，作家不能没有这种理想情结和执着追求。从另一个层面来讲，同样应该理解更多的人，去热爱一种质朴平易、言近旨远，并能启蒙文学鉴赏入门的文体，以有限的时间和有效的读写，在浮躁和逼仄的世俗生活中，来张扬自己内心深处永不褪色的青春浪漫情怀，以及对于高质量的诗意生存的神往与钟情；因为精神产品所携带的意识形态因子以及独特的使用价值、美学价值，会从不同的精神层面影响着人们的人生观、价值观和行为方式，如果多一些独立思考生活和多维认知事物的方法，健全人格和丰富想象力，本身就是一件非常有意义的事情。

八、思想内涵、艺术品位与智慧含量

每一种文体，都蕴含着巨大的文学艺术（文化）含量，其独特的审美意义，具有谜一般的诱惑，令写作者竞相折腰，读者为之倾倒。诗歌有"唐诗宋词"，小说有"四大名著"，散文有"唐宋八大家"，评论有"文心雕龙"等。它们以各自代表性作家和经典性作品，支撑了每一种文体意义上的高度，为文学读写的延伸发展，起到了柱石与示范性的作用。小小说天然携带的使命，在于能让一种文学艺术形式得到广泛的普及与传播。一个民族要立足于世界强国之林，潜移默化地强化提升国民综合素质，即全面提高全民族的文化水平和健康的审美情趣，树立正确的价值观念，应是一项首推的系统工程。小小说让文学回归民间，大众参与阅读，大众参与创作，本身就介入了自觉的文化熏陶。参与写作的过程，亦是致力于进步的文化行动。让普通人在读写中长智慧乃至心灵愉悦，为时代进步提供大面积的"大众智力资本"的支持，这无论如何都是文学和社会的幸事。

好的小小说应是思想内涵、艺术品位和智慧含量的综合体现。所谓思想内涵，是指作者赋予作品的"立意"。它反映着作者提出（观察）问题的角度、深度、站位、立场，深刻或者平庸，一眼可判高下。艺术品位是指作者反映或表现问题的能力与水平，其作品在塑造人物、伏笔照应、起承转合、留白闲笔、情节设置、性格刻画、叙事描写等方面，通过语言、文采、技巧的有效使用，所折射出来的创意、情怀、趣味、氛围和境界。而智慧含量，则属于精密判断后的"临门一脚"，是简洁明晰的"临床一刀"，解决问题的方法、手段、质量，见此一斑。写二十万字你可以重在过程，但是小小说一千多字大多只能把重心或爆发力放在结尾，不管是韵味悠长，还是旁逸斜出，或是戛然而止，反正你总得有个说法。写小小说结尾最讲究临床一刀、临门一脚。千把字的篇幅，即使闪转腾挪，使出浑身解数，它也展示不了大多的具体内容。直接就是前场球，所有的人都处于动态之中，球就在你一个人的脚下，这个球必须踢出去，你的技艺如何全凭这一瞬间的功夫。临床一刀也是如此，医生拿着刀站在癌症患者的手术床前，这一刀下去，切得好就治病，切得不好就会死人，这一刀凝聚着你的毕生所学。

九、作家与代表作

在当代小小说领域，作品的精度构成衡量作家站位的高度。作品和作者的关系，好像连体婴儿一样，须臾不可分离。好作品犹如坚固的阵地，历经战火旌旗在，士兵（作者）则赢得无上荣光。譬如一本《俗世奇人》，让冯骥才鲁奖折桂；一篇《立正》，让老作家许行一生不朽；《红绣鞋》使王奎山成为"王确山"（奎山是河南确山人）；《陈州笔记》系列，孙方友被誉为"笔记体小小说之王"；谢志强的《黄羊泉》和《桃花》把先锋写作推向极致；陈毓的《名角》和《伊人寂寞》是柔美文字的范本；刘建超的《将军》和《朋友，你在哪里》辐射着遒劲的力道。还有毕淑敏的《紫色人形》、何立伟的《永远的幽会》、周涛的《过河》、魏继新的《汗血马》、阿成的《教堂的钟声》、韩少功的《青龙偃月刀》、陆颖墨的《小岛》、蔡楠的《行走在岸上的鱼》、刘国芳的《风铃》、白小易的《客厅里的爆炸》、于德北的《杭州路十号》、安石榴的《大鱼》、非鱼的《荒》、袁炳发的《身后的人》、申平的《记忆力》、凌鼎年的《茶垢》、范子平的《上大学去》、赵文辉的《黑羊白汤》、邵宝健的《永远的门》、聂鑫森的《逍遥游》、孙春平的《讲究》、沈宏的《走出沙漠》、赵新的《不叫遛弯叫散步》、宗利华的《越位》、邓洪卫的《甘小草的竹竿》、江岸的《亲吻爹娘》、夏阳的《马不停蹄的忧伤》、蒋冬梅的《大湖》，等等，作家和作品互动互补，结成了须臾不可分离的生死之交。这些优秀的小小说果子，经年弥漫着成熟的芳香，多年来入选各类典藏本、多获殊荣乃至成为作者的代表作。

作家与代表作这一对连体婴儿，从形态上不仅血脉相连，从精神上又同生共荣。作家与代表作应是在数年间，被社会各阶层读者一直耳熟能详、融入精神生活中的作家和作品，作家的艺术创造力放飞了人们的生活想象，作品的深度令人啧啧称赞，人物栩栩如生。一个作家如果没有自己的代表性作品，就好像在旅途中没有自己的通行证一样尴尬。哪怕你写了很多年，发表了多少篇，即使你到处炫耀说去过多少地方交流，担任多少业界的所谓头衔，等等，也无济于事。因为读者记不得你作品的名字，想不起属于你塑造的人物典型，甚至一个作品细节都没有留下印象。任何一种文学评奖，包括征文等，衡量它是否成功的重要标准，就是它是否推出了名篇得以流传，是否成就了某个或某些个作家以成才契机而开始崭露头角，否则，无论是多么大的旗号评奖，无论多么高额的奖金，只能是一种鼓励性质而已。

十、网络时代的小小说读写

移动媒体的普及和兴盛，促进了"碎片化"阅读生态的形成，并固化为社会公众的日常阅读习惯。小小说以其短小精致的文体特征，恰好天然对应了这种阅读环境。当携带着浓郁的文学意味的精短作品，出现在电子媒介终端时，其雅俗共赏的阅读趣味便成为某种诱因。当下思想观念的新鲜、独立和多元，加上优越的教育条件，便捷的信息渠道和独特的个性气质，让年轻的写作者与生俱来的文学探险精神和蓬勃的创造力，以及对于表达的渴望和锐气，哗然释放。构建具有现代意识的数字化网刊，致力于微信公众号平台的文学性读写，打造名副其实的读者知音，作家摇篮；开拓一条从读者、作者到作家的路径，长此以往，文学的大家族里，永远都会集合起朝气蓬勃的一群。后来的许多优秀作家会说，我当年就是从这里启蒙入门，开始文学创作起步；社会各界的读者会说，我在这里受到美育、熏陶。

文学写作本来是极端个性化的活动，而在这里，众多写作者却能融为一体，抱团取暖，如切如磋，开卷有益。在浓郁的文化氛围里沐浴熏陶，学习交流文学写作的艺术技巧，提升自己的审美鉴赏能力，自主性强，亦属雅趣，乐陶陶矣。图书是以"年"为时间长度出版的，刊物是以"月"为时间长度编发的，报纸是以"天"为时间长度发行的，而手机微信网刊，则是以"秒"的时间来发布的，这就是现代媒介（自媒体）的节奏。网络（微信）平台的开发利用，以它独特的创意、丰富的想象力和开放性的大众参与，为当下的大众读写，提供了某种无与伦比的条件。我国拥有十几亿人的文化消费市场，得天独厚的资源全世界绝无仅有。作为社会主义文化事业的精神产品，首先要以优秀的作品鼓舞人，要主题积极、内容健康，有较高的文学艺术追求，把社会效益放在第一位。同时，作为一种文化消费品，要体现它的市场价值，就要极大地提高它的社会覆盖面。由过去的图书读写、报刊读写，到今天的网络读写、手机读写，变化的是形式，永恒的是文化。

结束语：当下的小小说

四十年来，个性鲜明的小小说作家脱颖而出，构成一种群星灿烂的写作景观，三百余名小小说作家加入中国作家协会，加入省、市级作家协会的小小说作家数以千计；琳琅满目的小小说佳作令读者耳熟能详，数百篇小小说佳作编入海内外大中专及中小学教材，每年数量众多的小小说作品被列入语文教学及中招各类分析、解读试题、经典选本等，以坚硬的优秀品质，醒目于社会各界读者的眼帘。小小说报刊、网刊及众多自媒体，成为最广阔的发表推介、交流信息、切磋学习的平台；全国的小小说学会、小小说艺委会、小小说沙龙等，成千上万的小小说写作者置身其中，常年坚持开展自发性的民间文学活动；"小小说金麻雀奖"成为当代文学界重要奖项之一，有八十余位著名小小说代表作家、小小说评论家获此殊荣；小小说文体纳入鲁迅文学奖评选序列。

小小说写作者遍及社会各界，全国各地的相关报刊、学会等，力所能及地投入大量的人力、智力和财力，数百次地举办征文，坚持评奖，组织笔会，编辑出版丛书、增刊等，坚持以一种民间的调节方式，自觉引导着小小说文体的前行轨迹，有责任心地梳理着那种散兵游勇的状态，簇拥着有潜质的小小说写作者不断进步成长，从中发现新人，遴选精品，推举名家。伴随着小小说这一新兴文体的发轫和成长，一茬茬次第涌现的优秀作家，一篇篇脍炙人口的精品佳构，一次次创意迭出的策划组织，忠实记录着小小说风雨兼程的荣誉和梦想。四十年来自民间的文学读写活动，一件件串缀起来，构成了当代小小说文体波澜壮阔的编年史，也留下某种不可复制的文坛传奇。

两个人都叫高上

赵 新

高庄乡的乡政府就驻扎在高庄村。高庄村村子大，姓高的户数多，大家又都拣好听的、有意义有讲究的名字叫，便有两个人的名字叫重了，叫成一样的了，他叫高上他也叫高上：村南的高上五十八岁，个头小，身腰瘦，腿还不得劲儿，走起路来有点儿拐，是位早起晚睡春种秋收的庄稼汉；村北的高上三十二岁，个头魁梧，眉眼清秀，走起路来挺胸昂首，勇往直前，是一位国家干部，在高庄乡政府担任副乡长，可谓前程似锦。

一个村有了俩高上，事情就有些麻烦了：比如有人到村里来找高上办事，你就得问问他是找哪个高上，是找老高上还是找小高上，是找村南的高上还是找村北的高上；比如有了什么邮件有了什么汇款单，上面写的是高上同志收，你就得仔细分辨认真核对一下，它到底是老高上的东西还是小高上的东西。有人建议老高上把名字改一改，说为什么非叫高上呀，叫高上就高尚了吗？老高上就非常坚定非常干脆地说，那不行那真不行那绝对不行，我的名字是我爷爷给起的，我叫这个名字已经五十多年了，我不能改我坚决不改！又说凡事都该有个先来后到，要改也是他改，副乡长就不能改名字了吗？于是有人去找小高副乡长，请他把名字改一改，为的是以后办事干净利落，明白无误。高副乡长说：大路朝天，各走一边，他那个高上已年近花甲，夕阳西下；我这个高上血气方刚，如日中天；他在家种地，我在乡政府上班；两个人差别很大嘛，怎么会混淆不清？谢谢你们，别再为我操心啦；我很喜欢这个名字，我就叫高上；"上"是上进的上，"上"是上级的上，"上"是天天向上的上！

既然谁都不愿意改，也只得这么叫着。

叫着是叫着，可是高副乡长的心里有些七上八下，不大安宁：比如说那一位高上老汉一时糊涂办了错事，会不会影响自己的声誉？比如说那个老汉脾性很直爽，说话从不看书本，他要把话说错了，会不会记到我的账上来，给自己造成什么损失？这么一想就觉得问题有些严重，自己应该高度警惕。那一天高上副乡长从乡政府回来，正好在村南的麦田里看见了高上老汉。这是春天，那老汉正撅着屁股在麦田里锄草,浑身是土,满脸汗水。

高副乡长犹豫片刻,拢了拢满头长发,踏着田埂,笑嘻嘻地向老汉走了过来。

他喊:二爷,您好!

老汉没有听见,还是撅着屁股在麦田里锄草。

他大声吆喝:二爷,您好!

老汉一愣,抬起头来笑了:哟,高上啊?高乡长!

他走过去拍了拍老汉的肩头:二爷,您可不能叫我高乡长,我是您的孙子、您是我的爷爷呀!再一说,我才是一位副乡长……说着话递给老汉一支香烟,自己也蹲在了麦田里。这工夫正好夕阳西下,落霞如锦,万紫千红中村子里炊烟袅袅,杨柳依依,鸡啼狗吠中,一片生动活泼,一片祥和安宁。

高副乡长开门见山:二爷,乡亲们找过您了吗?为咱们两个名字的事?说着话给老汉把烟点着,自己也叼上一支。

老汉说:找过了找过了,我没有答应他们。我是日落西山的人啦,还改什么名字!要改你改吧,你年轻有为,鹏程万里……

高副乡长说:老人家,我有我的苦衷呀。我和您不一样,我是国家公务员,名字刚刚叫响,县长、县委书记都知道我叫高上,见了面都和我握手,我能不识抬举,改掉自己的名字吗?

抽了一口烟,老汉叫了高副乡长的小名说:三旦儿,这我就想不明白了,你的名字起出来,就是给县长、县委书记叫的吗?

他急忙摆了摆手:不是不是可不是,您老人家千千万万别误会!二爷,咱们村里有饭馆儿,我想今天晚上请您喝杯酒;别人谁也不找谁也不叫,干干净净清清白白就是咱们俩,爷爷和孙子同桌,算我孝敬您了!

老汉拱了拱手:谢谢,谢谢。三旦儿,酒我是想喝,可是你知道,我家里还有一个老太太哩!

他说:好,那就把我奶奶也叫上,她才能吃多少!

老汉严肃了:高乡长,那不就有了第三者了吗?我不去,我不能去!

太阳已经落山,那老汉拿起锄头回家去了,脚步不紧不慢,身影一摇一晃;高副乡长孤零零地立在那里,百思不得其解:这拐老汉不冷不热不卑不亢,到底想做什么?

说话到了麦收时节,村里人都忙着麦收;而过了麦收时节,村里人都比较闲在了。那一天高上老汉偶然到了乡政府,突然看见办公室的墙面上挂着一面锦旗。那旗帜很鲜艳,很大方,很壮观,上面写道:高上同志真高尚,舍己救人敢当先。看了落款以后他有些疑惑了:我的天,这事也能冒名顶替吗?事情本来是他做的,那天他去走亲戚，半路上从水库里救出一个七八岁的孩子；他告诉孩子的家长他叫高上，高庄村人，锦旗怎么会挂在乡政府的办公室里？

他找见了高上。他问他：高乡长，这面旗怎么，怎么怎么……

高副乡长笑了：二爷，我是您的孙子，您叫我高上！

他说：高上，那这面锦旗怎么会……

高副乡长很认真很严肃地说：老人家，既然您看见了，我就把实话告诉您，这面锦旗是麦收时节送过来的。麦收嘛，您忙得了不得，我们也忙得了不得；大家都忙得了不得，所以没有及时把它转交给您！

他仰天感叹：哎呀，高乡长，他们怎么把锦旗送到了这里？

高副乡长拉住老汉的手，照样感叹：爷爷呀，咱们两个人都叫高上，他们粗心大意，闹混了呗。又说，庄稼人办事，来也匆匆，去也匆匆，可以理解，可以理解。

我家就在岸上住

刘建超

老街临着洛河。

旧时的洛河少有治理，洛河有波平如镜行船放排的季节，也有桀骜不驯河水暴涨泛滥的肆虐。尤其是秋季，雨水多，洛河黄水滔天，波浪翻滚，河水漫过堤坝冲塌屋舍卷走人畜的情况也有发生。

为了避免天灾，老街人都居住在离开河滩五六里地的上沿。

在河堤岸居住的人家并不多，大都是在洛河上捕鱼做河运的人。

水生家居住在洛河堤岸旁。

水生听父亲洛老大说过，洛家祖辈就驻扎在洛河滩旁。

那时的茅草房不知道被泛滥的河水冲垮了多少回，常年的家当就是一条木船，一口铁锅，一床铺盖。

水生爷爷跟着老街船队跑河运，积累下点儿家底，在河堤旁盖起了三间瓦房。瓦房比茅草屋结实了，也被咆哮的河水淹过，院墙浸泡塌陷了重垒，再塌陷了再垒。

洛老大掌家后，除了捕鱼种地，还做些小买卖，把三间瓦房扩建成了大小十六间的四合院，一辈子的剩余都折腾在木料砖瓦上了。

水生没有想到，河滩以前无人问津的毛草地，居然随着城市发展建设，成了大大小小房屋开发公司眼里的香饽饽。水生家里经常有房地产开发商来拜访，透露着想开发、要拆迁的意思。水生听都不听，扭头就走人，把来客晾在屋里。

邻居老巴的儿子巴豆，晚上拎着两瓶杜康酒看望水生。

水生笑了，说豆豆哇，我想喝酒直接就去找你爹了，还用得着你孝敬啊！

巴豆说，叔，我不是刚找到个新差事，来给叔报个喜嘛。

娃子出息了，找了个啥差事，说来叔听听。

一家房地产公司，聘我当副总，每月给五千。

每月给五千？可不瓤。你会弄啥？

董事长说，我就负责给咱这一片签协议，拆迁。

我就说嘛，好事能轮到你娃子？他是雇你来拆家呢。

叔，人家说了，要盖河景豪宅，搬迁费够几辈子花销了呢。

祖辈用血用命换来的家当，那是钱能买来的？你爹咋说？

他说，咱这片人都听你的，你签，他就签。

呵呵，他就知道我不会签。娃呀，好好经营你的小饭馆吧，把咱老街小吃浆面条做地道喽。你那浆面条啊，总是差点火候，不专心哩。我还去河边转转，你赶紧爬走回家吧，跟你爹说，我在堤上等他。

水生和老巴坐在河堤上，两人叼着烟，皱巴的脸颊被烟火映照得忽明忽暗。

老巴说，水生，又在想稻花妹子了？人都走了两年了，放下吧。

巴哥，稻花的骨灰就撒在洛河里了，每次来河边就像陪着她散步呢。

我还能不着？给你座金山也搬不走家。

那你还让娃子来找我？

娃那圪料脾气你还不着？也就你能镇住他。你嫂子奶水不济，娃从小就在稻花怀里拱奶吃，他就听你的。老祖宗就给咱留下这点家业，能从咱手里败了？我可是打听过了，要搞开发的那主也不是个善茬，啥手段都会用上，你也当心。

水生还真是被盯上了。

水生骑着三轮车给南岸几个建筑单位送点小货，多少年的生意了。人家忽然就不让水生送货了，问其原因，人家支支吾吾挺为难。

水生也就明白个八九分，货不送了，歇着。

水生摇着木船在河上捕鱼，有驾着快艇的年轻人在船边冲来冲去，差点把木船掀翻了。

水生拴了船，晒了网，在家里听戏、喝茶。

晚上就有人往院子里扔砖，丢死猫死耗子。

水生还就是不信邪，把院墙刷了白石灰，用红色涂料写上：我家就在岸上住，一百年不搬家！

有人把拍摄的短视频发在网上，水生家的院子成了网红打卡地，每天来参观的人络绎不绝，听水生讲洛河的故事。据说把开发商老板气吐血，住院了。

刚入秋，洛河边的夜晚已是凉意贴身了。

老巴的儿子巴豆，晚上拎着两瓶杜康酒看望水生。

豆豆，你娃子又要鼓捣啥事呀？

叔，这次你可要顶住哇，市里说咱这片是啥湿地，要规划着建保护区，说是人要搬走，留给鸟住。拆迁费给少了咱可不能搬，不能搬啊叔！

哪都有你娃子操心的事。爬走回家吧，跟你爹说，我在堤上等他。

水生和老巴坐在河堤上，两人叼着烟，皱巴的脸颊被烟火映照得忽明忽暗。

水生，你是动心了，真要签字搬迁？

巴哥，这洛河湿地是咱古城人的，是咱老街人的，不是咱自家的，是吧？

你就舍得搬走了？听说给咱换的地方可是离洛河老远，再看洛河不方便哩。

稻花说过，心里装着洛河，走到哪都是家。

巴哥知道，水生的根就在洛河上，当年洛老大从大河漂下的木盆里把水生抱回家的。

月光下，河水平缓安静。

水生忽然扯开嗓子吼着：

八月里来是中秋哟，

小女子一双好白手哟，

想起了小情哥哟，

打死也要跟哥走哟。

老泪在水生、巴哥脸上肆虐。

常 守 山

聂鑫森

云阳山云雾深处的常家村，最让人高看一眼的是常守山。

常守山六十五岁了。个子高大，脸盘也宽大，配着大眼、长耳、高鼻、阔嘴，还有嘴边永远浮着的笑意，村民们都说他是生就的佛相。

他是种田的好把式，几亩水田、山田侍弄得条理分明，不需要妻子帮忙。他也是盘山（种树、栽竹）的行家里手，屋后的一大片自留山，是他储钱、取钱的银行。

种田、盘山之外，他精力还有富余。家里设有工匠房，摆放着打铁的红炉、砧台，做木工活用的砍凳、工具柜。农具中的锄、钯、铲、刀，都是老式样，但尺寸要大一些，因为他身高力大，用起来才过瘾。家具也是按老规矩打造，时新的款式他嗤之以鼻，而且是就地取材，什么胶合板、纤维板、木屑板绝对敬而远之。

农具、家具，常守山做了为的是自用，并不以此作为谋生的项目。但有一种东西，他不常用，别人也不常用，他却隔三岔五地制作，那就是打更报时、驱赶野兽的木梆。

木梆在城市、乡村，早成了文物。自从有了钟表，还要它来报时吗？在山区用得着它的时候，是守秋。各家都有苞谷地，到了夜晚，敲梆吓走那些前来偷、咬苞谷棒子的猴子、野猪。现在条件好了，敲梆太费事，提一个便宜的收录机去，里面录着敲锣打鼓放鞭炮的洪大声响，充了电的干电池可以用好几个小时。守秋的人坐在一堆篝火后，隔一阵按一下开关播出声音，莫说是猴子、野猪，连豹子都逃得远远的。

妻子问："老常，没用的木梆，你还做？"

"你不懂什么叫无用之用！"常守山哈哈一笑。

原先守秋用木梆时，村民来索取，常守山是免费相送。现在呢，没人要了，他是做着玩。

他做的木梆，用的是散发香气的樟木。砍倒一棵樟树，砍掉枝杈只留下主干，将树皮剥去，然后将主干锯成一截一截的，再锯成长方形的坯料。他把坯料架空，放在遮阳、通风的阁楼上，让它自然干燥，两三年后就可以启用。

木梆不等着用，常守山做起来可以从从容容。坯料长一尺、宽五寸、厚四寸，中段镂空，空间的上部比下部要厚一些，因为上部要经受敲打。更重要的是上部和下部的断面上，要锉出高高低低、大大小小的齿状。称之为回音齿。然后在木梆的一端，安上手柄。敲梆的棒槌，用的是老南竹的粗壮竹根，用火炙直，用砂纸磨光磨亮。竹根棒槌敲在木梆上，"梆——梆——梆——"，声音高亢、洪重，传得很远很远，像京剧舞台上的花脸演员叫板，有经久不息的膛音。

做一个木梆，又费时又费工。

村民们背地里议论：常守山是不是脑子里出了问题？

常家堂屋的墙上，隔些日子，旧木梆换下来，再把新木梆换上去。有时候，常守山兴致来了，取下木梆，站到门外的土坪里，或轻或重地敲打几声，像一个顽皮的细伢崽。

常守山对妻子说:"只有一种东西我打造不出来,那就是手机!但我会玩手机,这就是古人所说的:君子使物,而不为物所使。"

一个农民说出这样的话,不但妻子听不懂,村民也会听不懂,不简单啊。常守山虽只念过初中,但他喜欢读书自学,传统国学的普及本他就买了不少,夜晚灯下,津津有味地手不释卷。

常守山夫妇一直没有孩子。妻子总是心怀内疚,常守山说:"我们有养老保险,这比儿女还靠得住。"

村里第一个玩手机抖音的,是常守山。

初冬,常守山去竹山挖冬笋。他把手机固定在一根三四尺长的细竹竿上,由妻子举着,视频或近或远地对着他。最有趣的是他头扎白毛巾,背着一个很大的竹背篓,背篓里放着一把短柄二齿锄;左手拿着木梆,右手拿着竹根棒槌。他像电影《平原游击战》中那个敲梆人一样,先敲几声梆,然后喊道:"平安无事呀——"妻子笑得差点岔了气。常守山又说道:"冬笋是美味,人人都想吃。最好的冬笋,是藏在土下不冒尖,可怎么才知道它藏在哪里呢?我来告诉你。"

背景是远山苍翠,近景是一片青绿的竹林。常守山先介绍怎么找到竹笋:一是先看竹叶,哪棵竹子的竹叶青葱茂密,它肯定孕育着冬笋。二看竹枝,竹枝的走向便是竹鞭的走向,找到竹鞭就找到了冬笋。三看竹竿颜色,青亮光滑的,说明竹龄短,冬笋就在竹根附近;光泽发暗还有白色斑点的,则是老竹,竹鞭长,冬笋离竹根就远一些。解说中,出现一个一个的画面。接着,是常守山用短柄二齿锄,挖出一只一只肥硕的冬笋,丢进背篓里。结束时,他又敲响几声梆,说:"常家村,家家有竹林,请来这里旅游观光,采购冬笋,体验挖冬笋的乐趣!"

妻子问:"你怎么不说请来我们常家?"

"到哪家不是一样?常家村是一家人。"

这个抖音在网上一发出,马上爆红。村民们很感动,赶快转发给各自的微信圈。

沿着云山雾罩的山区公路,私家小车、电商的货车,一拨一拨地来到常家村,看风景,吃农家饭菜,采购土特产。许多人家还有客房,可以安闲地住宿。

常守山家有四间客房,总是住得满满的。

他领着客人去游山,手里提着木梆。山谷里、岔道边、密林中,不时地敲两下,提醒客人不要走散了。到了快吃饭时,他的妻子在家门前敲响三声梆,他也回应三声梆,表示马上会转回来,比打电话还便捷。半夜三更,客人已沉入梦乡,常守山会披衣起床，说是去院墙外巡查，轻轻打几声梆。

妻子说："还用得着你去敲梆报时吗？"

"不是报时，是报平安。家在梆声里，这个念想就很温馨。"

"老常，你是个人物！"

如今，村民们常去常家索取木梆。

"常爷，我来求个木梆敲一敲！"

常守山拍了拍手，说："好！"

犟公买药

孙春平

退休老干部龚奉德接了电话，就出门坐公交奔了厅里。电话是厅老干部处处长打来的，问龚老可有时间，能否来厅里一趟？看样子是有急事，不然处长不会打来这个电话。

到了办公室，处长起身沏茶，坐在对面的干事则悄然起身离去了。龚老心沉了沉，哦，这是在给咱躲清静呢。说话间，现任厅长推门进来，问了声好，又说你们谈，我正开会，就不陪您了。龚老的心越发紧了紧，看来此事还真不小，连一厅之长都是知道的，只是把任务交给了处长。

处长开口了，听说老领导住到儿子那儿去了？

是。孙子上学了，离家远，上下学都得接，不方便，我就让儿子一家住到我那儿，我们老两口住到他那里。自家自换，小事一桩，事先我也没跟厅里请示，就擅作主张了。没毛病吧？龚老掀起眼前的茶杯盖子，蓦地想起近来常听的"请喝茶"一词，口气不由得也就生硬了些。

完全合情合理。处长摆手，浅笑，接着问，老领导常去小区外的新天地超市吧？

是。那个超市离我家不过一撇子远，出了大门一拐弯就是。

那我就有话直说了。据群众反映，半月前，老领导去医院取药回来，下了公交车就直接进了那家超市，并将手袋里的一瓶药给了那家售货员，有这事吧？

完全准确。那天，我看女店主的小女儿躲在收银台后看动画片，眼泪巴嚓的，还有点喘，就问孩子怎么没去上学，是不是病了？店主说，可不是，花粉过敏，年年春暖花开时闹上一阵，愁死人了。正好，那天我在附属医院取药时带回一瓶治花粉过敏的药，就给了她。我实话实说，我孙子也有这毛病，但这几年，轻多了。听说这个药的配方附属医院还保密呢，所以别的医院没有，药店也没的卖。当然了，我享受的是公费医疗，把这种药拿回家，给我孙子吃，也不光明正大，但又有什么办法呢？

处长叹了口气，仍笑道，事情就是这么个事情，说大不大，鸡毛蒜皮。可说小又不小，毕竟涉及领导干部的待遇私用的问题。眼下人民群众对这类问题很敏感，尤其是到处安装了天眼之后。我听说，给老领导治疗的各大医院外常有药贩子，专门低价收购老干部刚从医院领出来的药品，再转手倒卖，最后倒霉吃亏的必是国家嘛，城管部门为打击这种行为也是伤透了心……

龚老忙正色打断他：我声明一点，我孙子吃过我拿回家的药，这肯定不对，我检讨，认罚。但我从没卖过药，送给那个店主的药也绝对没收一分钱。

处长笑哈哈地说，老领导太敏感了是不是？我刚才讲的只是社会上的一种现象，跟老领导送人一点药完全没有一点关系。如果非要扯上关系，也只是提醒您老人家即使以后做这种与人为善的事，事先也要周全想一想，尽可能避免可能带来的负面影响嘛。好了，我要说的最后一句话就是，咱们机关上上下下百十号同志，上到厅领导，下到普通工作人员，都知道老领导是好人，为官清正，为民谦和，无可挑剔，偶有小议，也在情理之中。

虽说正事谈毕，但龚老心里的不舒服还是如一根刺，一时难根除。毕竟是被人请来的，毕竟是"喝茶"，也毕竟是被人指出了毛病。这事，他回家后连对老伴都没说，更别说对那个年轻的售货员。从此以后，他很少去那家"新天地"了，有时非去不可，进店也直奔柜台。看来女店主一直对他心存感谢，有时结账时主动要给他打折，他坚决谢绝，反倒弄得人家不好意思。只是有一次，女店主说，孩子喝下那个药后，那一段病情好多了，是不是还得坚持用？大叔告诉我去哪儿买，我自己去就行了。龚老说，等我再去医院吧，我记着呢。

都说为民做好事，贵在坚持，哪能一点委屈就受不了了呢。龚老便又奔了医院，对医生说，那个治花粉过敏的药，你再给我开一点，但一定私费。医生说，您这就让我为难了。您用的药都在公费范畴，我开了收款员也不会收呀，都上了电脑。龚老便又奔了医院的普通病房，可他享受了公费医疗，手里拿有医保卡，所以连挂号都让人家拒绝了。龚老再想办法，直奔药局，站在乱哄哄的人群中，眼见一个年近花甲的老太太领取了两瓶那种治过敏的药，便上路尾在身后，出了医院，又到了大街上，才快步追上去，说老妹子，你把手里那个药匀我一瓶可好？我给你钱。老太说，你去医院开嘛，又不远。龚老说，一言难尽，我就不说了。老太说，你给我整票子，我也没零钱倒给你呀。龚老说，不倒了。这就谢谢老妹子啦。

老太疑疑惑惑地走了。龚老端立路边，对着头顶的监控设备说，天眼先生，你看好了，我可是花钱买的，不犯规矩吧？

冬天总会下雪

非 鱼

一到冬天，落过第一场雪，或者第二场雪后，小建哥就该来了。

他每次来，都不是空着手，这也是大妞盼望着他的原因。

一根锃亮发红的扁担，一头挑了毛茸茸的野兔、獾、野鸡，一头挑了布袋子，里面装了干的木耳、蘑菇、毛栗子、山玉米糁。

小建哥是个沉默寡言的人。他从崖头上走过时，邻居们看见就会喊他，小建啊，下山了，来看你干大了。他不回答，就笑笑。从门洞往地坑院下的时候，他的脚步很重，一步一步发出"咽——咽——咽——"的回响。大妞一听到这脚步声，就知道那个一年只出现一次的小建哥来了。

他进到院子里，进到窑洞里，把肩上的东西一一卸下来放好，还是没有说一句话。大妞喊他，小建哥。他也是笑笑，看看她。

父亲还没有回来，母亲招呼他在炕沿上坐了，问他冷不冷，鞋湿不湿，饿不饿，他一一闷声答了。母亲去给他做饭，他去院里找扫帚和铁锨，把西院的积雪往猪圈那边堆。吃过饭，母亲说，你先去歇会，这一路怪累的。小建说，不累。母亲拿出一双半新的棉鞋，让他换上，说他的鞋底湿了，得拿去烤烤。

他坐不住，扭身又出了窑，把下院堆的一些废木头、树枝子整整，猪圈门的铁丝拧拧，实在没事干了，就站在院子里。大妞一会儿扒拉扒拉那些堆在地上的野兔和野鸡，一会儿去小建哥跟前转转。

哎，小建哥，那些兔子都是你打的吗？

嗯。

山上怎么什么都有哇。

多哩。

还有啥呀？

野猪，豹子，老虎，狼，都有。

我不信。

他不说话，仰头看着地坑院上方的一片天。他好像无法给大妞解释清楚大山里的景象，那些高耸入云的大树，那些奔跑的各种动物，盛开的各种花朵。他想说，我带你上山看看吧，可他不敢。

天黑的时候，父亲回来了。看见干大，小建似乎不那么拘束了。父亲拿出烟笸箩，给小建卷了一根纸烟，他用烟袋，爷儿俩围着一个火盆，抽烟。父亲问他大、他妈的身体，问今年的山庄稼收成，问都打了啥稀罕物，小建一一答了。两个人又没话了，盆里的火还在毕毕剥剥地烧着，呛人的烟在窑里盘旋、弥漫。过了许久，父亲说，这回在家多住几天。小建说，不了，明天就回。他从棉袄兜里掏出一个鸡蛋大的油纸包，差点忘了，这是獾油。

小建哥真要走。母亲怎么挽留都不行，大姐拉了他的胳膊，差点把自己整个身体都吊在他身上。他脸憋通红，只说，回，得回了。母亲拿出早就准备好的一身黑布棉袄、棉裤，三双棉鞋，一大包淋了香油揉好的烟叶，还有半袋子白面，父亲塞给他五块钱，说，要走就早走，路上慢点。

小建哥走后，那天中午，母亲用一只兔子肉拌了粉条和面，又擀了两大张面皮做底和盖，蒸了满满一大竹算的蒸肉，窑里、院里香气四溢。大姐非要端着碗站在院里吃，她看见了崖头上趴着的那几个黑脑袋，她就是要故意显摆，馋他们。她冲他们喊，我小建哥送来的，野兔肉，可香了，还有獾，还有野鸡，还有好多好吃的。她甚至能听见那些黑脑袋们咽口水的声音。

大姐十三岁那年，小建哥突然就不来了。大姐很奇怪，她问父亲，你干儿子怎么没来？父亲说，不知道。她问母亲，母亲说，谁知道呢，有事吧。

大姐想让父亲上山看看，看小建哥是不是出什么事了，她给父亲说，我跟你一起上山吧，去看看小建哥。父亲说，你不去。女孩子家的，瞎跑啥。

大姐觉得委屈，她关心小建哥也有错，那可是他干儿子哩，亏人家年年送东西，哼。

后来，大姐再也没有见过小建哥。那包獾油一直在抽屉里放着，谁哪里烧了烫了，小刀挑一点涂了，很快就好。每到这时候，大姐就会说，这还是小建哥拿来的。父亲和母亲谁也不接她的话茬，好像小建这个名字、这个人成了一家人的避讳。

大姐十七岁了，有媒人来提亲，父亲和母亲对男孩和家里光景都很满意，两个人趁大姐不在，一个坐在炕上纳鞋底，一个坐在炕边抽烟，商量着大姐的终身大事。

妞也不小了，先换鞋样，等过了二十就发落她出门。

行嘛。

得亏没跟了小建，要不妞一辈子就窝山里了。

我当时也就那么随口一应承，谁知道他们还当了真。年龄差着七八岁哩。

啥都能胡咧咧，你要在山上再多住几天，把家都许给人家了。

那不会，不会。都认了干亲了，聊闲天呢，说到大姐，他大说等娃大了亲上加亲。喝了两碗烧酒，顺嘴就应了。可咱这一直当干儿子，不妨他大提了这茬，娃也没法来了。

小建是个好娃。还好他也娶了媳妇，生了娃了，要不我这心里老对不住他。

是好娃。你再纳几身小娃娃的棉衣裳，弹几斤棉花，我哪天送上去。

能行哩。可千万别让大妞知道。

其实，大妞一直躲在窗户底下偷听，从她的婚事到小建哥，她都听到了。十七岁她心情复杂，两颊通红，额头上冒出一层细密的汗珠。

在她身后，这年冬天的第一场雪，已经在院子里铺了厚厚的一层。

大妞的红灯笼

非 鱼

过年前，大妞就开始惦记她正月十五的灯笼了。

先从大姑父画的窗花说起。

大姑父人长得不周正，瘦小，走路一步一趔趄，没多少力气，地里的活也做不好，但他手巧，会在纸上画窗花，在布上画门帘。一进入腊月，大妞就喜欢去大姑家，一脸崇拜地看大姑父画画。

一张八仙桌摆在屋中央，摆满了小碟子、小碗，里面盛着各色颜料。大姑父告诉大妞，这是胭脂红、桃红、洋黄、绛色，那是翠绿、洋蓝、纯黑。大妞喜欢帮大姑父打下手，把裁好的白粉连纸条叠成方方正正一块，压出印儿，再展开。大姑父嘴里叼一根毛笔，手里握一根，毛笔先在水里蘸一下，再在小碟子里蘸一下，落到纸上一点一拧，一朵花瓣或者一只小鸟头就出现了。一条花花绿绿的窗花画好了，大妞负责拿到一边摆整齐晾干，然后拿到集市上去卖。

大姑父画一天，大妞紧跟着忙活一天。有时候，趁大姑父吃饭，她会偷偷拿起笔，在剩下的小纸条上乱画。大姑父看见，笑呵呵地说她，不是这样画的，来我教你点梅花，画个草。

其实，大妞的目的并不在学画，她想要窗花。等大姑父赶集回来，卖剩的窗花挑出好的，下一集再卖，挑一些一般的给大妞。喏，拿回去玩。

大妞怎么舍得玩，那么漂亮的花草小鸟，她可舍不得。

拿回观头村的窗花，一些被娘挑出来糊了窗户和风门，剩下的大妞按照和自己关系的好坏，一人一张分给她的手下喽啰，以赢得对他们的领导。眼看着快过年了，大妞压在炕席下的窗花不剩几张，她就再去找大姑父，直到攒够正月十五要用的。

吃了"破五"的饺子，年就算过完了，大妞开始操心她的灯笼了。她天天催，小和尚念经一样。娘翻出旧的竹门帘，把竹篾剪成一拃长的小段，白线牢牢扎紧，扎出一个小兔子、小鸭子或多面体的框架，用大妞攒下的窗花糊了，再涂上颜料打扮一下，漂亮的小灯笼就成了。

当然，大妞的灯笼一个可不够，她得要仨儿，从十四到十六，一晚上一个。她太费灯笼了。

娘有时候会让她去找大姑父要点颜料。过完年，大姑父就闲了，他问大妞要颜料干吗使，大妞说做灯笼啊。

大姑父说，我给你做荷花灯。

大姑父把白粉连纸裁成长方形，拿出小碟子，蘸点水和桃红颜料，用小刷子由深到浅刷了，刷完晾干，一张一张叠起来，裹在酒瓶上，再拿结实的线均匀地一圈圈缠了，用手把纸从上到下使劲拉下来压实，解开线，一片一片的瓦楞纸就做好了。

大姑父手蘸糨糊，在深桃红的一端一拧，一片粉嫩翘起的荷花瓣做好了。十几个花瓣做好，一片叠一片，糊在灯笼骨上，成了一大盏漂亮荷花灯。

大妞拎着大姑父做好的荷花灯，一路走着晃着回去了。

迫不及待地等到正月十四，天还没黑透，大妞就催娘赶紧准备萝卜灯，那是送往大门口和路口，给逝去的亲人照路的。大妞要负责把那些萝卜灯送完，才能打着自己的灯笼出去显摆。

大妞十四晚上就要打着大姑父做的那盏最漂亮的荷花灯出去。一出院门，看见后沟的美婷嫂领着一群孩子去转老椿树。大妞赶紧追过去，跟在队伍后面，听美婷嫂嘴里念念有词，转转，转椿树，顺三匝，倒三匝……后面的也听不清楚，反正跟着队伍转就是。

转完，才开始夜晚的重头戏。打着各种形状灯笼的孩子们都集中在场院上，小小的场院被一团一团红点燃，被孩子们的喧闹点燃，比过年还热闹。他们互相比，谁家的灯笼好看，谁家的难看，被说难看的孩子脸上挂不住，故意来回晃，把小蜡烛晃倒，灯笼烧着，只剩个灯笼底和铁丝，挑着回家了。

大妞仗着大姑父做的荷花灯又大又漂亮，大呼小叫，满场院地跑。看见谁的蜡烛快倒了，就故意去撞一下，把人家的灯笼烧着，那个孩子哭了，她跑了。当然，她也会遭到一些男孩子的围攻，大家故意去吹她的蜡烛，拿灯笼底去撞她的灯，到夜深回家时，她拎回去的，也只剩一根小棍下的铁丝和一块木头。娘说，这女子也不知道随了谁，疯得没边没沿。

好不容易熬到正月十六晚上，大妞手里还拎着一只娘做的兔子灯，好多小孩子的灯笼已经烧光了，没有灯笼可打，只能端一块白萝卜灯充数。

她突然听见美婷嫂在喊，杜家沟有戏，谁去看戏了，看戏跟我走了。

看戏这么热闹的事怎么能少了大妞，她冲美婷嫂大喊，等等我，我去，又惦记着手里的灯笼要送回家。灯笼照路，只能看见眼前，原本熟悉的路，大妞着急，一路小跑，一下子就从别人家的崖头上跑下去，掉进邻居的地坑院里了。

据邻居说，正在窑里，听见扑通一声响，出来一看，先看见灯笼着火，再看见大妞在地上踢着脚大哭小叫唤，还没问清楚，她自己爬起来就往院外跑，一边跑还一边大哭。

后来，娘问大妞，哭啥？她说，哭我灯笼烧着了，哭怕跟不上看戏了。娘又问，那掉进别人院里你不疼？大妞说，疼，顾不上。

满　师

陆涛声

民国后期，江南毗陵城南门外有条"木匠街"，有一里多长，两边开满木匠铺。木匠铺多，不光是因为砌房造屋人家增多，还因为城郊民间手工纺织业兴起，要制作纺纱织布的木绞机，活儿越来越多。

木匠铺既做木器卖还帮人来料加工，也外出包工建房造屋，每家都有个手艺好的师傅领班。一家朱记木铺店里，领班师傅姓罗，既能造屋立柱架梁，又善跨行做家具，是个多面手，手艺特别高超，为人也厚道，名气很大。有他，朱记铺子生意特别兴隆。

毗陵东城外白家桥村有个小伙子，叫白金生，拜罗师傅为师，聪明、勤快、好学，师父喜欢他，把本事都教给了他。他当了三年学徒，样样都熟练了，到了满师的日期，按规矩得办谢师酒席。可是家穷没钱，他父亲说，先向亲戚借一借，等他挣了工钱再归还。

他便找罗师傅约定办酒日子。

罗师傅却说："你家里也难，这谢师酒就先欠着，等你干了三五个月挣到钱了再办吧。"

可以不借债了，白金生好感动。

罗师傅接着又问他："你打算留在这铺子里当客师，还是自己出去闯闯？"

白金生早就了解行情，到外头独自接活干，比在铺里当客师拿月工钱挣得多，有时接的活量大自己领班招帮手干，挣得更多，便说："我想出去练练。"

罗师傅说："羽毛长齐了，出去飞飞也好。人家知道你是我徒弟，会相信你活儿不差。不过，请干活的主家有各种各样人，气量有大有小，供待有好有差，你即使心里有不满，活儿还是要精心干好，不能拆半点烂污，别给自己脸上抹黑断自己的路。"

白金生连称知道，也确实记在心里。

师傅随后问，是否已经接到活干。他说没有。师傅说手里接了一宗活，来不及干，是城郊有户姓周的人家要造三间新楼，既要竖柱架梁做门窗，还要做台、凳、床、橱、柜、箱，不小的工程，先让他去做。

白金生好开心，只是这工程一个人做不了，便在另一家生意清淡的木匠铺里找了一个名叫阿富的年轻木匠。

正是初夏时节，他和阿富到乡下周家干活了，主家是开土布作坊的，靠十几台木绞机雇人织布外销，发了点小财，就想造三间新楼，把原住的老屋腾出来添绞机扩大作坊。同时开工的还有两个瓦匠，还有两个同村要好邻居帮工。主家供待，头天早饭是菜肉馅儿糯米粉团子，中饭菜有三荤两素，还有白酒。

可是，第二天早上米粉团子就没馅儿了，中午也只有一荤三素，酒也没了。他觉得奇怪。其实他并不好酒，只是觉得即使他不喝，主家也该拿上来亮亮，是对他们看重。

之后每天都如此，两瓦匠和两帮工却都没什么反应。白金生可觉得很不舒服，猜想也许因自己年轻初出师门让周老板看轻，不过只在心里没有表露。阿富却忍不住，私下对他说："主家既然这么抠，我们活儿也可以马虎点，不必这么卖力。"

白金生虽然心里不快，但记得师傅的叮嘱，便强忍着，还说服阿富，用自己漂亮的活儿，要让主家心服口服。

可是，到房子造好，瓦匠、帮工走后，他俩还留下打橱柜台凳，又干了半个月，一直都是一荤三素，都没有酒。

这天活儿将全部结束，傍晚就要收工结工钱，阿富再也忍不住，私下对白金生说："听了你的，活儿干得这么好，主家还是这么抠，不把我们当回事，这口气真咽不下。"

白金生也觉得憋屈，说："咽不下也只能咽，没办法。"

阿富说："怎么没有办法？听我师父说，无论木匠还是瓦匠，都有治抠门主家的招。这家正在发财，有个儿子也快成人了。待会我们用小木块做三个骰子，悄悄在新楼正梁上挖个凹塘放进去，排成'幺''二''三'，会作祟让他儿子染上赌瘾，败他家业。"

这办法白金生也曾听过，心一冲动，就依阿富说的，私下与阿富一起做了手脚，心里有了几分报复的痛快。

最后一顿晚饭，周家在老屋的堂前桌上，摆了满台菜，有鱼有肉有虾有鸡有蛋有酒，比头天开工中饭还丰盛许多。吃完，主家如数算了工钱，给白金生十块银洋，白金生按事先约定四六分，也当场给了阿富四块。随后主家又拿出四块，再给白金生和阿富各两块，说，"听罗师父说二位小师傅家里都很拮据，供待你们荤菜又总吃不了老剩下，我让你们吃素点，省下这点钱让你们带回去。"

原来是这样！两人都呆住。白金生望着多出的两块银圆，尴尬了，后悔了，真不该听阿富话在梁上做那种促狭手脚。一时没有办法，只好尴尬而又慌乱地连声说谢谢。离开周家，一路上抱怨阿富。

白金生不光挣到办谢师酒的钱，还余五块银圆给爹。可是良心不安，不敢去见师傅，总想找个办法去把那梁上三颗骰子取掉，焦虑了两天，硬着头赶往周家，说是回家整理家什发觉有把凿子没了，可能在哪根梁上用时落在那了。周老板任他搬梯子上楼找，没跟着看。他终于顺利取下三颗木骰子藏进衣袋，对主家说凿子没找到，匆匆告别。心里石头搬掉了，第二天一早就赶到木匠街去见师傅。

罗师傅一见他就随意地问："梁上那三颗骰子拿掉了？"

白金生一吓，魂飞魄散，低下头羞惭地说："徒弟错了。"

"其实那样做不过是恶念的痴想，哪会真灵验。你这一关如果没过，我就不再认你是我徒弟。"师傅认真地说，"好在你知愧能改，这事你该一生一世记牢。谢师酒你可以先办，不过你是不是真够格正式满师，还得看以后遇到真抠门的主家你怎么做。"

白金生想了想，真诚地说："徒弟知道了。"随后又怯怯地问："师傅您怎么知道的！"

师傅说："其实我经常在你们收工后去看看。"

原来这头笔活是师傅设的考题，白金生完全明白了师傅的苦心。

李 大 客

袁炳发

李大客叫李长荣，在我们矿山的车队开大客车，因此人们就都叫他李大客。二十世纪七十年代开车的司机很威风，是让人很羡慕的职业。

那时，我们矿山的人员组成很复杂，大部分技术员和工人是响应组织号召，从全国各地迁移过来的，最远的来自甘肃玉门矿。

有些技术员和工人的亲属（甚至家属）遍布在全国各地。那个年代，矿山交通不便，地方上的客运班线没有开通到矿山来。为方便矿山干职员工探亲访友，矿领导商量决定，委派车队买了一台大客车。

大客车买回来之后，让谁来开？这让领导们颇费思量。领导们认为，这开车的个人素质要强，要温和知礼。更重要的是，要懂得为人民服务的意义。一次次开会商议，领导们最终同意让优秀党员、每年都受到先进表彰、胸戴大红花次数最多的李长荣来开这台大客车。

离我们矿山最近的火车站叫东宁。东宁站与矿山有一百多里地的路程，矿山人走亲访友（包括公差）的往与返，都要经过这个小火车站。

李大客每周一、三、五开大客车，从矿山出发去东宁火车站接送矿山职工和干部。

李大客的外貌，给人的感觉一切都是长长的：瘦长脸，瘦长个，就连那双胳膊也是长长的。大家就笑着说，李大客这双长胳膊，就是摆弄方向盘的料，不开车都瞎了他。李大客待人和蔼，不笑不说话，载的客又都是矿上熟悉的人，李大客和大家嘘寒问暖，服务热情周到。

大客车停在东宁火车站出站口旁边的一个小广场上，从外地回来下了火车的矿山人，走出站口就直奔客车而来。等客的时候，有先上车的乘客就给李大客讲外面发生的新鲜事儿。说说笑笑间，下了火车的人就都上了客车。李大客戴上那双白手套，握着方向盘，发动车后，目视前方，载着一车满脸欢笑的人返回矿山。

有一年的冬天，从东宁火车站出来，大家发现副驾驶的座位上，坐着一个七十多岁的老太太。

老太太蓬头垢面，身上穿的棉衣都裸露出了棉花。

在咱们矿上，也没见过这个老太太呀！这是谁家的老太太呢？车上的人议论着。李大客见大家有疑问，便过来给大家介绍说：这是我老娘，从山东老家益都那边过来的，投奔俺来了。

老太太从座位上站起来，想说什么被李大客给摁坐下了。

李大客又补充说，老家那边穷，俺老娘穿的衣服破了点儿，让大家见笑了！

大家知道了老太太是李大客的老娘后，就都用笑容欢迎老太太，有的拿出糖块，有的拿出一个苹果，有的还抓出一把花生。

老太太笑着双手接过这些零食，随后放进她身边的一个破兜子里……

　　李大客家四口人，两个儿子正读初中，老婆没有工作，偶尔在矿上的五七厂干几天临时工补贴家用，剩下的就全指望李大客每月三十多元的工资了。本来并不宽裕的日子，自老太太来了以后，就更加紧巴起来。李大客隔三岔五还嘱咐老婆给老太太加工点特殊的"小灶"，别让老太太肚里太没油腥了。

　　李大客老婆给老太太侍弄得浑身上下干干净净，连原来的长头发都剪了，李大客老婆说短发洗起来方便。

　　矿上的人还看到李大客老婆，每个月都要带老太太去矿上的职工浴池洗几次澡，李大客也经常带老太太出来，院里院外地走一走。

　　那几年，边境不太平，家家挖地道，玻璃上糊防空白纸条，时刻反修防修，每户人家都想方设法蒸点三合面的干粮，以备不测，其实日子过得蛮紧张的，但李大客的脸上每天仍是笑呵呵的。他嘴上常说，有什么怕的，一家人在一起，啥也不怕……

　　矿里的哪家儿媳妇儿不孝顺公婆，丈夫就会说，你看看人家李大客的媳妇儿，那才是媳妇儿呢！

　　被嘲讽的媳妇儿不服气地问：我不是媳妇儿，那能是啥呢？

　　丈夫愤愤地回答说：你是白眼狼的妈！

　　日子似乎是被风追赶着一样快，几年间就过去，老太太八十岁了。

　　八十岁的老太太患了老年痴呆症，家里来了客人时，老太太就对客人说，大客是个好人，比我亲儿子还亲！

　　客人就笑着说，老奶奶可真是糊涂了，大客就是你亲儿子呀！

　　老太太听后摇头，咯咯地笑着说：大客不是我儿子，他是我亲大哥！

　　客人笑着安抚着老太太几句走了。

　　李大客望着老娘无奈地苦笑着。

　　一天夜里，老太太安详地走了。等李大客发现的时候，老太太的身体早已僵硬，李大客特别忧伤，自言自语地说：我咋会这么粗心？夜里咋没注意老娘呢！

　　前来慰问的矿工会领导，劝李大客说，你不要太难过，你做得够好了，老太太没有遭着罪，也算无疾而终了。

　　李大客给老娘烧完"三七"后，接到了矿上人事科科长转给他的一封公函信。

　　公函信是从山东老家益都发来的。

　　公函的大致内容是：请贵矿人事科，帮助寻找李长荣。李长荣是我院建院后，首批入院的孤儿，我们邀请他回来参加院庆活动。

　　李长荣就是李大客，这时人们才知道，原来李大客是个孤儿。

有意思的人

袁炳发

办公室的门被推开后，高大的张三阴沉着脸走进来。进入办公室后的张三，给自己的杯泡上一杯茶，然后坐在椅子上跷起二郎腿，东张西望。

见我们没有与他搭话，张三就对我们说："今天我真他妈的晦气，在公交车上，钱被人偷了！"

我们听后，大惊，行事一向谨小慎微的张三，怎么能会被人偷了呢！大家都放下手里正在忙着的业务，抬起头挺认真地看着张三，似乎想从张三脸色阴沉的程度，判断出张三失窃的数目大小。

看一会儿张三，大家就判断出，张三失窃的数目一定很大，不然张三的脸色不能阴沉到再不能阴沉的极限了。

李四就问："张三，你被人偷的数目一定很大吧？"

张三并未立即回答，他不慌不忙，拿过杯掀开盖子，用杯盖拂了拂漂在上面的叶子，把杯子凑到嘴前，"嘘"地啜了一小口。之后，张三皱了皱眉，说："失窃的数目大小倒无所谓。只是一想这事，就他妈的叫人特闹心！你们想一想，我这么大一个人，怎么能像小孩子一样粗心大意。"

王二说："是呀，个子那么高，像根电线杆子，怎么能说叫人掏就掏了呢？真是个窝囊废！"

李四跟着重复说："真是个窝囊废！"

我接话说："你们就别火上浇油了，谁还没个闪失呢！俗话说，淹死的往往都是会水的！"

李四白了我一眼说："嘁，你这话有点不搭，淹死人和被偷怎么能扯到一起，太牵强了。"

李四说完，大家就都不语，都又埋头处理眼前的各自业务。

张三又跷起二郎腿，东张西望。张三端着茶，慢慢地喝。喝着，张三说："我被掏了钱事小，小偷光天化日之下，如此胆大妄为是个大事！我担心的是，长此以往，社会环境怎么能安定和谐？"

我等听后都未抬头，都顾自继续忙着自己业务的事。

这期间，张三去了一次厕所。

张三从厕所回来后，就又开始说："我怎么想都觉得被偷这事有些那个。丢钱事小，我担心的是，长此以往，社会环境怎么能安定和谐？"

这时，李四抬起头，皱着眉头说："张三先生，您不是给我们几位做会议报告吧？"

张三摇摇头，握紧了的拳头一下砸在办公桌上，对李四说："别讽刺我！我不是做什么会议报告，我是说这个事，我是觉得这个事憋气呀！"接着又说："这叫什么事呀！平白无故站着被人偷。他奶奶滴小偷，别让我抓住，抓住就是个剁手。"

王二说："张三，你不要这么气愤，生活给我们光明的同时，也会给我们黑暗，这很顺应社会发展的规律，不足为奇呀！"

张三听了，很不信服地摇摇头，说："不足为奇！没那个理儿，以后我就准备改行当警察，非整治整治这种站着就能被人偷的现象。"

李四说："张三你嚷了半天，我们还不知道你被人掏去了多少钱呢？"

王二问："张三，你被人掏去了多少钱？"

我也问："张三，你被人掏去了多少钱？"

张三答："不多，一元，衣袋里就那一元钱了。"

我们都愣了，嗓子似乎被什么东西噎住了。

其实，张三被人掏去一元钱，就这么气愤，这么沉不住气是有缘由的——他是一个非常吝啬的人，也是一个有意思的人。这样讲吧，如果允许，张三可以把一分钱掰成两半花。

实际上，张三不是一个没钱的人。他父亲去世时，张三继承父亲的遗产近几百万元，可就是这么一个有钱的主，一身衣服一双皮鞋，能穿上十几年不换。

李四说："张三有钱等于没钱，钱放在那里他不花？"

王二还曾经当着张三的面，给他讲过守财奴的故事：有个守财奴变卖了他所有的家产，换回了金块，并秘密地埋在一个地方。他每天走去看看他的宝藏。有个在附近放羊的牧人留心观察，知道了真情，趁他走后，挖出金块拿走了。守财奴再来时，发现洞中的金块没有了，便捶胸痛哭。有个人见他如此悲痛，问明原因后，说道：喂，朋友，别再难过了，那块金子虽是你买来的，但并不是你真正拥有的。去拿一块石头来，代替金块放在洞里，只要你心里想着那是块金子，你就会很高兴。这样与你拥有真正的金块效果没什么不同。因为你拥有那金块时，也从没用过。

当时，张三听了这个故事，还打了王二一拳头。

在我们下班时，张三没走。他告诉我们说，他再坐一会儿，再想一下今天公交车上他为什么被人偷了一元钱。

我们听了掩嘴偷笑，离开了办公室。

翌日，上班后，王二拎过电水壶去烧水，却突然不见了多项电源插排。

大家就找，终未找到。

王二说："怪了，昨天下班时还在。"

李四说："谁最后走的？看见没？"

大家就把目光一齐射向张三。

张三就怯着眼神，说去上厕所后，就走了。

张三走后，我们一起笑。笑后，我们也像张三昨天那样，往死里骂了一阵子那个小偷。

美　好

于德北

我常在家附近的一家抻面馆子吃面、喝酒，时间长了，对面馆里的人和事儿就较一般的客人多了一些了解。比如，这家馆子的真正的老板是一个年轻人，而他的父亲因为他还有外的操持，不得不放弃退休的安逸生活来"打工"；又比如，这年轻人不放心后厨的诸多细碎事，必求他的亲姨娘来帮衬他，才使他放心。

这并不是我今番要说的主题。

在这家抻面馆子里，有一个抻面的师傅，极爱开玩笑的，对女人有一些插科打诨的乐趣，又能诌几句歪诗，每每逗人"哈哈"大笑，是一个活泼有趣的人。

服务员有四个，两个在前台，一个粗黑高大，是口无遮拦的那种，眼里无活，没事儿就坐在那里玩手机，不看视频，也不看朋友圈儿，唯一干的事情就是和老公聊天儿，大到天南地北，小到吃喝拉撒，说到情致处，两个人笑得前仰后合，不亦乐乎。又一个年岁比较大，在后厨帮着老板的亲姨娘料理菜案上的事宜，是打下手的，出牛肉、制酥鱼、撕油菜、切葱花、炸辣椒油、炒花生米，诸如此类，她必忙前忙后，活多挡不住笑，一笑声音上扬，总能把气氛影响得热火朝天。每天出完活儿，她也打电话，这电话是打给儿子的，说自己的筋骨，让儿子放心，时不时地说说自己的工资，多少多少钱，总要给孙子买衣服、买吃食、买玩具，不管儿子怎么说，末了，总是一句话："你别磨叽了，妈有。再说，我这么大岁数了，能用几个钱？等哪天妈没了，你们想花也花不着。"话是这么说，脸上的皱纹却聚成了一朵幸福的菊花。

还有一个前台的，她平时话是不多的，如果打电话也必到外边去，在门口走来走去，话不长，说完便回来，忙自己的一摊事儿，该点面点面，该上面上面，只一点，每天八点半下班，必有一个瘦小的男人——后来知道是她的丈夫——来接她，提前十分钟到，不进屋，在门口等，她出去了，两个人相挽着，渐行渐远。

都是这样，幸福满满。

只有捞面师傅，个子不高，白胖，笑眯眯的，常和那抻面师傅浑闹，看似十分的开朗。因她也在后厨，除非吃伙食饭，很少到前台来；如果到前台来工作，有两项，一是切牛肉，一是剥蒜。平日里也说笑，只是别人打电话的时候，她便突然沉默，面部表情沉静如水，那几个人与她分享女人惯于分享的喜悦，她也多以浅笑示之，并不加入什么有建设性的意见。再多说了，就一句话："挺好的。"言罢，不声不响地回到后厨去，要么调汤，要么就把清洗过的大勺再清洗一遍。

这些都是我的观察所得，只当这有趣，又兼职业习惯，记在心里，是千幅万幅画面中的一幅。

直到有一天，我一进到店里，那些个人就炸锅一般地向我宣布，她终于谈恋爱了，对方是一个药厂的推销员，收入颇丰，对她也颇为上心，就在前一天，给她买了一个金戒指，戴在手上金灿灿的，煞是喜人。大家起哄，她就脸红，热辣辣地说："八字还没一撇呢，你们可别取笑我了。"话是这么说，但人比从前的开朗更开朗了许多。那个粗黑高大的和老公视频，她也会打一个胜利的手势，说："加油哟。"那个年岁比较大的给儿子打电话，她也会突然拿出一盒药，说："你妈胃不好，你想着提醒她吃。"那个平时话不多的，一动就到外边打电话，只要从门外一回来，她就哈哈大笑，说："打个电话有啥避人的？"说完，自己掏出电话，夸张地大声喧嚣："这次出差啥时候回来呀？提前说一声，我好和店里请假。"她说完，几个女人就前推后搡地拿她打趣个没完，她也开心成什么似的，一头趴在桌子上，羞涩地说："哎呀哎呀！你们可别说了。"

可女人在一起，不说这些说什么呢？

又有一天，是下午两点多一点，我从图书馆查资料回来，知道面馆客少人稀，正好可以小憩，借机饮一两瓶啤酒，消除劳顿。于是在门口下车，径直向面馆里来，不想在面馆的门外见到她正打电话——面馆向街的一侧是落地窗，窗外人的举动，店内的人一目了然。我想和她打招呼，实际上也是想开个玩笑，不巧，正好一个微信冲进来，我便停止了恶作剧，去关注微信内容，谁知，刚关注了一半儿，手机因电力不足关机了，我便很下意识地站在那里，想在她通完电话之后，借她手机一用，可她手持手机一言不发，在那里转了半天，才放下手机，喜气洋洋地回屋了。

一脚门里一脚门外的时候，我不知深浅地叫住她。

我说:"我手机没电了,借我回个电话呗。"

她这才发现我,突然一愣,脸一红,旋即说:"我手机,也,没电了。"

我并未多想,进店喝酒,看她们姐妹说闹,心里也感受着生活的充实。那几个女人的话,无非是"电话里说啥了?""什么时候回来呀?""对男人你可得留着点儿心眼儿,别让人糊弄了"等等。她的回答还是:"哎呀哎呀,你们别说了。"说完,一头趴在桌子上,脑袋摇得像拨浪鼓。女人们闹哄一阵子,就各自忙各自的活计去了。

这时,老板的父亲从外边回来,特意招呼她一声,把她叫到近前,说:"现在充电器可真便宜,十块钱还能讲价,快充上吧,你现在可是热线。"

她道了一声谢,拿着充电器回后厨了。

老板的父亲又对我说:"离婚了,再找个不容易,这不,店里的充电器坏了,她想充电,充不上,我一想,成人之美,再买一个新的算了。"

我沉默半晌,笑了。

真是的,有很多时候,美好或者制造美好也是让人心酸的。

草

刘国芳

村里有个老人,从我记事起,我就看到他是一个人。几乎每天,老人都悄悄地从我身边走过,然后去地里做事,老人地里栽了玉米,还栽了甘蔗,栽了红薯,栽了南瓜冬瓜和茄子辣椒。一次我到地里去看老人,看见老人挖出一个大红薯,老人看着红薯满脸高兴,问我:"这红薯大吗?"

我说:"大。"

老人说:"最少有三斤。"

我说:"我就没看见过这么大的红薯。"

老人笑起来。

还有一次,我又去地里看老人,看见老人冬瓜棚上有一个特别大的冬瓜,老人又是满脸高兴,老人说:"这冬瓜大吗?"

我又说:"大。"

老人说:"有一百多斤。"

我说:"我就没见过这么大的冬瓜。"

老人又笑。

也看到老人不高兴的时候，一天我去地里，看见老人坐在地里发呆，我问老人，我说："爷爷怎么在这里发呆呀？"

老人指了指地里，跟我说："今年的薯白栽了？"

我说："为什么？"

老人说："都被野猪拱了。"

我说："这野猪真害人。"

老人叹一声。

又有一次，也看见老人在地里发呆，我问老人，我说："爷爷怎么在这里发呆呀？"

老人指了指地里，跟我说："被人拔了好多甘蔗？"

我说："谁拔的？"

老人说："不知道。"

我说："这个人太坏了。"

老人又叹。

老人并不是天天在地里，有时候老人会坐在门口，半天一动不动。

我走过去，我问老人："爷爷坐在这儿做什么呢？"

老人说："晒太阳。"

我问："爷爷不去地里做事吗？"

老人说："冬天了，地里没事做。"

我点点头。

有一天没看到老人。

我去找老人，去地里找，但没看到他，也去老人家门口看他，同样没看到他。于是，我问村里一个人，我说："李阿公（村里人好多人都叫老人李阿公）呢，怎么没看到他？"

回答："不知道。"

我说："李阿公到哪里去了呢？"

回答："谁知道呢？"

我又问村里另一个人，我说："李阿公呢，怎么没看到他？"

回答："不知道。"

我仍说："李阿公到哪里去了呢？"

回答："谁知道呢。"

我后来去了李阿公家里，才看到李阿公躺在床上，我说："爷爷，你怎么没出来呀？"

老人说："我生病了。"

我说："你要去医院看呀。"

老人说："不要紧，过两天就会好。"

但过两天老人没好，不久，老人过世了。

我再见不到老人了。

后来的好多好多年，我忘记老人了，真的，彻底把他忘了。

这天，我看到有人在朋友圈发了这样一首诗：

> 路边的一棵草
>
> 它默默地生长
>
> 又默默地枯黄
>
> 正如它悄悄地来
>
> 又悄悄地走
>
> 它也有快乐，会在风中欢笑
>
> 它也有忧伤，会在雨中哭泣
>
> 只是，它的快乐与忧伤都没人知道
>
> 也没人在意
>
> ············

忽然，我想到了老人。

萍 水 相 逢

安石榴

　　我的邻居养鸟——就算是邻居吧，倒没住我隔壁，隔一栋老楼，另一座老楼的一层。他租下一间小门脸，当然不是为了养鸟赚钱，玩儿的。他的小门脸临着一条小街，人行道边的柳树挺大的，他把一只鸟笼子挂在一个树疤上，另两只笼子就摆在门脸下的台阶两边，门墩儿的摆法。这两个"门墩"可不安静，叽叽喳喳，树上的那只也不消停。什么鸟呢？他告诉过我，我给忘了，可能也因为没惊艳到我吧。还有一只黑色的，丑，叫八哥，在门前飞来飞去。八哥会说话，但在外面玩的时候，它啥也不说，就是飞，我猜它可能并不乐意碎嘴子，言多语失谁不知道呢？天气不好，或者冬天猫冬的时候，它在主人的小铺里，的确总是翻着眼睛嘀嘀咕咕。也是没办法，说不定是憋屈的缘故。

我这邻居和他的三只鸟笼子、一只丑八哥待在一块得有十几年了吧，小二十年了。我当然不知道前十年和后十年是不是同一只鸟，反正格局就是这样，每天飞来飞去，叽叽喳喳，嘀嘀咕咕。它们总是陪伴在他身边，也不见他逗弄他，也不见他给它们做打扫。就是互相看看的意思，不需要特别亲。这一点可不像养狗人士。养狗人士呢，如果他的狗自动把尾巴送到你脚下，你又不知道这回事，那你接下来踩到的真不知道是狗还是狗主人了，狗主人嗷嗷叫起来，针扎火燎、一惊一乍的，挺吓人。我这邻居养鸟有点佛系，这就有看头儿了，真的，我看他挺自在的，挺好，旁观者也自在。这一点还真是个事儿呢。

我这邻居还打鱼。一张大网总是晾在街边一截树桩上面，是一张正经大网。问他：打鱼呀？

他回：嗯啊。

也抬起头来看你一眼，然后就低下头干活了，不扯别的。这个事儿也不像很在意的样子。

他当然不是卖鱼的。

今年不是来了一场台风嘛，牡丹江边的亭子只露出个攒尖，木栈道都被淹了，望江一眼，大海似的。大家都去看，我也爱热闹。嘿，遇到他了，他撒出一个又大又软的伞状大网，太带劲了！不一般呢。然后他再一点点收起。我也上前看，小鱼只有笔帽大小，三两只，我猜喂他的鸟都吃不饱。我还猜他打鱼也是过个瘾，玩意儿。

他到底干什么营生呢？修鞋。挺不错的师傅，手艺可靠，价钱也公道。

他刚租这间小屋的时候带着一张异乡脸（现在也还是），孤身一人，三十岁的样子。这个年龄倒是应该有老婆有几个孩子是吧？但他孤身一人，年节都是孤身一人。我去修鞋，有几次想问，又觉得可能挺烦人，就没问。几年过去了，忽地，有个三十大几的女人，偶尔来他的店里。这个女人也长着一张异乡脸，不太说话，然而你看她，又总觉得她不像是天生话少的女人。这到底有个什么区别我也没细想过。开始她只是坐着，挺不自在，浑身上下木僵僵的。有一次我听他们在对话，声音又低又慢，女人问他晚上想吃什么？男人说面条行不行？女人说行。男人说要不你先回去吧，我回家时买点熟食拌菜。那天我一只脚穿着鞋，一只脚没穿，就在旁边暗戳戳地观察他们，想，这是两个有故事的人吧？

后来这个女人就常来了，不闲着，把修好的鞋装口袋里递给取鞋的人。慢慢地，慢慢地，不知道从什么时候起，这个女人差不多天天在了，坐在角落里一个马扎上，简单的粘补缝线都能做，再后来，修鞋师傅不在的时候，她就端坐到他的位置上，接活计、估摸价钱都熟练。这情形，看起来还真有点儿赏心悦目呢。恐怕这么多年，就是因为这个，我后来连包拉锁坏了都找他们了。

刚刚，我拎着丈夫的一双鞋过去，一推门就愣在那儿了，冷不丁心里一阵狂跳，赶紧退出去，一瞧，没错呀，是这地方啊，修鞋铺子怎么变成卖彩票的了？里面有个闲人拉开门出来，给我往东指了一下，我扭头一看，好嘛，修鞋铺子东移了三家。

我进了修鞋铺子，那两个人好好的，各就各位忙着自己手里的活计，他们抬头看了我一眼，女人笑了一下就继续干自己的活儿，男人放下锥子，接过我手中的鞋查看。这个当口儿我悄悄舒了一口长气：真好，没什么变故。当然都是心里面的活动，我并没有说出来。

我坐下来听他说怎么修，但我其实根本没听。十几年已经过去了，时间分分秒秒，世事瞬息万变，发生多少大事，毁了多少凡人啊。假如有些事情总是不变，你就没法不担心，是不是？世间就是这样，你看着有些事情很稳，可那不一定，也许某些动荡正在暗中迫近。你看这两个人吧，这两个外乡人，虽然呢，鸟还是那些鸟，渔网也还是晒在那儿，然而，不见有相貌上能看出来点什么的人上门找她或者他，也没有新生人口加入他们。你就没法不担心，是不是？

百 鸟 朝 柿

江 岸

姥爷、姥姥没有儿子，我没有舅舅。姥爷五十岁那年，随着小姨最后一个出嫁，姥爷和姥姥的家就成了他们俩的空巢。

小时候，位于大别山山窝里的姥姥家简直就是我的天堂。每逢节假日，妈妈都会带着我回娘家，到她的故乡黄泥湾去一趟。有时候爸爸也跟着去，多数时候，是我们娘儿俩一起去。

下乡的日子，我的快乐就像山区蓝天上飘荡的白云，奔涌得无边无际。且不说姥爷和姥姥捧在手心怕飞了、含在嘴里怕化了的宠爱，且不说夏季在洗脂河里戏水的清爽，且不说冬日在山坡上滑雪的畅快……单是菜园里新鲜的瓜蔬、树林里甜蜜的浆果、房前屋后熟透了的红桃黄杏，都足以让我这个馋嘴的城里娃儿对这一片神奇的山谷流连忘返。

最让我印象深刻的，还是姥爷、姥姥亲手做的脆柿和烘柿。

姥姥家院墙外面，有一排参差不齐的树，矮的是石榴和樱桃，几棵高过墙头的树，一棵是香椿，两棵是柿树。听姥姥说，原来这两棵柿树结的柿子叫牛眼柿，鸡蛋大小，籽儿还特别多；后来，经过姥爷亲手嫁接，结的柿子叫磨盘柿，比大人的拳头还大。每年秋天，他俩把柿子摘下来，一部分泡在坛子里，坛口塞上从河边割来的马蓼去涩——制作脆柿。泡个几天，将柿子捞出来洗净，削了皮，咬一口，又甜又脆，口感赛过苹果和香梨。另一部分装进塑料袋子里，里面放上两个苹果，将袋口扎紧，用棉被捂上——制作烘柿。几天以后，柿子变红变软，揭开一块皮，将嘴巴贴上去慢慢吮吸，绵软香甜，柔滑得像喝了一罐蜜。

姥爷、姥姥知道我喜欢吃柿子，每年秋天的时候，都会把脆柿和烘柿提前加工好，我去了以后，让我每天吃两个，因为柿子性寒，并不让我多吃。吃不了的，让我临走时兜着走。

后来我慢慢长大了，一来呢，嘴没有小时候那么馋了，二来呢，我到外地求学、参加工作，再也不能经常去看望姥爷和姥姥了，竟然错过很多品尝姥姥家美味的机会，但是，姥姥家柿子香甜的滋味却永远扎根在我的记忆深处。

岁月如梭，人生无常。一个秋天的傍晚，我正在上班呢，妈妈突然打来电话，拖着哭腔说，你姥姥在医院里，快不行了，你抓紧时间赶回来，见她最后一面。

我紧赶慢赶，回到家乡，匆匆送别了姥姥。姥姥安葬了，我偎在姥爷身边，坐在院子里，想陪他说说话。姥爷面容苍老，平静的神情下面，掩抑着无尽的哀伤。我憋着泪水，握着他布满老茧的大手，满腹的话语不知道如何启齿。

我怕我的泪水控制不住，会不小心流出来，便不时昂起头，仰望院子上面那一方逼仄的天空。我突然看到，在院墙上方，高高的柿树顶端，宽大的树叶里掩映着星星点点正在由青变黄的柿子。

姥爷，我去帮您摘柿子吧。我站起来说。肯定是柿树太高了，姥爷行动不便，才没有摘净树顶的柿子。

姥爷拉着我的手，把我拉回他的身边坐下，摇摇头说，不用摘了，那是我和你姥姥故意留下的。

为啥？这样不是太浪费了吗？

这些年，你们几个贪嘴的娃娃都长大成人了，也难得有工夫回来陪我们了，我们就再也不用把柿子都摘光了，每棵树顶上，每年都留下几十个柿子。每到冬天，大雪封山，这附近山上的鸟雀们觅不到食儿，麻雀啊，斑鸠啊，喜鹊啊，画眉啊，黄鹂呀，还有乌鸦呀，还有其他叫不上名字的鸟儿啊，都会飞过来，吃几口柿子，度过饥荒。这几年，雪天飞过来吃柿子的鸟雀越来越多，我们留下的柿子也越来越多啦！

怪不得呢，姥爷和姥姥心眼真好，这是保护鸟儿，保护生态环境。

哪儿啊，我们有啥能力保护它们，是它们啊，飞过来陪我们。每年下雪的时候，鸟儿们聚在树上树下，热闹得不得了，把你姥姥高兴的，像过节似的。她呀，总是让我把院里院外的积雪打扫干净，她就一把又一把地往空地上撒稻谷、小麦和玉米，怕这些鸟雀光吃几口柿子，填不饱肚子呢。

我的眼泪终于忍不住，一头扎进姥爷的怀里，号啕大哭起来。

隆冬季节很快就到了。

有一天，看天气预报，豫南地区将有大到暴雪。我突然渴望回到黄泥湾，回到姥爷身边去。我请了假，千里迢迢往回赶。

一路上，我都在想象着姥爷家鸟儿欢聚的热闹场景：大雪纷飞，柿子鲜红，一群五彩缤纷的鸟儿在风雪中在柿树周围一边鸣唱一边翩翩起舞。

我默念着，姥爷，您和姥姥曾经豢养、放飞的一只小鸟，马上也要飞回家了。

奔　跑

陈　毓

树杈很低，我伸出双臂攀住，猛一用力，送出身子，双脚向上一钩、一翻，就坐在树杈上了。我站起来，看见她也开始上树，动作和我一样。

现在，我和她各自站在一棵开花的树上。我站着的是棵桃树，她站着的也是棵桃树。我的桃花深红，她的桃花粉白。她刚褪去冬日的旧棉袄，穿着件粉红单衣，我的单衣是绿色的，姐姐褪下的，但比穿了一冬天的硬巴巴的旧棉袄叫人轻松。桃花的气息使人头闷，可蜜蜂把嘴扎在花蕊里贪婪地吸吮。我被耳边震动的蜂鸣催眠得昏昏欲睡。

无聊。实在无聊。天空被花掩映得羞羞答答。最后我只能看不远处那棵桃树上站着的女子。她现在走到树杪上，坐下。她的腿悬在半空，摇晃不已。她的裤腿显然短了，这一坐，叫她的一截雪白小腿暴露在外，光脚穿一双旧布鞋，脚背是黑的，显得她的小腿越发的白。我打量她，她却并不看我，由此才使我能专心看她。她侧着头，手指用力地梳理她的长发，身下的花枝随她的用力有节奏地起伏，一起一伏、一起一伏。她看上去很像一棵反季节开花的树上一只孤零零的熟桃，随时都可能掉下枝头。

我希望在这沉闷的午后发生点什么。我无聊得很。我迟疑再三，下定决心，张大嘴巴，发出的声音却如耳语。我冲她喊：甜！

我知道她听不见。于是打算把游戏再做一回，第二声"甜"还没发出，我听见一声：哎——

那声音尽管好听，可给我的惊吓无疑如引爆一枚眼皮底下的炮仗。

"哎！"她仰起热情洋溢的脸，"我来了——"

树枝跳起，她一屁股坐在了桃树下，接着一跃而起，向着我，飞奔而来。

我像一只中弹的鸟，应声而落，跌在树下一堆半截子砖头上。顾不了疼痛，我跳起来，拼命奔跑。

粉红的长发飘飘的她追赶着夯着刺猬头的我，在村庄如绳的小路上，从村子跑向坡梁，从坡梁跑向河谷……奔跑在果子沟被繁花覆盖的春天里。

不久，寂静的村庄起了热闹。先是忙碌在吃虫运动里的鸡好奇地停止刨食，互相探问眼下的热闹缘何而起，接着在阳光下睡觉的狗被从眼前跑过的影子惊醒，狗们想起担当的责任，从瞌睡中振作起来，接着它们就兴奋了：天啊！这一红一绿、一高一矮、一矮胖一窈窕、一个慌不择路、一个穷追不舍的奔跑的人多好看！最先反应过来的狗很大方地把自己的赞叹喊出：汪！汪汪！汪汪汪！不久，村庄传来一片狗吠声。公鸡兴奋得忘了时辰，也加入鸣叫的队伍里来，一些狗干脆加入奔跑里，于是人追着人、狗追着人、狗追着狗，跑成连环，从河谷到庄子、从庄子到山坡，这场狗吠鸡鸣中的奔跑，惊吓得那些覆盖了果子沟上空的贞洁的花们纷纷飘落……

因为引领着奔跑，最初我还能识辨出道路，选择往哪里跑更安全，还能听见耳边呼呼的风声、还能闻得见因为大口呼吸而胀满肺腑的花香，用嗅觉辨别出桃、杏、梨、樱桃、李子、苹果、柿子、海棠，知道刚刚从什么树下跑过。渐渐地，眼睛看不见了、耳朵听不见了、鼻子也闻不见了。再往后奔跑，眼睛就只看得见黑暗、耳朵开始鸣叫、鼻子像是被火烤灼似的疼痛，无法呼吸。

我们的奔跑终止于一个高大黑影的阻拦。先是我跑到了那个高大的黑影前，黑影横在那里，像一堵墙，我想如果我能穿墙而过，我就安全了，就能够终止这要命一般的奔跑了。于是我用尽最后的力气，向那堵墙奋力撞去。只觉得眼前一黑，我就栽进浓重的黑影里去了。

醒来的时候，我看见我妈的脸堵在我的脸前，见我醒了，她没好气地说：你咋就跟别的孩子不一样呢？你好端端去逗一个疯子干什么？大概从我的目光里没能看出悔意，我妈加重语气教导：她是文疯，你不惹她，她会来招你，赶得你鸡飞狗跳、狗急跳墙？实在不像话！秋天你若还不去上学，我就不要你了。

我知道她想把我送给不会生孩子的二姨。就背转身，把一个表情冷漠的背给她。

这时我听见她的声音。她在唱歌。躺在安全的地方听，她的歌声实在美妙。

"叫哥哥你莫要如此介意，

妹妹的手艺拙，

你莫要嫌弃……"

今年过年，姐说，整年待在城里，烦不烦啊？咱俩干脆回老家过年。

姐说的老家就是童年待过的果子沟。我说，外公外婆都不在了，我们回去奔谁？姐说，还能没有你我的饭吃？床睡？

送我们的车停在沟口，剩下的路走着去。

在村口，遇见的第一个人竟然是甜，她手上拉着个小男孩，四五岁的样子。前面走着个女孩，有十五六岁吧。那女孩我觉得面熟，看见她，恍然想起二十年前坐在桃树上的穿红衣服的甜。女孩子见我打量她，腼腆礼貌地冲我笑。

我鼓起勇气。做足口形，那个"甜"字在我嘴里冲开牙齿的阻拦，像呼哨着鸽哨的鸽子一样振翅而起。

我又听到了二十年前听过的那个声音，她说——

"哎！"

"是你呀？"

"哎呀，都变得快要认不出来了。"

我看着她的眼睛，又喊了一声"甜"。我看见她静静地冲着我笑，把双眼笑成弯弯月亮，仿佛前面走着的小姑娘的姐姐。

没有奔跑，没有随之而起的鸡鸣狗吠以及在我们头顶纷飞如雨的落花。

我跟姐说起我和甜的那次奔跑。

姐说，甜小时候受过惊吓，是真的疯过一段时间。至于是否有过那场奔跑，却不记得。

我不甘心，就跟她描述小时候记忆里果子沟春天的景象，问她可是真的。

她说，当然是真的，要不怎会叫果子沟。

三 哺 洼

范子平

我 1939 年在晋北参军，进的是一一五师三四四旅。后来我们东进山东，成了八路军五纵，又南下江苏，改编为新四军三师，全军换了蓝灰色军装。我在八团一营三连当班长。我们八团是井冈山二十八团的底子，很有名气，人称老八团，驻扎在盐城建湖一代，时不时跟鬼子和伪军干上一仗。

我们班来了一个新兵宋城，中等个子，圆脸小眼——说是新兵不假，加入我军才一周，但要说当兵的资历也不浅。国民党军队一三五师从他家乡路过时他当了兵，打过不少仗，豫南会战中受重伤，被救下来，伤好后在家乡当民兵，听说老八团在此驻防，就不顾一切投奔过来了。

宋城能说会道，有点大大咧咧的。那次连里吃饺子，他端起碗忽然泪下，说，娘，离家远了，要不我给您老人家送去！我问他家哪里。他说三哺洼，还蹲下用小树枝在地上写这几个字。他说，爹早死了，没别的亲人，娘一个人拉扯他长大。

没两天他就受到我的批评。我厉声道：宋城，军帽要戴端正！他啪的一个立正，高声回答：是！但紧接着他又嬉皮笑脸，说不过你派我去营部领东西，山路跑个来回，出了一头汗！我说，出汗也得戴正军帽！宋城又大声道：是！然后他又说，这顶旧军帽大了，一低头它就歪。因为连续作战，服装供应不及时，宋城的这身偏大，还是副班长到敌占区执行任务时留下的旧军装。

1943年秋，我们团每班分到一套新军装。我看有的班是班长穿，就给大家公布一下，说，弟兄们，这次只有一套，我就先穿上，以后还会往下分，咱都会穿上新军装的。弟兄们都没说啥。我正要将折叠好的新军装打开时，宋城说话了。他说班长这不合理，咱新四军不是官兵一致人人平等吗？我说是呀，但跟分军装没关系呀。宋城说咋没关系？你班长就能先穿？他这一说把大家目光都吸引过来。我说，我也不是要先穿，就是不想动那个脑筋，咱班十二个人该谁穿？班长不穿更不好办！他说就那也不能你穿！我说，你说咋办？该谁穿？宋城说，我没说该我穿，我是说该捏蛋儿！我一愣：抓阄儿？宋城说是呀，抓阄儿公平。我看大家的目光好像都赞成，想想也是这个理，说那抓就抓！来，装我口袋里，十一粒黄豆，一粒黑豆，谁捏住是谁的！

谁知道天意，宋城最后抓，但就他捏出的是黑豆！他看看我又看看大伙儿。我将新军装扔给他说，穿！他说真的我穿？我说定好的规矩，你不穿谁穿！大家都拍着巴掌哄笑说，你小子有福气！他不再客气，当即换上新军装，正合身，还真像那回事。我说，你这小子，把军容军纪给我弄好，弄不好小心我整你！

不久就是鬼子的大扫荡，连长下令分散突围。我们班一路冲杀，突到一条大河边，四顾就剩六个人了。夜色中宋城从河湾港汊中找到一艘小船，我们在船头架起机枪，躲过鬼子巡逻艇，划过大河到了对岸。我观察一下，正要下令上岸。宋城小声说，班长，这地方我熟，上岸就是疙瘩坡。我说，往下说！宋城说，疙瘩坡树林茂密，小心有埋伏。我说，大李，跟我走，上去摸摸情况。宋城说，你是一班之长，还要带弟兄们突围呢！我去探探，一人就行。我就挥手让他去了。可是宋城没走几步就返回来说，班长，我要是那个了，你代我到三哺洼看看俺娘。我怒道，净说晦气话！你给我好去好回！

宋城蹑手蹑脚上去了。我们都紧张地仰视着岸上黑黢黢的那道坡。只听宋城大喊"有埋伏！"接着是手榴弹的爆炸声——大约是宋城扔出的，几乎同时响起了爆豆般的枪声。我立即命令大李去接应。但宋城已在弹雨追击中疾奔过来了，刚跨到岸边，扑通一声栽翻了，顺着岸坡咕噜噜滚下来。大李他们将宋城架上船。鬼子已经冲过来。我们的机枪响了。大家一边还击一边急急地划船驶离。我赶紧看宋城，他后心中弹穿到前胸，脖子上也中了弹，身上满是鲜血，已经没有了呼吸……

讲故事的是我父亲邵健，他说我这条命是宋城换给我的！父亲还把自己的名字改成邵三哺。反扫荡结束后他专门去寻找三哺洼，但费了很大劲儿也没找到，也打听不到宋城的娘。据说这一带叫什么洼的小村很多，但鬼子大扫荡都烧光了，一片片废墟也不好辨认。解放后父亲又去找几次，还联络了大李——二十世纪六十年代大李已是省军区司令员了——借助他的力量反复查询。父亲成天念叨着，但始终没有结果。父亲2004年去世时交代的，是让墓碑上刻上"三哺洼宋城的战友邵三哺"。

我们每次去祭奠，看到墓碑就想起宋城和他的娘亲。这天中午，我的儿子小亮一溜小跑过来喊，爸，表哥去盐城了。我说他去盐城干啥？小亮说，他跟市领导去出差，发现有个"三哺洼园艺基地"，规模还不小。我忙说，他问了吗？小亮说，表哥跟着领导不方便拐弯，但他说基地就在盐城建湖高速旁边。我愣住了：或许那个地方就是三哺洼村？也许就是纪念宋城。于是，我们父子踏上了南下建湖的路，这是充满神圣感的探亲之路。

转　身

陈　敏

多年以前，我曾在省城一家旅行社做兼职导游，负责社里的接团事宜。一次，我接到一个个体企业家团队，那是一个由来自全国各地的"中国第一位个体户代表"组成的团队，大概有三十多人。给我记忆最深的是我的一位老乡，叫王元宝。

王元宝，这名字，一听就是个有钱人。他个子矮胖，腆着个大肚皮，右眼角长了颗大瘊子。他从我不太标准的普通话中听出了家乡口音，于是，就对我格外热情，亲切地称我为小老乡。

王元宝靠什么发家致富成了当地第一个万元户的，这个我不便问，干接团这行，我能做的只是给客人留下良好印象，激发游客的旅游兴趣。

一个晚上，带团游览结束，入住酒店，刚一进来，王元宝大踏步上前，走到大堂角的一个小酒吧，迅速拉开酒柜的门，抓起酒塔上的一瓶酒，打开就喝。我连忙拦着，说："哎，老乡，别喝这个，要喝咱下楼去买，这个贵着呢，是单独收费的，酒吧里的东西成本高，也不能随便喝！"他说："不怕，不怕，随便喝！"他自己一边喝一边还递给了我一小瓶。他递给我的是一瓶 XO"人头马"洋酒。就这样，他喝，也让我喝。我从没喝过洋酒，我哪敢碰那个呀！我正为每月的房租和一日三餐举步维艰呢！

我呆立，看他喝酒。他喝酒的动作像极了大热天在街边喝汽水的孩童。

酒瓶瞬间来了个底朝天。

"这世上再没有比喝洋酒更幸福的事了！"他抹了抹嘴角，一边说，一边很受活地舒了一口长气，又随手从携带的包里掏出了一瓶可乐，打开，对着酒瓶的口，吱——地灌了回去。酒瓶被灌满了。我问："你这是什么意思呀？"他说："灌满他们就看不出来了！""这酒瓶没封口，已经打开了！"我疑惑地问。他说："不怕！不怕！"他又从包里掏出一个"小机器"，把瓶子一旋，再一扣，吱——"自动封口机，这是俺发明的！"他得意地说："人太聪明了，不允许自己有便宜不占，你说是吗，小老乡！"他斜了我一眼，转身，扬长而去。

个体户原来是这样的呀！我疑惑了很多日子，心里想，万元户怎么能是这种人呢！有钱人怎么就这德行！

时光匆匆，一晃十多年过去。我改行做了个小小的公务员。一日，随手翻阅报纸，在都市周末版的一角，一条图文并茂的消息映入眼前：王元宝进去了！判了 13 年。据说他有一次在酒店喝酒，用他发明的"小机器"成功地将一只死苍蝇送进一罐嘉士伯啤酒里，本想利用消费者权益，向那家著名的商标品牌好好敲一杠子，不曾料到，竟然"栽"在了一个服务生手里。

看完消息，我确实没有吃惊，我早已料到他该有这样的结局。

眨眼间，又过去了十几年。一个周末，闲来无事，想给自己找个清静的地方放松心情，于是，驱车，独自来到郊区的一座寺院——双塔寺。

走进寺院中央，高墙深院内古木参天，周围全是晚秋的景致，寺虽小，虽旧，却有一种不衰的感觉。寺里游人稀少，高大的，黄叶飘零的梧桐树上，几只鸟儿喳喳鸣叫。远远地，一个矮胖的老和尚走了过来，向我问好，我向他一拜，随即见他将一本烂皱皱的名册打开，送到我面前。上面写着一些我完全不认识的姓名以及捐款的金额。

碍于情面，我努着劲捐出一百元，即刻得到他递过来的一串造价极低的木珠手链。抬头看他的一瞬间，目光顿觉凝住，他右眼角的那颗瘊子赫然犹在，让我不假思索地一眼认出，他是王元宝。

王元宝，老乡！我惊得大叫一声。但见他冷冷地瞥了我一眼，将一根手指放到嘴边，嘘——的一声，小声道："施主，别叫，你认错人了，佛门净地，不得妄语！"他躬身，向我揖别，迅速转身。

荣 誉 村 民

芦芙荭

老秋住在上源村，从我们镇子旁的那条沟进去，整条沟都叫上源村。

不知从何时起，每天早上，太阳一出来，老秋准时出现在我们镇子上。镇口有块场地，是镇子里最热闹的地方。镇子里人没事都爱聚在那里晒太阳唠嗑，也喜欢在那里打扑克牌，凳子都是自带的，打扑克也带点彩头，年龄大的，一毛两毛，也有一块两块的，不然就觉得没劲儿。其实打扑克彩头的大小效果都是一样的，输了都不高兴，赢了自然得意。因此，大家常常为一毛两毛一块两块的钱争得脸红脖子粗。

老秋每次来，只是坐在边上看，也不语，镇子里人没有人认识他。他呢，好像是要和大家套近乎，过一阵把烟掏出来给大家发一圈，有的人接烟了还看老秋一眼，表示感谢，有的连看都不看他一眼，正忙着盘算着怎样出牌呢。

有一次，几个人正打牌呢，一个人接了个电话说有事，就急匆匆地走了，剩下三个人就问老秋打不打，老秋有点受宠若惊，说打打打。这样，老秋就算加入我们镇子打牌的行列，但也只能算是替补，大家人手齐了，他就坐在边上看，人手缺时，他才有资格上场。

那之后，老秋就跟上班似的，天天都来，有时下雨或下雪了，大家以为老秋不会来了，山路不好走呢。下雨天，打牌就会挪到亭子里面，可刚打了几把牌，老秋就出现在大家的视线里了，他打着伞，脚上沾满了黄泥，老秋走到亭子边，用石块刮掉鞋上的泥，这才进到亭子里面，他从怀里掏出一瓶酒往脚边一蹾，说，下雨天冷，一会儿喝几口。一边说还一边对着大家露出讨好的笑，好像一不小心，大家就会不让他玩似的。

镇子里来打牌的，都是些闲人，再闲，饭还是得吃的，一到吃饭时间，大家都会丢下牌回家吃饭去，只有老秋没地方去。按说，牌也打了，可以回家了，可老秋还不想回，午饭过后，那些闲人们还会聚到一起打牌的，这是他们的日子。老秋就到镇上那家卖面的小饭馆要一碗面，坐在那里慢慢吃。

那时，一些人早知道了老秋家里的情况，他有一儿一女，儿子一家人都去城里打工去了。女儿也出嫁。前两年老秋的老婆还在，两个人种一片地，养了一群鸡守着几十棵果树过日子。那日子过得也是有滋有味的，他下地干活，老伴在家里做饭收拾家，从地里一回来就有口热饭吃。两个人有时也吵吵嘴，老秋的老婆性格绵软，有时惹毛了，就会跑到女儿那里待上几天，老秋过两天也觍着脸去女儿家，女儿见老秋来了，高兴得好吃好喝地做给父亲吃。老伴开始还装着生气，不理他，女儿就左右劝说，还挤眉弄眼地批评老秋。老秋就做出可怜兮兮的模样。本来都没什么气，就又好了。

后来，老秋的老婆得了一场病死了。老秋就一个人过日子。

饭馆老板就问老秋，咋不进城跟儿子过呢？

老秋说，城里哪有这儿自在，儿子儿媳要上班，孙子要上学，他们一走，连个说话的人都没有。

饭馆老板说，那去女儿那儿也可以呀，是不是女婿不待见？

老秋说，女儿女婿都好着呢，人老了，不想让人管。

老秋说到儿子女儿时，满脸都是幸福。

老秋一边吃着饭，一边有一搭没一搭地和老板娘谝着，等那些打牌的人吃完饭一边用牙签剔着牙又出现时，就又凑过去。

老秋打牌手气臭，加之有些时候几个人联手故意捉弄他，就常常输钱，有时候老秋也会捎带着带点东西到镇上来，比如几根竹子，镇子上有些人要编筐编篓，比如细树枝，有人用来搭豆架，他也会把青菜、黄瓜、茄子、豆角用蛇皮带装了——那些都是他自己种的。他把这些东西带来摆在那里，这些都是没上化肥的有机菜，镇上的女人们都愿意买呢。

这些东西换来的零钱全都被他送到了牌场上了。

常言说，酒越喝越熟，牌越打越生。牌场上为一张牌常常会争得脸红脖子粗，争也就争了，爱打牌的人都是些没皮没脸的，今儿争，明又在一起打。偏偏镇上有几个人，总是仗着是在自己的地盘上，明明是不占理，比如偷眼瞄了老秋手里的牌，或者出牌时故意夹牌被老秋发现了，偏要强词夺理。有一次，为了这类事，那人竟然抬手扇了老秋一耳光。那人也是急了，下手有点重，在场所有人都听见了巴掌和脸撞击的声响。

那时，老秋捂着脸，什么话也没说，扔了牌，起身就走了。

那天，正下着小雨，老秋从亭子走出去，走进了小雨里，老秋没有带伞，雨淋在他身上，老秋的背影委屈而孤独。大家都说那人：太过分了，这不是明着欺负老秋是山里人吗。有人说，老秋再也不会来我们镇子打牌了。想想老秋是有些可怜呢，一个人跑那么远的路来打牌，钱输了，还被人打了耳光，还来干什么呢。

雨下了两天，两天里，老秋果然没再在我们镇上出现。镇子里那些闲人每天照旧到亭子里打牌。

第三天，雨停了下来，太阳出来了，大家又把打牌的摊子摆在了太阳下面，刚摆好，老秋又在镇口出现了，这一次，老秋手里提了只竹篮，竹篮里是刚从地里摘的黄瓜和辣椒，他把竹篮放在地上，像往常一样，一边和大家打着招呼，一边从衣兜里掏出烟给大家发，好像什么事也没发生一样，他的脸上依旧是讨好的神情。

河边的秘密

符浩勇

暑假快要过完了，可豆花姐还是迟迟不来，往年的暑假这个时候她都来了又走了。

豆花姐是城里人，可一点也不嫌弃乡下，豆花姐每年暑假都要到他的家里来，过上个十天半月的。他最喜欢豆花姐了。她来就带着他到处玩耍。豆花姐喜欢到处撒种子，等种子长成了瓜秧，她就把它们移到她的菜园子里去。

牛雄发现河边的莽竹笋纯属偶然。那天，牛雄没事就悄悄地溜出门。沿着村边的小溪走，路上遇见扁脸约好同去的。但路上，突然肚子疼，要拉了。扁脸说，去去去，你去吧！然后扁脸转回去了。牛雄提着裤头向河堤跑去，钻进旺盛的莽竹丛，蹲下刚拉了个舒坦，就看见了一根抽水管子的一处像喷雾器一样咝咝冒水。再把头抬起来，就看见了莽竹丛里堆着三个冒头长的莽笋眼。哪来的莽笋眼长在这呢？他突然想起自己去年和豆花姐在这里玩过，豆花姐好像把什么种子撒在这里过，现在抽水管渗出的水，土地湿了，莽笋眼或许就发芽长起来了。

自打发现了这个秘密，牛雄每天都要跑到河边去。他先是数一遍莽笋眼的眼数，看看莽竹笋冒土了没有。完了再去查看有没有新的长出来，再接下来从家里拿一把生锈的铲子，使劲地在地上划一道沟子努力把抽水管漏出来的水引到莽竹笋藤子的底下。

其实,有好几条莽竹笋已经能吃了。他很想吃到新的莽竹笋。今年菜园子里旱得冒烟,什么菜也长不起来。他天天都是啃萝卜蘸盐花拌饭吃。可是他不舍得摘下来吃,他要留给豆花姐吃。

牛雄忍不住问娘,豆花姐什么时候来呀?娘看了看天,又看了看他,嘴里总是说快了快了,牛雄知道娘这是在敷衍他,也就不再问了。索性见天就到村口的路上去等,直等到天落黑了也见不到豆花姐的影子。

牛雄一边盼着豆花姐快来,一边担心有人会无意进到这河边。这地方说偏不偏,说闹不闹,不定什么时候就会有人进来。如果有人进来,必定会把莽竹笋一扫而光。牛雄最担心的当然是扁脸。他有事没事就躺在大榕树底下睡大觉。牛雄想,如果哪一天他睡不着觉了,爬起来乱逛,就有可能到河边去。牛雄于是没事就到扁脸那里去,陪他说话,免得他没事到处乱蹿。

终于有一天,娘跟牛雄说,你豆花姐明天下午就要来了。牛雄高兴得一晚上没有睡好觉,心想豆花姐见着莽竹笋,她应该是喜悦的。第二天他一滑下床就奔到河边去查看了一遍,除了两条长高变老的莽竹笋外,其余每条都趋向细嫩。他打算过了午天就去砍回来,给娘一个惊喜。余下的一天挖一眼,让豆花姐天天有新鲜的莽竹笋吃。不要像自己餐餐啃萝卜蘸盐花。

可当牛雄过了午天再到河边去的时候,他傻眼了,一根莽竹笋都看不到了,连地都给人刨起了。牛雄的脑袋像是被雷劈了一下,愣愣地发了好一阵呆,然后他迅猛离开河边。他认定莽竹笋一定是被扁脸刨走了。

扁脸这时候正在树边大榕树下睡大觉。听到有人吼声,就坐起身来,头搭在肩膀上四处打看。

牛雄一下子冲到了扁脸的跟前,叫嚷着,你把我的莽竹笋偷去了,你还我!你还我!扁脸没来得及反应,就被牛雄抓住了裤头,裤头险些被扯了下来。牛雄却不管不顾,一个劲地推扯闹着,好几下险些把扁脸推倒。他一边推一边说着还我的莽竹笋。

推拉了一刻,扁脸总算搞明白怎么回事。扁脸发咒说,我不知道说什么,我要是吃了那莽竹笋就拉稀死!牛雄还是不放手。扁脸终于也被惹火了,说再不放手我就打你了。牛雄只管推只管拉,不知从哪里有这么大的力气,就像一头小牛犊一样。正打得不可开交,娘来了,一问才知道是莽竹笋的事情,说莽竹笋是她摘的,别冤枉人家。

豆花姐终于来了,从城里带来许多好吃的东西。吃饭的时候,牛雄自己跑去灶房,把喷香的炒熟的莽竹笋端进屋,特意放在豆花姐的面前。牛雄闻着莽竹笋的香味，想吃又舍不得吃，只想着豆花姐动筷子吃他精心呵护的莽竹笋，说一句"好吃"的话，可是豆花姐只夹了一筷子，尝了一口，什么都没有说，那一盘莽竹笋顿然失去了香味。

牛雄呆呆地坐在那里，感觉十分委屈，差一点没掉出眼泪来。豆花姐指着她带来的罐头瓶说："雄仔，多吃点肉！"牛雄似乎赌气地说："不，我就喜欢吃莽竹笋！"牛雄心里觉得怪委屈的。

一 夜 之 劫

谢志强

夜已深，万籁俱寂。褚三已饥寒交迫，欲起身回家。忽见大路西边有个比夜色更深的人影，步履匆匆。

此条大路，是宁波、绍兴两府之间的要道，平时，来往行人络绎不绝。时值腊月廿八，夜色笼罩，行人稀少。有两拨返家的客商，结伙搭伴。褚三不敢轻举妄动。

渐渐近了，借着朦胧的月光，褚三看出，是一个背着小包裹的老人。褚三冲出乱冢，举起柴杈，拦在路中，大声吆喝：拿出银子，放你活路。

老人放下包裹，立在旁边。包裹落地时发出响声。

褚三抓起包裹，像拎一只鸡一样，举到眼前，掂一掂分量。发出的声响立刻引起了他喜悦，说：没白等。

老人浑身颤抖起来。

褚三解开包裹，迟疑片刻，取出两锭银子，放在掌心，托对月光，看了看，放入怀中。他重又系好包裹，似乎要刻意恢复原样，然后，递向老人。

老人挪了挪脚，没动身子，一只伸出的手又缩回，害羞似的躲到背后。

褚三把包裹往路上一撂，说：已近年关，被迫无奈，我拿十两够了，其余物归原主。

老人反倒后退一步，仿佛地上的包裹是个圈套。

褚三走出几十步远，回头。老头儿还像一棵枯树，呆立在路中央，显然惊魂未定。褚三再走一段路，回头，老人已融化在夜色里了。

褚三像刚从一个发财的梦里走出，他做过多次，怀中已焐热的银子证明了这不是梦。他刹住脚，仿佛重返梦境那样，先是疾走，后又奔跑，追了差不多有两里路，那个老人又从漫漫的夜色中浮现出来。

老人停下来，把包裹放在路上，呆呆地立着，说：要拿，你就拿吧。

褚三的气息几乎扑到老人的脸上，他看到老人的疑惑和惊慌，说：老伯，我跟回来，没恶意，前边那段路，很冷僻，有树林，要是再有打劫，你的银子不保，可能危及性命，我想护送你到前边的镇子。

老人说：我以为你反悔了，赶上来呢。

褚三说：我知道，吓坏了你。

两人结伴，就有了话。话冲洗了夜色，似有了光亮。

褚三说他怕过年。半年前，给娘送葬，借了五两银子，三天前，张店主派人捎来口信：年底还不清本息，大年初一要封屋拆墙。他说：家里缺米少盐，哪有钱还债，走投无路，才干此勾当。他还说：瞒着妻子，妻子胆小。

老人也坦诚相告：慈溪彭桥人，杭州开了个药铺，此次在绍兴收账，误了航船，只能徒步回家。他说：官府苛捐杂税，名目繁多，开个药铺，小本生意，勉强养家糊口。

褚三没透露自己家在临山的一个小村庄，说：今夜这十两银子，就算向你借了，日后一定归还。

老人说：若你要做生意，我愿再出银相助。

褚三说：够了够了，我已惭愧了，要是大白天，我都不敢与你面对面。

两人且行且聊，竟成了忘年交，不知不觉到了镇前。褚三说：我会去找你。

那一夜，老人第一次笑了。

褚三没告诉妻子，那一夜的奇遇，只说：借了钱，拆东墙补西墙。

还了钱，连本带息，八两银子。过了年，褚三用剩余的二两银子，在临山镇开了个杂货铺。夫妻俩勤劳节俭，和气热情，生意渐好。有一次，褚三上门送还了顾客遗落的银子。一时间，传为佳话。

每年腊月廿八，褚三敞着店门，亮着红烛，畏惧噩梦，通宵无眠。妻子也不来打扰，任他静坐守烛。

第三年，腊月廿八，褚三突然提出要去慈溪彭桥村，而且携妻儿同行，还叮嘱妻子包上五十两银子。

妻子只是疑惑，丈夫从未说起过那里有亲戚呀，为何还带如此重的礼？

褚三生怕吓住了妻子，隐去了深夜打劫的劣行，只说了当年借了十两银子的事情：还债，开店。没有"昨天"，何来"今天"。他已打探到老人已告老还乡，说：人家不来要，我们上门还。

老人的生日恰在腊月廿八。见了老人，恍如昨日相遇。奉上三十两银子，偿还本息，二十两银子，祝贺寿诞。褚三委婉地表达了谢罪之意。

老人说：多了，多了。又说：不提，不提了。褚三仿佛终于走出了腊月廿八之夜的梦，说：没有那个夜晚，何来我的今天？老人拂手，笑着说：忘了，忘了。

老人竟宣布褚三是他多年失散的亲戚。而且，吩咐家人，留褚三一家三口，盘桓几天，过完年再走。

鹊　起

津子围

天气好的时候，老庞总是出现在街心公园，坐在斜角那条磨出本色的木椅上。从青草发芽到花瓣缤纷，从树叶遍地到雪地暖阳，时间长了，不仅很多人认识老庞，连梧桐树枝上的喜鹊，见到老庞都不停地欢叫。

椅子另一端坐的是苏颖奶奶，她和老庞谁都不睬谁，眼睛望着前方，仿佛前方有无尽的景色和岁月。他们眼前是一片老街区，是整个城市最早生长的地方，难得地保留了下来。从空中俯瞰，那里成了四面围着高楼的"天井"。老建筑的年龄很大，外墙已经上了包浆，却有着温暖祥和的气场。

"喂喜鹊了吗？"苏颖奶奶问了一句。

老庞好一会儿才说话："早晨喝的牛奶有点儿凉，烧心！"

"小不点儿去幼儿园了吗？"

"这个月的退休金昨天到账的！"

两人你一句我一句，前言不搭后语。

"生二女儿时你不在身边……"苏颖奶奶说。

"昨天下雨了吗？前天，前天好不好？"

"我说二女儿，你扯什么雨。"

"你老糊涂了？老二不是儿子嘛！"

"你才老糊涂了呢……那时候你一出海就三四个月……"

"我从没出过海……那是支援三线建设……"

"海上三线？"

"说你糊涂了还不服气，海上哪有三线？是西北，大西北！"

"编，老了老了，怎么还会编了呢？"

"我虽然不算铁骨铮铮，但也是一条硬汉，好几次要见到死神了，咬咬牙，还是回来了。"

"你是条硬汉，家里可苦了我了，一家老小，省吃俭用，那些日子都不知道是怎么挨过来的。"

"你是不容易，付出太多了，你劳苦功高，是这个家的大功臣总行了吧？"

"我可不图你表扬……要说苦累，你也苦累，我记恨你的是，你从不把我放在心上……一两个月也不写信，好不容易盼到一封信吧，写得跟电报似的，就说生老二的时候吧……"苏颖奶奶开始唠叨了，一旦进入唠叨节奏就不容易停歇，还不免掺杂着抱怨。说到一半儿，一只喜鹊落在苏颖奶奶脚下，她连忙去照顾喜鹊，喜鹊飞走了，苏颖奶奶问："我刚才说到哪儿了？"

老庞瞅了瞅她，沉着脸说："说完了！"

夕阳暖融融地照在"口袋公园"的树上、草坪上，椅子和两位老人留下拉长的影子。苏颖奶奶过来搀扶老庞，她贴着老庞的耳边说："我真是倒了八辈子霉，怎么偏偏嫁了你，受了一辈子罪！"老庞侧过脸偷笑着，如孩子般顽皮地伸了一下舌头。

一连几天，老庞没见到苏颖奶奶，他似乎找不到谁去问问，身边显得空空荡荡。"老东西，跑哪儿去了呢？"

不知什么时候，苏颖出现了，她有些迟疑地走到老庞身边。苏颖问老庞："您是庞大爷吧？"

老庞愣愣地看着苏颖，他一时又记不起自己是谁了。

"我是苏颖，我奶奶让我来找您的。"

"你奶奶？"

苏颖似乎明白了，她蹲在老庞跟前，问："大爷，您是不是总坐拐角这条椅子？"

老庞摇了摇头，又点了点头。

"经常跟您坐在这条椅子上的老太太，是我奶奶。"

老庞点了点头，又摇了摇头。

"我奶奶周五进医院了，昨天晚上才醒过来，她让我给您捎个信儿。"

"你奶奶住院了？要紧吗？"

"现在没事儿了，已经过了危险期……"

"你刚才说你奶奶……也坐在这条椅子上？"

"是呀。"

"经常坐在这条椅子上？"

"是。"

"你确定？"

"以前，我从远处看见过您，见您和奶奶聊天，只是没这么近距离……"

"走！"老庞用力站起来，"……哪家医院？"

"我奶奶没想让您去探视，她只是让我给您传个话儿。"

"走，你带我去！"老庞拉住苏颖的胳膊。

苏颖不好违拗，只好拉着老庞的手。这时，他们身后传来清脆的铃声，驻足间，自行车锻炼者从他们身边快速闪过。铃声使得老庞的意识，水洗过一般清晰起来——老婆自行车把上挂着尼龙绸菜袋子，站在街口对他微笑，那是她最后一个微笑，是的，他老婆在二十年前就离世了。

老庞步履蹒跚，跟着苏颖向外马路走去。两只喜鹊倏地从草地上鹊起，跟随在老庞和苏颖身后。仿佛起舞。

青 钱

高沧海

馆驿街老老少少的人都知道，在我娘生我的头天夜里，我娘梦见一只抱着青钱柳的兔子，推开了我家的大门。

我很小的时候便也就晓得，兔子是从远道而来，它翻越青青的南山顶，蹚过长着黄菖蒲的护城河来到我家。老桂的爹更是信誓旦旦地说他在梦里也见过，那是一只非常高贵英俊的灰兔子，兔子穿过了他家的莴苣地，他邀请它到家桂树下喝茶，兔子很有礼貌地拒绝了他。

众人便开玩笑说，若是兔子喝了老桂爹的茶，青钱就极有可能是老桂爹家的女儿了。

青钱——

老桂在喊我，我们是邻居。

老桂的家在馆驿街的西巷首，西厢房为饭馆，西墙为窗，外面就是繁华喧闹的步行街市。老桂亲自掌勺，每天只开三桌素品，故而店名为三桌。西厢里轻纱布幔层层叠叠，宫灯缀，屏风为隔，桌上孑然素瓶，淡菊怒梅悠然暗香，就有那三五好友、一二知己、独行人特地来寻访这家店，或浅啜或轻酌，或忆那西厢往事，竟然要三天五日地提前预约了。

偶有闲暇，老桂会喊我去门前的青钱柳下喝茶。

青钱柳自我小时便有。老桂说那时他也就十四五岁吧，一个外乡人路经此地留下的。老桂说，你当然不会记得，那时你才出生不久。你娘喜欢这棵树，所以为你取名青钱。

老桂哈哈大笑起来，他说，青钱，青钱，谁人不知谁人不晓啊。老桂又说起他爹，他爹还邀请那只兔子来家喝茶……哈哈……

转眼，老桂爹娘和我爹娘早已去世好多年了。

还好，还好，馆驿街一直还保持着当年大致面貌，老桂感叹，苍苔不改，白墙青瓦依旧在，好，好！

馆驿街是半截巷，如今只六七户人家，房屋古旧，间住三五位老人，老人故去，便上了锁。老桂在巷里植竹栽花，花间柳色，氤氲氲氲，三桌的生意更胜从前。

老桂说，那日响晴的天，突然就扬起了小雨，小雨十分温润，街上的行人并未慌张，甚至步态里更比往日多了些从容，男人们的蓝格衬衫堪比远山更洁净。老桂坐在西厢的窗前，抽一支烟。很快，他就注意到了一个男人，确切地说，是个上了年纪的男人，站在馆驿街的巷口，在人来人往的人流里。

男人显然哭过了。老桂说，虽然小雨跟眼泪一样，虽然他没有抬手去擦眼睛，但男人是懂男人的。老桂说青钱你不知道，他老桂自己也这样哭过，所以更懂。

或许这个人原来住在这里，或许他想念起他故去的父母双亲，像你我一样。我对老桂说。

不，老桂摇头。

老桂说，青钱你还记得吗？那年你十四吧，有一个清晨，我不停地喊你，青钱，你去巷口折几枝石竹，插在三桌的花瓶里。又喊，青钱，去巷口捡些樱花，夹在我的书页，书架上也要放一些。我还喊，青钱，去看水槽里的睡莲开了没……你知道吗，青钱，那天，你穿一条白裙跑来跑去、你朝气蓬勃的样子，真好看。

我说我一直想着这事呢，老桂，当时你好奇怪。

老桂说，隔了好几年，我还是一眼认出了那个上了年纪的男人，只不过，这一次，男人身边多了一位眉清目秀的老太太。

他们在馆驿街的巷口，慌乱地看着巷子里一个穿白裙的姑娘抱着一些花儿跑来跑去，他们的耳朵一定牢牢地捕捞到了一个声音，这个声音来来回回地喊这姑娘青钱、青钱……

老桂好像是为了平复心潮，长长地吸了一口手中的烟。

老桂说，五十年前，你爹救了一位年轻的外乡人，他抱着病身，身无分文，几近命丧异乡。外乡人痊愈后告辞，言定他年来重谢再造之恩情。五年后，外乡人携妻怀抱一女婴前来，植青钱柳两棵，离去之时，在你爹娘面前下跪并发重誓，女婴从此为馆驿街高耀祖之女、姓高名青钱。此生绝不相认，如有违誓定遭天谴。

我紧紧地抓住老桂的手，老桂，老桂……

老桂说，你爹你娘成亲多年无生养，咱馆驿街的街坊实诚哪，这么多年没在你跟前漏过一丝丝外话儿。你爹去世早，你娘临终前，让我找机会告诉你。她知道，我从小看你长大，你跟我亲，把我当成亲哥哥。

他们，还会来看我吗？

会的，他们一定还会来看你，人间的，天上的，他们都爱你……老桂擦着眼睛说。

在老桂西厢的窗外，我经常不由得对着熙熙攘攘的街市微微笑，善待每一张可爱的面孔。我的亲人，千山万水地来看我，他们就在这熙熙攘攘的人群里。我更要与植物相近，沾染美好的气息，或许，我的亲人，他们还会化身为高贵的灰兔子，来造访。

最 美 女 兵

王培静

快黑天时，车子向前栽了两下，停了下来。司机小李轰了几下油门，却不管用，气得他直拍方向盘。鲁队长说："我下车看看。"

车外的温度至少有零下四十度。一开车门，风刮在脸上，像小刀在割。风刮起的雪粒和沙土，使人几乎睁不开眼睛。

鲁队长看到，车的大半个右轮陷进了一个雪坑里。她让跟着下车的两个男兵去周围找一下，看能不能找到石头之类的东西。十多分钟后，二人两手空空地回来了。鲁队长想了想，脱下自己的皮大衣，抱着向车轮走去。司机小李和两个男兵异口同声地说："鲁队长，你快穿上，用我的！"鲁队长说："先用我的，万一不行你们再脱。"

大家都知道鲁队长的性格，平时有什么事找她都行，什么话也可以和她说；但执行任务时，她是说一不二。

鲁队长说："小李，你上车准备。小宋、小姜，你们俩戴上手套，把车轮边的雪扒开一些，把大衣塞到车轮的前面。"

等两个兵塞好大衣，小李加大了油门。车屁股冒了好大一会儿浓烟，车才勉强开出了那个深坑。

鲁队长的大衣全是雪水，不能穿了。几个人都要把自己的大衣脱下来给她。

她说："你们都年轻，要是冻坏了，你们的老爸、老妈找我算账怎么办？再说，你们将来还要找对象哪！谁愿意找个有毛病的人？我这老胳膊老腿儿了，不怕冷，也冻不坏。"

在车上，女护士小慧好奇地问："鲁妈妈，我问你一件事，你可不许生气。"

"保证不生气。你这个小'机灵鬼'要问什么就随便问。"鲁队长笑着说。

"听老兵说，你年轻时上线，有时会和男兵们一起睡大通铺。这事是不是真的？"

鲁队长沉思了一下，回答说："是真的。那时，有的兵站条件差，一个班就住一间宿舍。到那儿就我一个女的，不可能让全班人出去站着，我自己在屋里睡。"

"那得多难为情！"小慧红着脸说。

"我可不只是曾在兵站和战友们睡过一个屋，还有更不方便的，就是上厕所。兵站从来就没来过女人，哪里会有女厕所？都只有一间男厕所。只要我想上厕所，随便拉住一个战友，向厕所一指，他就明白我的意思了。他先进去'清场'，然后，叫上一个同伴为我'站岗'。全国多少妇女同胞，这待遇也只有我独享过。"鲁队长说。

晚上9点多，医疗队的车才赶到沱沱河兵站。没想到，官兵们正整齐地站在营房门口迎接。官兵们看到鲁队长，有的叫她"鲁妈妈"，有的叫她"鲁阿姨"。鲁队长能准确地叫出每名官兵的名字。大家像久别的亲人见面一样，每个人的眼里都闪动着泪花。

每每在一个兵站离别的时候，鲁队长总说："我今后上线的机会不多了，你们要多保重身体。"

官兵们说："鲁妈妈，我们会想你的。我们心里很矛盾，又盼着你来，又不希望你来。"

她的身世，每名高原兵都知道，都像对自己的母亲一样了解。

她十二岁时，在高原部队上开车的父亲因病去世。母亲被生活的重担压得喘不上气来，一年后，跟别人跑了。祸不单行，一年后，她的祖母得了病，去世了。十五岁那年，她的祖父也得了重病。临死前，祖父拉着她的一双小手，塞给她一个皱巴巴的信封，说："一贤，爷爷不能把你养大成人了。这是你爹部队上的地址。你也只有这一条路了，你去找找部队吧！"

乡亲们帮她埋葬了祖父，她就踏上了通往格尔木的征程。

部队接纳了她。先是让她继续念书，后来，又送她上了军队的医校。她毕业后，申请回到格尔木青藏兵站部。

因为她的父亲在这儿。

她的父亲死后，就被埋在了烈士陵园的外边。他是病死的，没有评上烈士，所以没有资格被埋到烈士陵园里。

直到她从军校毕业回来的那年，父亲墓前的杨树才终于吐出了绿芽。

看到树活了，她激动地跪在父亲坟前，说："爹，我知道你的小心眼。你过去不让树活，是怕女儿不回来陪你了，是吧？"

树长大后，能为父亲挡一挡夏天炽烈的阳光。

她的个子不高，身材瘦小，脸上是大自然恩赐的两片云霞。由于长年奔波在海拔平均四千多米的高原上，紫外线的照射导致她的脸黑里透红。她的脸上写着刚毅和果断，同时也流露出母爱的慈祥。

她五十多岁了，一生未嫁。她把青春和美好的年华都奉献给了青藏线，她是昆仑山的女儿，她有一颗冰清玉洁的心。昆仑山会记得她，青藏线会记得她，所有在线上待过的官兵都会记得她。

在线上官兵们眼里，她是他们心中的"女神"，是这个世界上最美的女兵。

琴 师 老 裴

刘立勤

我们那个地方虽小，却是秦楚交界之地，南北移民相融杂居，唱戏的腔门多，有人唱汉剧，有的爱秦腔，有人喜欢花鼓，而且还唱过现代京剧。老裴原来在汉剧团拉京胡，也学会了用一个萝卜填几个坑。他工京胡，也精通高胡、板胡和二胡。

小时候看戏不在乎戏剧音乐，不关注乐队也不理睬琴师，只是追求热闹，爱看武戏，咚咚锵锵咚咚锵，热闹非凡。懵懂少年了，喜欢看文戏，并不是懂得文戏的精妙，为的是感受小旦花旦飘飘摇摇风情万种的神情撩拨起来的情愫。到了成年后，才学会真正看戏，喜欢演员唱念做打的功夫，喜欢文武场面的音乐，也开始关注琴师老裴，迷上他那悠悠扬扬如泣如诉变幻莫测的琴音。就是不看戏，不听戏文，我亦常常是浸淫其中不愿醒来。

老裴三十多吧，面容清瘦干净，头发一丝不苟，喜欢穿青色或者白色开襟便衣，布条盘做的纽扣扣得严严整整，连只蚂蚁都钻不进去。每次演出前夕，他总是第一个走进乐池坐在自己的位子上，拿出一块白布敷在左腿腿面，再把京胡或者是高胡、板胡置于其上，左手虎口扶琴、手指压弦，右手执弓，然后腰杆笔直目不斜视地盯着鼓头陈麻子，等待他的号令。一俟鼓槌落下，在那万马奔腾的锣鼓声中，奇妙的琴声飘逸而出，有时似激流奔涌，有时像幽林清溪，有时犹如流云飞泻，让人心旌摇动。那时，再看台口上的老裴，随着音乐节奏的变化，更是神态万千。他一会儿微闭双眼沉醉迷离，好像已经沉睡；一会儿腰弯如弓头发激越奔放，真担心他拉断了琴弦或者弄折琴弓。看到他如醉如痴的神情，我生出一种奇怪的想法：找一块砖头拍了他。心里嫉恨他怎么会把琴拉得这般美好。

老裴是独行侠，喜欢独来独往。喝酒，摆龙门阵，从来不见他的影子。上班提着琴匣来，下班背着琴匣走——琴是他自己买的。没事时就在琴房练练琴，有空了回到宿舍读读书。有一段时间流行走穴，大小演员和乐队演奏员喜欢去歌舞厅唱歌伴舞玩音乐捞外快，大家喜欢拉他，他不参与也不反对，自在独行。老裴名头大，上面来了大领导，吃饭时想请他拉拉曲子凑凑兴，他还是不去，弄得领导很不高兴。他是凭本事吃饭的人，领导不喜欢也奈何不得他。

老裴不喜欢捧领导的场，有时却会到广场去表演一曲。广场有个二胡自乐班，老裴溜达过去，偶尔会在那里拉上几曲。有时拉《赛马》，有时是《二泉映月》。要是遇上高兴的事儿，他会拿上高胡，拉《步步高》，拉《旱天雷》。自然，他也会应观众要求，用京胡拉《智斗》抑或是汉调二黄。老裴的琴声总能穿过喧嚣的市尘深入内心，让人心境平和如痴如醉，忘了今宵何夕身在何处。

老裴也在西关的宏华桥下拉过琴。那里有一个残疾老人，靠拉琴卖唱度日。他的琴差，拉琴的手艺更差，拉出的声音如同刀划玻璃电钻破石不堪入耳，一拉多少天也挣不来一顿饭钱。老裴时常戴一顶破草帽，坐在老人身边拉几曲，吸引来好多的人，老人的破盆里就有了不菲的收入。遗憾的那是交通路口，逢着老裴拉琴，总会有开车的人因迷恋他的琴声酿出车祸。老裴听从警察的建议，送了老人一把好琴，又给老人支了几招，老人的曲子就拉得有模有样，生意也日渐地好了。

老裴儒雅，又有那么好的手艺，奇怪的是他一直单身。有人说他年轻时喜欢一个女演员，女演员却攀上高枝把他撂了，他伤透了心；也有人说他喜欢上一个有夫之妇，思之不得选择独身。当然，也有其他稀奇古怪的说法，人们有时关心别人胜过关心自己。我也曾经问过耍丑的老肖，他骂我咸吃萝卜淡操心。我本不是八卦之人，再也懒得打听。可我知晓喜欢老裴的人多，其中不乏一些妙龄少女和少妇，有人甚是主动，而老裴跟谁都不来往，和谁也不来电，更不给谁创造绯闻的机会，只求自在安宁与世无争。

树欲静而风不止，一个女老板相中了老裴。女老板亦有几分姿色，年龄比老裴还小十几岁呢，积蓄了不少的银子，她期盼能和老裴共享人生荣华。她驰骋商场无往不胜，在老裴面前屡败屡战求之不得。女老板觉得十分无趣，趁剧团事业改企业的机会，杀伐决断投巨资控股剧团，想以此要挟，以为能得到老裴的垂青。那年，老裴都五十挂零了，得知女老板的作为后，他来了个不辞而别，自此杳无音讯。

老裴走后，我再没有听过那么纯粹干净的琴声了。无论是在京城的音乐厅，还是乡野民间，抑或是佛门净地……

天 球 瓶

戴智生

小南门整体拆迁，只剩一家"钉子户"，急坏了棚户区改造办的工作人员。准确地说，钉子户是两家人，一家姓王，三代同住，另一家姓吕，搬出小南门很多年了，杳无音信。

老邻里知道，王家和吕家是亲戚，二十世纪八十年代，两家合买这栋屋。房子是木瓦结构，早先殷实人家盖的，梁高柱圆，廊檐宽敞。邻里办喜事，常借他们廊檐摆酒席，本可摆五桌，一组石磨长年占去一角。

石磨是街道公有的，最大的用途磨米做年糕。每到年关，街坊会凑份子请石匠，把磨盘的齿槽重新凿深一些，也总是王大妈把磨盘冲洗得干干净净。

邻里口中的王大妈，吕家小孩叫小姨。

王吕两家共用一个堂前，生活倒是相对独立。中堂左右两扇门通堂背，堂背中间篾墙相隔，一家一边，屋后各自搭建了厨房，不是逢年过节、不来客人，他们大凡在厨房小桌子上用餐。

堂前其实很空旷，一家摆张八仙桌，紧靠自家厢房，三两条长凳，再就是中堂下面摆放一张条案。条案上有三样摆设：座钟、瓷瓶和镜子。摆件是两家拼凑的，寓意"终生平静"。

王大妈习惯早起，生火捞米煮粥，赶在上班前把衣服洗好，还有来不及做的家务，冲廊檐喊："小红，扫一下地咯。"

小红是女儿，正在廊檐朗读课文，听到母亲喊，放下课本，先扫堂前的地，再扫里屋和厨房。

堂前的卫生不分你我，谁早谁扫，这是多年的默契。晚上也一样，谁最后熄堂前的灯，问一声："要留门不？"另一家里屋答："都在！"问话的便闩上大门。

两家发生矛盾，是子女大了。吕家也有一女，叫夏莲，与小红同年，俩人一起长大、一起读书，高中时突然不说话了。

夏莲有件粉红"的确良"衬衣，上学穿，放学洗，第二天又穿，成为同学的笑柄，说她穷打扮。这事只有小红知道底细，不是她传出去的会是谁？

班长上门找夏莲，仅有一次，竟也传出他们谈恋爱，羞死人！

这一天，夏莲的父亲早早回到家，他是挑担串户的篾匠，坐在堂背感叹手艺维艰，人心不古，指名道姓谴责人。夏莲猛然大声制止："别说了，隔墙有耳！"

小红和弟弟正在堂前八仙桌上做作业。之前，夏莲指桑骂槐，小红都忍了，这次夏莲明摆说她，小红站了起来："吕夏莲，你出来把话说清楚，我到底传了你什么话？"夏莲立刻跳到堂前，说："你看你不打自招了吧？你传出去的话会少吗？"

俩人积怨已深，哪肯讲道理，开口便是伤人。吕父开始还喝止，喝不住。夏莲冲过去打了小红一巴掌，小红不示弱，俩人扭打一起。

人真是亲不得一点，小红的弟弟冲上去帮姐姐，吕父用力分开俩人，竟揪下小红一绺头发。小红的父亲下班回来，听女儿哭诉，哪肯甘休，站在堂前骂："怎么做大人的？大人在边上小孩还能打起来？你好意思拉偏架？"

王大妈连忙打圆场："算了算了，关起门来是一家，莫让邻居看笑话。"

吕父也觉得理亏，没有回应，大人便不了了之。但两家从此有了隔阂，迎面不点头、无事不会话。

吕家举家搬走，应该跟隔阂没有关系，生活所迫吧。据说吕家去了昆明，改行贩烟草。不想这么多年，吕家没有再回来，厢房的锁锈迹斑斑。

王大妈早做奶奶了，可怜老伴先走了一步，她时常念叨："吕家现在怎么样啦？"

吕家不住人，王家自然便利些，堂前堆满了杂物。吕家堂背门是敞开的，王家无意占用，卫生和蜘蛛网还是要扫的，房屋捡漏也是一块整，两家到底打断骨头连着筋。

房屋确实陈旧，不宜居，儿子想搬家，王大妈不答应，除非吕家来人，她还有重要的事情同他们交代呢。

前些年，贩子相中堂前条案上的瓷瓶，愿出三十万收购，东西是吕家的，王大妈做不得主，贩子刨根打听吕家下落，她实说断了联系。

"这就好办了，瓶子打碎了偷走了，谁说得清楚？"贩子出主意。

"天知道！"王大妈答话。

儿子特别感兴趣，当即打听清楚。这是一款清朝光绪粉彩云龙纹天球瓶，小口、直颈、丰肩，因圆球腹大，似从天降而得名，香港曾有同款拍卖，落槌千万余元。可惜这只瓶口有条冲线（裂纹），百万元还是值的。

王大妈惊出一身冷汗，感谢贩子提醒，她赶忙把瓷瓶收了起来，藏在厢房的阁楼里头。

这些年，王大妈放不下这件事情，她不放心任何人。一直努力打听吕家下落，无果，现在房屋拆迁，政府出面，应该很快有吕家的消息吧。

炊　烟

王海椿

炊烟，是写在故乡上空的一首诗，绕在游子心头的一缕乡愁。

最初听到邓丽君的《又见炊烟》，就感觉特别亲切。虽然这是首爱情歌曲，依然能让你品咂到质朴的泥土味，不得不佩服词作者视角独特。

所谓人间烟火，就是只要看到缓缓升起的炊烟，就仿佛见到鸡犬相闻的村庄，感受到活色生香的生活。所以，古人直接把村庄称为"烟村"："一去二三里，烟村四五家，亭台六七座，八九十枝花。"

我离开故乡二十多年了。

多少次在梦中，我看到了飘在村庄上空的袅袅炊烟，仿佛母亲亲切的呼唤。

真正回来，故乡已大变样了，烂泥土路不见了，草屋瓦房不见了。水泥路四通八达，小楼房鳞次栉比。

村里人还告别了土灶锅，做饭炒菜，都用煤气和电了。虽然有的人家单独建了厨房，有的厨房顶上也有烟囱，可只是摆设了，不会再有炊烟升起。我虽有些失落，但仍为故乡的变化高兴。如果一切依旧，倒是不正常了。

这天午后，我决定到田野走走。离开故乡那么多年，一切对我都新鲜。麦子已抽穗扬花了，微风送来阵阵清香。田埂长满茂盛的杂草，谷谷丁、苦菜花举着小小的花朵，白蝴蝶围绕它们翩翩起舞。

我就这么忘情地呼吸着大自然的气息，不知不觉已近黄昏。我向村子里走去。突然，看见一缕炊烟，在袅袅升起。

我怀疑，这是梦境。

顺着炊烟的方向，我来到了一户门前。这该是村里最旧的两间小瓦房了。

我记得，这是金凤二爷（二叔）家。金凤二爷已过世了，现在二婶尹秀芝一个人过。他们没有子女。

穿过菜地中间的小路，我走进屋里，一片灰暗。一个老奶奶正在灶膛后烧火，脸上映着红光。

我问，是二婶吗？

你是哪个呀？她问。

我报出我的小名，二婶，我是小羊子。

哦，小羊子呀，多晚（什么时候）回来的？都认不出了。

刚回来。你在煮（做）饭？

我在浇水。水烧好了再煮饭。

你还用草锅？

哎。习惯了，电啦煤气我也不会用。

二婶，你今年多大年纪了？身体好吧？

好，好。我七十二了。

按说，像你这么大年纪，早该进敬老院了。村里没安排？

有，有。村里早就要送我去敬老院了，可我不愿意。我自己还能动。我家三亩多田，都是我一个人种的。现在人家都用收割机了，可我没有钱给人家，就自个儿收。

真是苦惯了的人，闲不住哇。

嗯，苦惯了，能动一天苦一天。乡里弄那个叫什么，哦，文明乡镇，无烟村，不准再用柴火煮饭。现在庄上除了我，全用电和煤气了。前一阵子，村里硬把我拖上车，送进了敬老院，第二天我就跑回来了。

其实，住敬老院也好呀。

哪好呀？闲得慌，那菜我也吃不惯，还是家里自在。庄上人都说我痴，放着福不享，要自己苦。自己苦，我情愿呀。不情愿，就不叫福。大侄儿，你说是不是？

就在这时，我的手机响了，是乡长赵志和打来的。他和我是大学同学，也是好友。得知我回来，请我到乡上吃饭。我告别二婶，往乡里赶去。

席间，我问志和，我们村有个尹秀芝的老奶奶，你知道吧？

他笑笑，我怎么不知道。就因为她，我们乡没评上文明乡镇呢。

这倒出乎我的意料。我说，有这么严重？

谈不上严重。没评上就没评上吧。

你就没想到作假？

作假很容易，但我没有那么做。

为什么？

其实，我对县里这样的评选是有看法的，这是多年遗留下来的形式主义和一刀切的毛病。一个农民，有选择锅灶的自由。用柴火做饭，犯哪条法了？规定，不是法律。我们基层一些人把规定当成法律，已成了习惯。

你倒是很开明的嘛。

你就别损我了。我虽不能和你这个记者比，起码的人文情怀还该有吧？让老人进敬老院，是政府的关心。不愿进，那是个人的自由。我们应尊重这个权利。这才是"文明"的本义。你说是吧？

我本想说一句真心赞美的话，又觉得太矫情了，就端起酒杯说，来，喝酒，我先干为敬。

枫桥夜泊

马宝山

京试，张继落榜了。

张继非常失望、难受。于是他坐船到苏州想排遣一下心中的郁闷。水乡苏州真是个好地方，处处亭台水榭，飞泉鸣溅，闻荷花幽，杨柳拂堤。可是这些美景不但没有解去张继的忧烦，反而新添了许多忧愁，真是借景消愁愁更愁哇。

晚上，回到船上，和老船工一起吃过饭就坐到船头。想想自己十年苦读，父母亲的期待。最让他心疼的是奶奶，赶考前她颤抖着双手，从自己身上取下一尊玉观音，戴在他脖子上。奶奶说：让玉观音保佑我孙子金榜高中吧。

此刻，张继手摸着脖子上的玉观音，长叹："奶奶呀，孙儿愧对您老人家呀！"

这时，一叶轻舟从远处划过来。舟上一老翁，一坛酒，一炉。老翁在炉上烤鱼佐酒。小舟划到张继的船近处，老翁对船上喊："年轻人，下来喝几杯吧。"

待小舟漂到船边，张继一跃，跳到舟上。老翁很热情，为他满一碗酒，又从炉火上取一尾烤鱼递到他手里，说："年轻人，有心事吧？"

张继不好对老人说什么，拿起酒碗说："谢老伯，我给您敬酒了。"

老人不再问什么，从口袋里摸出一颗蛤蜊说："我们猜枚喝酒，我藏你猜，猜对了，你喝；猜错了，我喝。"

老人背过手去，再伸过来："你猜，蛤蜊在哪只手里？"

张继指左手，老人张开右手，蛤蜊在右手里，张继就喝一口酒。再猜，张继也没有猜对。猜了十多次，都没有猜对。张继喝了十几口酒，脸上红红的。老人说："这样猜下去你要喝醉的，不如你藏，我猜，这样你兴许会赢几把。"

张继就藏，老人就猜，有赢有输。两个人都喝得高兴。老人说，不玩这个了，我给你讲一个故事吧。

从前，有一个秀才叫汪嘉祺，进京殿试，考了榜眼。第一名的状元，被皇上招为驸马，第二位榜眼被宰相看中，选为相府的女婿。从乡野走出来的汪嘉祺，可谓一步登天，给父母亲写信报喜，等着父母回信允这门亲事，再择日成婚。万没有想到的是，相府小姐忽然暴病而亡。汪嘉祺的美梦难成，十分沮丧难过，茶饭不思，人就消瘦不堪，站立行走都很难了。正在这时候，宰相因为帮助太子去争皇位，被皇上知道后，太子被关进大牢，而宰相遭满门抄斩。消息传开，汪嘉祺也就知道了，惊出几身冷汗，庆幸自己没娶相府小姐。

汪嘉祺心情平静下来了，虚弱的身子也就慢慢恢复了。因为汪嘉祺未与宰相之女成婚，没有受到牵连。不久被皇上召到身边做了中书侍郎，负责草拟诏书，为皇上呈报各级官员的奏章度牒。这样，在御前行走的汪嘉祺成为大红人。官员们先是走马灯似的宴请，后来就是送礼送银子，再后来送婢妾。汪嘉祺贪腐的事传得京城沸沸扬扬，还传到皇上的耳朵里了。皇上就要查办这个中书侍郎。有人给汪嘉祺报信，汪嘉祺得信儿连夜逃出京城。

张继很是为汪嘉祺焦急："皇上就没有通缉捉拿？"

老人说："通缉了，也派人查访，没有他一点消息。后来有人说汪嘉祺隐名埋姓经商去了；有人说他隐进深山躲在佛堂里修心去了；也有人说他在江河湖泊里行船荡舟做渔人了。"

老人发一通感慨："世上事，你说是好吧，不见得好；你说是不好吧，说不定还好。世事就这样千变万化，造化出大千世界，衍生出芸芸众生。我们都是凡夫俗子，喜忧参半，凡事顺其自然，随缘就是了。"

这时候，残月西沉，月下寺影绰绰，江上渔火点点。一坛酒已经喝完，小舟上的篝火也灭了

…………

第二天，睡在船头上的张继起得很晚。船工说："张公子呀，老汉从来没有见你睡得这么好哇。"

张继打了一个长长的哈欠，看着几竿子高的太阳："你不知道吗，我和一位老伯喝了一夜酒哪。"

老船工瞧瞧张公子："还没睡醒吧，半夜我怕你被江风凉着，还给你盖被子呢。"

张继看看身上的被子，愣怔了半天，竟然想不起昨夜是真事，还是梦境。想着想在就出口吟哦起来：月落乌啼霜满天，江枫渔火对愁眠。姑苏城外寒山寺，夜半钟声到客船。

后来，这首《枫桥夜泊》成为张继的成名作。

天宝十二年，张继考中进士。做过御史，任过洪州祠部员外郎。闲暇也写诗文，时有佳作，不过这些诗文都没有《枫桥夜泊》写得好。

国　歌

白　秋

　　小城小巷小院落，不大，这里却有一个国宝级单位，叫十笏园。要说，这过去大臣们上朝笏板才多大，凑齐十个，造就的这个北方园林，却成了全国唯一，让您脑洞大开了吧。南方园林有的东西，楼台亭榭，花草虫鱼，这边应有尽有；而南方园林没有的风花雪月，精雕细刻，这边也有。

　　最让人赏心悦目的，是这周边人都不小作，尤其好客，还都有一技在手，吃遍天下的心态。在这里生活，假如你没有一两项特别的爱好，还真不好显摆。

　　老人不说，单就有个"90后"，叫肖敬，他好蛋雕。蛋雕，鸟蛋去清留壳，精镂细刻，存世被赏。没人知道，他为什么喜欢这个手艺，据说是不管什么鸟的蛋，到了他手里，都能让它延续最久的生命。为了蛋雕，他居然辞职，放弃了稳稳的事业单位待遇。

　　那年正值中华人民共和国成立七十周年，业内老师纷纷推出一些庆祝中华人民共和国成立题材的作品，他也没免俗，却总想出点新颖的东西。思来想去，最后决定用鹅蛋镂空《义勇军进行曲》的五线曲谱。

　　镂空类，在蛋雕中是最能博人眼球的，五线谱的结构正适合做镂空，再说大概也没有多少手艺人能懂国歌的旋律，这可是难得的素材，难就难在你怎么能把线条做多细。

　　想好题材，他就开始着手设计图案。大体的构思，是整首曲子像弹簧一样螺旋排列，上段开头处为了美观，留出部分阴刻上国旗五星。在构图中要考虑线条的距离，上下两层中间去除部分的间隔，链接点位置等等，要保证曲子的完整性跟准确性，还要把整首曲子完整均匀地分布到整个蛋壳上。光设计，改来改去用了大约半个月的时间才算满意。

　　等准备动手时，他却有些慌了，因为当时刚辞职专门做蛋雕，正需要作品的数量做支撑生活。而这件起稿花费的时间，就超过了一般的预期，更重要的是如此设计，谁也不能保证能成功。

　　开始镂了，首先要考虑做多细。鹅蛋壳去膜后的厚度是零点四毫米，他做了大胆点的决定，把线条宽度也控制在零点四毫米左右。而在这个宽度的情况下，线条跨度超过一厘米就很容易断了，而从图稿来看，有的位置线条跨度超过了三厘米。

为了曲子完整性，又不好随意加链接点，就抱着不成功便成仁的想法，他硬着头皮动刀了。这么细，切割片显然是不能用了，只能用最细的针一点一点磨，为保证线条的平整，刀走过去就不敢再回来修了。如此一天能刻个几厘米，心里急也没用，越是急越是危险，心慌的时候手发抖，便出去点根烟。

就这样一边往前拱着，一边把底座的设计也想好了。最下面的底座用鹅蛋的大头部分，中间的部分用两个鹅蛋的大头对拼做底座与主体的连接。边缘用传统的回形纹，中间刻"义勇军进行曲"六个字，其他部分用国徽的麦穗稻谷图案填充。如此下来，整件作品需要用四个鹅蛋。

时间一天天过去，半个月后快要完工了。这时那枚鹅蛋，在他手里已经没法操作了，就像一颗果冻一样晃来晃去，不敢用力握。后来，他就把它立起来时，可是它又像一根弹簧一样，自身的重量把自己压矮了半截。还得继续做下去，直到它把自己彻底压垮了……

如此，前面一切努力宣布报废。肖敬不停地抽着烟，这对手艺人来说本是很常见的事，但发生的不是时候。这样，就等于一个月什么也没干，也不是，还有吃喝拉撒睡觉，抽烟，吃老本。真是欲哭无泪。

一切从头再来，这次，他重新构思，设计了自上到下利用五线谱的小节线特点，尽量不留痕迹地预留了两条支柱，避免它再被压塌。又过了大半个月，作品完成，当年就参加了全国的大展，在业内引起了极大轰动。

后面自然也有很多人效仿，跟风出了一批似是而非的作品。但肖敬知道，他们永远也赶不上的。用心做，跟抄袭学，那是两码事，何况音乐元素的融入也不是一半天工夫能完成的。只是，在他心里还是喜欢原先碎了的那一枚，总觉得没有任何支撑的作品，才最自然完美。

这也成了肖敬镂空类蛋雕代表作之一，那年全国蛋雕专项展，它一举获得金奖，有人出价二十万，可他坚决不出手。要说最高兴的，还是那年参加春节晚会，他被邀请展示自己的作品。几位搞音乐的老师过来观摩，他还没解读。一位老师突然"哆咪嗦嗦啦嗦……"地唱了起来。"这不是国歌吗？"

肖敬那时的心情豁然开朗："嗯，您大概不知道，我原先就干乐队，是拉小提琴的。"他心里头，突然泛起一丝丝不舍的眷恋。

过后某一天，他熟识的一位同事对他说："你知道吗？咱单位改制了，参照全额拨款单位发工资。以你当年的演奏水平，每月能拿七千多元钱，你后悔了吧？"

他很坚决："不了，真的不。我觉得，那反而是浪费自己的生命。"谁也不知道，他那句话，到底是真还是假。

这个老爷子

戴 希

老爷子住在乡下。绿树翠竹掩映着红砖青瓦的房舍，四周庄稼果木环绕，微风一吹，温馨的泥土气息和果蔬幽香，就如一壶老酒，熏得他们一家男女老少脸色酡红。

老爷子虽已年逾九十，满头银发，依然精神矍铄，他身上常穿城里难得看见的土布对襟褂，腰间斜插一支吊着红布烟袋的旱烟管，一走动，布烟袋就晃来晃去，像他一样精神。

近些年，儿女不让老爷子下地劳作，但他闲不住，一丝不苟，把小院子打理得方方正正，蔬菜一茬接一茬，从未间断。

一家人的田园生活也悠闲自在。

想不到的是，老爷子记性越来越差，很快就认不得自己的儿女。还时常在家里大喊："誓死守卫长沙！要为牺牲的战友报仇！杀鬼子、杀鬼子呀！"喊过，又高举棍棒俨然高举大刀，向"鬼子们"的头上砍去。

"老爷子这是怎么啦？动辄疯疯癫癫的！"他的儿女想不明白。

送到医院检查，医生说老爷子患上了阿尔茨海默病。"这是什么病啊？"女儿惊问。"就是老年痴呆症嘛。"医生解释。儿子和女儿都无奈地摇头。

有个风雨天，就忽然看见老爷子扛起家里装米的袋子往外跑，边跑边下命令："日本鬼子要进攻长沙了，战友们，赶快垒筑防御工事！"儿子劝不住拦不停，哭笑不得。心想，老爷子病了，糊涂了，由他去。

"可这还真不是办法，万一哪天，老爷子走丢了，我们怎么找他？"儿子忧郁，找女儿商量。

女儿略一愣，说："不如在老爷子的衣服上贴张字条，写上我俩的手机号码，方便好心人联系。当然，字条贴在背上更好。"儿子点头。

之后不久，老爷子冷不防离家出走。路上看到一辆行驶的军用卡车，老爷子就像看到了大救星，赶紧狂追上去，一边追一边招手："等等，等等！"司机从后视镜里看到了，很快停住车。

"老大爷，您要干吗？"等老爷子追上，司机询问。

老爷子迫不及待："日本鬼子在进攻长沙，我迷路了找不到部队，请你火速送我上前线抗日！"

司机莫名其妙，心想："老大爷肯定精神有问题，这可咋办？"

正欲扶老爷子在路边休息，忽然瞥见老爷子背上的字条，立即打电话联系。

匆匆赶来接回老爷子后女儿愁眉："这就奇怪了，老爷子总嚷抗日、杀鬼子、保卫长沙，可他就是一介农夫，打仗与他何干？"

"妹，你别多想，反正老爷子痴呆了，我们耐心照看就是。"儿子安慰女儿。

接下来，儿女对老爷子的反常之举渐渐习以为常。

到了冬季，天寒地冻。那天稍一疏忽，老爷子竟冒着刺骨的寒风，颤颤巍巍地奔向村子附近的河边，大喝一声："上刺刀，杀鬼子，拼了！"就纵身跳河。

路人见状，赶紧呼救。众人七手八脚，合力将老爷子营救上岸。老爷子的儿女闻讯赶来。未料老爷子虽已嘴唇发紫、全身哆嗦，口中仍在念叨："刚才接到薛岳长官的命令，让我部死守长沙！"停一停，缓过气来又喊："新墙河南岸绝不能失手，绝不能让日本鬼子打过来！战友们，死守，死守！"

这种情形令老爷子的儿女十分尴尬。在儿子拱手向众人致谢之际，女儿赶紧俯身劝阻老爷子："老爸老爸，如今早就不打仗了，还哪来的日本鬼子？"老爷子一听火冒三丈，怒呵道："你胡说，我的部队就在长沙抗日！现在，战友们子弹都打光了，要和小鬼子拼刺刀！"挺一挺身子，又向"部队"下达命令："战友们：全体上刺刀，准备白刃战！"女儿不知说什么好，儿子则在一旁摇头叹息。

"这是咋回事呀？"众人云里雾里，哄堂大笑。

"乡亲们，我是参加过越南战争的退伍军人。我知道你们没有恶意，但是请不要笑了，大家安静下来。"这时，一个精壮汉子从人群中站出来，动情地说，"一个没有经历战火洗礼的人，不可能对战争如此刻骨铭心！所以我想，老大爷肯定是位抗日英雄！"

"这，这，这……？"众人愣了。

"可老爸一直在乡里，日出而作，日落而息，凿井而饮，耕田而食，就是个地地道道的农民，从来没听说他当过兵，打过日本鬼子，家里也没有物证啊！"老爷子的女儿皱眉。

"是呀！"老爷子的儿子也在一旁应和。

"可这事实在太蹊跷，"退伍军人启发道，"你们再好好想想，好好了解老大爷的情况吧。"

这时，老爷子又急迫地大喊起来："二狗，快把那把大刀拿来，杀鬼子、杀鬼子呀！"

退伍军人的眼眶一下红了，眼里噙满热泪。他认真地叮嘱老爷子的儿女："好好看护老人吧。看样子，这事我得上心。"

第二天，退伍军人就带着一位记者上门采访老爷子。当他们一提起国民党第九战区司令长官薛岳的名字，老爷子立马挺直身子，举手行了个标准的军礼。"请长官放心，我们一定杀尽鬼子，守住阵地。人在阵地在，誓与阵地共存亡！"起誓时，老爷子满脸的英雄气概。

经过他们贴心的开导，最终，老爷子从家里找出一把锈迹斑斑的大刀，当即举刀挥舞，那招式与历史上记载的抗日大刀会一模一样……

记者的报道很快在当地引起不小的轰动。

政府有关部门深入调查后证实：……老爷子十六岁那年（1937年）在南京市区读书，目睹了惨绝人寰的"南京大屠杀"。怀着对日本鬼子的刻骨仇恨，当年投笔从戎，所属部队是国民党三十七军第六十师。因为杀敌英勇，两年后提升为连长，上级给他配了个勤务兵叫"二狗"。老爷子参加过在湖南发生的长沙会战、常德会战和常衡会战。在长沙会战中，老爷子所部负责防守新墙河南岸。日本鬼子雨夜突袭，老爷子所部死战不退。子弹打光了就和鬼子拼刺刀。日军八次猛攻也未能突破新墙河南岸防线。后来鬼子使用毒气弹才迫使他们撤退。在抗日战争中，老爷子曾担任敢死队队长，参加战斗无数也杀敌无数。身负重伤多次都闯过了"鬼门关"。抗日战争结束后，蒋介石发动全面内战，老爷子不愿打内战，毅然选择退役，解甲归田。从此绝口不提自己的抗日往事。新中国成立后，老爷子结婚生子，安心地过起他的农耕生活。结论：老爷子是当之无愧的抗日英雄！

"这个老爷子！"

得知历史真相后，乡亲们对他禁不住肃然起敬。

"这个老爷子！"

那动人的故事更令儿女眼含泪水，为他骄傲和自豪。

左手右手

吴金良

我研究生毕业，读的是西方美学。老公是学工程的。我俩的专业不搭界，人倒是挺投缘。他大我六岁，是家里的"老疙瘩"，父母都七十多了，盼孙子盼得头发白眼睛花。

可是，都允许二胎了，我们还一胎不胎呢。我明白两位老人家的心思，我自己也没那么前卫。既然嫁了，那就生吧。可是世界上的事儿就这么奇怪，我们都很健康，就是怀不上孩子。那两年，春节去他们家，我都觉得愧得慌。公公婆婆不敢问，可那眼神我看懂了，好像打量一块不长庄稼的盐碱地。我们都查了，没毛病，我不是盐碱地呀！这种情况下，你就说当时我们盼孩子的心情有多迫切吧！

总算苍天有眼，结婚第三年，来了个大胖小子。高兴吧？光荣吧？溺爱吧？全家众星捧月，老婆婆专门来给我们看孩子。说实话，我都没觉得费事儿，孩子就满地跑了，就会叫爸爸妈妈爷爷奶奶了。他爷爷说了，就冲我们俩这学历，孩子的智商也低不了。还真是，话还说不利落呢，就会背"床前明月光"了。他爸爸教孩子拼图、搭积木；我也发挥所长，时不时教他画几笔。老人心疼孩子，不让他去幼儿园，就这么一直自己带。我也乐得清闲，当妈妈好几年，用他奶奶的话说是"没个当妈的样儿"，就知道跟孩子疯玩儿疯闹。有时候闹急了还跟他生真气。婆婆有话：也不知你们俩谁大。

玩着闹着，孩子上学前班了，说话像个小大人儿了，也会犟嘴了。

用孩子的话说，我们家有三个"家"：爸爸是理论家，只要说话就有理论支持；我是批评家，看什么都不满意，都要说几句；他自己呢？他说他是个思想家。哈哈，估计这都是他爷爷教的，他可没这两下子总结这个。不过有一次我倒是真领教了这个小思想家的厉害，那天我不知因为什么事，感慨了一句：你说人怎么这么多烦恼哇！你猜这孩子说什么？他说妈妈我知道，是因为有欢乐才有烦恼的。当时我真激动，真没想到他反应这么快，还一语中的！

按说这孩子不算傻吧？可是就这几天，让他把我折腾苦了。那天孩子吃饭时问我：妈妈，老师说上课提问要举右手，哪只手是右手哇？我足有十几秒钟没反应过来，什么？五岁的孩子居然不知道哪只手是右手？

他爸说，儿子你装傻吧，你拿筷子的手就是……忽然觉察到说错了，因为孩子吃饭用左手，忙改口，改口还被自己的"筷子思维定式"定住了：你不拿筷子的手就是右手。孩子迷惑地反问：不对吧，我们同学说吃饭的手是右手。我忙给他解释：不对，多数人吃饭用右手，可是少数人例外，比如你吃饭就用左手。记住哇，写字的手是右手。这是没错的，孩子写字画画都用右手。糟糕的是孩子他奶奶插嘴强化孩子的记忆：什么吃饭啊写字呀，哪只手得劲儿哪只就是右手！

得，祸根就此种下，一只右手三种解释！估计是把孩子给弄乱了，他从此陷入了左右不分越想分越分不清楚的迷乱境地。你想啊，他爸爸说的是"不拿筷子的手"，这是否定认定；我说的是"写字的手"，用的是肯定认定；他奶奶的教导是"得劲儿的手"，那叫习惯认定。这下就乱套了，爸爸妈妈奶奶，三个人三种定义，虽然都没大错，可是到了儿子那儿就迷糊了。

左右不分的事，我开始没怎么在意。星期天忽然想起这事儿，问儿子：哪只手是右手？他果断地举起左手，一犹豫，又放下来，举起右手；看看我，再次改举左手。

到底是哪只？我有点儿着急了，声音不知不觉变大。

他慌了，眨巴着眼睛，左手慢慢攥成了拳头：就是这只！

错啦！笨蛋！这是左手！你给我记住了，这才是右手，我拉起他的右手使劲儿晃了几下。

记住了，孩子嗫嚅道。

现在说，哪只是右手？我严厉地盯住他。他很快举起右手，我笑了，对，记住哇，这是右手。

过了一会儿，我再问，哪只是右手？他的目光明显开始慌乱，迟迟疑疑又举起了左手。

你！你猪脑子呀？我抓起他的右手打了一下，疼不疼？

疼，他说。

记住了吧，疼就是右手！

下午，又想起这事儿，再问，居然还是举错了手！我一跺脚，原地转了几个圈儿，大吼：你听着，我再也不管你了，你个左右不分的傻瓜！说完赌气地躺在床上看书，看都不看他了。

不看是不看，可不能不想。我扔下书假寐了一会儿，尽量平和心态，偷眼看孩子。他在玩卡通机器人，估计已经放下这事儿了。遂坐起来叫他：你给我过来，现在告诉妈妈，哪只手是右手？

孩子看了看我，脸上现出一种勇士赴死的悲壮神色，垂下眼帘，愤世嫉俗地再次举起了左手。

啊！我扑在床上大放悲声。这可怎么办啊，孩子都五岁了，才发现是这么个弱智儿！

哭得不解气，又蹿起来扑到孩子跟前：我要是再管你，我就跟你叫妈！生了你这么个傻儿子，我干脆跳楼算了！

孩子幽幽地看着我，伸手拉住我的衣服：妈妈你别跳楼，你不跳楼，我就知道哪只手是……左手。

我哭笑不得，顺口随着他问了一句：那么好，你现在告诉妈妈，哪只是左手？他立即说：我拉住妈妈的就是左手。我一看，倒是没说错，再问：那么哪只是右手呢？他笑了：妈妈你真傻，除了左手，这就是右手哇。他高高扬起那只拿着卡通人的手。

哈，这么简单！提问方式有问题？

渔　娘

侯发山

老爹死后，渔娘就守着老爹的两孔窑洞，留了下来。她说，她已经跟母亲有了解不开的缘分，她要在这儿终老一生，陪伴母亲。她说的"母亲"指的是黄河。

河长，也就是镇里的苟书记，不忍心她一个大姑娘家跟风浪做伴，说在县城给她找个工作，她拒绝了。苟书记让她放心，说她走后，镇里会安排其他人接替她。她还是没有答应。她说，我跟老爹一样，喜欢这里，不要报酬。听了她的话，苟书记心里既欣慰又难过，知道她承袭了老爹的脾气，也就不再坚持。苟书记虽是河长，因为镇里的工作千头万绪，都要他亲自过问，分身乏术，老爹自告奋勇把"家"安在黄河边，说他就想过闲云野鹤的生活，实际上是替苟书记分担责任。尽管政府三令五申，还是有人偷偷摸摸来挖沙抽水，倾倒垃圾，私搭乱建，等等。老爹住在黄河边后，这种情形才大有好转。汛期时，他还可以随时巡视河堤，以保堤坝无虞。不要工资，义务守护，哪里有这样的好事？因此，作为河长的苟书记自是感激不尽。

如今，渔娘四十岁出头了，别看在黄河边长大，每日风里来雨里去，沙里滚水里爬，好像吃了孙猴子师父的肉，眼角连个皱纹都没有，一点儿也不显老。皮肤粉嘟嘟的，粉里透白，又细腻，跟刚出生的婴儿似的。按当地人话说，美得跟画儿上的人似的。就是这样一个女人，不愿出嫁。老爹活着的时候，以为她舍不得离开老爹。谁知道，老爹走后，尽管媒人说得跟天女散花似的，甚至其中不乏白马王子，渔娘一个都没答应。

认识渔娘的人都说，这闺女没别的毛病，嘴像刀子，不饶人。

这一天，镇政府派刘秘书过来，让渔娘弄一条黄河大鲤鱼，要招待客人。

黄河鲤鱼在当地久负盛名，嘴大，鳞少，脊梁上有一道红线，肉肥味美，独具风味。自明代以来，黄河鲤鱼被列为贡品。不用说，一般来到此地的客人都能以品尝到黄河鲤鱼为荣。

渔娘想都没想，撇撇嘴，冷冷地说："就是拴住日头也说不成事。"

现在是4月份，正月鱼儿产卵的时候，属于禁渔期，不能捕捞，即使垂钓也是不允许的——有的不单纯是休闲娱乐，完全是"多线多钩""长线多钩""单线多钩"等生产性垂钓。因此，根据老爹生前的建议，当地政府规定，在禁渔期，钓鱼也是禁止的。即便平时，看到那些钓到小鱼的，渔娘也劝人家给放了。她说：

"放了小的是为了今后钓到大的，如果赶尽杀绝，连小的也不放过，那是自掘坟墓——长此下去，河里就没鱼了，后代子孙还怎么吃鱼？"其实，这话也是老爹说给她的。

刘秘书愣了一下，说："这可是苟书记要的。"

"就是狼书记来了也不行！"渔娘脸一扭，不理睬刘秘书。

刘秘书说："渔、渔姐……"说实话，他的年龄比她大，真不想叫那个"娘"字。

"不是姐，是娘！"

刘秘书不自然一笑，咽了下口水，说："娘，不，渔、渔娘，今天是招待投资商的……"

渔娘打断刘秘书的话，没好气地说："如果这样的投资商来这里违法乱纪，哪儿远滚哪儿！"

"……"刘秘书嘴唇动了动，还想辩解。

"再吱声就把你扔进河里，看看你母亲答应不答应？！"渔娘挥舞着两手。

刘秘书吓得后退两步，不敢吭声了，忙拿出手机给苟书记汇报。

很快，渔娘接到了苟书记的电话。

没听到苟书记说什么，只听渔娘对着手机叫道："别扯那些没用的，我这样做就是为了报答老爹！"说罢，挂断电话，关机了。

说到这里，大家可能有点糊涂了，有必要交代一下：渔娘不是老爹的亲女儿，她当年因感情问题跳黄河时被老爹搭救；苟书记呢，是老爹的亲儿子。

后来的结局如何，大家可能猜测不到。

当天在镇政府的小食堂，外地来的投资商，没有吃到黄河鲤鱼，但他不遗憾，因为他品尝到了味道鲜美的正宗黄河甲鱼——这个甲鱼是渔娘送过来的。他一边吃，一边想起渔娘的话，又好气又好笑。渔娘临走时丢下一句："王八不是吃肉的，是喝汤的。"

杨 兄 弟

赵文辉

饭店纳入正轨后，尤其还清了贷款，我松了一口气，时不时去做个桑拿，撸个串，放松一下。有一回，刚躺下一条热毛巾就盖到脸上，我心里一阵惊喜：久违了。当时他和所有搓澡师一样，用澡巾在我身上试探没几下就问："灰不少哇，哥，要不要来个搓泥宝？"

　　我说不用。要是别的师傅，从接下来的手法我就能感觉到他们挣不到提成后的失望和敷衍，他却不一样，自始至终都是那么认真、卖力，特别是在后背上的过多停留和脚趾间的细心扣挠，让我对他一下子产生了好感。他用手指头肚给我挠头，没有让指甲去野蛮地工作，这个年轻人让你没法不喜欢。一边洗头一边闲聊，他问我是做啥的。我让他猜，他吸了吸鼻子，说我头发上有股炸油条的味。我一愣，旋即告诉他我是个厨师。往下越说越投机，最后我俩互留了电话，加了微信，我在备注名一栏存了一个"杨兄弟"。离开时他问我："去你们饭店吃饭，能不能送个汤？"

　　"小事一桩。"

　　"能不能打折？"

　　"小事一桩，免单都没问题。"我差点说出自己就是老板，于是赶紧改口，"请你撮一顿没问题。咱这人，爱交朋友。"

　　他听了两眼放光，说："我哪天真去找你了？我也爱交朋友！"我回答他没问题。

　　我以为只是说说而已，忽然有一天，我正在厨房检查灶台卫生，对讲机里说有人找。杨兄弟和一个白净的胖子站在大堂等我。杨兄弟介绍，胖子是他最好的朋友，李社勇，一个盲人按摩师。那天我请他俩吃了我们饭店的拿手菜：戳开铝箔包装，露出浇过汁的鲈鱼和洋葱丝，这就是我们用铁板上的招牌鲈鱼。还请他俩喝了半瓶熟客留给我的好酒，杨兄弟惊为天人地叫出酒的名字，李社勇也大为吃惊，"我长这么大可是头一回碰这玩意儿"。他一说话，两只眼珠就在眼眶里拼命转圈，好像控制不住似的。他很健谈，喜欢提问题，跟所有对生活充满憧憬的青年盲人一样。他刚抿了一口就问我："听说假茅台都要加一滴'敌敌畏'来提香，不知是真是假，赵哥？"我说你要怕下药，你那份让杨兄弟替喝了？他一听赶紧捂住酒杯，我们都笑了。

　　没过几天，杨兄弟回请了我一顿，在一家著名的穆斯林大排档，带着那个一张嘴总是闲不住的按摩师。李社勇好像吃过县城所有的馆子，一个盲人美食家。我和杨兄弟一边剥毛豆花生，一边等待烧烤，李社勇不碰毛豆花生，他对夜市摊的凉菜有所畏惧。他二舅也开夜市，心里老装着这个外甥，隔三岔五请他去撮一顿。有一回二舅请他吃炝锅面，汤太浓天太冷，吃到一半汤都凝固了，上下嘴片差点粘住。杨兄弟打断他，那是你太能说了。我们一齐大笑起来，李社勇忽然转向杨兄弟，用什么都看不见的眼睛盯着杨兄弟：

　　"你舅舅不行，老家伙不地道！"

　　杨兄弟急忙阻止，却根本不管用。李社勇已经转向我，愤愤不平地告诉我：

杨兄弟五岁时，妈妈嫌弃爸爸没能耐，丢下他们跟人私奔了，失去生活勇气的爸爸也一走再没音讯。他跟着舅舅生活，初中没毕业就出来学搓澡。舅舅是个酒鬼，酒喝多了就拿他出气，每次都朝死里揍。李社勇还告诉我，杨兄弟快一年没吃饺子了，他舅舅却经常下馆子，一个人能吃一斤猪头肉。杨兄弟三十多了还是单身，没有彩礼谁嫁他？挣的钱他舅舅给他保管着，说是攒着给他娶媳妇的，却给自己的儿子在城里买房用了。我细细打量杨兄弟，高挑、白净、英俊得逼人，他不应该是个搓澡工。这一刻，我对这个世界非常不满。

最后，杨兄弟非常严厉地阻止了李社勇，说："我好歹是他养活大的，不准你再说他的不是！"

不久后我去洗澡，杨兄弟看出我脸色不好，问我有啥心事。那几天城管局正在找饭店的事，说我们的油烟净化器不合格。我花四万多改了一套新的，以为完事了，谁知又接到一张三万的处罚书。打了又罚，罚了再打，这也许就是他们鼓励三产为民服务的招数。找人说情，没用，局长是个背景很深的人，除了县委书记和县长，谁都不认。三万块，我得卖多少盘菜才能挣来！杨兄弟听完哦一声，若有所思地点点头。

几天后，城管局法制科让我去一趟，科长说局长专门交代你的事了，从轻处罚，交五千元，这是最低的处罚了。开始我还纳闷，不知道谁帮了我。后来才知道是杨兄弟替我求的情，城管局长是杨兄弟的熟客，每次来都点名要他服务。他很喜欢杨兄弟的"热毛巾"，尤其是酒后。

我决定好好请杨兄弟喝几杯，让我省了一大笔银子。还是那家烧烤大排档，入冬了生意依然火爆。那天我们吃光了桌子上的所有能吃的东西，就像这是最后的晚餐，吃完这顿，就没下顿了。等我们喝到最后时，两瓶白酒已经见底，长条桌上密密麻麻摆满了空啤酒瓶。我大着舌头喊店主过来，把不锈钢盘里两支羊肉串和一支板筋拿去热热。它们已经冰凉，不锈钢盆里有一层白色的凝脂。我又想起李社勇吃炝锅面的事。这时，杨兄弟忽然认真地望着我，仿佛有话要说。他的眼睛那么清澈，一个年逾三十的男子，还是这么纯净和真诚。

"你不是厨师，你是老板。"我听见烟在一次性水杯里熄灭的声音。

我点点头，"当初是想和你开个玩笑，没别的意思。"

"我认为你不会承认，你应该说你就是个厨师，你不是老板！"杨兄弟突然一下子泪流满面，我吓了一跳。寂静像铅砣般沉重。

良久良久，他才抬起头，"我最不忍受的，就是有人骗我，你欺骗了我。"杨兄弟呼出的白气雾悬浮在湛蓝夜色中，仿佛永远也不会消失。

第二天，酒醒后我拨打杨兄弟的电话，电子小姐告诉我"对方不在服务区"。

给他发微信，显示的是"发送失败，对方开启了好友验证"。我一惊，我知道真把他伤了。过了几天，还是跟他联系不上，我急匆匆去九天洗浴，却已是人去楼空。李社勇一双眼白过多的眼珠子不停地转圈，责怪我："你不该骗他的，当初他妈离开他说去姥姥家，他爸说去打工挣钱给他买电动火车，都他妈一去没回头。他被骗怕了，他可从来不说一句假话。"

我想起有一次杨兄弟对我说过的话："如果这辈子可以重来的话，我想当一名厨师。"当时我还真动了念想，可如今……那个深夜陪你一起撸串的人，一定是你生命中不同寻常的人。我追悔莫及。

喜事·窝心事

邢庆杰

这天中午，妇女主任李秀莲一回到家，就满面春风地对满囤说："俺怀孕了。"

满囤一听，嘴都快咧到耳朵根子上了。满囤家三代单传，传到他这一辈，都结婚五年了，老婆还没怀上。满囤的爹盼孙子心切，整日忧心忡忡，竟然一病不起。在这个节骨眼子上，李秀莲怀上了孩子，这是多么大的喜事呀！

但满囤的笑容还未全展开，就僵在了脸上。

因为老婆一直怀不上孩子，满囤曾带她上镇医院、县医院看了大夫，人家都说李秀莲身体健康，没有什么病。他就瞒着家里人悄悄到县医院查了一下，结果是他有不孕症，还是从娘胎里带来的，没治。回来后，他谁也没敢告诉，把这颗苦果吞进了自己的肚子里。

今天李秀莲一说怀孕这事儿，他光顾着高兴了，高兴过后一寻思：不对呀，自个儿本身没有生育能力，老婆却怀了孕……他忽然想起了村里的风言风语，火腾地冒了上来！由于工作原因，李秀莲经常和村长大老春在一起，村里早就风传他们俩不清白了。满囤虽然气愤，但他没有任何证据，所以一直把这件事窝在肚子里。既然她今天怀孕了，就有了证据，他可以理直气壮地兴师问罪了。他正想发作，猛然听到他娘惊喜地喊着进了门："秀莲哪，听说你怀孕了？"

李秀莲说："哟，这消息传得可真快呀！"

娘又说："这一下，你爹的病可要减轻了。"

一句话提醒了满囤。如果他一发火，让爹知道了这事儿，那爹还不得被活活气死？再说了，自个儿没有生育能力这事儿，除了他本人之外，没有别人知道，这冷不防地说出来，还不一定有人信。他灵机一动，反正这个贱人也把事情做下了，早算账晚算账都是一个样了，何不顺水推舟，借此来减轻爹的病呢？等爹的病好了，再给她算总账也不迟。于是，满囤强压怒火没有发作，但他想笑是笑不出来的，阴着脸出了门，去找人喝酒了。

自这一天起，李秀莲就不让满囤近身了，说是怕脏弄着孩子。满囤心里有障碍，也不想再碰她，就又来了个顺水推舟。

随着李秀莲的肚子一天天膨胀，爹的病也逐渐好了起来。等李秀莲进入预产期，爹已经能下床走动了。

这天早上，刚吃过饭，李秀莲对满囤说："套上车，咱去县医院等着吧。"

出了村，刚走出五里路，李秀莲就对满囤说："前面路口，往左拐。"

满囤没好气地说："往左拐上哪里去？你以为俺没去过县城？"

李秀莲没生气，反而笑了："咱不去县城。"

满囤一愣："不去县城，你怎么生孩子？"

李秀莲忽然"哈哈"大笑起来，笑得满囤都有些蒙了。

李秀莲从牛车上躺平了身子，然后在怀里拽出一个鼓囊囊的枕头来。

满囤惊道："你、你没怀孕？"

李秀莲"哼"了一声说："你别以为我不知道你，你有这个本事吗？"

这一下满囤更加吃惊了，他一拽牛缰绳，将牛停了下来，然后他跳下车，面对着李秀莲问："你……你都知道啦……"

李秀莲不屑地瞟了他一眼说："你忘了你老婆是干什么的了？俺早就拿你的那东西去化验过了，你是没这个本事了。"

满囤的脸腾地红了。

李秀莲不想让他太难堪，就缓了一下口气说："走，咱边走边唠。"

一边走着，李秀莲一边把她"怀孕"的事儿一五一十地对满囤说了。

原来，那次李秀莲带着村里的妇女去镇上查体，遇上了她娘家的一个远房嫂子。从闲谈中，她得知那个远房嫂子已经怀上了二胎，并且检查出是双胞胎。由于她前面已经生了一个丫头，再生了双胞胎，就是三个孩子了。她的家庭情况李秀莲非常清楚：丈夫嗜赌如命，常年在外游荡，所以家里不但一贫如洗，而且负债累累，前不久丈夫又在一次车祸中意外死亡。在这种情况下，如果再拽上仨孩子，这日子真的没法过了。当时，李秀莲灵机一动，就对那位嫂子说了她的情况，并透露出想领养她一个孩子的想法。没想到，对方一口答应了，只是强调，如果生一男一女，只能让她领养女孩；如果两个都是男孩，那就一人一个。这件事情谈成后，为了省掉以后的麻烦，李秀莲决心把这件事彻底瞒下去，不让村里任何人知道，就连自己的丈夫，也让他最后知道，这样，她便演出了一场"假怀孕"

的戏，现在，只要她在外面待两天，把远房嫂子的孩子带一个回去，那全村人包括满囤的爹娘都以为孩子是亲生的了。前两天，李秀莲的娘家侄女已经捎来了信，她那位远房嫂子生了，是俩男孩，让她去领呢。所以，她现在真正要去的，不是县医院，而是她自己的娘家。

满囤像听《天方夜谭》般听完李秀莲的讲述，疑惑地问，这……这合法吗？

李秀莲笑着说，你老婆好歹也是村干部，哪能干违法的事？过几天，咱们还得悄悄去趟民政局，办个手续。

满囤歉疚地说："秀莲，俺、俺……俺真的错怪了你。"

李秀莲一笑说："行了，快点走吧，中午饭俺娘都准备好了，今天让你痛痛快快地喝两盅！"

满囤一听，心里乐开了花，他长鞭一挥："驾！驾……"

牛车在乡村公路上"嘚嘚嘚"地跑了起来。

千 年 血 沁

王若冰

林先生从二十世纪八十年代末开始，就爱上了收藏。如今，他早已成为知名的收藏家。他为人正直厚道，故在业界德高望重。

这天早上，林先生正在书房喝茶时，接到了大学同学高先生的电话。

老同学，我知道你是大忙人，平素不敢轻易打扰。但内蒙古的一个古董商要出售一只千年血玉手镯，你知道我这么多年的心思，请你帮我掌掌眼。

电话中的高先生情绪高昂。

林先生听后一愣：千年血沁？

血玉是大多数人的叫法，而资深收藏家林先生，却习惯业界的专业叫法：血沁。他虽然难以置信，但还是满怀好奇。在收藏界摸爬滚打这么多年，他还没见过真正的血沁。多年前，有一个天津的古董商手里出过一只号称血沁的镯子，吸引了南北各路买家藏家。当时，也是他这位大学同学拉着他去看的。卖主神秘地介绍说，那只血沁手镯最初是从宋朝的一个将军夫人的墓里出土的，辗转到了他的手中。人们争先恐后地看了半天，林先生当时也看了，但见那只血沁手镯，表面鲜红如血，而内部却很模糊，无法看清其结构。那时的林先生，一边望着手镯，一边在脑海里过着关于血沁的特点，觉得有点不靠谱。但收藏界有个不成文而人人都遵守的规定：那就是看破不说破。当时，高先生对那只血沁玉镯非常感兴趣，他拿在手里左看右看不忍放下。在那么多人面前，林先生无法直接说是假的，但他又不能眼看着高先生上当，就说：我从来没见过这样的血沁手镯。而高先生却似乎听不下去。见高先生要买，林先生又说：这个手镯现在实不常见，你再慎重考虑一下吧！一边说，林先生还一边冲高先生使眼色，可都直接被高先生给屏蔽了一般，他不由分说地用一千五百元买了那只手镯。

那时，一千五百元不是小数目。当然，高先生上当了。这些年，每每谈论起此事，高先生依旧悔恨交加。此刻，听到这样的消息，林先生不禁有几分激动。他知道，自己这位老同学为了给他的母亲买到一只真正的血沁手镯，几十年下来，费尽了周折，却始终不得。而今，老人已年过八旬，一年前又犯上了轻度帕金森症，对很多事情的记忆都已模糊不清。唯有对那只特殊年代里被抄走的祖传血沁手镯，老人念念不忘。有时候梦中还喊着：把我的血沁手镯还给我，那是我们家世代相传的。有时，老人会抓着儿子的手说：你把我的手镯找回来了？快给我！高先生每安慰母亲时，都会深感自责：如今，要找到祖传之物已是不可能，可若能有一只血沁手镯也可慰母之愿啊！

高先生的车很快就到了门口。路上，高先生介绍说，那只血沁手镯他昨天已经见过了，自己还是无法断定真假。因为血沁稀少，又在中国文化与历史上，均具有传奇色彩，自然得到很多人的追捧。故此，有些无良商家做出的血沁饰品亦花样百出。为利益所驱，造假手段也层出不穷。

这么多年了，谁见过真正的血沁？林先生内心满是疑惑。此时，车在秦皇西大街一处僻静的小院停下来，下了车，高先生走在前边，林先生不紧不慢地跟在身后。在快要进门时，林先生用手拉了一下高先生的衣角，轻声说：老同学，这次你可不能冲动啊。

高先生嘿嘿了两声，耳边已经传出开门的声音，一个五十岁上下的秃顶男子将他们让了进去。

高先生说：郭先生，我想让我这位老朋友给掌掌眼，请您把东西拿出来吧。

男人煞有介事地打量了一下林先生，片刻后笑了笑。林先生扫视一下，见房间很小，只有一张桌子，明显是一个临时之所。男子从抽屉里拿出一个盒子，将一只血红色的镯子拿出来，轻轻放在桌子上说：您请！

林先生走上前，小心翼翼地拿起来，镯子在他的手心里转了一圈，玉质剔透，种色水润，在光线下，闪着晶莹的光芒。

林先生又把镯子举到眼前，在自然光下翻过来掉过去地照看了几遍。过了大约两分钟，他把玉镯放回了原位。若不论颜色的话，这还真算得上一块上好的羊脂玉籽料。不过，跟血沁就沾不上边了。

林先生在心里叹了口气。

高先生用眼睛询问林先生，表情急切。

林先生长叹一声，摇了摇头。

我这可是真正的千年血沁手镯啊，一辈子也难得一见！

男子先是一愣，随即有几分鄙夷地看了一眼林先生：我说您懂不懂，不懂就别瞎搅和！

林先生脸露愠色，盯着那人说：为玉染色的方法很多，比如用血竭草、紫草、透骨草等与玉器同煮，或者用山楂干、杏干、乌梅干煮水染色，过不了多久，普通的玉石就会发生颜色上的变化，出现"血沁"之效，之后再以巴西蜡上光美化。但是这样造假出来的血沁，初看品相完美，细看则禁不住推敲，颜色与光泽拙而不够自然，很容易辨别出来。后来，为了使物件看起来更加真实，一些人就利用动物的血来造假。他们残忍地在活牛、活羊甚至是活狗的非要害部位划开，将普通的玉石塞进动物体内，而后再缝合起来。如此这般，三年两载，再把动物杀死取出玉石。此时，玉石在动物的体内已被鲜血渗透而形成所谓的血沁。然后，再高价卖出以牟取暴利。除了玉石专家，能准确判断出血沁真假之人微乎其微，这就给了一些唯利是图者可乘之机。真乃可耻可恨啊！

林先生气得声音发颤，眼睛死死地瞪着秃顶男子。

高先生则面露悲色，失望地说：我此生之愿就是想给母亲买一只真正的血沁手镯，圆她的心愿，怎么就这么难呢！

鲁　大

薛培政

我对邻村匠人鲁大有印象，大概在五六岁时。

那时，鲁大操持"磨剪子戗菜刀"的生计。在胡同口常见到他磨刀霍霍的身影。

鲁大人和气，嘴也甜，无论男女老幼，见人说话三分笑，称呼上自矮辈分，一口一个"大伯大叔、大娘婶子——"，叫得人心暖，占个好人缘。

村人们见了，也主动与他打招呼，没人知道他的名字，都称他"鲁大"。

久了，胡同里那帮光腚孩子，也围在他身边"鲁大、鲁大"地叫喊。那次，我也学着喊他"鲁大"，正巧被爷爷撞见，爷爷脸一黑吼我道："小孩子家，不兴没大没小的！"我当即不敢吱声了。鲁大回头笑笑说："呵呵，没啥、没啥，看这孩子多听话。"

我渐渐懂事后，听大人们对鲁大身世的议论就多了。

鲁大祖上曾是方圆几十里的大户，数年间，遭土匪烧房子拉票儿祸害穷了，到了他这一代，家道败落，一贫如洗，尚未成年，就成了别人家的羊倌。

那年，八路军来村上招兵，鲁大与东家打声招呼，将羊鞭往东家跟前一搁，跟着队伍走了。

山里孩子皮实。鲁大从小跟着羊群在山上野跑，腿脚灵活，身手敏捷，尤其擅长攀岩，这下派上用场，没等学会放枪，先当上爆破手。

"嘿，每遇攻坚战斗，连长只要瞟我一眼，命令道'爆破手，给我上'，我就第一个冲出掩体了！"提起战争年代炸碉堡的事儿，鲁大那语气与眼神里的自豪感，便情不自禁地流露出来。

"其实，不只炸碉堡，我投手榴弹也一投一个准，随着一阵阵炸雷般的响声，手榴弹接二连三在敌群中开了花，那叫一个痛快！"见人听他摆古，鲁大连说带比画就来劲了。

听到最后，有人不解地问："你打了那么多年仗，咋没见你立过功？看前村王大个子，人家才打一年仗，就成了公家人。"

鲁大这时便低下头去，脸涨得通红，像被人揭了老底，不再言语。

年轻时当过支前模范，解放后当过生产队长，后摆摊卖针头线脑的五爷说，鲁大的话不掺假，有些战斗，他曾支前过。还听人说朐城西部山区有个鲁姓老兵很勇敢，炸碉堡拔据点不含糊，要不是那次战斗震伤头部，也许能在队伍上当个这长那长。

鲁大做营生紧挨着五爷的摊点，多年交往下来，俩人成了无话不说的朋友。

鲁大长年戴顶褪色发黄的军帽，那顶军帽就像粘在他头皮上一样，一年四季不摘下来。那天刮大风，忽地把帽子吹掉在地，五爷帮着捡起时，望着他头上那道长长的伤疤，便激将似的问他道："老伙计，打了那么多年仗，就没弄个铜疙瘩、红本本（立功勋章、证书）？"鲁大急赤白脸眼一斜："哼，谁说没有？"当了真的五爷，当即劝道："那还不找政府，要份待遇，省得风吹日晒受这份洋罪。"少顷，醒过劲来的鲁大憨憨一笑，吭吭哧哧地挤出两个字："丢了！"五爷白他一眼，不由得一声长叹："唉，亏了！"

鲁大依然不声不响地忙碌营生。他的行头，是一条枣木长凳，看上去有些年头了。长凳一头固定着两块磨刀石，凳腿上，吊着一个装水的铁罐。

鲁大似乎不甘寂寞，常会在干活儿间隙，说些谜语让围过来的孩子们猜。而说到他自己做这活儿，就多了些许诗意——每天骑的是千里赤兔马，磨的是青龙偃月刀。他自嘲已毕，总是一阵爽朗大笑。

旁边的五爷有时也跟着笑，笑过之后，又小声道："呵呵，你就自个找趣乐吧，本该是骑洋车、坐卧车的命，都怪不操心，落得这般光景。"

话虽这样说，五爷对鲁大还是蛮照顾。

尽管那时都不富裕，念及鲁大光棍一个，不会炒菜做饭，稀汤寡水地凑合，五爷看不下去，每天中午，老伴来送饭，都让多带一份。

起初，鲁大抹不开面子。见给五爷送来饭，他总扯理由躲开一会儿，五爷就不乐意了："你几十岁的大男人，脸皮咋薄得像娘儿们？又不请你坐桌吃宴席，粗茶淡饭填饱肚子，咋恁难？"往后，每逢饭时，老哥儿俩一人端一个碗边吃边聊。隔个半月二十天，还见两人从代销点弄提子散装地瓜干酒来，也不用菜肴，就那么干喝。喝多了，话就稠，净说那些支前打仗的事儿。

人在世上待，说老就老了。

1978年刚开春，鲁大先走了。生产队为其办完后事，派人拆他老屋的木质隔断墙时，在墙洞里发现一个黑木盒子。队长赶忙派人请来五爷做证，打开盒子一看，在场的人都惊呆了。

"咦，没想到这蔫儿吧唧的人，还是隐功埋名的英雄哩！"

"呀，这么多勋章，要早找上级说道说道，咋也不弄个离休待遇？真傻！"

……………

望着鲁大这堆遗物，听着七嘴八舌的议论，五爷好一阵子才回过神来。

五爷深深地鞠了一躬，悲怆地说道："兄弟，硬气呀！"

猪蹄的故事

宋以柱

老沈是煮下货发家的。下货就是猪的肝肺心头蹄肠。

老沈从不多煮，一天煮一锅。煮好了，捞在大盆里。大盆放在石案上，冒着腾腾的香气。桥上走着的人，一耸鼻子，嘿，老沈的下货出锅了。一拐弯，就下了桥。

不是每天都能卖完，天有小雨小雪，或者逢二七赶集日（集市在另一个方向），会剩下一点，或者一只猪蹄，一块猪嘴，半块猪肝，老沈自己下酒。剩下的多了，第二天也不再卖，家里人心疼，老沈就生气，老沈脾气不好，把剩下的猪下货，装进袋子里，"呼"，扔河里了。

老沈赚了钱，盖起了二层楼，像模像样开酒店。盖楼欠了不少钱。他那胖媳妇着急，一天天叹气。老沈不急，用地瓜干辣酒，把自己的脸喝得红通通的，对他媳妇说，人活着就是要不停地忙，忙地里的粮食，秋收冬藏，忙着酒店开小卖店开油坊，不能闲下来，早早还完欠账，那不就闲着了？如果整天闲着，那不就是没用了？没用了，那还让你活着干吗？

这番话，被来啃猪蹄的镇党委书记听到了，在职工大会上，拍了好几次桌子，说你们还不如一个煮下货的人思想水平高，如果没事可做了，那还让你活着干吗？

那时候，我的单位在那个镇上，单位不大，七八个人，只有我是外镇的，一下班，都纷纷回家，或是出去喝酒了。我顺着一条土路，向南，走十几分钟，过十字路，就到了老沈的店。老沈看到我，知道我不是买下货，是闲了找乐，就拿过马扎，茶碗，纸烟，我俩也没多少话。我抽烟就从那时候起，一直抽了二十多年。

那一次，站在老沈的店前，看到老沈的店里，坐着一位老哥，前胸阔大，裤脚在膝盖以上，腿肚子凸出紧绷，脚脖子得俩手掐过来。低头朝外，脸黑红，一件粗布上衣布满白碱，下苦力的人。左手掐着一摞煎饼，右手举着一个猪蹄，面前的桌子上，一块乌黑的辣疙瘩咸菜，一缸子茶水，缸子是老物件，红漆写着"为人民服务"，是伟人的笔迹。

我说他的左手掐一摞煎饼，一点也不夸张，至少是三个以上的煎饼，被他掐在手里，一口下去，就把三个煎饼咬透了，嘴稍微一撇，把一大块煎饼，咬在嘴里，剧烈地咀嚼起来。待他一拥脖子，咽下去，端起茶杯，喝一口，水在嘴里转了一个圈，咕咚又咽下去。举起右手里的猪蹄，认真地看着。那只猪蹄，已经被他啃得没有猪蹄的样子了，猪蹄的脚脖子位置，已经被他啃完了，森森的白骨，被当作了把手，他短短的五指，牢牢地抓住了猪蹄的白骨，现在他要啃猪蹄的脚心。我还是第一次见有人如此啃猪蹄，他把猪蹄的脚心放到嘴上，狠劲一口，就把猪蹄心连同肉筋咬下来，毫不客气，也很果断，像老虎钳夹断一根钢筋，嘎嘣一下，就把一大块猪蹄心肉，裹进了嘴里，他先是用力咀嚼了一阵，待完全咽下去后，不等喝水，就骂开了：×个巴子，老沈你能把猪蹄煮得再生点吧？"那意思是，根本就没有煮熟。老沈嘿嘿笑了，却又给旱烟呛了一口，吭吭吭咳了好一阵，使劲喘上口气，才说："肉有六分熟，才能啃出香味来，十分熟，就没有香味了。"那人不再说话，开始咬煎饼，一口咬透三个煎饼，像一条小蛇咽下一只大老鼠，眼看着煎饼从脖子里往下落。

接下来，他吃猪蹄的脚趾，简直是一道风景。

他干脆放下了煎饼，还是用右手抓着猪蹄，把猪蹄送到嘴上，一口咬住一个猪蹄趾，"咯吱"，从筋骨连接处，干净利索地咬下来，在嘴里转一圈，把猪蹄趾上的碎骨头，一一吐在地上，再去吃下一个猪蹄趾。待全部啃完，"啪"把整块的骨头扔脚下。骨头上不见一丝肉。这才拿起煎饼继续吃。一只玩骨头的小土狗，悄声凑上去。

老沈把卷烟，搁在桌子一角，站起来，到肴肉锅那里，拿一只大海碗，舀上一碗肴肉老汤，想了想，又抓一把碎肉放碗里，撒点芫荽沫，搁到那人面前。他把半摞煎饼伸进碗里一蘸，煎饼软了，塞嘴里咽下去，三两次吃完，端起碗咕咚咽下去。拿搭在肩上的汗衫，擦一把嘴脸。骂了一句："×个巴子，汤齁咸。"把老沈递过去的烟挡住，站起来往外走，才发现他这么矮，像是往外滚。

"不给钱？"我给老沈递烟。

老沈笑一笑说："三五天来啃一个猪蹄，半年结一次账。"

老沈看他拐过屋角去。收一下碗筷，撵走了小土狗，打扫一下地上的碎骨。看了看我，说："下苦力的，两千斤石头，从山上推下来，安乐镇上没几个。两男一女三个孩子，没一个是自己的，都是老婆带来的，一个高中一个初中一个小学，老婆是个病秧子。慢慢熬吧。"

调离那个单位，又回去公干。去老沈那儿坐了坐，抽了很多烟，说了很多话，才知道那个人推石下山，车闸断线，给车拖倒了。

"临咽气了，还托人把我喊去，给我二百块钱猪蹄钱。"老沈看着马路那边的河汊。

"收了？"我看着老沈。

"收了。"老沈说，"前年，他家二小子考了学，我托人送去三千块钱。"噘起嘴唇来笑笑。

我冲老沈抱抱拳。

又到苹果红时

李伶伶

水莲一晚上都有点心不在焉似的，儿子想吃烙馅儿饼，她说太累改天做。儿子有道数学题不会做，她连看都没看，直接让儿子去找他爸。这是以前从来没有过的事。大峰觉得水莲心里有事，辅导完儿子的作业，过来问水莲怎么了。水莲没吱声，大峰又问了一遍。水莲答非所问地说，秋萍把苹果摘了。大峰说，摘就摘呗，碍你啥事了？水莲说，没碍我事，可是她为什么偏偏在我回娘家的时候摘？大峰说，人家的苹果，人家爱啥时候摘啥时候摘，跟你有啥关系？水莲说，我摘李子的时候，都是当她的面摘的，挑好的还给她拿过去一兜。她摘苹果的时候，趁我不在的时候摘，她啥意思？大峰说，可能就是赶巧，你别那么小心眼儿。水莲说，不是我小心眼儿，是她这事做得让人心里不舒服。

水莲和秋萍住邻居，水莲家住西院，秋萍家住东院，中间隔了一道墙。水莲在墙这边栽了棵李子树，秋萍在墙那边栽了棵苹果树。李子树结果早，水莲都吃两年李子了，秋萍的苹果树才挂果。红红的苹果挂在枝头煞是好看，水莲的儿子总想摘一个尝尝，都被水莲制止了。她以为秋萍摘苹果的时候能给她几个，没想到不但没给，还是趁她不在家的时候摘的，这事咋想咋别扭。她是哪里得罪她了吗？水莲回想俩人之间的过往，没觉得有不妥的地方。如果真像大峰说的是赶巧，那过后秋萍会过来跟她解释一下。可是第二天秋萍没来，第三天也没来。水莲去集上给儿子买了一兜苹果，她自己一个也没吃。

没过几天，秋萍家摘梨，找了好几个人帮忙。以前秋萍家有事，不用吱声水莲就会去帮忙，这次秋萍没找她，水莲也没去，她帮父母起了一天花生。后来听说秋萍家的梨没摘完，晚上刮大风，梨掉了一地，秋萍家损失不小。大家都说，秋萍要是多找一两个人，梨就能摘完了。水莲听了心里有点愧疚，觉得自己不该这么小心眼儿。

水莲家的地瓜好吃，每年她都在山上栽不少地瓜。今年因为母亲生病，她跑了好几天医院，起地瓜的事就耽搁了。上冻前，她找了几个人帮忙，还是没能起完，地瓜冻坏了不少，少卖不少钱。秋萍最会起地瓜，干起活儿来一个顶俩，但是水莲没找她，秋萍也没主动过来帮忙。水莲没怪秋萍，因为她也没帮她的忙。

大峰在工地干活时脚受伤了，伤好后就没再出去打工，在家养了十来头猪。猪粪没处放，就堆在了大门外。大峰会定期处理，但有时候活儿忙处理得不及时，猪粪就占了道。这天大峰接到村主任电话，让他把大门外的猪粪处理一下，别影响邻居走路。大峰当时不在家，打电话转告了水莲。水莲家的邻居只有秋萍一家，猪粪影响她走路，她直接跟她或者大峰说一下，他们也会处理，何必要告到村主任那里？水莲觉得很没面子，心里对秋萍多了份怨恨。

水莲找人帮忙把大门外的猪粪拉到了地里，再起新猪粪时，也不往大门外堆了，而是堆到了院子东墙角。院子不大，西墙边盖了一排猪圈，东墙边放了一个鸡笼，还栽了一棵李子树，就剩墙角还有点地方。

这事之前，水莲总想找个机会缓和一下两家人之间的关系，现在，她完全没有了这样的想法，心里对秋萍的那点愧疚也没有了。两家人的关系变得越来越僵，彼此见面都不说话了。

这天，水莲去村里商店买酱油，商店老板娘胖嫂正在讲村里丢洗衣机的事。桐林媳妇为了放水方便，洗衣服的时候把洗衣机搬到了院子里，洗完衣服有事出去一趟，忘了关大门，回来时发现洗衣机不见了，桐林媳妇就报了警。警察追查了半个多月，才找到窃贼。是外县的，每到农忙时就趁大伙儿都去地里干活时开三轮车进村偷东西，洗衣机、电动自行车、花生玉米等见啥偷啥，哪次都不空手。水莲说，这人也太缺德了。大伙儿说，就是呀，忙秋的时候，谁能不去地里干活呀。

这时秋萍也来商店买东西，看见水莲也在，转身要走，被胖嫂叫住了。胖嫂说，秋萍，你来得正好，去年偷你家苹果的人找到了，跟今年偷桐林家洗衣机的是一个人。秋萍显然很意外，她下意识地看向水莲，水莲从她的眼神里明白，原来秋萍一直以为是她摘了她家的苹果。秋萍被发现了心事，有点尴尬，说，可是，我，没报案啊，小偷是不是记错了？胖嫂说，小偷为了坦白从宽，没报案的也招了，他说他还偷过洗衣机家后院的苹果，那不就是你家吗？秋萍没敢再看水莲，应付几句后匆匆走了。

水莲也很尴尬，同时很气愤，秋萍怎么能怀疑是她摘的苹果呢，把她想成什么人了！水莲不知道自己是怎么回到家的。进院后，她习惯性地往东墙边看了一眼，秋天还没过完，她家的李子树叶子已经掉光了，不是因为天冷，是旁边的猪粪水渗到了地里，把树根烧死了。墙那边的苹果树也没能幸免，树叶也开始往下掉，连半红的苹果也掉到了地上。

水莲呆呆地看着，心里涌起一种说不清道不明的疼痛。

一条狗与一个车队的故事

戴　涛

在城市西部边缘，随着旧区的改造，一些原居民都搬走了，他们原来居住的那些十分拥挤破旧的房子也全被拆了，变成了一块块空地。

在其中的一块空地上，人们见到一条黄狗始终趴在那里，有人好奇地走近它，见黄狗两眼泪汪汪，满脸的痛不欲生。于是情不自禁地谴责狗的主人，真狠心，真不像人做的事。有人去喂它吃的，它也不张口。于是又感慨，你看，把狗伤心得都怀疑人生了。

过了一些日子，人们发现空地上的黄狗不见了，于是有人断定，一定是它的主人良心发现，把它接走了。

又过了一段时间，一个有心人又见到了那条黄狗，它蹲在一座新建的819路公交车终点站的站台附近，那里正好对着那块空地。有心人还发现，黄狗的肚子鼓鼓的，好像是怀了孕。于是有心人很激动，跑去超市买了许多好吃的东西喂它吃，黄狗也不再拒绝了，大口大口地吃着，它似乎已明白了吃饭的意义。

这一幕被819路车队的人看到了，便问有心人，这狗是你的吗？有心人说，不是。那你不能在这里喂，万一它伤了人怎么办。有心人说，我给你们讲讲这狗狗的故事吧。

车队的人听完了故事说，好吧，只要狗狗不影响上下车的乘客，就让它待在这里好了。

这黄狗也确实懂事，白天它蹲在站台外默默地看着那块空地，到了晚上，它趴在车队调度室的屋檐下静静地睡觉。这天，车队上早班的人突然发现黄狗的身下多了两条小狗，哦，黄狗做妈妈了。

这下车队像是过节似的，大家高兴，有人去买了东北酱骨头，有人买来了婴儿奶粉，黄狗见人们这样待它和它的孩子，激动得不停摇尾巴。小狗长得很快，没多少日子就能满地跑了，黄狗就每天带上它们一起遥望那块空地。

这天快中午的时候，黄狗依旧和两个孩子蹲在那里，这时有一个中年男子只顾低头看着手机，走着走着就偏出了站台人行道，就在他的脚快要踩到小狗的瞬间，黄狗纵身扑了过去，咬住了他的腿，男子一声惊叫，谁家的狗哇？咬人了。

听到男子的叫声，一些在候车的乘客围了过来，问，怎么了？男子说，这狗咬我。有乘客说，这狗我认识，平时它挺乖的，今天怎么咬人了？男子问，你认识？乘客答，就是这车队的呀。这下男子来劲了，他怒气冲冲跑进了车队调度室，对着里面坐着的一位中年女子问，外面那只黄狗是你们养的吗？女子问，你有什么事吗？这狗咬我了。咬哪里了？左腿。你让我看看。男子卷起了裤管，指指皮肤上略微有些泛红的地方说，喏，就咬在这。女子问，你确定就这？确定。好，你想怎么处理？赔偿。怎么赔？

男子想了想说，赔偿分三项：第一，打狂犬疫苗的费用；第二，需要休息一周的误工费用，一天算一千，我是律师，已经按最低算了；第三，精神损失费，象征性地算五千吧。

女子听完后笑笑说，你该向谁去算就去算呗。男子说，这狗不是车队养的吗。女子问，谁说的。男子指指身边的那个乘客，他说的，他可以做证。乘客说，对不起，我看错了，这只黄狗我也是第一次看到。

男子急了，掏出手机说，好，那我报警。边上有乘客问，你报警想做什么？男子说，没人认养的狗就是流浪狗，按规定，公安要抓起来集中收养。这时，女子的脸上显得有些紧张。

警车到了，下来了两个公安，他们让男子陈述了一遍事实，随后让女子陈述了一遍事实，然后又分别谈话，谈话的方式是提问。他们问男子，你确定你被狗咬伤了吗？如果没有，你认为能得到这些赔偿吗？他们问女子，你认为跟这只狗没有关系吗？如果没有关系，你知道我们必须要带它走吗？男子与女子都认真地想了想，便很快达成了和解。女子给了男子五百元表示歉意，男子收了钱表示接受。

待男子和警察走后，那个做证的乘客对着女子跷起了大拇指，必须给你赞一个。

这事很快传遍了整个819路车队，大伙纷纷对那女子，也就是王调度表示称赞，同时一致要求共同承担王调度掏的五百元。

几天后，有心人发现，车队调度室屋子的背后建起了一个小院子，在院子里放着一个漂亮的狗窝。

赳赳老秦

肖建国

油灯忽闪，一条黑影已站到大帐之内。

我大骇，唰地抽出腰刀，厉声喝道，谁？

来人微微一笑，孟将军，无须惊慌，我是咸阳派来的救兵。

我忙唤卫兵，燃亮壁灯。

面前就一老者，身穿交领窄袖长衫，头包方巾，儒雅中透着刚毅。我验过手信，不假。确实是咸阳来的。

兵呢，来了多少？我抬头向帐外张望，天已蒙蒙亮，除了站岗放哨的侍卫，看不到其他人员。

兵呢？我又问。

就在你眼前啊。老者笑容不变，双眼直视着我。

开什么玩笑，我可是要和匈奴人打仗的。

我知道，你已和匈奴打了两次仗，一次小胜，杀敌八十，自损二十。一次平手，双方各有伤者，没有死亡。十天前，匈奴增兵万余人，你只有一千多，故退守上郡，依靠城垣坚固，闭门待援，请王派兵。

这老头儿，知道的事还不少。可我没心情夸他，我要的是兵。没有兵，上郡难守，咸阳也将遭到威胁。

兵呢？我提高嗓门，明显充满火气。

就在你面前。老者不再笑，很严肃地回答。

就你一个人？

是。

你来救我们？

是！

按手信上的命令，老者是我的上司，我归他管辖。我这样咄咄逼人，他分分钟有斩杀我的权力。想到这一点，我忍不住打了个寒战。

孟将军，老者说，依我三天的观察，你现在缺的不是士兵，是士气。

士气？面对十多倍于我的匈奴，没有足够的兵马，我们只有傻气。要知道，匈奴人骑马，很多都不配鞍的，那屁股就像长在马背上一样。人马一体，自由伸缩。手中挥舞的弯刀，呼呼生风，要多快有多快，让人不寒而栗。

老者说，看来，你还是没有醒悟。现在天也快亮了，你带着手下的将领和亲兵扮演匈奴，我是大秦士兵，咱们来一场较量如何。

你一个人？

是的。

我手下有六员大将，八名亲兵，再加上我，可有十五人啊。这老头儿，难道真的身怀绝技？我从上到下再三打量他一番，那神态、那筋骨，怎么看都不像"练家子"。

孟将军，现在我命令你，带上人跟我来后山。老者不怒自威，说完走出大帐。

我让卫兵火速叫齐众人。

首先来到大帐的是李岩，他是我最得力的干将，骁勇善战，曾单人独骑杀出匈奴的包围。我把刚才的情况详细说了一遍。

他说已观察我们三天了？

是的。

他进到大帐之内，你竟然没发觉？

是的。

李岩的两个反问，让我头皮阵阵发麻，不由得冒出冷汗。

李岩说，这位老者不简单。

来到后山，老者已摆开阵势，他手中竟然拿了一根木棍。老者说是单打，还是群上？这简直是欺人太甚。我一抽腰刀，就要上前。李岩一把扯住我。老大，他可是我们新来的头啊，敢这样单挑我们，必有杀手。要不，我先上，你也好有个退路。

李岩放下长矛，也折了一根木棍。

老者说，听清楚了，规矩是戳到为止！现在开始。

老者边说话，身子边往前欺。话音落，已接近李岩，手中木棍迅速直伸，一下子就戳到了李岩的胸口。李岩还没反应过来呢，就输了。

你这叫偷袭，不行，重来。李岩不服气。

老者抬起木棍打到李岩嘴巴上，战场允许你重来吗，你这个死人。

鲜血顺着李岩的口角流下来，李岩倔强地抬起头，双眼冒出怒火。

不服气是不？好，你们这些狗杂种一起来。扰我边塞，杀我民众，今天不把你们这些狗杂种碎尸万段，我死不瞑目。老者越说越激昂，木棍再一次打在李岩的脸上。

李岩怒不可遏，扭头吆喝一声，兄弟们，上！

这次，老头儿撒腿往后撤。

想跑，没门。除了我，大家嗷嗷叫地冲上去。

然而，才跑出四五步，猛听得轰隆一声响，我的手下全部落入陷阱内。原来老者早在道路中间做了手脚。他一人跑过，陷阱的覆盖物还能够支撑。可我的将士一起过去，必定全军覆没。

难怪，他敢单挑我们一群人。

难怪，他选在天刚亮时分。

难怪，他有意这样激怒我们……

见众人落入陷阱，老者抢起棍子向我冲来。老者边冲边大声高歌：赳赳老秦，如日方升，保国安民，不惜生命。我若后退，子女何存，父母何生？

老者字正腔圆，铿锵之力穿越层林，群山回应，如同裹挟着千军万马奔腾而来。我呆若木鸡，心中一片茫然。老者毫不客气，抢起棍子向我打来。

一下，二下，三下……

疼痛赶走麻木，羞辱激发血性。我本能地挥出手去，原本想斩断他的棍子，没想到，弯刀一个上撩，却插进了老者的胸膛。

老者看着我，脸上带着笑。

我放声大哭。

老者断断续续地说，孟将军，你缺的不是士兵，而是士气。提升士气要靠智慧，更要靠不怕死的决心。我……就是给你搬来的救兵。

从陷阱里爬出来的众人，围在老者身边，哭成一团。

被遗忘原理

李利君

"我的确叫那若愚，也的确在兰市读过小学，也的的确确有一个姐姐叫那若星。但是，我的确……"

"好的。那也没事，你想不起也没事，毕竟你那时很小——我的确不是骗子。再见！"赵章程挂了电话。

一个越洋电话，打出去的费用不计，找到这个号码也是历尽艰辛。

赵章程放下电话后，啜饮了一口茶，想：我为什么要找到她，而且是那么固执地要找到她呢？她也应该有六十岁了。

"吃饭了——爷爷！"孙女喊他。

赵章程从书房里走出来，老伴已经在餐桌前坐下来了，笑眯眯地看着他。儿子倒了半杯酒给他，儿媳轻轻在他面前放了一碗杂鱼汤。

就餐过程一如既往地温馨。他给老伴夹着菜，轻声地赞美着每一道菜的可口。老伴笑眯眯地点头。赵章程晚餐总是这个温和的节奏。但今晚惯常的温和神色之下，却掩盖着一些轻淡的困惑：人啊！会有那么彻底的遗忘吗？

老伴在几年前突然失去了记忆，往事想不起，连眼前的孩子也好像全无印象，只是永远地对着他笑眯眯……

全家人的晚饭吃了半个多小时，孙女收了碗筷，儿媳洗洗涮涮，儿子带老伴下楼遛弯儿。赵章程回到书房继续看书：《美学原理》。

看旧书，是从几年前开始的，慢慢成了一个例行习惯。《美学原理》是大学时的必修课教材。这是他多年来几乎没动过的旧书。今天偶然拿起，翻动间，里面一张旧照片掉出来。他拾起来一看，认出来了。他记得很清楚，是本科班的一个联欢会上的纪念照。和他合影的小姑娘那若愚是班上最小的学生那若星的妹妹，刚刚读初一。赵章程那次之所以参加本科班的联欢会，是因为他刚刚出版了一本诗集，心情大好。

那时，他在读研二，是一个著名的诗人。那若愚是个天分极高的孩子，那时也在痴迷诗歌。

据那若星说，当得知姐姐竟然认识赵章程时，立刻就要求姐姐带她认识"大诗人"。联欢会上，赵章程和这个小妹妹合影，还和她一起朗诵了自己的诗……整个晚上，那若愚几乎沾在赵章程身上，以至于女同学们说"小妹妹爱上你了"。

赵章程松弛地说:"好!我也爱上她了。"说的时候,还拍拍她那若愚的后脑勺儿……

晚会结束后,那若愚问他:"你可以给我写信吗?"

赵章程拍拍她的脸:"会的!"

后来,赵章程却没有写过信给她,倒是那若愚把合影寄过来了。赵章程看了一眼,随手夹进了一本书……

研二后,赵章程开始找工作。他最终决定去大西北一个城市,那里有矗立千万年的群山万壑和苍凉,适合他的诗歌。然后,就是一生,他娶了后来永远笑眯眯的妻子、生了一个儿子,自己最终成了一个教授,再然后是退休。这时,他才发觉,漫长的岁月开始了……

他不再写研究文章了,而是写下了大量散文和诗歌,充满了岁月静好和淡淡的忧伤。他陆续把自己的少年、青年都写出来了,仿佛看见一个青葱的自己,正披着晨雾中的霞光,一路走过来……他的得意与失意,爱与恨,酸甜与苦乐,一一复活。

…………

赵章程给几盆绿植洒了点水后,坐下来,看了几行,把《美学原理》扣过去了。这本浅显的基础教材处处有着精致的自圆其说,让他有一种流畅的疲倦。

这个那若愚,他很多年前就开始找。结果是她的姐姐那若星难觅音信。但他一直在通过研究生同学群、本科同学群、西北校友群和各种群在找。他想,找到那若星就一定找得到那若愚。但竟然找不到。他是在一个诗歌群里意外得到那若愚的消息的,然后,拿到了联系方式。原来,她在国外定居了。

今早,赵章程看到照片后,想想打个电话给那若愚吧——

那若愚说:"——但我的确想不起您是哪位了!"

此刻,赵章程把书中夹着的照片也扣过去——照片,令他有一种不流畅的疲倦感。这时,他发现,照片背后有一行模糊的字。

他戴上老花镜,凑到台灯下,辨认出是这样的内容:你可以写信给我吗?你会写信给我吗?

他突然一惊。他在楼上是可以看到楼下的。他从诸多慢悠悠散步的人群中,很容易看到了儿子正陪着妻子慢慢地走着。他娶妻子之前,曾短暂地忘记过世间万物。那时,他以为此后岁月,全是甜蜜的爱情。然而,竟不知岁月如此漫长,他的爱情变得只剩下心痛却也寂寞的笑眯眯……

端　午

白云朵

端午的香味是从准备棕叶开始的。

百合将两把新摘的箬叶平铺在白瓷盆里，再浇一壶滚烫的开水，如同冲茶般，绿叶里蕴含的香气便绽放出来。

箬叶是百合亲手摘的。

之所以大费周折地亲手摘箬叶，是因为今年的端午节，新女婿要上门。

女儿没谈恋爱时，百合一再跟女儿说，找对象要找本地的。考虑自己一个人把女儿拉扯大，与女儿相依为命，女儿要是远嫁，她不晓得她的余生将怎么过。

怕啥来啥，女儿把一个高高壮壮的北方男孩领到她跟前时，她不知所措。看到男孩一只手紧紧攥着女儿的手，女儿的头偎在男孩肩头时，阻拦的话终究没说出。对爱情，百合是敬畏的。

因为是南北相恋，隔山隔水，每天的电话和视频总无法排解相思之苦。于是，每个节日成了他们鹊桥相会的日子。早早地预谋，再焦急地等待。

春天，阳台上的牵牛花开了。每天早上速开速谢，在朝霞过墙的那刻，爆出宝石蓝的喇叭花。有人把女儿比作一盆花，怕风吹着怕雨淋着，刚刚开出花来，却被一个叫女婿的人连盆端走。这比喻太形象了。

这不，端午到了。这个端盆的人今天就要来了。

泡了一夜的米，一粒粒圆润饱满，相互偎依，像是饮了一夜的玉露。沥干水分后，倒入老抽和生抽，老抽的醇厚和生抽的鲜，迅速渗入糯米粒里。五花肉肥瘦相间，也事先用老抽和生抽腌制，每一块肉都包裹上料汁，箬叶用开水烫后，每一张都在清水里洗过擦过，剪去叶柄，再盛上一碗咸蛋黄、一些板栗备用。

一切就绪，就开始包粽子了。

三层箬叶错落搭好，轻轻展开。手一转，窝成一个圆锥形，依次放入米、肉、咸蛋黄、板栗，再放一撮米盖在上面，压实，盖上叶梢，续上添叶，最后用牙咬紧线的一端，牢牢地把粽子扎紧。

粽子在锅里咕嘟咕嘟地响，香气从厨房里溢出，一路奔走相告去了。

女儿和男孩到家时，锅里的粽子也已经用文火煨了两小时了。

女儿爱吃粽子，平时吃不下半碗饭的她，吃得下两个刚出锅的大肉粽子。所以，当男孩只剥吃了一个粽子，而且没有百合想象中的大快朵颐的表情时，百合稍稍感到意外。

"吃呀，不好吃吗？好吃，咋不再多吃一只呢？"百合劝着。

"在机场吃过一个汉堡了。早上没吃早饭，饿了。"女儿抢话代答。

"噢。"百合不无遗憾。

吃了粽子，女儿和男孩就急着驾车出门了。

女儿和男孩走后，百合一天三顿吃粽子。咋吃都吃不腻。百合总记得自己小时候，母亲包了粽子怕孩子们偷吃，就盛在篮子里，吊在灶间梁上，百合垫个矮凳，用扁担够，使出浑身解数都够不下来。只能眼巴巴等母亲回来。

"几时回啊？"百合在电话里问女儿。

"再住一晚，早上回，估计到家也要中午了，拿了行李就走，赶飞机。"女儿说。

一早，百合又包起了粽子。粽子在锅里咕嘟咕嘟响时，女儿和男孩已经在回来的路上了。到嘉兴服务站时，女儿说，买粽子的人好多，他们也去买了。嘉兴的五芳斋粽子，远近闻名。

女儿和男孩拎着两大袋粽子回来了。还净是真空包装的。全是豆沙粽。百合傻眼了。

男孩把这些粽子当宝一样，小心地码进行李箱。

百合把自己包的粽子放进保鲜袋，再用马甲袋装好，让男孩带回家，给家人尝尝。男孩客气推诿。百合说那是专门包了让他带回家的。男孩才拿了一半放进行李箱。

女儿悄悄附在百合的耳边说，男孩不爱吃肉粽，在嘉兴服务站时只吃豆沙粽。

百合吃惊不小。竟然不爱吃大肉粽。不可理喻。

隔天，百合还在为粽子的事耿耿于怀。在阳台上浇她的牵牛花时，百合大着嗓门问女儿，她包的粽子，男孩的家人吃了后有说什么吗？

女儿在客厅回百合，人家压根也没吃她包的粽子，他爸爸拿到单位里送人去了。

"哎哟！"百合惊叫。

浇水壶的嘴不小心把花盆给碰落了，百合头伸向阳台外，还好，砸在底楼的牵牛花丛里。

几滴雨滴子滴落在百合的头发上，入梅了，雨说下就下。

开 花 的 树

梁小萍

初次听妈妈讲浪漫，年少不解风情。

妈妈从来不忌讳自己的小村庄出身，也从来不谦虚地说自己是村里最漂亮的姑娘。

话说当年十里八村来家说亲的多了去了。说这话时，明显可以感觉到妈妈的语气上扬，只不过姥爷姥姥从来没有松开一丝牙缝儿，谁家的闺女谁知晓，韦家的这个小丫头，他们老子娘做不了主。

开春不久，韦家丫头去乡里演了个《小二黑放牛》，对手戏是邻村的小伙子，下了戏台趁着夜色，放牛娃小二哥甩起小柳鞭，一路撒欢儿追到了清水河沿岸的家门口。只见俺的小脚姥姥一把敞开大门，绣鞋面上的干枝梅纹丝不动，绵绵软软的话儿旋起一阵风："哪家的毛孩子，你以为你唱戏呢！乖乖儿，出了门向东，遇河蹚水，见山越岭，有多远走多远。

为什么向东？向东是何方？来来来，听好了，向东，迎着朝阳踏着露水，需一路翻山越岭，大地的尽头是浩渺的海洋。传说为秦始皇寻觅长生药的徐福，就是于此东渡一去没了踪影。俺姥姥的一颗老娘心啊！不敢细思量，可漂洋可过海，老远老远了。

时年夏至，村里普及识字班，韦家丫头上了识字班没几天，一袭布衣的教书青年突然登门家访，见了姥爷未曾开口，立马被俺的姥爷上称颠了三个来回。俺的姥爷有个海货担子，农闲时节挑着担子赶个集卖个货，攒个小钱就寻思着买块地，耕耘播种收获，实实在在看得见的财富才是姥爷想要的。姥爷常年小买卖练就了一双老眼如秤，浑身上下没有分毫的识字班老师，凄惶惶落了选。妈妈有时会说，其实那个老师挺好。小时候不懂好不好，长大了觉得不够好，韦家丫头那个小脾气，若是够好岂能放弃。贫富且不论，至少勇气欠费了。妈妈闻听此言，未曾吭声却面露悦色，那表情颇有家有小女初长成的欣然。

没见过妈妈小姑娘时的模样，妈妈最早的照片已然是小媳妇了，照片上的妈妈很陌生，梳着和电影《李双双》剧中人李双双一模一样的发饰。自从电影一经放映，大院里谁都说妈妈像极了李双双，不仅相貌，脾气也如此相仿。只不过此时的妈妈喜欢盘发，巧手编发若花篮，春天的发髻里永远住着一朵栀子花。其实我更倾向脾气一说，妈妈的热情与坦诚，就像一眼清粼粼的泉水，细水长流源源不断。好吧，就算妈妈像极了李双双，即便花季般的年龄，也就是二十世纪五十年代的一个乡村妹子，能有几多娇俏。

入秋前后，俺家十八岁的韦双双往返于二十里外的渔村采买进货，选了一担子的干海鲜，还不忘给自己捎带了一只现蒸好的梭子蟹。大姑娘家家的不好意思在集市上吃食，挑着担子东瞅瞅西瞧瞧，终于四顾无人，找了个坡地美美啃了一回螃蟹。村外竹林小桥边，放下担子，走到河边，细细洗净手，生怕家中吝啬的老父亲发现了偷嘴，而后斜靠斑驳的木桥栏杆缓缓神。羽白色布衫、灰蓝色裤子、同色调的素面蓝布鞋，轻风抚乱发，一早出门采摘的栀子花，藏在衣襟的小兜中，幽幽泛起一缕香。恰恰此时一个军人迎面走来要过桥，宽肩浓眉，英气十足，桥头四目相及，一见钟情的故事就这么发生了。

妈妈说到这一段，我笑得坏坏的，要是这个兵哥哥知道，眼前的这个花大姐刚刚偷吃了一个梭子蟹，正忙着销毁蛛丝马迹，一见钟情的风情会不会大打折扣。妈妈说："我哪知道，我们又没成，我只是觉得那天，我正好穿了我最喜欢的衣裳。你知道吗，羽白色有多素净。"说话间的妈妈眉宇含笑，陶醉于往昔的女人真的好奇怪，原来一段邂逅总是在自我满意的状态下才会更让人难以忘怀，而浪漫也不因姻缘未果而失去它的美丽。

虽是一面之缘，邻村探家的军人四处打听，最终托媒人找上了门。或许自我感觉条件良好，结婚可随军都成了联姻示好。在那个年代，随军意味着走出农门。姥爷姥姥尚未说什么，却被妈妈一口回绝了。既然有好感的识字班老师错过了，那么一见倾心的军人为何擦肩而过。妈妈的解释很简单，找对象不是为了随军，自然这也不该是相亲的资本。据说这位军人最后颇为不甘心地给媒人撂下了一句话："看她能不能找到比我更好的！"

"好不好，谁管得着嘛！"时隔多年，部队大院的韦妈妈，脾气一如当年，只不过往事已然长成了一棵树，开满了妈妈最爱的栀子花。

一朵花儿悄然绽放，妈妈凝神瞧看许久，想来这朵栀子有故事，随手掐了轻绾入发丝。若隐若现的暗香袭来，不由得人心神摇曳，原来浪漫是朵花，也可以是一棵树。

宋 黑 子

周东明

今天是二伏，傍黑前儿，天儿才凉快下来，蹬了一天车的宋黑子回到家，在瓦盆里秃噜秃噜洗了两把脸，问媳妇儿，啥嚼口儿？

炸酱面，媳妇儿说着捞了一大海碗过水炸酱面递给他，又说，是用井拔凉过的水，吃着凉快。

宋黑子端着碗，往墙根儿一蹲，突突地吃了起来，不一会儿，一碗面就干了个精光。他站了起来，又打了一个饱嗝儿，然后干哼哼起了《空城计》里那段西皮二六"我正在城楼观山景……"哼哼高兴了，外带着把京胡过门儿，也哼哼出来了，正在洗碗的媳妇儿取笑他，你穷得还没把家伙什当了。

宋黑子嘿嘿一笑。媳妇儿又问他，今天遇见啥高兴事儿了，一进家就喜兴成这个样子？

今天晚上园子里刘爷压轴戏，演《失空斩》，刘爷传话了，让我们哥几个今天晚上去戏园子"拿蹭儿"。

什么"拿蹭儿"，就是捧臭脚，媳妇儿把洗碗水倒掉，返回屋，又说，再说了，那个《失空斩》都听了八百六十遍，耳朵都起茧子了，也不腻烦？

宋黑子嘿嘿一笑，说，《失空斩》是刘爷的看家戏，他就靠这出戏赢人呢，也别说，刘爷的《失空斩》唱得就是地道，你就说，那句"国家事用不着尔等劳心"的散板吧，前六个字就像唠家常似的，后面那个小撅，唱得多俏皮，好听，刘爷就是刘爷呀。

就你懂？媳妇儿说。

那是自然，要不刘爷咋让我去拿蹭儿呢？

宋黑子这话说得一点不错，还真是那么回事。

那是刘爷刚来松州城三胜戏班儿时的事儿，当时，刘爷头三天打炮戏码也是《失空斩》。听说三胜戏班来了一个唱老生的新角儿，当晚戏票不一会儿的工夫就卖光了，晚上，戏园子里坐的是满坑满谷。

晚上，戏一开场，却完全不一样了，无论刘爷在台上怎样卖力，可是一个晚上，一个"好"都没有，第二天，戏票就卖不动了。

因为是打炮第一天，不但戏票贵，戏园子里也不让拿蹭儿，宋黑子这些靠拿蹭儿看戏的主儿，没看见头一天晚上的戏，就很遗憾了，再听说头一天打炮戏就没有叫好，心里就更想看看这个角儿了，是真的不咋地吗？

晚上，宋黑子约了几个拉车的兄弟，用一包打瓜子，哄弄着把门收票的，蹭进了戏园子。

当晚戏码还是《失空斩》，宋黑子见刘爷演的诸葛亮一上台，心里就说了句，漂亮。刘爷也确实是会扮戏，脸上清秀干净。再一听，刘爷唱得也不差哪去呀，你听听人家这散板唱得分寸，劲头，气口掌握得多自如哇。

此时台上，刘爷正唱到"我用兵数（哇）十年，错用了小马谡无用之人（哪）"这句散板，前半句我用兵数（哇）十年，刘爷采取衬字上挑，提高了调门，不但唱得清脆漂亮，还唱出了诸葛亮不乏智者的自信心理，后半句错用了小马谡无用之人（哪），又降低了调门，在唱"无用之人"四个字时，"无用"两个字略作停顿后，"之人（哪）"又唱得清晰、有分量，"哪"字如蜻蜓点水，它的恰如其分的出现，点出了诸葛亮心中的痛切。

宋黑子听得如醉如痴，不知不觉地大喊一声，好！

宋黑子这一声好，如同炸雷一样，震得戏园子四壁嗡嗡直响，紧接着叫好声四起。

散戏后，刘爷没卸妆，赶紧到了前台，问前台管事儿的，靠墙站着叫好的人是谁？

管事儿的说，不知道大名叫啥，就知道因为他人长得黑，姓宋，所以都叫他宋黑子，是个拉车的。

懂戏，懂戏。刘爷连连说。

后来，刘爷通过人介绍，和宋黑子见了面，并且有了一个不成文的约定，只要园子里有刘爷的戏，宋黑子一帮人就能拿蹭儿，看戏。

扯远了，还是回过头来说说宋黑子他们两口子吧。

这时候，宋黑子媳妇儿擦擦手，说，不对呀，三胜戏班儿不是来了一个叫小孟七的文武老生，正演打炮戏呢吗？

宋黑子又笑了笑说，你不懂了吧？刘爷为啥今儿晚上要演他的《失空斩》，又为啥让我们哥几个去拿蹭儿？就是让那个小孟七，知道知道天高地厚，强龙压不住地头蛇。

晚上，宋黑子哥几个来到戏园子时，看了一眼戏码水牌子，今儿晚上，大轴戏是小孟七的连环套里拜山一折。

宋黑子知道，拜山一折戏，最吃功夫是念白，戏里黄天霸与窦尔敦的对白，尺寸的快慢，声音的高下，接话的迟速都要恰到好处。

当晚刘爷的压轴戏就不用细说了，几段唱，台下都是连连叫好。

大轴戏一拉幕，台下鸦雀无声，只见小孟七扮演的黄天霸，上场起霸，亮相，身上干净漂亮，一上台，就来了一个碰头好，小孟七的念白吐字清脆。宋黑子几次都想叫好，可是一想，自己干啥来了，是给刘爷捧场来了，怎么能给小孟七叫好呢？宋黑子就忍着，戏演到黄天霸那段一百二十个字的大段念白了，只见小孟七把一百多个字，一口气像崩豆子一样崩了出来，念到最后那句"天下第一英雄好汉也"时，又放满了尺寸，还加重了语气，在"也"字上陡然拔高。就是这一句，宋黑子再也忍不住了，大吼一声：好！

宋黑子叫完了好！也后悔了，这是怎么说的呢？说忍着忍着，咋还没忍住呢。还没有散戏，宋黑子就出了戏园子，站在刘爷回家的路上。

这不是宋黑子吗，在这儿干吗呢？宋黑子一听，是刘爷的声音，马上说，刘爷，是我。

为啥站这儿？

等您。

等我干吗？

刘爷，我今天晚上对不住您了。

咋啦？

今天，今天晚上，我叫好……

怎么，今天晚上的戏不好吗？

好。

好，不是就得了吗，我今天晚上让你们来拿蹭儿，就是让你们看看小孟七的戏。

真的呀？

真的呀。

宋黑子笑了。

白 河 人 家

蒋冬梅

二道白河在村子里打了个旋，白浪滚滚，一路远去，人人都知道，那是天河，是打火里头出来的水！

村里人家，每到过年时节，都要拜祖先，给孩子说家谱。抖开一幅家谱，密密麻麻的名字聚成一条河。蹚过古老的墨迹，一直上溯，先祖端坐在顶，宛如源头的一眼泉。

有户人家姓个很少见的姓，荆。老荆家的孩子刚学说话呢，父母就教他："水有源，木有根，人有宗……"

老荆家有个闺女叫春满，她生的那天贴近年根儿，她爸正在前屋写对子，摊开大红的纸，配上墨黑的字"天增岁月人增寿，春满乾坤福满门"。这边刚写完一个"满"字，就有人在后屋里喊着说他老婆生了，他喜得抡挥着两手奔出来，沾着两手墨呢就去抱孩子，乐呵呵地说："正好写完个满字儿！"

后来，春满身下又得个弟弟，起名叫天增。她爸说："这可是个带把儿的，正儿八经往下传家谱的人。"春满歪着脑袋不服气："那闺女咋不能传家谱？"她爸逗她："闺女上别人家传家谱去呗！"

这地方本来没有姓荆的，打从春满太爷来了才有了荆姓。当年太爷他们离乡前村里闹哄了好一阵子，走哪都有人说风凉话："安丘搁不下你们啦？都上东北搂金子去吧！可别让熊瞎子舔喽！"一边还有帮腔的："刘建封做个小官儿敢跑东北玩命，还煽呼乡亲跟着他去开荒戍边？全疯了！"

去的到底是个什么地界呢？这么说吧，黑压压一片老林子把人圈里边，方圆几十里，看不着一户人家，厝在那几间泥房子就算县衙了。可咋地也没吓唬住这些乡亲，浩浩荡荡的一群人，一头扎进长白山老林子，开荒牧猎，像一棵大树散开枝叶，落遍大山的沟沟岔岔，以后凡对人说起，都自称是安丘某氏。

那年春满的太爷推着一辆独轮车，装着老娘和家什，日夜兼程往这片老林子奔。远远看见一条河，他下河舀水，赶上大树底下坐着个女人正喂奶。女人一边哭一边揉怀里的孩子："我连口粥都喝不上，你能不断炊吗？"女人一口煎饼味的山东腔，让他心一颤。看那女人戴着孝，知道她是新寡，他顺手递过去半块饼子。可那女人拉着他的衣角就势跪下了："大兄弟，你行行好，带俺娘儿俩一块走吧！"

女人一跪让他动了恻隐之心，可又一想，自己还未娶亲，收留个寡妇还拖着一口儿，算怎么回事呢？他假装托词说，要转回头问问娘去。他明明看见女人眼里的阴影，还是狠狠心咬咬牙走了。

他回去把这事对娘说了，他娘一拍大腿："你个傻小子呀！她要不是快饿死了，哪会下跪求你？快去把人给我找回来！"他支吾着："她还拖着一口儿呢！又不是俺的儿！"他娘来了火："谁是谁的儿？谁是谁的孙？都是一条命！"

他急忙推着娘往回折，可是跑到水边，那寡妇早不见了，只剩个孩子在树下哇哇哭着。他娘心一软掉了泪："当娘的扔了儿，她这是寻死去喽！"

每回春满她奶一讲到这块就不讲了，任凭春满怎么缠巴她，她奶都说："谁知道后来咋样了呢？这是听我婆婆，也就是你太奶讲的，她一讲到这就掉泪，不讲后来了！"

没承想，这么个有意无意捂着的秘密，春满和人吵了一架，就给捅开了。为着点鸡毛蒜皮的事，春满和张家闺女吵了起来。张家闺女骂一句："老荆家的爷儿们全长着罗锅子，娘儿们人人一口大龅牙！"，春满也骂一句："老张家的鸡抱窝都是公鸡蛋子，娘儿们生不出一个带把儿的！"张家闺女一听急了眼，扔出来一句:“那也比你们家强，弄个捡来的种儿传家谱！”

这话像响了个炸雷似的，轰得春满怔了老半天。她失魂落魄往家跑，拽住她妈问，她妈支吾。找她爸去，她爸反问她一句:“咋地，嫌给你丢人啦？”

春满一下就明白了，哭得眼泪成了河:“我不姓荆？那我姓啥？往后逢清明七月十五，我拜哪个坟头，跪哪个祖宗去？”

她爸的话像扔过来一个铁块:“我告诉你，你就姓荆，就是老荆家的春满！

“你知道这白河水打哪来？往哪去？”

“打天池里来，流到松花江，入大海！”

“咱们打哪来？落到哪？”

“安丘人士，落户长白山！”

“对喽！水有源，木有根，人有宗！将来，你婆家的家谱里会给你记上安丘荆氏，你照样能传下一条血脉！”

他说完这话，慢慢地眉宇安详，隐隐带了喜气，仿佛当年他挓挲着沾了墨的手抱起春满说:“正好写完一个满字儿！”

唐古拉的女人

梁有劳

青藏高原上的唐古拉山平均海拔五千多米。二十世纪九十年代末，柱子在那儿当兵，是个排长，为西藏铺设通信光缆。

柱子怎么突然回来了？还是一个人回来的。阿桂呢？村上的人挺纳闷儿。有人看见，柱子进了阿桂家门，就给阿桂爹娘跪下了。

阿桂前些天奔柱子去了，是去和柱子结婚的。柱子和阿桂是光屁股一起长大的恋人，村上人都在等着喝他俩的喜酒。可柱子说话不算数。本来是去年回来和阿桂结婚的，结果说是任务重，工作忙，婚期后推吧；后又说今年五一回来结婚，可柱子又说工程到了关键阶段，走不开，再往后推。啥意思？阿桂写信给柱子:你在那儿另有人了吧！柱子说:放心吧，这是男人的世界，苍蝇都是公的。夜里，阿桂做了一个梦:柱子牵着一个姑娘的手在冲着她笑，那个姑娘似她却又不像她。她去追柱子，追着追着，追进了一朵云里，消失在蓝天上，惊了她一身汗。第二天一早，她给爹娘说:我要去西藏，找柱子，结婚！

都怪我，谁让我说那地方美得像天宫一样！柱子捶着腿说。

柱子曾说过，他是唐古拉的男人。唐古拉很美，就像《西游记》里的天宫:

天湛蓝湛蓝，蓝得发紫；云好低好低，低得手能摸着；草碧绿碧绿，绿得像村上种的麦子；水清亮清亮，比村上吃的水还透落；还有野牦牛，野驴，藏羚羊，土拨鼠；还有大群大群的羊；还有热情的藏族老阿爸阿妈和热腾腾的酥油茶……把阿桂的魂儿都给弄飞了。

那时西藏还不通火车。到唐古拉山得先坐火车到甘肃的柳园，再换乘汽车上山。阿桂左打听右打听买了去柳园的火车票。她的铺在第三层。她照着别人的样子爬了上去，眼睛一眯，就在想柱子：胖了，瘦了？白了，黑了？那个美得像天宫的地方，会有仙女儿吗？哼！

我接到她的时候她还好好的呀！柱子泣不成声。

柳园站一下车，阿桂打了个激灵：好冷！柱子接上了她，他把他的羊皮大衣给她披上。她心里好暖和。晚上住兵站。兵站没单间，大通铺。那时没结婚的人是不能住一起的。晚上阿桂一个人住一间很大的屋。屋外大风呜呜地刮，屋内被窝冰冰凉。阿桂和衣钻进被窝，柱子把大衣给压在阿桂被子上，掖好阿桂被角，拉上屋门，便蹲在门外守夜。谁料，阿桂却被冻感冒了。

不让她去就好了！柱子捶着脑袋，懊恼地说。

唐古拉山口，空气极度缺氧。他所在的部队，有的战友就因感冒引起肺气肿而牺牲在那儿。柱子说，你别去了吧，再往上走会有生命危险的。阿桂说，你骗人，你在那儿肯定有了别的女人。柱子说，我真的不骗你，我的好几个战友牺牲在那儿了！阿桂说，不信不信就是不信！你不是说，那儿像神仙待的地方吗，是男人的世界吗？我就是要去看看那个唐古拉，做唐古拉的女人！

我心痛啊！劝不住她呀！

大解放车在青藏公路上颠簸，海拔在上升，缺氧的感觉越来越明显。阿桂大口大口地喘着气，偶尔夹带着两声咳嗽！柱子说，你病了，上去真的会要命的！阿桂说，没事，农村人，皮实。第二天中午时分，终于到达连队驻地。连长带全连官兵列队欢迎第一个到连队来结婚的军嫂！阿桂下得车来，头晕脑涨，膝盖发软，两条腿不听使唤。一下子晕了过去。

那是她的梦啊，柱子泪如雨下。

阿桂醒过来的时候，已是下午时分。柱子说，吓死我了！阿桂笑了笑：我就小睡了一会儿。柱子拿过一只氧气袋说，吸点氧吧，感觉会好些。阿桂说，不用，我想去看看你的美丽天宫！柱子扶着她，慢慢走出帐篷。阿桂看到，除过几排整齐的帐篷，只有冰雪的山，湛蓝的天，洁白的云，明亮的太阳，荒凉的草原，晒得黑红油亮的士兵。她的心怦然被触动，瞬间明白了柱子的心，她抱着他流下泪来。

晚饭后，连长宣布：田柱同志与李阿桂同志的婚礼现在开始！突然一阵急促的呼吸和咳嗽，憋得阿桂喘不过气来，一头栽倒在地上！卫生员，快送医院！连长喊。等送医院的车来的时候，阿桂睁开了眼，摇了摇头，紧紧地抓住柱子的手，微微一笑：我是……唐古拉……的……女人……了！

硪 工 号 子

安晓斯

晨光熹微，春风骀荡。黄河老田庵控导工程大坝，轮椅上的黄波涛老人须发皆白，精神矍铄，目光炯炯地望着眼前波光粼粼的黄河。老人仿佛听到了古老黄河的咆哮声，仿佛看到了千军万马抢险的场面，仿佛听到了抛石打桩的哼唷声。老人的耳边，陡然响起那昂扬厚重的"硪工号子"。

往事，记忆犹新。

…………

险情突发。决堤口汪洋骄戾。

抢险。堵口。黄波涛和河工们挺身跃入混浊的黄水中，手挽手构建人墙，捆抛柳石枕、推掷铅丝石笼，阻挡洪水。

刺眼的阳光扑打着澎湃汹涌的黄河水。堤外，有万千百姓，有万顷良田。

抢筑坝埽。身为黄河工程队队长的黄波涛，迅速带领河工们打桩、拉绳。桩为两米长柳木、榆木，下部削成三棱形桩尖，绳为苘麻做成的核桃绳、六丈绳、八丈绳。他们在堤坝处打桩，依托薪柴土石，用桩绳紧密连接，筑牢坝埽。赤裸着上身的黄波涛，紧握重约九公斤的槐木手柄铁油锤，举锤高过头顶，猛打桩顶，随着落锤时短促有力的"哎"声，一根根木桩被砸入堤坝。手硪队八名河工挺起重约四十公斤的圆柱形铁硪，伴随着铿锵顿挫的"硪工号子"，精准砸桩。

谁都知道洪水无情。生死，就在一瞬间。

黄水滚滚，湍激凶猛。河工们捆枕、推枕、推笼、搂厢。回填土方，夯实基础，重筑堤坝。"起硪！"黄波涛一声令下，石硪组迅速分区集结。每组十七名河工一起弯腰，绷紧用芒麻或苘麻编制的硪绊，高起石硪，重重地砸向堤坡。险工地段传出"咚、咚"的声响，"硪工号子"在黄河回荡。

…………

日落昆仑黑了天，鸟投树林虎登山。

行路客人住了店，千家万户把门关。

灯火通明白如昼，抢险堵口战犹酣。

…………

黄河是世界上最复杂难治的河流，是举世闻名的悬河。黄河抢险是世界河流中最惊心动魄的场面，河工喊唱的句子，伴随着有节奏、有韵律的"嗨哟"声，造就了壮观豪迈的"黄河号子"。

黄河岸边长大的黄波涛，十四岁报名参加黄河抢险队。他的家乡武陟地处黄河中下游分界点，是黄河"铜头铁尾豆腐腰"的"腰"。从武陟老田庵控导工程大坝望向南岸，便是郑州桃花峪——黄河近八百里悬河的起点。黄河从此摆脱最后一处山地的束缚，开始在广袤的平原地带"奔腾不息"。黄河自古多洪泛，周期性的泛滥，裹泥带沙，冲刷出广阔而肥沃的平原，也带来一次次洪患劫难。

痴爱黄河，就得摸透黄河的脾气。经历了黄河保合寨抢险、大张庄抢险、花堤坡抢险、花园口抢险的河工黄波涛，在肆虐的洪水中积累了丰富的险工抢险和黄河堵口经验。

大张庄，惊心动魄的抢险。面对脱缰野马般的黄河，冥思苦索良久的黄波涛豁然开朗。这个关键节点，他发明的"柳石混合滚厢""柳石混砸""桥下顺溜抛笼"等著名抢险"绝活儿"，刷新了传统埽工技术。

"抛厢！""河势上提！""河势下挫！""抛石！""抛柳！"黄波涛的声音嘶哑了，混浊的河泥裹着汗水，把他塑成黄河上一尊活动雕像。人，岿然不动！水，才顺河东流！紧急时刻，黄波涛和河工们在水中构建的人墙、修筑的埽坝和"柳石混合滚厢"一起，给湍急横流、飞扬跋扈的黄河决口处箍上了一道致命的"紧箍咒"。

抢筑坝埽！打桩、拉绳、捆枕、推枕、捆抛柳石枕、推掷铅丝石笼。河工们回填土方，夯实基础，重筑堤坝。"起硪！"打硪河工一起弯腰，绷紧硪绊，高起石硪，重重地砸向堤坡。伴随着"咚、咚"的石硪声，"硪工号子"在黄河回荡。

黄波涛喊唱的"硪工号子"伴随着施工地点的不同而快速变换。"慢号""紧急风""沾地起""打丁号""缺把号""大定刚号"……这些不同的硪号，号词不同，速度不同。声音的变化，决定着石硪的高低与快慢，指导着硪工掌握起落的"火候"，确保拉得高、落得平、打得狠。

…………

大堤筑得高又宽，砸紧土石平又坚。
修建闸门提灌站，治好沙荒压盐碱。
曲折连绵八百里，大海入口到邙山。
黄河两岸变良田，面貌改变全靠咱。

…………

花园口，重大抢险！黄波涛和河工们奋勇创下口门进占三天一百米的纪录，一举成为黄河上技艺高超、战功赫赫的优秀河工。他发明的"柳石混合滚厢"技术被誉为"风搅雪"，广泛使用于黄河重大抢险中。

时光荏苒，往日记忆如电影般频闪。此时，黄波涛已是九十多岁的耄耋老人。欣慰的是，祖孙四代都成为黄河河工。孙子黄志远早已是黄河工程队的队长，延续着他悠长的治黄梦。

今天，电视台"夕阳红"栏目组，要拍摄《黄河记忆》专题片，黄波涛老人应邀出席，再指挥一场传统黄河抢险，再喊一场久违的"硪工号子"。

抢筑坝埽！"河势上提！""河势下挫！""柳石混合滚厢！""柳石混砸！""桥下顺溜抛笼！"随着黄波涛老人一声令下，五百名黄河河工投入紧张的抢险工作。打桩、拉绳、捆枕、推枕。回填土方，夯实基础，重筑堤坝。

大坝上，十盘石硪系着红飘带。"起硪！"黄波涛老人喊出了雄浑高亢、激昂慷慨的"硪工号子"。一百七十名硪工精神抖擞，一起弯腰，绷紧硪绊，高起石硪，重重地砸向堤坡。伴随着"咚、咚"的石硪声，"硪工号子"再度在黄河回荡。

…………

黄河黄，黄河长，黄河凶猛最难防。

水来挡，险来抢，固守大堤不受伤。

险工林立赛战场，石料堆积如山岗。

任凭惊涛与骇浪，把守黄河享安康。

…………

镜头回放。黄波涛老人的记忆依然清晰，他参与的无数次抢险、堵口工程历历在目：1933年，长垣冯楼堵口。1934年，封丘贯台堵口。1935年，鄄城董庄堵口。……原阳黑石堵口、武陟大樊堵口、郑州花园口堵口。

暮色苍茫，雾岚弥漫奔腾不息的黄河。轮椅上的黄波涛老人紧紧拉着孙子黄志远的手，禁不住潸然泪下。

黄河宁，天下平，开盛世。人民，是真正的治黄英雄。

两封急电

白旭初

这是1987年我采访老红军周世朝时，他讲的许多故事中的一个片段。

1948年春，我西北野战军第一、二纵队在彭德怀司令员的指挥下一举拿下凤翔城后，又越过凤翔城与宝鸡市的守敌交上了火。

野战军司令部设在一个小村庄里，刚扎下营，司令部电台第三台就忙得不可开交，电文一窝蜂般地飞来，一下绷紧了大家的神经。电文上说，从西安方面窜来一股敌人，趁我后续部队没有迅速跟上的空隙，再度占据了凤翔城。我军此时处在腹背受敌的危险境地。

电文送到司令部后，负责电文上传下达的通讯参谋迟迟不见返回。等待中的分分秒秒都显得无比漫长，新来的小报务员业务能力不差，但见到的阵仗少点儿，有些着急了，对身旁的周世朝说，主任，还没回音，这到底咋回事？

报务主任周世朝更是惴惴不安，前胸后背都是敌人，这可不是小事，但司令部做出新的决策需要时间呀。

平静预示着紧急。

为确保通讯万无一失，周世朝对小报务员说，把耳机给我，我接替你的工作。

就在这时，电台通讯室的门开了，挤进一个人来。

周世朝一看，立马起身，庄重地行了一个军礼，同时大声道，司令员好！

司令员回礼后，倒背着手，边走边看，神态十分悠闲。他向每个人问好，还看了看收发报机，摸了摸周世朝头上的耳机。

周世朝不禁纳闷，正在腹背受敌，司令员却没事儿一般，怎么一点儿也不着急？

忽然，司令员看了一下表，把手上的一张纸展开后放到周世朝面前，十分严肃地说，请发电报！

周世朝一看电文，啊，紧急电报！平时拍发电报都是通讯参谋与他联系，今天司令员亲自前来，事关重大呀！

收报方距离司令部约两百里地，周世朝立即用紧急代号呼叫，由于远处隆隆炮声的干扰，声音微弱，第一次联络失败了。

请你在十分钟内必须把电文发出去！司令员又简短地说了一句。

第二次周世朝终于叫通了。周世朝业务能力强，每分钟能拍发一百二三十个字，不一会儿就把司令员的电文拍发完了，前后只花了两分多钟。

司令员严肃的脸上顿时露出了笑容，和蔼地说，叫什么名字？

周世朝回答，周世朝。

多大了？

二十九岁。

哪里人？

湖南大庸县。

司令员听罢，风趣地说，呵，知道知道！是跟着贺龙一起杀出来的"土匪"嘛！

司令员的话引得大家哈哈大笑，司令员也跟着笑起来。这笑声像一阵温暖的春风，驱散了大家心中的愁云。

不久，胜利的消息传来了。在司令员的正确指挥下，野战军第一、二纵队，经过一天一夜的奋战，终于攻克了宝鸡市，炸毁了敌人一座庞大的军火库，缴获大批军用物资。夜深了，远处的枪炮声渐渐稀落下来，每个人的脸上都洋溢着胜利后灿烂的笑容。

周世朝正与战友们说笑着，突然间，司令员又跨着大步走进了电台通讯室。进门后，司令员却一声不响，不停地踱来踱去，面色严峻。

司令员反常的情绪，把周世朝弄糊涂了，心里直嘀咕：咋啦？部队不是刚刚打了大胜仗嘛！

周世朝正想着，司令员已走到他面前，看了一下表，声音洪亮急促地说，发特急电报，一定要在五分钟内发出去！

周世朝的心怦怦直跳，马上用特急代号呼叫对方，十分顺利，只用了一分多钟就叫通了。

司令员口授电文，周世朝飞快地按动着电键，电文是：敌人一个师在凤翔截我后路，令第一、二纵队火速返回黄龙山集结……

司令员见电文顺利发出，随即命令周世朝：三分钟后，电台与司令部一起转移。

周世朝问，司令员，我们是要撤退吗？

不。是前进。司令员回答说，有时候撤退就是前进！

说完，司令员疾步跨出了门。

瓦乌洼河

原上秋

一觉醒来，眼前已是一片泽国。

黑狗站在一片木片上，惊异地朝这边张望。

距我们不远的下面，就是瓦乌洼河。瓦乌洼河没有了踪影。但根据地貌判断，那就是瓦乌洼河，它像一条蛇被重物压在下面，连抽搐一下都很费力。

羊各庄就在瓦乌洼河的边上。

黑狗不是我养的。它的主人是一个瘸腿老头儿，我们是邻居。就因为我喂过它两回吃剩的骨头，它就认定了我。这一刻，我成为它眼里最能指望的人。或者反过来说，目前处境里，黑狗是唯一给我恐惧的心灵带来慰藉的活物。

黑狗拼命朝我游来，再往前，是一棵银杏老树。这是一棵标志性大树。它屹立在村头，浑身拴满的红布条证明了它在羊各庄人心中的地位。事实是，它辜负了村民的这份虔诚。大水一来，这里的一切都稀里哗啦，几百口人一夕间不知所踪。

往日里，瘸腿老人就坐在银杏树下的阴影里，打发着生命的最后时光。黑狗围在四周，和老人一起，看日出日落，看人进人出。

大水盖住了瓦乌洼河，瓦乌洼河在人们的视线中消失了。风吹水面，随着起些波澜。大水没有方向，瓦乌洼河也没有了方向。

我从来没想过瓦乌洼河会成今天这副样子。

在我五六岁的时候，爷爷牵着我的手走在瓦乌洼河的堤岸上。

我指着流动的水问，那是什么？

爷爷说，是河。

我继续问，它有名字吗？

爷爷说，它叫瓦乌洼河。

我瞪大眼睛，嘴里重复一遍，"瓦……河"。

爷爷仰天大笑，对，记住挖河就行了。

不清楚瓦乌洼河出现在羊各庄边上是哪一年代，但我断定它一定比爷爷还古老。我一直好奇它的名字很古怪。从爷爷的嘴里，我才读出它的真意。它确实是人工挖出来的。直到我长到十五六岁，能拿动铁锹，也加入挖河的大军里。

七八月份是雨季，湿漉漉的季节里谁也不会想起一条河的存在。除去这个季节，羊各庄壮劳力们的腿一般都插在淤泥里，过年的时候，才拔出来简单洗洗，休息几天。年一过，还要挖。

瓦乌洼河从一开始就没规划大水来访。它和这里的村民一样，早已习惯了过漫不经心的日子。河里的水没有波澜，它一直保持着瘦身状态，远远望去，像一条弯弯曲曲的草绳。河里有鱼，都不大。只吸引一些光屁股的孩童。

银杏老树下面布满了瘸腿老人和黑狗的活动痕迹。

大水来的时刻，一个瘸腿老人是怎样仓皇逃离的。他有没有喝到漂满污物的浑水。他的拐杖指点过江山，大水一来，很快证明一切不由他说了算。

此刻，我和狗相拥在一起，狗湿乎乎的舌头舔到我的脸颊。大水像喝多酒的醉汉，一直摇晃着，没有方向。我们被它牵制，也自然不能选择方向。

几天之后，我们漂在一处高岗上。这里聚集很多逃难的人，我听见他们在嘲笑瓦乌洼河。他们说，瓦乌洼河连当江河的儿子都不够格，大水一来，它就无影无踪了。

我和他们争吵起来。瓦乌洼河滋润过多少焦渴的土地，这些人不懂得感恩。

我说过，瓦乌洼河从一开始就不习惯有大水来访。洪水来了，它只能束手无策。

我到处打听瘸腿老人的下落。有人告诉我，瘸腿老人根本没有跑出来。如果跑出来，会有人见到他。

也就是说，瘸腿老人可能一直坚守在银杏老树的下面。

黑狗跟在我的后面，朝银杏老树游了回去。这里的大水已经退了，远远望去，一个人影，孤零零地坐在一块大石头上。

黑狗箭一样冲过去，拉拽他的裤腿。

他死了。

经过大水浸泡，他的样子更慈祥了。我想起了爷爷，白白胖胖，很有福气的模样。

我一直等着他指挥我，走，去看看瓦乌洼河。

羊各庄已经没有了生气，大水刚走，银杏老树的黄叶飘落一地。站在银杏老树下面，能看到裸露的瓦乌洼河。

我朝着瓦乌洼河的方向猛跑，黑狗紧跟我跑了几步，停下了。我叫它几声，它竖耳在听。我相信我一直跑，黑狗会跟上来。等我跑出很远，再回头看时，黑狗没跟，它不声不响地回去了。它找它真正的主人去了。

瓦乌洼河重现出生机。

河水有了方向，它一直向北。

我小的时候，它就朝北，几十年没有变。

万 年 桥

刘 帆

许万年想山那边的红军，人们生活会过得怎么样。

许万年是个盐客，也就是扁担客。用他的话说，一个字就是"苦"。

崎岖山路上，挑盐客、挑夫，许万年就是一个这样的角色。一副担子，单衫、短裤、坎肩、草鞋，这样的行当，有个好处就是可以出远门。

富贵人家出远门，那是走亲访友、游山玩水，许万年一个穷鬼，挑盐五年了，仍是单身，第一年，一伙十人结伴往连州，行至猴子岩，差点送了命。那里，山高路险，山脚到山腰，悬崖峭壁，只有猴子才可以攀缘上去。偏偏那里是必经之路，一条狭窄的天梯路，多少人在那里把命丧。

抗战前，岭北因难筹筑路资金，铁路未能全线通车，许万年这帮盐客走常宁、桂阳、宜章等县经星子至连州，蜿蜒石板路，肩挑鱼贯往来，单程来时要七天，而回程因多是上坡山路，需要八天。

许万年和一帮盐客住盐业街低廉的伙铺，扁担客哪有钱住酒楼饭庄？脚穿草鞋，头戴油纸竹笠，身着短衫裤，腰间串着牛皮制的荷包，肌肤古铜色，不管风霜雨雪天，还是赤日炎炎，日夜奔忙，是个穷苦命。

两头的盐商，看不起扁担客。他们盘剥的手段很多，人家说"竹篮打水一场空"，盐客们却常常不但是"空"，还有危险，身体不好者，死于路途，是常事。盐客们说到伤心事，常叹息"同年哥……可怜啊"！

像许万年这样的长途挑盐客，基本上是受雇于人，赚点运费糊口。路途上，大多数人是带着一小盅有少许豆豉的辣椒酱从岭北的盐业街食到连州，又由连州食回盐业街。途中，遇有疾病，休息片刻，绝不可长久停留，得继续赶路，不然掉队赶不上大伙，往往难过鬼门关。石板路沿线虽每隔几里有凉亭或茅棚可以稍作歇息，饮些水，买碗白饭充饥，但是路上是不敢停留许久的。

盐客们最大的快乐是把肩挑的苦难说成是乾隆下江南，这样的故事被讲得天花乱坠，但有人听，有人讲。

等到湘赣边境闹红军，很多穷苦人参加了队伍，那时候，许万年还小，给地主放牛、扯猪草，饥一餐饱一餐，几年后大了，有力气，就随着堂哥一起当盐客，做挑夫，当然，也就下了连州。

连县的盐价大约是三担谷比一担盐，岭北各县的盐价则高达数倍。本来，岭北各县盐界为两淮盐区，行销管控很严，但是自元末陈友谅据武昌，吴楚道梗，位于岭北的南部县市到岭南买南盐，岭北的农副产品销往岭南。也就是说，盐客们两头都是挑担，一两百斤担子，上岭下坡，脚板磨成血茧。

许万年这些人的箩筐是特质的，防水，都是借了不少光洋才有了的物事。箩筐里装的不是金，不是银，去的路上挑农产品，回程挑食盐，箩筐口用油毛毡盖得严严实实的。

盐客们走的是秦汉古道。顺头岭一段最为艰难，数千级石板路。兵荒马乱的，有时候不敢走官道，得走小道。小路狭窄，多溪水峡谷，行路艰难，猫头鹰嘴那个险路，最令人心惊肉跳。

且说1934年11月，许万年做梦没想到在鹰嘴岩头溪遇到他日思夜盼的红军，部队动员盐客们参军,盐客们没那个胆,老盐客都知道蒋军对苏区:"石头要过刀,茅草要过火,人要换种",血腥烧杀,异常恐怖。许万年没什么牵挂,加上体格健硕,就参加了队伍。盐客们衣衫褴褛,山高路远,如果岩头溪修座桥,哪怕是一座小小的、窄窄的小桥,盐客们也可以少走下岭上坡的弯路,而且绕过封锁区,人货平安。

许万年说盐客就是"苦"。

红军决定修一座便桥。部队有好些战士是石匠木匠出身,他们合计施工,一座风雨桥短时间修成,盐客们后来大多从这里往来。

但是1944年"走日本",岭南岭北风声鹤唳,日本人从岭北一路往南打。本来1936年粤汉铁路通车后,南盐北上,盐客已没落数载,不过,少量盐客仍在当挑夫。大路被阻,不敢走,怕遇到日本兵。"走日本",给最后的盐客们增加了不少路程和危险。许万年的堂哥多病,有一天偶遇一队日本兵,被抓去当挑夫,箩筐里的盐被抢,他身子弱,挑不了那么重的东西,路上被日本兵打骂,最后被枪托活活打成重伤,还没到家就一命呜呼。

且说1949年11月,解放军集结南下要解放羊城,南岭重兵把守,盐客们感念红军当年修桥之恩,自告奋勇带领部队过桥抄近路出奇兵。这支部队后来修军史,提到这座名不见经传的小桥,其中说"桥跨岩头溪,胜利万年桥"。

后来有人改成"幸福万年桥"。

至于万年桥何时得名,倒成谜了。

许万年后来重走盐路,有人说你现在当官了。许万年笑笑,参加红军那年你可不是这样说的。

那时当红军是提脑壳,要送死,你命大啊,过湘江,死三万多人,惨啊……

许万年喉咙一紧,哽咽说,没有流血牺牲,哪有幸福万年桥?

前后两重天。众盐客点头,潸然泪下。

消失的火狐

何君华

"外面有一条狗,"呼日勒推开门对我说,"爸爸,它看起来很饿。"

这天寒地冻的怎么会有狗呢?我心下一惊,跟着呼日勒走到屋外。

"那可不是狗,"我仔细察看那只"狗"后告诉呼日勒,"那是一只狐狸,一只火狐。你看,它的被毛是火红色的,就像炉火一样。在咱们大兴安岭,狗可没有红色被毛的。"

"狐狸？我还从来没见过狐狸呢！"呼日勒兴奋地说。

"别说你，就连我也很久没见过了，"我说，"我上一次见到它们，是好多年前的事了。那个时候你还没出生，非但没出生，我还没遇见你妈妈呢。那时我们常年住在林区，经常能看见它们。但是这几年……见不到了。"

说起来，那是二十世纪八十年代的事了。那时大兴安岭林区建设正热火朝天，我所在的林业局第三小工队距离镇区上百公里，交通极不方便。在林业生产期，我们所有工人就都吃住在山上，几乎天天都能在林子里碰见火狐。

"为什么见不到了？"呼日勒好奇地问我。

"我想，大概是生态环境出了问题吧……总之，原因很复杂。我还以为它们集体消失了呢。"我说。

"它是不是很饿？"呼日勒指着火狐问我。

"是的。"我说。

眼前这只火狐的确是饿坏了。要不然，它怎么会壮着胆子接近我们人类的营房呢。也难怪，昨天气温一下降到了零下三十度，让它上哪儿找吃的去呢？

"我们给它找点吃的吧。"呼日勒说着进了屋，他掀开门帘子，招呼着想让那只火狐也进屋，但火狐站得远远的，一点没有要进来的意思。

"它很怕我们吗？"呼日勒问。

"是的，"我说，"它现在还不确定我们是敌人还是朋友呢！我们只能找些吃的扔给它。"

我们在屋里找到一些方便面、肉干、咸菜、面包、八宝粥、鸡蛋和火腿肠。呼日勒把食物一股脑儿扔给火狐，火狐却仍然站立原地，并没有取走食物的意思。

我们面面相觑，也只好手足无措地站着。过了许久，火狐终于确信我们并无敌意，叼了几根火腿肠，一步一回头地走了。

我们救了一只饥饿的火狐——这令呼日勒感到兴奋无比，何况他虽然是地地道道的蒙古族，但却是第一次见到野生火狐，这如何能不叫人兴奋！

只是令我们万万没想到的是，我们的好意却惹上了一个不大不小的"麻烦"——那只火狐竟然"赖"上了我们。从这天以后，它每天晚上都要定时跑到我们的营房来"讨要"吃的。

这可愁坏了我。因为我们这次进山来带的食物不多，火狐这样"白吃"下去，我们也吃不消呀。

我只好带着呼日勒去我的老朋友忽格吉乐图家想想办法。忽格吉乐图是大兴安岭南麓的护林员，一辈子都没离开过大兴安岭半步。果然不出我所料，忽格吉乐图家备有足够的存货可供我们"消磨"。呼日勒为此高兴极了，他终于有足够的口粮投喂他的老朋友了。是的，他已经把那只火狐称作"老朋友"啦。

忽格吉乐图家的炖羊肉实在是太好吃了，味道绝对纯正，要不我们也不会一直待到深夜才想起回家这件事。

我已经喝得满脸通红，打算在忽格吉乐图家借宿一晚，但呼日勒执意要回家，他担心火狐今晚还会照例去我们家"讨要"食物，他怕怠慢了他的老朋友。

拗不过呼日勒，我们只好摸黑踏上了回家的路。好在现在是冬天，整个大兴安岭一片银装素裹，再加上明亮的月光和识途的老马，即便我已经烂醉如泥，我们还是能够轻松地摸准回家的路。

那只火狐果然来过。我在我们营房前的空地上发现了一串新鲜的足印，那显然是火狐刚刚留下的——它没有等到我们回家，已经离开了。

"都怪你！"呼日勒生气地责怪我。

"没事的，我们明晚再加倍给它拿些吃的吧，我们不是刚在忽格吉乐图叔叔家取了足够的食物嘛！"我只好连连安慰一脸不高兴的呼日勒。

可是等到第二天，火狐并没有出现。第三天，仍然没有出现……呼日勒急得大哭，他担心他的老朋友不会从此再也不出现了吧？

我们只好再次去找忽格吉乐图寻求帮助。我们把我们的遭遇说给忽格吉乐图听，忽格吉乐图悠悠地问我："你们前天来我家的时候，是不是忘了熄灭屋里的炉火？"

可不是嘛，我们出门时的确没有灭掉炉火——在零下三十度的大兴安岭，谁会没事无端把炉火灭掉呢？

可是，这跟火狐消失有什么关系吗？

我的老朋友极有经验地解释道："你们亮着炉火，火狐便以为家里有人，于是在屋外等着，可是你们久久不开门，火狐误以为你们不再投喂它了，所以就伤心地离开了。"

原来是这样！我这才恍然大悟，又如梦初醒——是我太大意了！

两行泪水从呼日勒清澈的眼睛里流出来，我后悔不迭，可是悔之晚矣！那只火狐从此再也没有出现过。我和呼日勒就这样不经意地，在我们毫无察觉时轻易地失去了一位朋友。

那只消失在我们生命中的火狐，我们至今想念它。

编外机械师

胡亚林

这天上午，停机线上紧挨十五号飞机的一架外训飞机，在做机械日工作时，飞机屁股突然翘了起来，机头直接杆在水泥地上。面对突发的情况，机组机务人员大惊失色，一时不知如何处置。

此时，正在做工作的十五号机组机械员小赵见状，赶紧向正帮助本机组换起落架的尚指导员报告了情况。

只见尚指导员放下手中的活儿，用抹布使劲擦了擦手上的油渍，说：快跟我过去看看！

尚指导员仔细观察一番"趴倒"的飞机，又问了问年轻的机械师所做的工作，判定是前起落架开锁导管接错所致。

不容多想，他以最快的速度要通了场站航材股的电话，及时调来特种充气垫，在他的正确指导下，半个小时，飞机机头准确复位。

太感谢这位首长了！请问怎么称呼您？年轻的机械师投来赞扬的眼神。

他是我们的"编外机械师"。快嘴快舌的小赵抢了尚指导员的话头。

说得对。今天通过这个事，也是我们互相交流嘛！尚指导员谦逊地说。

跟在尚指导员身后的十五号机组鲁机械师，一直看小赵不顺眼，他气不懂事的小赵有意贬低指导员，称领导是"编外机械师"。心想等回到自己机组这边，好好教训教训这小子，让他学会如何尊重领导。

可回到自己的飞机停机坪，鲁机械师还没开口，小赵就硬生生地顶上了："编外机械师"的称呼，是在中队组织的机组篮球对抗赛上，尚指导员自己喊出来的。

是这样的，鲁机械师你错怪了小赵。

那天，十二号机组与十五号机组进行篮球对抗赛，刚好鲁机械师母亲病重，请假回老家了。比赛势均力敌，用"龙虎斗"三字形容再合适不过了。当进行到下半场的下半场时，场面就更为激烈了。谁知，意想不到的事情就在意想不到的时候出现了。十五号机组中锋小赵不小心扭伤了脚——下场了。接下来如何是好？

我上，我多年前曾当过十五号机组机械师，现在可算是个"编外机械师"。一个洪亮的声音在场边响起。

尚指导员的替补，给对抗赛增加了新的团结气氛，球赛结束，官兵们说："编外机械师"——尚指导员补得太及时了！

时间长了，"编外机械师"这个称呼便悄然传开，一些有思想疙瘩的，工作上有困难的机务人员，都主动跟他汇报，请他帮助解决。就这样，从外中队副职调回上任不到半年的尚指导员，与中队官兵们成了知心朋友。

尚指导员，我不是要与小赵过不去，而是烦他总是不尊重领导，净给领导找麻烦。比如，那次机务大检查，本来飞机两个主起落架减震支柱高度误差两毫米，在允许范围，可他检查后硬是抓住不放，一定要调适一致。我说了他几句，他说我标准低，不称职。之后没几天，他赌气休了探亲假。鲁机械师越说越火。末了，他向尚指导员提出将小赵调出机组的请求。

让我说你什么好呢。坚持高标准，是我们机务工作的一条原则，维护工作求上限弃下限，应该大力提倡和表扬才对。鲁机械师，你还记得不，我当机械师那会儿，你这个机械员还不是"一根筋"，"揭短亮丑"的事干得不比小赵少吧。

说到这，鲁机械师的脸"唰"地红了。让他不能忘记的是一次换飞机发动机时，尚机械师不小心将燃料喷嘴顺序装反，自己发现后当着中队长的面指出了问题。结果，自己受到了中队嘉奖，尚机械师受到了中队的严肃批评。为此，好长一段时间心里惴惴不安，生怕机械师给自己小鞋穿，影响个人进步。

后来，担心的事不但没有发生，中队还宣布自己代理机械师，直到考入军校，一路走得十分顺利。在自己感谢中队领导的培养时，中队长说：你应该感谢尚机械师，他才是你在人生道路上遇到的真正贵人。

两年军校学习毕业回部队后，尚机械师已改行升任外中队的副指导员。自己既为尚机械师的提升高兴，又为当初自己不讲情面地"揭短"而后悔。

没想到尚指导员将了一军，鲁机械师回想往事，心潮起伏，不能自已。尚指导员决定趁热打铁，解开他与小赵心里的疙瘩。

鲁机械师，不久前，你曾向我汇报机务大队有人到你家里慰问病中的母亲，要找到这个人好好感谢一下。告诉你，这个人就是你最不看好的小赵。他一直念着你对他球赛扭伤脚的关心。所以，探亲前向我要了你家的地址，路过你们县城时，决定去距县城百里的家里代你尽尽孝心。

原来是这样……

鲁机械师，说句心里话，兵都是好兵，关键看你怎么带。作为机械师，可不能只管机头，不管人头哇！

老领导，我太不称职了。今后还请您多给我支支招。听得出，鲁机械师的话是发自内心的。

不一会儿，团里宣传干事拿来当天的《空军报》报喜：祝贺尚指导员编写的反映机务人员良好维护作风的快板剧《两毫米》，上了长空副刊头条。

此时，只见鲁机械师走到正在工作的小赵面前，用他那粗壮的大手拍了拍小赵的肩膀，然后说了句：好好干！

我 爱 你

王苏华

妈妈升职之后，觉得爸爸在医院看大门丢面子，就开始每天找碴儿吵架。我上小学五年级那年的一个星期天，妈妈把一张离婚协议书扔在了爸爸面前。第二天早上，我惊愕地看到，爸爸的头发已经花白了。

中考的时候我失误了，需要交一万块钱才能上重点高中。爸爸二话不说，从外面把钱借来了。还有半年就高考了，我喜欢上了一位女同学，成绩直线下降。老师发现以后，把爸爸叫到了学校。爸爸回到家里，暴揍了我一顿。

自从妈妈离开以后，我一生气就会跑出去踢球，今天也不例外。我把球门当成了爸爸，一遍又一遍地射门。突然足球冲破了球网，把一个在场外看球的阿姨砸倒了。

我吓坏了，赶紧跑过去扶她："阿姨、阿姨，真对不起，我不是故意的。"阿姨抓住我伸过去的手，借力站了起来。哎呀，好柔软的手呀，我没来由地脸红了。

"你这孩子，干吗跟球网过不去呀？看看，踢破了吧！"阿姨说着从头上解下一根头绳。一头乌黑的长发，立刻像瀑布一样落下来。我的眼泪夺眶而出，因为妈妈原来也是齐腰长发。

阿姨走过去，用头绳把球网破处扎好。转身回来，走到我的面前愣住了："哎哟！你怎么了？男子汉有泪不轻弹呀。"我低下了头："我没事。""别瞒我了！男孩子流眼泪，一定是受了天大的委屈。"我听了她的话，忍不住抽泣起来。

"好了、好了，不哭了。"一只柔软的手搭在了我的肩头，让我不由得有些颤抖；另一只白白的手，递过来几张纸巾："做父母的欺负孩子是常事。如果你有理呢，就等着父母气消了再解释；如果你没理呢，就想想'打是亲、骂是爱'的这句老话。"

我不由得抬起头来，破涕而笑了："阿姨呀，您真会哄人。""那当然啦，我是医生呀，面对病人就要像春天般的温暖。"说着，她做了一个鬼脸，我们一起大笑了起来。

正在这时她的手机响了。她赶紧接听："您好。我没在单位。我在单位对面的足球场。好，我在这等！"她挂断电话，看着我说道："我有个紧急任务，一会儿有车来接我。你赶紧回家，不要再生你爸爸的气了。他也不容易呀！"

我一愣，她怎么知道我是在跟爸爸怄气呢？正在这时，一辆小汽车停在了我们身边。她掏出一根皮筋把头发绑好，冲我摆了下手，转身上车离开了。

我只好把疑问咽下去，抱着足球回家了。我走进家门，发现爸爸竟然摸黑坐在客厅里。我赶紧把灯打开："爸爸，对不起，我……""孩子，你不用说了，是我不该打你。"我不由得愣住了。过去我们爷儿俩怄气，都是我踢完球，回来向他认错。今天怎么了？

"我知道你喜欢那个女孩子。可是你想过没有？如果你考不上大学，她还会理你吗？"我惭愧地低下了头。爸爸拍了拍我的肩膀："你已经是大孩子了！"我立刻抬起头来对爸爸说："您放心，我会自己处理好的！"

这时爸爸的手机响了。他接通电话以后，一个女人的声音传出来："孩子回来了吗？"爸爸赶紧转身回卧室里。怎么声音这么熟悉？是那位阿姨！等爸爸从卧室出来，我怪腔怪调地问道："这是哪位仙女呀？把我老爸的魂都勾走了。"

爸爸的脸红了："她叫陈怡，在疾控中心当主任。你上初三那年，我们就领了结婚证，那一万块钱就是她拿的。刚才是我打电话，让她去看看你的。""太好了！我喜欢她！"

"赶紧吃了饭去睡觉吧，明天还上学呢。"

第二天一大早，我背起书包准备去上学。突然楼下传来一阵警笛声和嘈杂声，紧跟着一个熟悉的声音响起："居民朋友们注意啦！我是疫情防控指挥部的陈怡。因为楼里一位居民，刚刚被确诊为新冠肺炎患者；所以九号楼要进行封闭管理，请大家配合！居民朋友们……"

我拉着爸爸冲到窗前，看见一个穿着防护服的人拿着喇叭在喊。我立刻高声喊着："妈妈！妈妈！"那个人一愣，抬起头看见我们："好好待在家里！"

我用力点点头："您也要注意安全！妈妈！我爱你！

独 头 王

郭金勇

在家乡的俚语中，固执、倔强之人常被称为"独头"。这类人，说话如滚石头，生硬得很。同样一句话，别人说出来，听着便觉得舒服、容易接受，独头的人说出来，听着就觉得不舒服、硌得慌。其实这类人的性格是很爽直的。老王就是这样一个人，人称"独头王"。

老王的家人越来越觉得他太不像话了。在他没退休之前，他只是在自己家里规定，所有要扔的废品垃圾，必须经他检查后，方可扔到分类垃圾桶去。凡有螺丝、螺帽、垫片、铁钉什么的，不管尺寸大小，他都要留下来。去年退休后，他空闲时间多了，老伴怕他闷出病来，劝他去上老年大学、去垂钓、去打牌，他都两个字："不去。"渐渐地，老伴发现，他竟然时常在外边捡别人扔了的东西往家里带，种类也越来越多了，连别人扔的雨伞也要捡回来进行"解剖"。老伴说："家里啥都不缺，你还要捡啥？"老王头一梗，瞟一眼老伴，说："有用！"老伴说："要用就去买，这么大人了还捡垃圾，不怕人笑话？"老王就来气，说："你甭管。"

儿媳妇跟老公嘀咕："咱爸是否得了阿尔茨海默病了？我同事一老爸也这样，在外捡杂七杂八的垃圾往家里塞，他儿子每天傍晚趁其不备又悄悄往外扔。"

老王有一只木质的"百宝箱"，里面放着各种型号的扳手、钳子、锉子、电线头等，还有若干小塑料盒，分类放他的各类宝贝。家里一有什么修修拧拧的事，他就搬出"百宝箱"来，丁零当啷寻找配件。他最不爱听年轻人说"专业的事让专业的人去干，我们负责付钱"。他看不惯年轻人不拿钱当回事的做派。有一次家里说要搞卫生，儿子儿媳马上说："叫家政公司吧？"老王犟头性子上来了，说："难道换个灯泡你们也要叫专业电工吗？你们三餐咋不叫一个专业厨师来烧呢？钱多得没处放了吗？"

老伴、儿子、儿媳对老王都有意见，说他把家里弄成了废品站，唯有五岁的孙子支持他。

那是前不久，孙子最爱的一辆遥控玩具车坏了，他喊他爸爸。他爸爸拿过来一看，果然不动了，就说："坏了就扔了，买新的。"老王听了拉下脸说："拿来！"他搬出"百宝箱"，将玩具车拆开检查，结果发现只是一处电线绷断了，他很快就给修好了。小孙子开心地说："爷爷真厉害！"老王得意扬扬，话里有话说："你爷爷十多年机修车间主任不是白当的。花钱买新的谁不会啊，能把坏了修好了，那才有成就感呢！"

老王教过小孙子一首儿歌——《小小螺丝帽》：路边有颗螺丝帽，弟弟上学看见了，螺丝帽虽然小，祖国建设不可少。捡起来，瞧一瞧，擦擦干净多么好，送给工人叔叔，把它装在机器上，嘿！机器唱歌，我们拍手笑。

有一次老王出去散步，回来时手里抱着一个电饭煲，老伴一看又阴了脸，懒得说他。他也只顾自己捣鼓起来，花了一个多小时，修好了，急忙抱着电饭煲又出门了，回家后交给老伴一把青菜，得意地说："是前面一幢邻居要扔的，让我撞见，给修好了。这菜是他们乡下亲戚家种的。"

这件事后，老王突然有了个主意，他跑了几趟社区办公室后，买了一把大阳伞回来。老伴问他干什么，老王笑嘻嘻地说："不告诉你。"转天，这把大阳伞就竖在了小区门口边上，老王坐在一把椅子上，面前一张小桌子，脚边放着他的"百宝箱"，伞下挂着一块硬纸片，上面写着"党员义务服务点"。没几天，整个小区居民都知道这个服务点了，进出大门时，将随手带来各类物件交给老王，说："王师傅，请您看看能修不，不能修的就给您拆配件吧。"

一天上午，老王刚刚坐定，就有个小伙子过来说："我是街道的，马上有领导要来，快搬走。"独头王的犟脾气又上来了，说："我偏不，怎么着？"门卫出来也不知帮谁说好。正在争吵不下之时，三辆轿车到了门口，第二辆轿车上下来一位四十来岁的女同志，突然一个趔趄，陪同的人一声惊呼，立刻围了过来。那人虽然没摔倒，眼镜却掉到地上。捡了一看，镜片没碎，一边的镜腿却因掉了螺丝脱了出来。再一看，一只鞋后跟掉了。这附近没有眼镜店、没有补鞋摊，临时上哪办去？门卫急忙说："这王师傅会修。"

正在气头上的老王瞪了一眼门卫，头一梗："不修！"

众人告诉他：这位是市长呢。

独头王说："管她什么长，与我何相干！"

那位女市长走到伞下，看见硬纸片上的七个字后微笑道："既然是党员义务服务点，群众有需求，为啥又不服务了呢？"

独头王气哼哼说："有人要我搬走哇，免得影响市容。"

女市长依然微笑着说："市容是不能影响，但这一有特色的、群众又有需要的服务点也不能少。难道我们就没办法把它办得更好一点吗？"

一个星期后，社区便民服务中心专门腾出了一间房子，门楣写着"党员义务服务站"，一边的墙上写着"节俭持家"，另一边墙上写着"垃圾是放错地方的资源"。

老王笑着对前来的邻居说："我那一颗小螺丝、两枚小鞋钉，作用可大了！"

户　主

任瑞娟

女儿一出生就成了家里的户主。

我和丈夫都是军人，对户口本没有什么概念，对户主更是一无所知，没有想到，女儿却很在意。

产假一结束，我就将女儿托付给了父母，回到了部队。我们部队在丘陵深处，丈夫是空军飞行员，我从事后勤保障，那时我们的工作生活条件无法满足把女儿带在身边的需求，当然，"兵"的身份也注定了在必要时要做出牺牲的选择。

有了女儿后，每年一次的探亲假变得格外珍贵，因为工作性质，我和丈夫并不能总是可以一起休假，所以，一家三口很少团圆。

因为聚少离多，每次见到女儿，我都恨不得她黏在我身上，二十四小时守着她的一颦一笑；每次离别都仿佛是一场生离死别，女儿哭成了泪人，我的心稀里哗啦碎一地，从此，有了失眠的毛病。

第一次女儿提到户主的时候，她还在上幼儿园。

那天，我买好了女儿喜欢的零食和玩具，早早地守在幼儿园门口，脖子抻得长长的等着女儿一蹦一跳地出来，这是假期里最甜蜜的时刻。

回家的路上，我紧紧地攥着女儿的小手，唯恐她丢了似的，女儿也甜甜蜜蜜地吃着笑着，快到家门口了，女儿突然停住了脚步，仰起脑袋问，妈妈，我是户主，对吗？我蒙了一下才反应过来，笑着说，是呀，你是咱们家的户主，爸爸妈妈都得听你的呢。那我说什么你都答应吗？女儿高兴得蹦了起来。那当然了，你是户主哇。我轻轻地刮了一下女儿的鼻子。妈妈，那你给我生个哥哥呗。女儿撒娇地拽着我的衣襟来回晃动，哼哼唧唧地看着我。我顿时哭笑不得，但女儿却一脸认真充满期盼地望着我，我想了一会儿，才蹲在女儿面前，竭力用她听得懂的话解释，等她长大了，我们再讨论这个问题。女儿显然不满意这个回答，嘟着嘴不吭声了。

再次提到户主，女儿已经是小学生了。父母舍不得让外孙女奔波，就让女儿上了社区小学，小学就在家门口，从厨房窗户就可以看见学校。

尽管近在咫尺，休假时，我还是愿意每天把女儿送到学校门口，看着她进去，放学后，再守着学校门口等着她出来。探亲是我一年中唯一一次能在女儿面前表达母爱的机会，当然要全力以赴。

女儿学习很努力，是班干部，但只要我出现在学校门口，女儿便全然没有了在同学们面前"小大人"的样子，欢笑着跑到我面前，显摆似的大声说，妈妈，帮我拎书包。

休假的时间总是过得很快，又快分别了。

一天，从学校回来，女儿说，妈妈，你知道户主的权力吗？我逗她，你的户主权力就是管好爸爸妈妈。是呀，所以，我要你和爸爸都到这个楼里上班。女儿指着一栋楼说，是父亲所在单位的办公楼。为什么？我没明白。在这里工作，你们就可以像小姨每天回家陪妹妹一样陪我呀。女儿天真的回答像一记重锤，我的心被砸得酸痛酸痛的。女儿的要求不过分，但是，但是我们做不到哇。

我深吸一口气，使劲儿仰起脑袋，好像那样眼泪就不会溢出眼眶，蓝色的天空宁静悠远，一架飞机正穿云而过，我的心平静了下来。

我抚摩着女儿被各色橡皮筋扎成五颜六色的小辫儿，这是我按女儿的想法给她编的，女儿开始知道美了。我缓缓地说，因为有爸爸妈妈还有许多叔叔阿姨守着远方，你和小朋友们就能好好读书，在这楼里工作的人就能好好生活。不知女儿听懂了没有，但我分明看见她亮晶晶的眸子里闪过一丝泪光。

漫长的军旅生涯，我觉得自己已经是一名坚强的老兵了，但回到部队，我还是伏在丈夫的肩上大哭了一场。

昨夜的星辰一点点闪过，岁月的片段仿佛一簇簇根须，总会抓住脑海里的任何一点空隙。

窗外，星河似练，万家灯火如梦如幻。

我坐在飘窗上守着女儿的点点滴滴，也许是时间太漫长了，杂乱的思绪不断延伸，女儿会理解吗？我瞟了一眼未打开的行李箱，归队的车票已经买好，早晨的第一趟高铁。

刚到家就接到了任务，军令如山，"兵"的意义本来就彰显在关键时刻。可是，怎么向女儿解释呢？熟悉的焦虑感重重袭来。

突然，手机"嘀"了一声，是微信。我拿起一看，是女儿发来的，老妈，对不起！没来得及和您告别，我已经出发了，谁让我是户主呢，以前你们守护我，现在我要守护你们……

还有什么可说的呢，我们的户主长大了。我长出了一口气。

启明星在淡淡隐没，胭脂色的云霞浩浩荡荡扑面而来。

八　爷

杨　景

我印象中的八爷是一位朴实、能干、本分的农村老人，像《朝阳沟》里"银环的公公"。

小时候我很喜欢到处串门。我到邻居家里，他们都对我很好，大概是因为我的身体不好，大人们都特别的怜爱和疼惜我吧。

我最喜欢到八爷家，因为八爷家里有几个年龄相仿的堂姐妹可以一起玩。他们家里养了一只大狸猫，我还可以逗它玩。在八爷家就像自己家，他也待我像自家孙女。

早年，八爷家里种着一棵枣树，每到秋天枣子成熟时，我们小孩儿就可以一饱口福。有一年春天枣树正开花的时候，下了几天的雨，枣花被雨水打落了一地，八爷看着落花满地，心疼地说："可惜了。"果真到秋天，树上的枣子寥寥无几。我想今年的枣子没我的份了，打枣子的那几天我都待在家里。过了几天我又到八爷家里玩，正和姐妹们玩得开心时，八爷走到我身旁，把我带到一旁，神秘地从衣兜里掏出一把又大又红的枣子来，装到我的包包里，然后说："打枣子时你不在，这些是留给你的，别嫌少。"看到那些枣子时，心里感到无比的幸福。

这两年爸爸把我接到城里住，节假日才回老家一趟，住几天就得回去，所以就不常串门了。这次回老家，奶奶跟我说八爷得了胃癌。"咱们去看看他吧！见一次少一次了。"听了奶奶的话，我觉得很突然，因为我知道八爷向来身体都很健康，况且他才六十多岁。奶奶讲八爷的病是耽误了治疗期，一直以为是痢疾，后来去检查已晚了。于是我们就去了，到了他家大门口，我忽然担心会控制不住自己的感情哭出来，那就不好了。我停下脚步对奶奶说："我不进去了。"于是转身走了。奶奶回来问我怎么回事，说八爷还问到我，又说他的病情不好，怕是过不了夏天了。我说，这件事一下子接受不了，等过几天再去。

三天后，吃过早饭，拿着从城里带回来的一箱酸奶，我们又去了八爷家，走进院子，里面静悄悄的像没人似的。到了屋里，我看到八爷微闭着双眼坐躺在小床上，身上穿着短袖短裤，因为瘦，短袖短裤显得很宽松，脸上和身体的皮肤苍白，是没有血色的苍白。八奶坐在小床边出神，我们走近时，她才缓过神儿，招呼我们。八爷的眼睛缓缓睁开，他看到我时，神情略微惊喜，问我是什么时候回来的，回来住几天……我一一回答。听到他有气无力的声音，看到他瘦得皮包骨的身体，还有那面对死亡呈现出既无助又无奈的眼神。我的心在痛，鼻子发酸，眼泪在眼眶里打转。我对自己说，不能难过，这对病人不好，可是我不知道该说什么。于是我拿出一盒酸奶来，准备喂他，被一旁的八奶上前阻止，理由是刚输过液不能吃东西，我只好转过脸听奶奶和八奶说话。奶奶小声问："最近几天他的病情怎么样？"八奶无奈地回答："算稳定。你们来时输液针刚拔掉，过一天是一天。"我看到八奶的眼里闪着泪花。奶奶说："你也要照顾好身体，别累坏了。让孩子们也操点心。"我注意到八奶的身体也很瘦，但精神头还可以。八奶勉强笑笑说："我的身体还好。早上他们都来了，屋里人多都围在这儿对他不好。何况快收麦子了，白天孩子们地里忙活，晚上他们轮流来陪夜。"……听她们在聊着无关紧要的事，我想屋外是春光明媚，到处是生机勃勃，屋里的气氛却像寒冬腊月，寒气逼人。

时间过得真快，已是晌午，奶奶说："我们该回家做饭了。"八爷的神情是想留我，却没说出口。我来到他的床边说："过两天再来看您。"到了院里我又跑进屋里，调皮地说了声："爷爷再见。"我看到八爷朝我点点头，会心地笑笑。在路上，奶奶告诉我："不是你八爷刚输过液不能吃，而是他已经不能进食了。"两天后八爷去世了……

换 位 思 考

董效伟

家里的老宅住了十八年，因为种种缘由，最近媳妇一直想着要换房。

打电话诉之于母亲。

"想换就换吧。既然住着不舒服，天天闹心可不行。"

"和您换一下如何？"

"可以呀，我住哪都无所谓。"

"您不怕邻居太吵？作息习惯没有规律？"

"老年人瞌睡少，我每天凌晨四点多钟就醒了，只是我不喜欢打扰年轻人的作息，在屋里走动尽量不发出动静，毕竟年轻人上班累，想让他们多休息一会儿。"

"为什么有的老年人不能像您一样有同理心呢？"

"应该是相互的理解吧，不是每个人都可以像你妈一样哦！"母亲不失时机地称赞一下自己。

"还是不行，一换房，您接送侄女上幼儿园可不太方便了。"

母亲略一停顿，而后说："你学会换位思考了。"

"不敢再只站在自己的立场上，去要求您太多了。"

不知从何时起，母亲一直在悄然改变。

父亲在时，她十指不染腥，甚至嗅之呕吐。

现在呢，居然为了孩子兴冲冲地跑遍菜市场，挑选最新鲜、农家养的各种肉类，还不亦乐乎地从抖音上学着给孩子做出来。每次母亲从老家过来，都能美美地让我吃上口味各异的肉食。

我常常惊异于母亲的改变。

年轻时为人心高气盛，像风一样的女子，何时变得心思如此细腻柔软。

一日电话里闲聊，问之以探究竟。

母亲显然没有煽情，不假思索说道："一开始手触摸生肉时，胃里禁不住翻江倒海，但是一想到你们需要营养，我不喜欢吃的东西不代表你们不喜欢，我不想因为我的生活习惯，让你们缺少该有的……"

母亲间接地给我上了生动的一课。

起始，我以为这一课的主题，仅仅只是生命本能的"爱"。

今日电话再次响起，母亲说，换房要尊重儿媳的意见，小夫妻商量好了再做决定。

换房！我真的没有和媳妇商量，其实只是一时冲动，现在也不想再换房，没想到母亲还在挂念着，于是告诉母亲不会换的。

母亲居住多年的小窝，她早已习惯了周围的一切，何况旁边公园侧，还有她亲手垦荒的六分自由田，那里有她日出而作、日落而息的生活碎片。那满目青葱的四季时令蔬菜，有她对生命的唤醒，还有她鲜活的自然教材……她用自己的闲暇时光去享受大自然中最自由的呼吸，她带领着子孙去探索未知的新生。和母亲换房，我怎能有如此不堪的腻想？而母亲她又怎能有如此轻松的抉择？

电话里和母亲闲聊了近期的一些状况，也把最近的一些困惑略作转述。母亲没有说教，也没有不解。电话的这端，隔空数百里，母亲那平静的语调，让我看到了她那安详的神情里写满的宽恕。这里面我懂得母亲一生所经历的一切苦难，只是她一直在学会和自己的过去和解，努力地原谅别人，从而放过自己。

临了，母亲说人的一生其实都是在不断地学习换位思考，真正的善良是勇于从别人的角度去看待问题，这样，自己也会轻松很多……她还说她一直坚信自己的子女，无论在任何地方、无论经历多少磨难，都会在她的福报下平平安安。

母亲又给我上了一课。

我终于深深地懂得了母亲的改变——学会换位思考，这一课让我受益良多！

理想的翅膀

田光明

过去，王燕子家里穷，缺吃少穿。爹娘忙着家里家外的活儿，也顾不上打扮燕子，她穿着补了又补的衣服，头上罩着乱发，像鸡叨过似的。

燕子九岁时才上小学，爹娘心里装着日子，压根就没想让她上学，上学是燕子强争取的。在校园里，燕子邋遢，同学们也都不和她玩，有时还会取笑她，叫她"毛头女子"。她向老师报告，老师批评她烂事多。

燕子在上三年级时，班主任吴老师组织召开了一次以谈理想为主题的班会。班主任老师要求班里每个同学都得发言，谈个人的理想：

"我要好好学习，长大了，当一名中国人民解放军，保卫祖国。"

"我长大了，当一名煤矿工人，给祖国挖很多的煤炭。"

"我要当一名汽车司机，开车为人民服务。"

"我要当一名售货员。"

…………

同学们踊跃发言。这时，坐在前排的燕子举起了手，可是吴老师似乎没有发现她，燕子就仍举着手，还喊了几句："老师！老师！"老师听见后，不情愿地说："王燕子同学，你有啥理想？讲吧。"吴老师脸上的表情复杂而古怪。

燕子就怯生生地站起来，眨动着那双水汪汪的大眼睛，兴奋地说："老师，我的，我的理想是当一名人民教师。"

听了燕子的话，吴老师脸上的笑容卡住了。他说："王燕子，你每次语文考试成绩都不及格，凭啥当教师呢？"吴老师的话，说得燕子羞红了脸，她低下头，不敢抬头看同学们。

同学们一阵哄笑，燕子的眼眶里有了泪水。放学回到家后，燕子把这件事告诉了爹。爹说："你就是考试不及格吗？你要当老师，先要当好学生，干啥事，都得有真本领。你用功学，不就行了。"听完爹的话，燕子点点头，用力抹去脸颊的泪水。这件事情以后，王燕子就像变了个人，她少言寡语。在课堂，她也从不敢举手发言，向老师提问题。升到四年级后，燕子就去了邻村上的完全小学。

时间过得很快，又过了几年，燕子初中毕业后，她以优异的成绩考入了市里的师范专科学校。三年后，燕子从这所学校毕业。她被分配到故乡镇上的中心小学任教。

燕子老师在一节以谈理想的主题班会上。要求班里每个同学都得发言，畅谈个人的理想：

"我长大了，当一名飞行员，驾驶飞机，在祖国的蓝天上翱翔。"

"我要好好学习，长大了，当一名公务员，为人民服务。"

"我要当一名工程师，为家乡人民修路架桥。"

"我要当一名医生，为病人治病，救死扶伤。"

…………

同学发言都很踊跃，燕子老师给每个同学都鼓掌加油。鼓励他们："你们是好样的，我相信你们一定能实现自己的理想！"

接下来，燕子老师又问："还有哪个同学没有发言？"

坐在教室最后面的田春生，他低着头，红着脸，没有发言。

"同学们，别急！田春生同学正在思考着自己的理想。"燕子老师微笑着，走到春生身边，用手轻轻地抚摩着春生散乱的头发。

春生同学难为情地举起手，说："老师，我没有理想。"春生同学说的是心里话，他是真没啥理想。他就想着，自己小学毕业了，回家帮娘下地干活，上坡砍柴，爹腿有残疾，吃穿都要人去照顾。地里的活儿就靠娘一人去干，忙里忙外，娘太苦了。他时刻都在想着自己快快地长大，替娘分忧。

燕子老师听后真诚地笑了，她说："春生同学真懂事，有孝心，有责任！请同学们，为春生同学加油鼓劲！"燕子老师接着说："我相信，春生同学一定有远大理想的。"

教室里再次响起了一阵热烈的掌声。燕子老师的脸颊上，浮现出一种从心窝里涌出来的笑容。

多年后，一位来自省城某著名小学的校长，看望已退休在家的燕子老师。他就是全国优秀教师，省级特级教师，教学名师田春生。他拿着自己刚出版的一部教研专著《理想的翅膀》，亲自送给自己的燕子老师。

燕子老师忙打开油墨飘香的书页，见扉页上这样写道：

赠给我最敬爱的燕子老师：感谢您为我插上了理想的翅膀，使我走上了这神圣的讲台……

您的学生：田春生

燕子老师手捧着书，阅读着，脸上浮现出了幸福的笑容，她似又回到当年欢快的村学。

选　择

朱　梁

"我不想过一眼就能看到未来的日子。"说这句话时，我对未来充满了憧憬。

当时我只是一个大四学生，就业的压力对于我来说，隐约可见却是不真实的。于是一听到父亲让我准备求职的各种考试，并且希望我趁着毕业的余热连考三年，我脱口而出，对父亲说了这句话。

父亲一愣："你和我说说，你一眼看到了什么样的未来？"

我的口气依然很冲："像你一样啊，早出晚归，每天的工作都在一个频率上。"

父亲笑了："如果你能和我一样，也是不容易的。"父亲年少参军入伍、中年转业从政，一路走来自有不易，这是他的人生各个节点做的选择，却不是我想过的生活。

"那么你再说说，你想过什么样的日子。"父亲接着的这句话，倒是把我问住了。我想过什么样的日子？我否定了父亲为我做出的选择，主动权轮到了我，我的选择又是什么呢？或者说，我从小树立的理想是什么？小学、中学、大学，随着认知的积累、眼界的开阔，追求的目标似乎也在悄然变化。而此时，父亲的突然一问，脑海里恍若一片空白，曾经对未来的种种设想，似乎又随着流年渐而模糊不确定了。

看到我的沉默，父亲说："其实你现在看到的只是未来的一角，你的未来还是一个未知数。毕业到就业，不妨自己做道选择题吧。"

上学这些年，做了无数的试卷，似乎都在为求职这道选择题打基础。一次次的求职考试，单选项、多选项都可能是最佳的答案，只不过更多的时候，被选择的结果居多。

入职教师，应该算是双向选择吧，为此我对未来又充满了憧憬。未来的我自然是一名教育工作者，但是我却没有再说一眼看到了未来的样子，未来的路需要脚踏实地，而不是去想象，这就是我在做求职选择题时，得到的附加题答案。

第一次以教师的身份走上讲台，不可否认，心情忐忑的我是在上课铃声催促下走进的教室。看着坐姿端正的同学们，虽然他们只是小学生，面对他们纯真的目光，我却莫名有了一种迎考的感觉。

自我介绍的短短几句话，是我精心准备的，我希望和同学们的初次见面，能够迅速缓和陌生感。

"同学们好！我是你们的班主任方圆，你们可以叫我方老师，也可以叫我圆老师……"话声未落，一个细小的声音响起"方老师"，而后又是一声嘹亮的"圆老师"，随之而来是一片轻松的笑声，教室里的紧张气氛一下子融化了。

我悄悄松了一口气，准备开始讲课，一个童声急切地冒出："方老师圆老师，你有女朋友吗？"

五年级的孩子不大不小，思维活泼敏锐，备课的时候，我设想了同学们可能会提出的各类问题，单单没有想到这一项，不免有点愣神。现在的小孩子什么都敢问啊！我的脸唰地红了，闷着声回了一句"没有。"于此也牢牢记住了这个调皮的同学叫王小帅。

王小帅上六年级的时候，把这件事写进了课堂作文《我的老师》。当我批改作文，再次看到那个青涩的自己，不由得嘴角上扬，微微一笑。王小帅非常聪明，就是有点小马虎，希望他能改正。王小帅的梦想是当医生，无论将来从事什么职业，严谨的态度都是必需的。

"方圆老师是个魔术师，穿上夹克就藏住了肚子……"描写风趣，我不自觉地吸吸肚子。这个含蓄指出我心宽体胖的同学叫张明浩，爱好写作，文字特别有质感。

"方圆老师既是我们的老师，也是我们的朋友，特别有耐心，我也想当方圆老师那样的老师……"赵益同学非常用功，相信将来一定能学有所成。

同学们描绘的方圆老师，各有侧重点。想起第一次走上讲台，那一刻恍若迎考的感觉。同学们对于新老师的各种期待，其实就是一道选择题。当我用时间在答题的时候，同学们也在用心去甄别，而今他们笔端的"我"，无疑就是这道选择题的答案。

一晃就到了毕业季，依依不舍的师生总有一别。看着少年们朝气自信的笑脸，我仿佛看到了他们充满阳光的未来。他们的未来就是我的未来，于是我提笔在毕业纪念册上写道：祝你远走高飞，我又原路返回。也许这就是一个摆渡人最好的选择。

老 床

曾冠华

阿弟洗碗还没放进碗柜，娘说你那也叫洗碗，看那黑圈。阿弟细瞧，说黑圈有点夸张，碗中有余渍未洗干净当真。尴尬间，阿弟正要吐舌头表示歉意，灵光一闪，他转身朝洗涮盆走去，不忘跟娘说，娘，碗洗两次才干净的。娘摇头，这傻儿子，孺子可教也。娘笑着跟阿弟说，好好读书，懂哲理，知人道。

阿弟不是读书的料，小学一年级便留级。义务教育没留级的，阿弟乖，讨老师喜欢。老师不想他白混日子，真心要他认识字。

家里，大姐二姐三姐疯玩。娘干活回来，锅凉灶冷，把家务操持下来，吃晚饭时蚊子都睡着了。阿弟收拾碗筷，娘眼瞄仨大娃，她们装疯卖傻，借写作业温习功课为由，拿过书包一个个躲房里去。

娘不知说啥好。她觉得，他爹想尽办法生儿子还是做对了。只是，他没福气，走得早。

娘要洗碗，叫阿弟跟姐儿仨学习去。阿弟不肯，说娘累，叫娘歇着。此时，房门悄然关起，门缝的灯光没了。阿弟知道，姐儿仨嫌他笨，不待见。阿弟识趣，装作没看到，专心洗碗。娘叹息，命啊——

阿弟早起，热好剩饭，让娘吃饱了才出门干活。娘带好吃的回来，老大抢先拿到手。娘没法子，忙摆手说分分分，爱怎么分就怎么分。阿弟分到手的东西，经常会大打折扣。姐儿仨背后还统一战线，爹就为他，娘心疼他，他没有亏。

娘谆谆教诲阿弟，吃亏是福。初中毕业，阿弟去舅舅的家用电器修理铺做学徒。他很勤快从不偷懒，开工资时，舅舅总会多给。阿弟没有喝酒、抽烟等嗜好，钱都交给娘贴补家用。

姐儿仨相貌出众，嫁人虽然不是大富大贵，可家境还算殷实。她们时常带上丈夫孩子回娘家，唤娘的声音比蜜甜。走时，一个个车后厢塞满瓜菜。老大意犹未尽，搂着娘说，我还是想念老床，想跟娘住上一晚。

姐儿仨嘻嘻哈哈走了，留下一院寂寞。娘感慨好花总艳别人墙。眼看阿弟过了二十八岁，还没女朋友。阿弟这会儿在忙新店，舅舅觉得他的手艺可以了，便出资帮一把，让他独立。娘高兴不起来，对阿弟做生意没抱太大希望，倒劝舅舅别投错钱，免得到时后悔。天下女人就怕嫁傻子，娘为阿弟的终身大事发愁，阿弟一心只有新店，她忧心忡忡，还悄悄掉过眼泪。

过了段日子，阿弟带回一个叫秋灵的姑娘，跟娘说，三天后结婚，和新店开业做一起了，不摆酒，省下钱顾生意，好过日子。娘既喜又忧，她抖着手拉住秋灵问，闺女，你喜欢我家阿弟啥？秋灵说，他人老实又勤快。娘呵呵笑直点头。这秋灵是舅舅街上的，这段时间，她一直在新店帮忙，也渐渐地和阿弟相处出了感情。

可家里唯一的男丁结婚不摆酒，像样吗？自己丢人也就算了，别把姐儿仨的脸也搭上。姐儿仨发难不是没有道理，她们不止一次夸下海口说，如果有人嫁阿弟，结婚的费用姐儿仨全包下。

姐儿仨声音大，先前思量阿弟没人嫁。一场婚宴没有个十万八万办不下来，实际上阿弟的决定帮姐儿仨省下大笔钱，她们该偷笑了，还不依不饶嚷嚷，得了好处在卖乖，什么人啊？娘却一点不糊涂，门清。

姐儿仨怕阿弟生意砸了，娘不会袖手旁观。与其日后赔出去，不如早分。禁不住姐儿仨的软磨硬泡，娘终于把收藏多年的细软拿出来。老大要了金项链，老二拿了金戒指，老三得了金耳环，到了阿弟只剩一只黑乎乎的银手镯。阿弟呵呵笑说，我的最大。娘一脸无奈，秋灵说，娘给的都是好东西。

阿弟和秋灵想娘搬过来住，怕她一个人在老房子太孤单。娘能自理，不想给他们添麻烦。半年后，娘答应了，还要求搬上老床。老大说，别别别，打住，店房巴掌宽，我家屋大安放老床最合适。

你们一个个都听好了，这床祖传的，只给阿弟。娘硬气一回。

娘走后，有人出价八十万元买老床。八十万，在县城买套商品房绰绰有余。

店房窄得转身都困难，趁阿弟还没决定改善居住环境前，姐儿仨挖空心思捣鼓卖老床，妄图从中分一杯羹。

阿弟这次却十分坚决，不同于以往的退让，说，不卖，床在娘在。卖掉老床，就再也看不着娘了。话间，泪水在阿弟眼眶里打转。

三　小　姐

王小宁

其实她是一个山沟里的黄毛丫头，名叫招娣。

明白没？她是有使命的。她上面有两个姐姐，到她时，还没出生，父母就紧张得不得了，阿弥陀佛来个儿子吧，结果呢，哇的一声，又是个丫头！父母失望了，就给她起名叫招娣。

本来招娣的"娣"就是"弟"，后来想了想，女孩子嘛，就改成了"娣"。

结果她还真争气，把弟弟招来了，没辜负父母的期望。不过嘛，父母对她也没有感恩戴德，宠谁也轮不到她。

命运的转机发生在那天下午，那天下午，她正在纳鞋底，哧啦哧啦地纳得正欢，邻居来了。邻居来了就来了，与她无关，她该纳鞋底还得纳，哧啦哧啦不能停。

隐隐约约地，她听到了邻居和母亲的对话，大概意思是说，邻居的一个亲戚，家里的保姆最近有事，得回老家一趟，想临时找个人帮帮忙。母亲说，再找个不行吗？邻居说，找个放心的也不容易，再说了，他们和保姆相处时间长了，也不想让她走，保姆也愿意留下来，只是家里的老母亲病了，得回去一趟。母亲答应了。

这任务就落到了招娣的头上。大姐已经出嫁，家里就剩下二姐、弟弟，还有她，弟弟不可能去。二姐现在成了家里的老大，得帮父母干活儿，剩下就是她了，她无奈地接受了。

她问母亲，在哪儿？母亲告诉她，在渡口。她问，有多远？母亲说，有一千多里地。她说，哟，咋跑那么远？母亲，当年邻居的这个亲戚是出外求学离家的，后来越上学越远，最后定居在了渡口。

招娣高兴了，招娣从小到大，去过镇上，镇上离家六里地，她去赶过集。姐姐结婚后去过姐姐家，到姐姐家有十里地，这是最远的。

招娣去了。一个月后回来了。回来了就没事了，该纳鞋底还得继续纳，哧啦咵啦的日子，才是招娣的日子。

不过招娣可不这么想，招娣的心里有涟漪了，她先是拿着父母给的零花钱去镇上想买瓶雪花膏，可是钱不够，回来继续攒，等攒够了，就把雪花膏买回来。每天早上，洗过脸，她把雪花膏抹在脸上，对着镜子，仔细揉搓。然后开始梳头，一丝不苟，编出两条齐齐整整的辫子来，走路干活儿时，辫子一甩一甩的，蹦蹦跳跳，引来不少目光。

吃饭也有变化，母亲蒸的窝窝头，大家随便就点儿菜就吃了。她不！她要再加一个菜！她去剥几瓣蒜，在蒜臼子里捣碎，再滴上几滴香油，心里说，人家每顿至少都有两菜一汤呢，这样想着，心里就酸酸的。

母亲看着她的样子，剜她一眼说，你没那小姐命呢。弟弟打趣说，人家是三小姐呢。

招娣没听见，该咋样还咋样，整天脸上带着忧伤，有了心事。

父母怕她嫁不出去，赶紧托人给她找了个对象。招娣不干。想了一晚上，开始行动。她悄悄地把自己的衣物整理到一起，用块布包起来，趁着夜色，溜了出来。

山路上，月色明亮，她一点儿也不害怕，她跟着姐姐去拉过煤，走的就是夜路，两头见黑。况且这一带也没什么大山，很少见到野兽。对了，小时候看见过一次狼，不过那只狼在人们的一片喊打声中，慌慌地逃了。

离家七十里的地方有个汽车站，上次去渡口时，是小毛驴驮她去的，这次她要靠自己了。走到那个汽车站，她就能坐上汽车，坐上汽车，她就能去到城市，去到更远的地方。这样想着，她竟然哼唱了起来：我要去远方——

到了渡口，招娣没有去找她待过的那户人家，她在一个小店里吃面时，看到里面的水池里泡了好多碗，店主人忙着呢，招娣问，我能帮你洗吗？店主人看看她，问，在家干过？招娣点头。店主人问，愿不愿意在这儿干？她忙说，愿意。店主人说，干吧。

后来招娣自己开了一家小面食店，慢慢地就在渡口定居了。

生活稳定后，她想起了家里的父母，这时候交通工具也发达了，坐车很方便，不忙的时候，她就接父母到渡口来住。父母看到她现在生活挺好，也就既往不咎，不提过去的事了。当初的行为，不也是希望她能过上好日子吗，现在她挺好，也知足了。

招娣的女儿上学上到了国外，还给她找了个洋女婿，后来有了外孙，她只好飞出国门去照看。

有次领着外孙逛街，在一处僻静处，听到咵啦咵啦的声音，她循着声音看过去，原来是有人在纳鞋底，看肤色，黄种人！招娣上前搭讪，经交谈得知，原来是国内同胞，是飞出来照顾孙子的。招娣问她，咋现在还纳鞋底？那人说，是给家里的老妈弄的。老妈九十多了，还喜欢穿手工做的鞋。其实后来熟悉了才知道，准确说，是现在买不上适合老妈穿的鞋了。

感慨之余，招娣想起了好多事，给外孙讲故事的时候，就讲了过去的一些事，外孙惊讶地说，哟，姥姥，当初你要没有走出山沟沟，那现在还没有我呢。招娣忍不住哈哈大笑。啪——外孙在招娣的脸上亲了一口，说，姥姥，你真棒！

一 车 鸟 鸣

杨帮立

老刘终于被逼进城了——送孙子上学。把孙子送进学校，老刘没事了，到附近的公园里去打发他的时光。

公园里有打牌的，他最看不起的就是赌博，不管大与小；有下象棋的，争得脸红脖子粗，他只知道马走日，象过田；有唱戏的，他那嗓子只配吆喝牲口……唧唧啾啾喳喳，他竖起了耳朵，寻着鸟叫，到了公园西南角：这儿有一片树林，一棵棵树上挂满了鸟笼，一只只鸟儿比赛似的亮着歌喉。

老刘只站在外围看。他想的是，城里的鸟，是让人玩的，乡下的鸟，是让人看的。

家住白露河大湿地，天上飞的水中游的，树上垒巢草丛做窝，哪儿都是鸟。

这儿的人收庄稼，落下的五谷杂粮，不拾不捡；这儿的人捕鱼，用的是四指眼（能插下四根手指头的大网眼）的网，只逮大的，漏掉小鱼……他们也不说，他们心里都有数，这些是留给鸟儿吃的。

老刘，院里西南角，扎着一个整体网箱，这网箱是鸟儿收容所。尼龙网破了再换钢丝网，他收养过多少鸟儿了？他曾在河边看见一只鸟，脚上缠着一团野蔴丝，哀鸣一声，翅膀无力地拍了几下。他把它抱回网箱，耐心呵护着。来个脖子上挂着长短镜头拍鸟的，来找水喝，认出是凤头䴙䴘，几张照片放了朋友圈，很快来了记者。老刘却把着门不让进：别打扰它！鸟儿是有感情的，他救助过的那些鸟儿，还时常回来看他，在院里从容地踱着脚步，摇头晃脑地对着他鸣叫，他会抓出玉米或小麦，哗地一把撒出去。

老刘给儿子提出一个请求：想养鸟。儿子知道爸做梦都有鸟儿的鸣叫声，只是在哪养呢？房子不大，楼层又高。老刘说他把鸟笼挂在窗外就行了。老刘开始养鸟了，老刘不是有钱的主，他买，只买那些生病的撞伤的衰老的鸟儿。

这些鸟儿，一经老刘的手，咋就精神起来了？有人叹着气说，唉——我要知道它还能这样，我咋也舍不得出那个价钱就给你了。老刘说你是玩弄鸟，我是心疼鸟，那能一样吗？

除了送孙子上学，养鸟，成了老刘生活的主题，他开始跑花鸟市场了。他去买鸟儿也买鸟食，他去买红药水也买其他药品，他把那些秃毛的勾头的瘸腿的鸟儿买回来，养着养着，翅膀有力地扑棱起来。

若是再提到市场上去卖，真能卖个好价钱！这让公园里那一群玩鸟的人惊羡不已：凭这个本事，老刘以鸟养鸟是没问题的，还能赚大价钱呢。

一位老哥缠他几天了，一心想买他的一只百舌。这鸟儿被老刘调教得通人性接人腔说人话，可爱极了。价钱出的也高，还说老伴去世了好找个叙话的。老刘不卖，旁边的鸟友也来劝他，他还不卖。老刘说，你们在哪见我老刘卖过鸟？我只养鸟，不卖鸟！

放着钱不知道挣，这老头儿，是倔还是傻呀。

窗外挂满了鸟笼。天还要刮风，天还要下雨，还有楼下楼上左邻右舍也有提醒。这鸟儿一见光亮就开始叫，这是他们最后需要睡觉的最好时光。儿子也只得让老刘把鸟笼收捡到阳台内。

趁国庆假期，老刘说我要回一趟老家了。这些鸟儿你们也不会养，我给它们都带上。怎么带呢？老刘早想好了。他找环卫工人，借来了一个大马力的三轮电动车，七八十里的路，电够用了。

老刘拉了一车子鸟笼，各种颜色大大小小的鸟儿蹦蹦跳跳，一路上给他唱着歌，引来了无数的目光。他载着一车鸟儿，也可以说他载着一车鸟鸣回老家了。

儿子可以肯定，村里的老老少少会把老家院子围得热热闹闹，老爸，此时，正该逗着这只鸟儿跳舞，逗着那只鸟儿唱歌；逗着鸟儿给这个叫"帅哥帅哥好"，给那个喊"姐姐真漂亮"了。儿子打心眼里支持，只要老爸开心，用鸟儿来显摆一下也是可以的。

假期快结束了，老刘这才回来，拉了一车的空鸟笼子。

爸，你只送鸟，不送笼子，人家搁哪养啊。

没送人，放飞了。驯了几天，才飞走。怕它们一时半会觅不到食，半路上我又买些谷子送回去，撒在了屋檐下，从这吃了最后一口食走的，知道回这找。你没瞧，围着我舍不得走哇，给我心里弄得也不是个滋味……

老刘说着，又逛花鸟市场去了。

蝉　鸣

莫小谈

安化寺很小，在西山，一溜儿三间禅房，隐于郁郁葱葱的树林里。寺的正殿前栽有两排银杏，倒有些年头儿了，生得枝繁叶茂。盛夏时节，这里蝉多。

我与伙伴们常在山脚下马棚里拔一根马鬃做套子，来到寺庙前的树林中套蝉。其实蝉也没什么好玩儿的，不过半日就死掉了。偶尔也有不死的，会被哪个顽童掐掉它的口器放飞，还说："去吧，判你饿死，再吸不了树汁儿。"

这日，我守在银杏树下举着套蝉的杆儿，瞄准一只鸣蝉下套。马鬃是棕黄色的，映着枝叶间的阳光。蝉不知就里，好奇，用前爪试探着触碰马鬃套环。只要在恰到好处的时机，一抻，就得手了。但这次，我在将抻未抻之时，无意间回头望见端坐在正殿当中的慧明和尚，他冲我招了招手。

慧明和尚很和善，经常下西山，身着偏衫，斜挎着一个土灰色的布兜，里面装着一沓鏊饼，薄薄的，酥酥的，还带有一丝丝的甜。看到我们在山坡下玩耍，慧明和尚就招手说："过来，过来孩子们，发饼了，发饼了。"一帮孩童就会围将过来，伸手讨要。慧明和尚一人发一张，不偏不向。有不懂事的吵闹着让他再发，慧明和尚就俯下身子轻声说："不多了不多了，回家让奶奶烙给你吃。"孩子仰着脸，口中说"奶奶不会呢"。慧明和尚倒认真起来，说："告诉奶奶，调些玉米糊糊，再支起一张鏊子，生起火，将黄面糊糊薄薄地摊在鏊子上，烙，等四周翘起皮儿了，翻个面，再烙，烙成两面焦黄就成了。"孩子不听，还嚷嚷着要吃。无奈，他又一人发了一张，还说："幸亏今儿烙得多。"

慧明和尚喜爱孩子们，会忽而抱起一个顽童驮在脖子上。顽童玩弄着他那颗光溜溜的脑袋，还指着戒疤说"疤瘌子，跛脚子"，他也不生气，只是嘿嘿一笑说："别闹别闹，再闹就没鏊饼吃了。"这么一说，顽童立即便止住，不闹了。周边村子里的老人们迷信，常说，向慧明和尚讨一张饼，不仅是讨口食，而且是讨吉祥，保人平安。

我曾错过好几次慧明和尚发鏊饼的时机。前日在慧明和尚返寺时，我拦住他，说："再不给饼吃，就不与奶奶到寺里捐香火了。"慧明和尚笑着唤我为"小施主"，还撑开布兜给我看，打一声佛号说："没了，确实没了，哪天小施主上山来，我做给你吃。"

这天在我套蝉的当儿，慧明和尚冲我招了招手，我想他定是要施我鏊饼，就放下套杆走向大殿。我站在殿外，倚在殿门旁的柱子上注视着他。慧明和尚双目微闭，端坐在蒲团上，手持念珠，口中念念有词，那是在诵经。我站了一会儿，慧明和尚依然在打坐，在诵经，不理我。我觉得奇怪，既然招手让我过来，这会儿偏不理我了。

我不敢打扰，轻轻走进殿内，在他对面的蒲团上坐下，又故意弄出些许声响来，引他注意。慧明和尚还在打坐，还在诵经，还不理我。我等得无聊，就四周打量殿内的陈设。殿内规规整整干干净净，到处一尘不染，那条他常斜挎在肩的土灰色布兜就陈在香案旁边，半敞着口，里面还依稀散发出丝丝香甜。

布兜里面一定装有烙好的整饼。

我想，既然慧明和尚说过"上山来，我做给你吃"，既然适才在我套蝉的当儿还向我招手示意，此刻我讨一张解馋，也算了了心愿。我不由得站起身来，向布兜走去，刚伸出手触及布兜，却听见慧明和尚"嗯"了一声，还拖了一个长音的后音。这声音在大殿内回荡着，异常庄重，不像他平时与我们玩耍时那样亲切。他彼时也会发出类似"嗯"的一声，但听起来无比可亲可暖。我只好又返回蒲团上，坐下，等待着慧明和尚诵经完毕。

时间慢慢地过去，香案上始终青烟袅袅，布兜里始终散发着香甜，大殿外不时传来阵阵蝉鸣。慧明和尚依然双目微闭，手捻着念珠诵经，纹丝未动。久了，我便无聊得很，于是便起身走出大殿。慧明和尚并没有挽留，也没有说一句"小施主慢走"，好像我根本不曾来过。

伴着一阵阵蝉鸣，我下了西山。

此后，我时常回味那次与慧明和尚的相见。出家人不打诳语，既然答应了上山后给我整饼，还在大殿内向我招手，我既然进去了，不给，又不理我，是何用意呢？多年以来，我好像落下了病根儿，每每听到蝉鸣，就会回想起那次捕蝉之景，回想起那日慧明和尚的种种举止，却终探不出所以然。

现在更不可能了，慧明和尚圆寂了。

赵 博 士

李汤波

方元总在最不愿见赵博士的时候碰见赵博士。

某项工作，宣传先行，但宣传标语条幅弱不禁风，被吹得不知所踪，方元和同事未及时察觉，遭到领导追问。方元解释说此地为风口，防不胜防，守不好守。

领导一听就不高兴了："防不胜防？你就没认真防，战争年代叫你打先锋，插杆旗都插不上。守不好守？背上铺盖卷，看住！"

就在方元想防守对策时，赵博士来了。赵博士也在追问，追的是另一件事情。

那次的工作现场，一个五十岁上下的人掐腰而立，脚踏两个地块分界，倒八字眉毛在石头镜片上沿跳动，山羊胡子一撅一撅，然后愤愤弯腰，抓起两把黄土，使劲一握，细沙从指缝间溢出，荡起一层尘烟，质问："你们都看看，都看看，这两把土不一样？不都是地球上的土？凭啥那边补偿高，这边补偿低？"

方元再次耐心解释："两家土地性质不一样，那家是国有土地，这家……"

那人不耐烦地打断："少来这一套，讲学问，你们差得远。我参加高考那会儿，你们几个还穿开裆裤、和尿泥呢，不用拿条条框框压我……"越说越带劲，姿态不亚于一次演讲，为了加重语气，下颌都在抑扬顿挫，带有文化标志的眼镜也跳了跳，稳稳扣在鼻梁上。

这人就是赵博士，原名赵布施。据说其一向聪明多才，大学被别人顶了名，之后精神错乱，行为怪异，左右手却能写能画，狂傲起来，自称"才比子建高两斗，文比鲁迅多三分"，正因为此，大家都喊他赵博士，一则大致谐音，二则满足其虚荣。赵博士干过多个营生，尚能养家，闲来也爱当师爷，不管是非曲直，尽管打抱不平。

方元之前在创建部门工作，早已熟知赵博士。

有次市容环境整治，方元带人引导违章占道摊贩进入市场，正赶上赵博士为顾客称螃蟹。闻说称螃蟹技巧颇多，方元突发兴趣，竟观察起来。赵博士正鼻孔冲天，满是自信地说："你走遍全县市场看看，别人的秤你最多吃七两，我的秤绝对够数，你看秤砣子，高高的……"

顾客附和："秤砣子真高！"

赵博士说："高吧！我最讲诚信了，吃亏是福！"

顾客说："我说的是秤盘子空了，秤砣子还真高……"

赵博士这才看秤盘子，那螃蟹不知什么时候已经溜进水箱，只剩秤杆子高高扬起，秤砣子竟然没有把它压下去。

赵博士有一个真技艺，他能够在深夜于县城五六层高楼外墙处写狂草，单字一米见方，苍劲有力，一夜之间写就多字，楼上住户浑然不觉，更令人惊叹的是，所有字分布多个楼房同一高度，用什么工具，需要多少墨水，花多少工夫，竟无人知晓。高处悬挂宣传标语，工匠光搭梯子也需好一阵子，叮叮当当，不惊动人才怪。楼体狂草，苍劲有力，字体飘逸，却与创建格格不入。每次迎接上级检查，为了遮住污点，创建部门花费不少人力物力。县上主管领导曾拍案怒斥："过去写的不再追究，抓紧清洗，再有新写，立抓现行！"赵博士获悉有人蹲点逮他，倒也乖巧，自觉收敛了不少，固定不动的高楼上不再写，县火车站流动过往的货车车皮上却多了他的狂草，被拉往全国各地。

今天，赵博士之所以喋喋不休，无非替别人出面，多要些补偿，讨点好处。看着他的喋喋不休，方元一边想着他能够在多个楼房同一高度留下的狂草，一边想着被大风吹得无影无踪的条幅，两者放在一处想，竟碰撞出一个奇怪的念头。

方元顺势与赵博士攀谈，有没有的赞誉，都装在他身上，诸如县文化界对赵博士的推崇——狂草第一人，自己业余也写文章，将来出书让他题写书名等等，拉近了与赵博士的距离。

赵博士正沉浸在方元的夸赞声中，方元话锋一转："赵博士，有个挣钱的营生，你干不干？"

赵博士的眼睛瞬间放出光来，忙问："什么营生？"

"我想让你成为我的宣传组编外成员，题写宣传标语，就写在楼房的侧墙上。我们出劳务费！十几个村的工作量呢！"

赵博士满口答应，高兴得像捡到糖果的孩子，喜形于色。

"不过——"方元顿了一下说，"不准写狂草，必须写正楷！另外，以后也不准再无理闹事！"

赵博士虽面露难色，还是应承下来。

赵博士如何把千把条标语写在各村的醒目位置，却被人隐隐见到，不过，见到的人把赵博士传得更神乎其神。

我不叫王小红

吴小军

今日，大雪，天阴风紧。

吴老师，快递！刚走到学校门口，就听得门卫小哥吼了一声。

谢了。是个小纸箱，还挺沉。看了下邮寄地址，有点陌生。邮寄人，不认识。脑子里捋了下，这几天我没买啥呀。

是柿子，一箱子红红的吊干柿子。嘿，没搞错吧？再看看邮寄单，是我学校，是我名字，没错。

再看下邮寄人，王小红，哪个王小红？再看看邮寄地址，石坑小学？王小红？没印象。

纸箱里有一张纸，写着，吴老师，我是您在石坑小学支教时的学生王小红。谢谢您当年的鼓励！我现在回石坑小学教书了，有空回学校看看！

啊，是的，石坑小学，十多年前我在那短暂地支过教。王小红，是隔壁班的学生。

那日，也是大雪。南方虽然不下雪，但那自北而南蔓延的雪意，也让南方冷了起来。山里的阳光是暖的，真正的暖。晒到哪块皮肤，哪块皮肤立刻就幸福地起了轻微的颤抖。山里的风，也是真冷。它从山缝间穿过来，从屋缝间穿过来，从门缝间穿过来，找个衣服的薄弱处，就将你骨头刺一下，让你心头一哆嗦。

我缩着脖子从教室巡完早读回来，办公室已经开锅了。

两个半大男孩子挨完训，擦过我身边挤着门缝出去了，走时不忘擤个鼻涕，做个鬼脸，眼神瞅瞅里面正和老师激烈争辩着的孩子。

说是激烈争辩，其实反反复复，一声高过一声的就两句话。一句是五年级一班的班主任周老师的，你就叫王小红！另一句是一个女孩子的，我不叫王小红！周老师高声，你就叫王小红！女孩子更高声，我不叫王小红！

女孩个头好像比同年级其他孩子要高些，壮些。一头短发，汗津津的。一身校服，有点短，有点紧，有点旧。书包是个双肩背，上面依稀还见到"爱心"两个字，显然是慈善机构捐赠的。她有一双很大的眼睛，有点稚气，却没有山村孩子的羞涩。特别的是什么呢？嗯，是坚定。

我没教她课，但她每天风一样跑进校园给我留下了印象。

她，王小红。看着我在看那女孩，旁边的周老师说。我不叫王小红。女孩拧着脖子对我咕哝了一句。周老师没理她，看着我继续说，山顶的。

山顶的？我有点奇怪。

对呀，我们这呀，虽然是山，可属山脚了，王小红家在角峰，那可正儿八经是山顶了。周老师长得粗壮，三十多岁，是本村人。

你班的？我问。

可不。角峰的学生一到三年级在村里小学读，四到六年级才到石坑读。没宿舍，跑过来都要三个多小时呢，迟到总有她。周老师有些无奈。

我说了，我下次不迟到了，我会再跑快点。那孩子又小声咕哝一句。

就你犟！王小红……周老师指着她摇头。

我不叫王小红！女孩一拧头，大声而坚决地说。

你不叫王小红，你不叫王小红，你户口本上就叫王小红，你不叫王小红你叫个啥呀？周老师有点气急了。

我忙安抚周老师，柔了声对女孩说，你不叫王小红叫啥名呀？

我叫王军霞！女孩大声说。

王军霞，王军霞，这个名字好耳熟。你为什么不叫户口本上的名字而要叫这个名字呢？

户口本上的名字是我们村长起的，我不喜欢。王军霞是我在角峰的老师起的，我喜欢。许是看我友善，女孩说到这笑了一下，看看周老师，又把笑意收了。

怎么是村长起的？我有点奇怪。

周老师说，我们这都这样，家长不识字，登记户口要村里开证明，村长随口起个名就你名字了。都这样。

那你角峰的老师为啥给你起名叫王啥霞呢？我问女孩。

我老师也是来支教的，他说我跑得快，像王军霞！女孩骄傲地说。

跑得快你还迟到，还王军霞，你把学习搞好点，以后上大学。周老师说。

我一定会跑得更快，一定会考上大学的。女孩抬起头，小声说，眼里更加坚定。

王军霞，我想起来了，东方神鹿呀。

跑得够快，也可以上大学。跑得够快，学习又好，就能上好大学。我拍拍女孩的肩膀，笑着说。

女孩的眼睛闪了一下，看着我用力地点了个头，嗯。

有一天，她风一般跑进我的办公室，递给我一小袋红红的柿子，扑闪着大大的眼睛说，老师，这是角峰最甜的吊干柿子，好吃！

我说，谢谢你，王小红！

她擦了擦汗津津的短发，笑着说，我不叫王小红，我叫王军霞！

我笑了，对，你不叫王小红！之后，我就叫她王军霞。

没多久，我回了城里，也就渐渐忘了那个女孩。

是她，王小红。我脑海里浮出一双眼睛，稚气里透着坚定。可她不是就想叫王军霞吗？嘿，怎么又叫王小红了？还回到石坑小学教书了？纸箱上留有电话号码，嗯，我得问问她。我还想回去看看，看看她，看看学校，看看还有没有王军霞。

还　债

肖曙光

驴蹄声由远及近响起，常公子知道宁掌柜来了，他心里一阵发慌，连忙迎出门去。矮瘦的宁掌柜撇脚从草驴上下来，定定地看着常公子，看得他面红耳赤。

宁掌柜，能不能再宽恕几天？

你说，几天？

唉，最近手气背。

又去赌了？有钱赌博，无钱还债？

常公子低着头，一脸窘态。

常家先前是大户人家，在都梁城里有十余间绸缎铺。常公子参加过几次乡试，都名落孙山，就淡了心，不再考取功名。无所事事的常公子爱上赌博。常老爷多次劝说无效，一怒之下把他从赌场绑回来，吊在屋梁上一顿毒打。伤好之后，常公子又偷偷去赌博。常老爷悲愤交加，一病不起，不久就去世了，家道从此败落。

船漏偏遇顶头风，宁掌柜偏偏在这时候上门讨债。虽说宁掌柜在都梁城开了几间饭铺，但比起常家还是小生意人，常家何曾欠他的银子？宁掌柜拿出张字据晃了晃，说是常老爷欠下的。常公子想起父亲临终前，交代要他还宁掌柜的银子，那这就是千真万确的事。常公子认了，父债子还，天经地义。一百两银子搁过去根本不算事儿，但现在就像座山，压得他喘不过气来。

常公子昨晚又去赌了一把，把家里仅有的十两银子输光了。面对宁掌柜，他的头摇得像拨浪鼓，没有了，都没有了，连买米的钱也没有了。

也罢，再宽恕你几天。宁掌柜说完，掏出几枚铜钱撒在地上，拿去，免得饿死没人还债。

嫌少？看着像木桩样戳在那里的常公子，宁掌柜阴着脸呵斥道。常公子按捺住心里的怒火，蹲下身子，将铜钱一枚枚捡起。一枚铜钱滚到宁掌柜脚边，常公子想上去捡，宁掌柜一脚把枚铜钱踩住。常公子想捡又捡不了。常公子被戏弄了一番，灰头土脸地蹲在那里。街坊们指指点点，常公子的颜面丢尽了。

常公子一咬牙，不再去赌博。他脱了长衫，换上短褂，当了家里仅有的一根银簪子，在十字街头开了家烧饼铺。生意不温不火，常公子焦灼不已。

一天，驴蹄声再次响起，宁掌柜又来。

宁掌柜不说话，径直走进铺子。拿起一个烧饼，闻了闻，说，香。又撕下一块，送进嘴里，慢慢细嚼起来。然后，冲常公子微微一笑，还挺酥脆，只是……他扭头四周看了看，说，为何这般冷清？

常公子低着头，长叹一声。

你这生意……啥时候能还上我的债？宁掌柜摇摇头，撒脚上了草驴，驴蹄声声像是踏在了常公子心里。

烧饼铺的生意一直不见起色。这天，常公子烤了两笼烧饼。一直到下午，只卖出了三个。

他心灰意冷，心里盘算着明天不开市了。

正要离开铺子，几个人一边走过来，一边嚷嚷道，买烧饼！买烧饼！

不卖！不卖！常公子冲他们回道。

一个人拉住他，说，我们要买你的烧饼，去饭铺喝羊汤。宁掌柜说了，汤不单独卖，必须拿上烧饼，才能买羊汤。

另一个人说，你的烧饼酥脆，饭铺的羊汤鲜香，吃烧饼喝羊汤，绝配！

还有这等事？常公子不敢相信。

烧饼铺的生意一天一天兴旺。

烧饼铺外，又响起了驴蹄声，常公子知道宁掌柜讨债来了。

不过，这次常公子不再慌张，他把早已准备好的银票递给宁掌柜。宁掌柜捋着胡须，冲他微微一笑，却不接银票，而是掏出一张字据给他。字据上写道：宁三坤借常云恺白银一百两。

趁着常公子发愣的当口，宁掌柜道出了事情原委。那年，宁掌柜家遭遇劫匪，常老爷慷慨解囊，借给宁掌柜一百两银子，让他重整家业。后来，宁掌柜要还银子，常老爷不仅不要，还把借据还给了他。

银子你想要，随时可以来拿。宁掌柜对常公子说，又递给他一张纸，这是羊汤的配方。以后你卖羊汤配烧饼，鲜汤酥饼不分家。

宁掌柜撇脚上了草驴，瞥见常公子眼中的感激，宁掌柜一阵感慨：常老爷，您生前托付的事总算完成了，没辜负您呀。

搭　讪

鸟　语

金水河北岸边有家手擀面馆，四十年不温不火，食客多是附近居民和中原大学的学生。

又是一年春风杨柳万千条的季节，夕阳映在河面上泛着金辉，岸边倒垂柳随风摇曳，有鸳鸯、水鸟、野鸭在水上浮游逍遥，蜡梅、连翘、紫荆、桃花、梨花争奇斗艳，几十棵樱花树，花瓣飘飘洒洒散落在绿茵茵的草坪上，白皮松树干斑驳，鸟语啾啾，一派诗情画意。

一位白发染鬓的老太太素衣素面，端坐在靠窗的座位上，时而呆思，时而微笑。因是常客，店员并不打扰她，任她坐去。

我能请你吃碗面吗? 一位面容憔悴,精瘦的老头儿坐到对面,对她诚恳地说道。

干吗,我又不认识你。老太太噘噘嘴,有嫌弃之色。

我看你长得很像一个人。

像谁? 老太太怼得有些生硬干脆。

像我老婆。

胡说八道! 我是有老伴的人,他一会就到,你再不走我喊人了,老不正经。

老头儿无难色,反而笑嘻嘻地对她说:反正他还没来,我就正经地给你讲讲我们的正经故事好吗?

有话快说,有屁快放。

谢谢! 我和她是在铁路边长大的,我在北村,她在南村,隔着一条马路,错几排,是小学、中学同学,又一起去插队。

老太太来了精神,我也是南村的,我怎么没有见过你?

人老记忆差。你好好想想,我是石头哇。

什么石头,土坷垃的,不认识。我只知道铁蛋是个调皮捣蛋的货。

对对对,他是高三的,比咱们大两岁。

哎哎哎,别一口一个咱们的好不好。

好好好,我跟着铁蛋哥爬树掏过鸟窝,用弹弓打过麻雀,在钢轨上放过大钉子,车碾过,就是一把小大刀。

老太太似乎想起点什么。你也去粮店换过面条?

去过,去过,饿了,就先抓一把生面条吃。

哈哈哈,我也吃过。老太太有了些笑容。

还有过年把炮插屎堆上的事,你还记得吧?

扯远了,抓紧说说你和她的事吧。

好吧,下乡那会,我负责做饭,常给她开小灶,有好吃的总是给她留着。她最喜欢吃的就是我做的手擀面条。月上柳梢头,她对我说:你能给我做一辈子的饭,对我一直这么好吗? 我指天发誓:我向伟大领袖保证,对你好一辈子!

后来呢? 你真的对她好了一辈子吗?

不,是她对我好了一辈子。

哦,你说说。

我俩都考上铁路职业学校,回了城。我发誓要开好火车,当上干部,让她过上好日子。

领导看我表现很好,第一批,就派我到坦桑尼亚支援非洲兄弟去了。临别,她对我说:好好干! 我等你!

远隔重洋，鸿雁传书。亲切时髦的话语常有两句："海内存知己，天涯若比邻""每逢佳节倍思亲"。

四年来，她谢绝了多少干部子弟的追求，一心等我回家。

久别胜大婚。我回来时她就是请我在这个小面馆吃的手擀面条。她歉疚地说：我还是没学会做饭。但从此她包揽了全部家务，从不让我干活。

退休后，儿子出钱让我们去新马泰旅游，在泰国我只学会了一句泰语：刷我的卡。

闹市区，卡是狠劲地刷，人我却给弄丢了。当我满头大汗、寻寻觅觅找到她时，她正站在一条长椅上与警察争辩着嚷嚷"我等我的老伴回来！"我一把把她从长椅上抱下来，鸡叼米似的对警察鞠躬用蹩脚英语说对不起。她是我的夫人。我抱怨她不应该站长椅上时，她抱着我哭了：我怕你看不到我呀！

老太太眼眶有些湿润，但她的目光仍急迫地望着窗外，喃喃自语：他该来了，为什么还不来。

老头儿哭了。店员递给他湿巾，悄悄说：她认不出你了。老头儿坚定地说：她等了我一辈子，我等她。

秋风瑟瑟的一天黄昏，一个臂戴黑纱的年轻人对呆坐面馆窗前的老太太说：奶奶，我给你讲个爱情的故事吧？

老太太慈祥的目光盯着年轻人的脸看了一会说：你长得很像一个人，我在等他一起吃面。

干　娘

邹立文

大囤的娘，满仓也喊娘。

大囤和满仓住在芜城西的十里铺。两家虽不同姓，但打小认就干亲，成了手足兄弟。

可从记事起，大囤和满仓就忘了娘的模样。他们喊的娘，只是个瘦弱的土堆，静静地躺在村子北坡的林地里。

只要大囤问起娘，大囤爹就连连叹气。

大囤三岁的那年腊月，天冷得邪乎，呜呜的北风，石头一样硬。

一天早晨，有人蹲靠在院门外，衣着破落，满头霜花，像是赶了一夜长路。他费劲地推门，要讨口水喝。大囤娘心肠软，见人气亏力乏，就在热水碗里，掰进了半块碎窝头。那人临走，从脏兮兮的褡兜中，摸索出一双开线裂帮的虎头鞋，说也没啥值钱物，路上捡了双鞋子，留下给孩子们穿吧。也就是那天，去了趟芜城的大囤娘，再也没有回到家中。

只要提起大囤娘，满仓娘也是叹气连连。

满仓两岁的那年腊月，天冷得邪乎，呜呜的北风，石头一样硬。

偏偏那几天，满仓得了一场病，高烧气喘不见好转。带双虎头鞋来看满仓的大囤娘，见后心急如焚。她忙帮满仓穿上虎头鞋，用衣物裹紧抱在怀中，出门要去芜城的百草堂药铺，给满仓看病抓药。

呼啸的北风，一阵紧似一阵。大囤娘倒腾着一双小脚，临近晌午赶到了芜城西门。那天的城门口行人稀落，可站岗的官兵却比往常多。一番盘查登记，大囤娘才进了城里的百草堂。看病，抓药，又匆忙抱着满仓往回赶。白色的日头歪在了西山，从满仓家出来的大囤娘，还没等走到自个家，就被乡长刘瘸子带来的人给抓走，从此没了音信。两年后的一天，村西头的四哑巴才心有余悸地比画着，大囤娘被人活埋在村南的河滩里。

打那起，大囤没了娘，满仓也没了干娘。

娘常说，满仓是捡了大囤娘的命才活下来，往后说啥别忘了到干娘的坟头磕头烧纸。满仓记死了娘的话，每年清明，都和大囤一起给干娘上坟，从未间断。

日子连着日子，一晃就是几十年。

有一年，芜城的烈士陵园扩建了展馆。开馆那天县里邀来不少，早年从家乡走出去的老革命。其中有位年迈的吴司令，还动情地给大伙讲了一个故事。

1936年的腊月，天冷得邪乎，呜呜的北风，石头一样硬。

一天晌午，有抱孩子的妇人，被寒风裹挟着进了百草堂药铺。孩子病重，药柜伙计忙照方抓药。在等药的空当，妇人要借掌柜家的针线，补一补孩子裂帮开线的虎头鞋。掌柜说正好家眷在后房做棉衣，让她们帮忙缝一下吧。

那天午后，原本县委的十几名同志，要在百草堂的药库中开会，没想到被叛徒出卖，幸亏虎头鞋帮中藏的字条，才让大家及时撤离。

吴司令就是当年百草堂药铺掌柜。那抱孩子的妇人，他只记得家是城西十里铺，名叫黄大妮。

过后，吴司令还安排身边的人，跟着县和镇上的工作人员，去十里铺村了解黄大妮同志的情况。几番周折，才打听到黄大妮，原来是早已故去的大囤娘。

不久，镇上的领导依照优抚政策，给大囤家送来了一张盖着大红印的证书和一个装有补助钱的信封。

大囤和满仓商量着，要把娘的坟头，从村北坡迁到村南河边，说这儿离娘的魂近些。

　　迁坟那天，烟花和爆竹腾空炸响，墓碑上的红绸随风舞动，两家老少几十口子，像是操办了一件大喜事。临了，大囤和满仓扶碑而立，俩人那早已佝偻的腰身，从没这般挺直，就如同娘的墓碑一样硬气。

　　年复一年，只要大囤和满仓能走得动，这给娘上坟的大事，老哥儿俩从不让两家的孩子们张罗。

　　又到清明。这天大早，田地里的枯叶上还落了层白霜，可中午的日头已照得人浑身刺挠。才过晌午，老哥儿俩就抬了备好的酒菜，一路上走走、歇歇，去村南河的林地给娘上坟。

　　早春渐暖，林地四周已见桃红柳绿，菜叶儿返青。老哥儿俩祭奠完后，像往常一样对饮上几盅。然后，红着脸膛背靠在坟头上，跟娘说会儿话。那股温暖的劲儿，就像是依偎在娘的怀抱里。

　　看来以后，这娘的坟，咱哥儿俩，也上不了几年喽。大囤颤颤地说。

　　是呀，到那时，还怕干娘认不得我呢。满仓悠悠地应着。

　　咋不认得，娘在里头，年年看着你长起来。大囤接了话茬。

　　那以后，谁还会记得娘的好呢？满仓弱弱地问。

　　透过林间树木的枝条，大囤望了望西落的日头，使劲地回道：多着呢，除了我们的孩孙，那年娘，舍命送信，多少人要喊她亲娘哩……

母亲的红毛衣

桑应德

　　我当兵到部队，五年没有探亲。

　　头两年，新鲜的军营生活紧张又充实，时间也过得飞快，倏尔就没了。新鲜劲儿一过，慢慢地想家了。

　　想家的时候，晚上睡不着觉，想想家乡的天，想想家乡的地，想想至亲，想想邻里。想着想着便入了梦乡。

　　很多次，我梦见了母亲的红毛衣，泪湿枕巾。

　　我离家的时候，家里刚刚温饱，我实在不忍心离开。因为在兄弟姊妹中我是老大，刚刚在家里顶事，能为父母亲有些分担，就要离开了。

　　看着母亲不舍又充满希望的目光，我止不住两眼泪水，一步一回头走向村口，走向一个想象不出的陌生的远方。

我的童年，是个渴望温饱的年代。

三年自然灾害刚过，农民有了自留地，生产的自主性积极性都显高涨。但就像一个大病初愈的躯体，恢复也要慢慢地来。

一到春天青黄不接的时候，家里的粮食也早早地见缸底了。

对于母亲来说，无米之炊的难处压力山大。那时我姊妹三个，三张饥饿之口把母亲愁得白发顿生。

天无绝人之路。一些人家都把家里暂时不用的东西诸如布匹衣服鞋帽之类的凑一凑，到济源那个地方换点粮食回来，勉强度日。

再后来好长时间，我一直不明白，为什么肥沃的平原地区缺粮，反要到济源山里弄粮食。

到部队后和济源战友聊起来，才解开了这个谜。济源属太行山脉，愚公移山典故出自济源，也称愚公故乡。大山里的农民在房前屋后山旮旯里刨土种地，收下的粮食往往还有富余，可以拿出一些交换点生活用品。

现在退耕还林，山里的百姓搬出大山，此一时彼一时，恍惚隔世，令人叹息！

那时国家对粮食统购统销，不允许地下流通，换点粮食回来也要绕过无数关卡，路上被截的状况也是常有，弄一点粮食回来全凭运气。

穷家度日，家里哪里有闲置的东西。母亲手巧，做些布鞋布褂之类的东西，拿去交换。但没有材料也不成。实在没有可拿出去交换的东西了，母亲把一件红毛衣从箱底拿了出来。

那件红毛衣是母亲的嫁妆！

解放初，母亲嫁到我们家。农村穷人家出身，哪有什么像样的嫁妆，唯一能拿到台面的就是我姥爷给母亲买的枣红色毛衣。

我姥爷是铁路工人，刚解放时招工，把一大家人丢给姥姥，参加国家建设去了。母亲在姊妹中老大，用稚嫩的肩膀和姥姥一起撑起了一个家。

所以，姥爷说：大闺女出嫁时一定陪送个好嫁妆。于是，就有了母亲的红毛衣。

母亲把红毛衣拿出来，崭新的，还没穿过。铺在床上，像爱恋自己的孩子一样，伸开双手，慢慢地轻轻地从前到后从领口到袖口一针一线地抚摩着，两行眼泪顺脸颊流下。踌躇半日，一咬牙，交给父亲，拿去吧，换点救命的回来！

那一年，我不满十岁，这个画面深地刻在了脑海里。

长大懂事后，我暗下决心，一定要给母亲买一件红毛衣，了一个久久深藏的心愿！

进了无数次商场，每次都要到毛衣台前仔细端详，各种样式的红毛衣挑来挑去，总和记忆中的红毛衣不太吻合。

多年过去了，有时我也纳闷，怎么就买不到称心的红毛衣呢？

那年初冬，我所在的炮团拉到羊八井山上驻训。训练场海拔四千三百多米，炽热的太阳、强烈的紫外线、带哨的狂风仿佛要把人风干似的。太阳一落下山，一股寒意冰水般地浸来，近三十度的温差，过山车似的弄得人头晕目眩。

住在帐篷里，半夜时分，我口干舌燥，面色赤红。叫医生过来一看，高烧三十九度。医生说马上送驻军医院，否则，得高山肺水肿就危险了。

我说不必紧张，先用点退烧药吧，似乎对经过十几年高原摔打的身体还有点自信。

用药后我迷迷糊糊睡着了。忽见天边飘来一片红云，我迎着双臂托住，轻轻的，软软的，我突然惊喜，原来是一件红毛衣，啊！母亲的红毛衣！我把毛衣捂在胸口，顿觉一股红色暖流流遍全身！

这一觉睡得踏实，早上醒来，只觉得神清气爽，连一早赶过来的医生也惊呆了，说你身体就是棒！我站在帐篷口，遥望东方，思绪飞到了家乡。

这么多年，藏在心底的心愿仍未了结。但我知道，母亲的红毛衣早已化作朝霞，沐浴我全身，融入血液，鲜红鲜红！

吕 三 娃

丁新生

民国初年，宜阳县吕村有个姓吕，名三娃的人，自幼家贫，靠赶脚养家糊口。一天黄昏，途中刀客抢走了他的钱，然后绑了双手扔进洛河，多亏他水性好才逃过一劫。

为报仇，吕三娃每次出门身藏利刃，一边赶脚，一边寻找刀客，转眼几个月过去，没有一点音讯。

吕三娃在洛阳龙门候客，一个身材魁梧、头戴礼帽、身穿大衫的中年人，雇脚驴回老家嵩县车村。途中了解到三娃的遭遇后很是同情，建议他去投镇嵩军。

说起镇嵩军，吕三娃知道。嵩县鸣皋乡曾湾（今属伊川县）有个人称中州大侠的王天纵，受不了清政府的压榨，率领绿林弟兄上扬山落草，高举义旗反清。辛亥年，在同盟会员石言等人策动曾下山攻打洛阳，后来到潼关，和同盟会员张钫率领的秦陇复汉东征军合编，王天纵任先锋官，在豫西和清军作战。

客人说，你知道的只是些皮毛。辛亥年，中华民国建立，这支队伍更名为镇嵩军，刘镇华任司令，目前，在陕西当省长坐镇西安，最近下令骑兵旅扩军，我看你赶脚技术娴熟，还会为牲口治病，那里急需你这样人才，可纠合兄弟们投奔，也许能找到仇人。不过有个条件，须带马从军，你不必担心赔本，队伍每月发放丰厚的薪金，半年后买马钱就可捞回来。还有一条规定，凡从军者头领，根据带来的人数，任命那一级的官员。半年后，继续干者留下，若想返乡，把枪留下即可走人。吕三娃动心，客人就把联系方式给他。

数月后，吕三娃带二十几个赶脚兄弟来到陕西镇嵩军驻地，才知道那位客人，是嵩军骑兵旅二团二营二连的连长，姓王，名二狗。王二狗很热情，领众人去饭店吃了一顿羊肉泡馍。当天长官任命吕三娃为排长。

吕三娃当官后很兴奋，训练时不怕苦不怕累，平时，还为连队马匹治病。一次团长检查工作，吕三娃发现团长坐骑大黑马患了黄病，走不了三里路就会死在途中。团长不信，吕三娃就跟团长打赌，谁输谁请客。团长让王二狗同行做证，行了二里多路，大黑马果然倒下。从此，团长记下了这个小排长。不久，他奉命前往西口购买军马，点名吕三娃同行，目的是考查这个年轻人。

吕三娃虽说是个农民，但很精明，想到这次外出是拍马屁的机会，于是一路上把长官伺候得很到位。在西口三四个月里，吕三娃抽时间向蒙古弟兄学习骑术，回连后传授给兵们，在参加团里骑术比赛时全连夺得冠军。不久，他提为连长，团长专门谈话鼓励。吕三娃知道长官有意栽培，就处处表现自己，终于团长把他当成亲信。

这时，吕三娃忙于当官，早把报仇之事忘在脑后，可还有人偷偷记在心里。

这时，王二狗已任营长，经常拉他吃饭喝酒，还和吕三娃结拜为异姓弟兄，并到照相馆里照了合影。

吕三娃听说队伍里有官兵趁探家之际，把户县种的大烟运回河南贩卖发了横财，他心里痒，经常夜里做着这个金钱梦。王二狗知道后，请团长给他数月"病假"，他临走向营长告别。王二狗说，这批货里有众长官的股份，别忘了团长栽培。吕三娃说大哥放心，我心里有数。他带着马帮餐风饮露，晓行夜宿，靠银圆开路，顺利回到家，用卖大烟钱盖了一座四合院，父母住进青堂瓦舍里扬眉吐气，说，下次把你们合影照片带回来，我要天天烧香磕头，请菩萨保佑。

过了半载，吕三娃又要带着烟土返回，营长道，这段时间吴佩孚大帅查得紧，可走山路。于是，吕三娃带着马帮翻山越岭，昼宿夜行，当进了一条山谷时，探路的弟兄拉肚，他知道前面就是谷口，出了谷口就到宜阳县境，因此就没有再派人探路。出谷口时，他突然发现前面有个关卡，想躲避为时已晚，这次银两也不值一文。吕三娃说是咱们都是一家人，为了证明身份，拿出和长官们合影照片，守卡的长官向镇嵩军发电报证实，回电曰：查无此人！

吕三娃掉了脑袋还不清楚死因。原来害他的刀客是王二狗营长的五舅,他来陕西探亲,无意中认出死里逃生的赶脚人。于是王二狗挖坑,让吕三娃跳进陷阱。

休　书

汪云飞

月亮透过窗棂斜射在床头的时候,周举人的思绪也弥漫开来。他从床上,准确地说是从原配梅氏身边悄悄地爬起来,坐在了案头。此刻,他一手按着纸,一手握着沾了墨的小羊毫,思忖了老半天,可就是下不了笔。原配梅氏十五岁进他们陈家时,辫子不长,个头不高,嗓子不亮。如今,三十来年,除了命不争气之外,硬是找不出她半点碴来。可是,二房李氏却与她水火不容,仗着一对双胞胎儿子,很是惹家人的喜爱。就这样,李氏一天到晚在周举人耳边唠叨:光养鸡婆不下蛋,干吗老蚀一把米? 更何况这几年她一连干出几桩荒唐事。都说家中不和日子难过,思忖再三,四更时分,周举人狠下心来总算写了这个休书。临了,他回头看了梅氏一眼,然后径直去了李氏的房中。

一阵风吹来,虚掩着的房门被吹开了。一束皎洁的月色映照在梅氏的脸庞。可是,她睡得太香了,眼前发生的一切似乎全然不知,甚至与己无关。

周家祖上在明朝出过三位进士,都曾在京城为官。到他祖父辈却平平庸庸。据说都是先人厌恶官场故意弃考才这样的。到了周举人这辈,父辈希望能重整河山,就给他取了举人这个名字。周举人似乎还保留了周家人聪颖早慧的特点。他九岁能诗,十岁可文,二十刚出头便考取了举人,可谓满腹经纶。按理他可以再考进士起码当个县令,可他偏偏选择当了一名教书先生。

周举人教学有方,周家村一连几十年人才辈出。周举人在周家村声名大噪,颇受敬仰。遗憾的是,他和梅氏结婚几十年却未曾生出一男半女。起初,周举人没有介意,后来,家中父母,族中长辈老在他耳旁嘀咕,无奈之下,周举人便续娶了二房。二房李氏除了人年轻,体态丰腴,两个眼睛迷人之外,似乎并没有原配梅氏秀气贤惠。可是,李氏肚皮灵光不仅能生娃,还来了个一箭双雕。陈举人三代单传,几经渴望,如今有了这两个活宝,岂不把周家上上下下乐得疯疯癫癫。

奇怪的是,梅氏也一样跟着乐,有事没事还争着抱这两个小毛孩。二房李氏见了一脸的不高兴,常常当着众人的面将孩子从她怀里夺回,让梅氏一脸的窘状。

李氏几次对周举人说,梅氏呆头呆脑,又只字不识。这个家再由她掌管恐怕是个祸害。周举人知道她指的是她误将一份购买田庄的文契用来包裹烟丝恰巧送给了它原来的主人——娘家小侄。后来，这位娘家小侄带着叔伯一帮人来到周家庄，说是要收回那十亩良田。周家上下一脸的惊诧，周举人看过人家手里的文契后气得直跺脚。

这之后不久，自称不识字的梅氏又将一张千元银票拱手送给一位上门乞讨的老爷子。老爷子说是要上茅厕，上门讨要厕纸。梅氏打开木箱就给了他一张。

再这样下去，周家要被梅氏败光。老爷子和李氏的话不时地在他耳边回响。躺在床上，看着身边老实规矩的梅氏却怎么也下不了决心，脑海里浮现的似乎都是梅氏对他的好。

梅氏一觉醒来，正准备洗漱，忽然发现脸盆里漂着一张纸。她将它悄悄地捞起来，看了一眼，心想这是老爷的笔迹。洗漱之后，梅氏找来火盆，双手捏着小心翼翼地在文火上烘烤。周举人进门便看到了这一幕。

"怎么了？"周举人问。

"一早起来，发现这张纸掉到脸盆里了。"梅氏语气温和。

举人问："你可知道上面都写了些什么吗？"

"不知道，只晓得老爷写的都很重要。就像我弄丢了的文契、银票一样。"梅氏依旧泰然自若。

"这是我写给你的一张休书。"周举人有些激动，"你把它还给我吧！"

梅氏仍旧非常镇静："我对不住周家，早知道会有今天！"

接过快烘干的、字迹有些模糊的休书，周举人心情异常激动，当即把它撕了扔在地上。出门时，留下这么一句："你是我八抬大轿娶进门的原配，愧我枉读诗书！"梅氏听了，一湖心水似乎还是那么平和，只见她弯下腰将撕碎了的纸片一一捡了起来。

第二天一早，梅氏梳理整齐后背了个包袱径直来到大厅跪在了公婆跟前，双手呈上那份重新粘好了的休书。然后，重重地磕了三个响头。"公爹婆婆，我从小无依无靠，是周家收留了我。由于我不识字，又让周家遭了殃，让官人受了不少冤屈。我心里明白，也一直在等着这一天。"

接过重新粘好的休书，看过上面残留的泪痕，家公说："你起来吧！我们都错怪你了。我知道，你其实是一个识字的婆娘，你处心积虑那么做，目的是为我们周家积德！"

家婆也说："从今往后，你生是周举人的妻，死是我周家的鬼！"

说完，她从男人手里一把夺过休书，再次撕毁。顿时一团纸屑在大厅渐渐地弥漫开来。

这时的梅氏才一脸的诧异……

财　神　庙

徐水法

钱大林是位老交通员了。

这次接到去城里取情报的任务，却让他傻眼了。交通员最多的任务自然是送情报取情报，钱大林不敢说什么方式都遇到过，几十种方式可以说是俯拾皆是。扮个走亲戚的老农，走村串户的小炉匠、箍桶匠手艺人，这些是最平常不过了

有一次，他挑着一担粪水去邻村送情报，路上被敌人抓住，满身搜完没发现什么，结果粪桶被砸了。他一边大哭，一边从路边扯来茅草，胡乱捆了那些沾满粪水的桶板、桶底，用扁担挑着走人，身上都是滴沥嗒啦的粪水，惹得敌人大笑，没有人知道他的情报就在粪桶底的夹层里。这次上级安排他去东街财神庙取情报，要求扮成讨饭佬才能取到情报。他想，财神庙是有钱人喜欢去的地方，扮成讨饭佬，说不定还没进门就被人赶出来了，情报如何到手？

军令如山，钱大林扮成从兰溪方向来的逃难人进了城。

站住！身后传来一声断喝。

钱大林心里一惊，立刻装作害怕的样子，哆嗦着慢慢转过身来。这才看清，喊他的人，也是个讨饭佬。

得知钱大林是从金华兰溪方向来的，讨饭佬便兴致勃勃地告诉钱大林，刚来讨饭的，一定要去东街的财神庙，那里商铺的老板都很大方。钱大林问，有钱人家不是讨厌要饭的吗？讨饭佬说，我现在就告诉你去财神庙怎么走，条件是，三天后你回来，要把讨来的饭食钱物分一半给我。钱大林一听，满口答应，反正自己的目的又不是讨饭。

东街早先有几家店铺，店面不规整，生意不好，街面冷清。这一年，已近年关，大雪封道，东街门可罗雀，要饭的都不愿意出门了。这天，天色已晚，源丰馄饨店老板打算早点关门。出来一看，发现斜对过的墙角黑乎乎的，好像有个人，走近一看，发现是一个快要冻僵的老头儿。老头儿身上的长袍破破烂烂的，一根看不出颜色的绳子系在破袍子中间。老板心善，连忙喊人，把老人抬进店里，又嘱咐着给老人下了一碗热气腾腾的馄饨。

老人醒了过来，吃完了馄饨，有了说话的力气。看着外面没膝深的大雪，老板说，这么大的雪，你能去哪呀，先留下了养养身子再作打算吧。见老人没有拒绝，老板说，堆柴草的屋里空着，我让人收拾一下，您老人家暂时住下吧。

老人就住进了馄饨店堆柴草的小屋里，一日三餐有了热乎饭。东街上的店听说馄饨店收留了一个要饭的老头儿，有笑话老板的，也有一连几天拿吃食给老人的。雪停了，天也放晴了，这天早晨，给老人送饭的人慌慌张张地跑来，告诉老板，老头儿不见了，床前的小木桌上，堆着几个元宝。啪的一声，老板手中的碗摔碎在地上。老板转身出门，寻老人的身影，可在门口，居然听到周围店铺老板的惊呼声，凡是给老人送吃食的店铺，都收到了金元宝。

好人有好报，大家都说，这事也太神奇了。馄饨店老板用老人留下的元宝，在发现老人的空地上造了一座庙，庙里塑了老人的像。

自此，东街的所有店铺都形成了规矩，只要有乞丐经过，恨不得拉到店里来。就这样，东街财神庙一带很快成了乞丐聚集的地方。这个情况，影响了店铺的生意。于是，店铺老板商量出一个两全其美的法子，乞丐只能聚集在财神庙，不能上门骚扰店家，三天里，新来的乞丐一律给予优待，三天后，乞丐得自行离去。如果超过三天还没离去，或第二次又来蹭三天的，举报者可以享受三天的优待。这一招很灵，不仅财神庙的香火鼎盛，东街的生意也日渐兴隆，成为古城最繁华的一条街。

冲他喊话的，是个老乞丐，不能再进东街了，他拉住钱大林的目的是希望钱大林三天后经过此处，分一些讨来的财食给他。

钱大林听了，满口答应，自己的目的是取情报，讨来的剩菜冷饭也没想着带走。

钱大林按照指点找到了财神庙，果然，有店家端着饭菜主动送给他，也有店家看到他手里已经有了吃食，直接给了他一些钱。当晚，对上暗号的钱大林拿到了情报。次日，他却没有离开，一来担心被人看穿，二来他也想着多讨点钱，带回去给转战山区吃不饱穿不暖的战友们改善一下伙食。

三天后，钱大林和其他乞丐一样，装作恋恋不舍的样子，一步三回头地向着萧山方向的东门走去。

穿过有些幽暗的东门，刚站到阳光直射的门外，钱大林的眼睛还没适应过来，就见四五个人影向他扑来，猝不及防的钱大林被扑倒在地。他大吃一惊，难道被敌人盯上了？他沉住气，装作什么也不知道的样子，哇哇大叫着。

你叫什么叫！睁开眼睛看看我是谁。你怎么说话不算数？我就猜到你不会再从南门走，可你跑得掉吗？一听有些熟悉的声音，钱大林立刻睁眼看，原来，是刚进南门遇到的那个讨饭佬。

讨饭佬熟练地把钱大林身上讨来的东西翻了出来，看也没看，就揣到怀里。揣不下的，递给了身边的讨饭佬。钱大林把情报藏在衣襟里了，见到这个情形，他装出一脸的委屈，垂头丧气地爬起来，乐颠颠地跑了。

语 文 课

刘焦莉

上课铃响过几分钟，几个男生才慌慌张张跑进教室。一进门，就被已经开始上课的年轻老师命令站在门口——为啥迟到？几个人都垂手低头不言语。只有韩小波的手背在身后。

老师的目光在他们几个身上逗留一会儿，用疑惑的语气问说鞋咋都湿了？课间十分钟还跑去后坑耍一会儿？几个人仍不言语。不言声就是默认老师说对了。

"以后不许再迟到。都回座位上吧。"

几个人垂着头急切地走向自己的座位。只有韩小波手仍背在背后，退往座位。这时同学们全看清他手里拿的东西，都吓得一脸惊骇，更为他的胆发育过好捏把汗。有的小声惊得叫出声。

"韩小波你站着，"老师从台上下来，转到他身后，见他背在身后的手里捏着个半大的鳖，脸霎时就黑绷起来，怕我看见退着走？你还有纪律观念没有？

韩小波一脸痛苦的表情，把手挪至身前，抖颤着声音说老师不是我捏它，是它咬着我的手不松嘴。

老师细看说可不是哩，鳖紧紧咬着他的食指。老师叫他用力甩看能不能甩掉。他说刚才在外边甩了，越甩咬得越紧。

那咋办？老师慌得不知所措，十分不解地问说咋就偏咬住你了？

韩小波疼得抖着音说："我去水里抓小虾，碰它嘴上了。"

是呀，送上嘴的不咬白不咬，可人家也没法吃不是？老师一边打趣一边问同学们谁知道咋叫鳖松嘴？有个同学说用刀剁下头。有同学接说剁了还是不丢。老师追问那位同学你见过剁了头不丢，说明你经历过类似的事，最后咋着叫松嘴了？那位同学说他听大人说过，但没听完。

老师急忙叫班长去他办公室拿《十万个为什么》查。

韩小波的同桌说等星星出齐的时候就松嘴了。全班同学异口同声惊诧地"啊"了声。韩小波的表情像跌进恐怖的深渊，他想这才上午十点多，距离晚上还有那么老远——再说也不知道准不准。

一个女生轻声细语说天上响雷才会松。全班同学齐声"啊"。

老师摇摇头说不可能，肯定有方法。咱们同学们当中肯定有人有办法。今天咱们的语文课学《纪念白求恩》，你看人家一个外国人，不远万里来帮助咱们，咱们自己更应该互相帮助才对，学习做一个有道德的人，有益于人民的人……

报告老师，我有方法让鳖松嘴。大家把目光齐刷刷聚在孙明身上，像看救星一样看着他。孙明从门后的小扫帚上折了根细竹枝，对着鳖鼻子轻轻捅了一下，鳖啪一声掉地上了。全班同学提到喉咙眼的心随着哦啊一声掉回肚里。韩小波泪眼汪汪地看着孙明，想说谢谢，可哽咽说不成。

老师表扬孙明同学，说他是一个有益于同学的人，号召全班同学向他学习。这时，孙明举手说：老师，这个方法还是李浩教我的。你叫大家向他学习吧。孙明说时看了下他同桌李浩。

同学们唰地把钦佩的目光投向班里这位最聪明的李浩身上。老师诧异不解地问李浩为什么让孙明去落这个人情？

李浩不好意思地笑说："老师，第一节课间，韩小波跟孙明在教室打架，孙明的衣裳被撕烂了，扣也扯掉了。孙明非常生气，说不会饶他，放学后去他家告状。韩小波说只要敢去告，就接着打，直打得不告为止。"李浩顿了下接着说，我想这节骨眼上，孙明能帮韩小波，两人不是就和好了。

老师恍然醒悟地哦噢了声，朝李浩点头赞许说他是个专门利人的人。接着问韩小波孙明有打架这事吗？他俩嗫嚅着嘴小声说有。

一巴掌拍不响。打架都有责任。你俩要写出检查。否则我会通知你们家长。他俩一起用恳求的目光看向老师，并一齐叫老师千万别跟家长说。老师说那要看你俩的表现。并叫他俩就刚才的事表个态。他俩对视一下。韩小波眼里又浮起泪光，我要谢谢孙明同学，关键时刻不记我的仇，我会永远记着他的好。更要感谢李浩同学专门利人的精神。我以后再也不打架了。

孙明解剖自己说："开始李浩叫我去帮他，我说叫多咬他一会儿才解恨呢。"李浩说一个五年级小学生，还是"性本善"呢。

一首"插曲"，把打架的破絮变成花絮，等长大后回忆起来是件多么美好的事———

下面咱们接着讲课……

老 古 董

任喜录

刘长有喜欢老物件。见了老物件，也不管完整不完整都往家里拿。拿回来不算完，还要找相关书籍验明正身，直到闹清楚才肯罢休。说起老物件，他能讲得嘴角泛白沫，人们因而叫他老古董。

中国有五千年的文明史，老物件的种类比洛河滩的鹅卵石还繁杂，他能整得过来吗？后来，他结识了几位搞收藏的朋友，见人家的藏品都有主题，于是也根据自己的经济实力和喜好，把收藏范围界定在与古建筑相关的物件。这才一门心思搜寻滴水、瓦挡、鸱吻等建筑构件。

从此之后，他往古玩市场跑得少了，往乡村跑得多了。只要他看见有意思的东西，就与主人讨价还价，用尽可能少的钱买回来。若碰上坍塌的寺庙或老宅，那是绝不能放过的，总要在残垣断壁间搜寻。

梨园村也有一座大清年间的四合院，主人曾做过乾隆朝的翰林院大学士，后人现今都身居国外，这房子因年久失修，已有三间塌了屋顶。这就成了刘长有茶余饭后的去处，他曾在此地翻出几件自认为有价值的物件，并希望再从房顶掉下一件宝贝来。

他腾出了三间闲房子，把淘来或捡到的宝贝（在大众眼里全是破烂），分门别类地放了进去。

连续下了一礼拜的雨，连接乡村老宅的全是泥巴路，去不得。刘长有就将初期淘来的玉牌、扳指、手把件装进手提包，打算拿到古玩市场换成活钱儿，好支付建筑构件的费用。

在通往古玩市场的道右，坐着一位虽然衣衫褴褛却红光满面的老汉，手握一只脏兮兮的搪瓷缸，里面放有一些块票和硬币，哗啦哗啦摇着伸向路人。

刘长有边向左绕边问，老王头儿，又来发财了？

红面老汉抬脸望了刘长有一眼，发个狗屁财，都像你，早饿死了。

刘长有没有工夫与他拌嘴，边走边说，饿死你活该，身强力壮，不穷装穷。

晚间，梨园村召开村民大会。村主任说，全国都在搞美丽乡村建设，县里希望各村挖掘现有的历史遗存，搞出自己的特色。咱村李家那个四合院，在全县没有二家，这就是我们的特色……

村主任说了一大篇，最终落到政府给的补助款有限，还需要村民再捐一些钱才能动工修复。

在他大谈愿景时，大家都听得心潮澎湃，可一提到捐款，响应者却寥寥无几。村主任只好直接点名认捐。轮到刘长有，主任问，你隔三岔五在李家大院踅摸，应该得到一些好东西吧，现在要修复了，你打算捐多少？

刘长有还没答言，刘三就嘿嘿笑道，谁不知他是铁公鸡，指望他捐款，日头得从西边儿出来。

刘长有霍地站了起来，别把人看扁了，至于捐不捐款，那要看啥事情，修复李家老宅，我一百个赞成。虽然我没有活钱儿，但我那些旧物件，只要用得上，尽管拿。

刘三又哈哈笑了，看看咋样，还是不拔毛吧？除了他从李家老宅捡去的东西，还能用上啥？

如果真没啥用的，塌的那三间房子，砖瓦都碎了，修房所需的砖瓦，我包了。刘长有是个禁不起激的人，连想都没想就脱口而出。

刘三又起哄，刘长有，你可别说大话使小钱儿。

刘长有真不是说大话。他父亲做砖瓦一直做到二十世纪八十年代，他也跟着干了几年，重操旧业自然没有问题。

刘长有在会场只想到他会手艺，大不了搭上全家人的力气，压根儿没想烧窑需要柴火。等到工程运作时，经估算，需要补五窑砖瓦，光柴火就得买五万多斤，合七千多块钱。他的钱，基本都花在了古物上，手中的活钱从未过千。可是君子一言驷马难追，就狠狠心将早先淘来的一尊绿渡母像卖了三千元。他打算先买烧两窑的柴，让工程先走着，之后再卖几件古玩。

不料，他的收柴告示贴出来第二天，通往砖瓦窑的路上，送柴的拖拉机、三轮车排了一长溜。

刘长有吆喝道，各位乡党，不好意思，我的钱不足，收到钱付完为止，后边的对不住了。

第一车，按两毛一斤过了秤。第二车，刘长有说，跟第一车一样。

车主说，我一分也不要。

这是为何？刘长有不解。

因为我也姓李。虽说跟梨园村李家是远门，可毕竟一笔写不出一个李字。你的事儿我也听说了，一个外姓旁人都肯出力贴钱，慢说我还姓李。

轮到第三车，车主倒先开了腔，我这是一年前的干柴，两毛可不行。

刘长有道，看见了，按最高价，两毛五……

白老转儿和他的白骡子

杜 华

在我们那地界，如果有谁被大伙称为"老转儿"，那他一定是个人物了。

这称呼是方言，说不清是好是坏，总之，褒贬义都有些，褒义呢就是说这个人心眼儿多，点子多；贬义呢就是说这个人虽然心眼儿多，可有时却不太正当……

　　白有德就是这样的人物，所以，大伙都叫他白老转儿。在村里，邻里之间要是闹个矛盾纠纷什么的，严重时村干部都无力调和，但他白老转儿用些奇招歪道就能轻松化解，这恶作剧式的鬼点子有时还会用在自家人身上，受害者只能哑巴吃黄连——有苦说不出。

　　有天中午，白老转儿正在家吃午饭，他的堂兄慌慌张张跑来："快去看看吧，你嫂子喝药了，人都不行了！"人命关天，白老转儿哪敢怠慢，他放下饭碗急忙跟着堂兄跑过去。进屋一看，那女人直挺挺躺在炕上，口吐白沫，眼睛紧闭，但眼皮却微微眨动着，他一下就看出了端倪："大哥，愣着干什么？嫂子准是喝了鼠药，趁药劲儿还没发作，快去厕所弄碗大粪汤来，灌下去都吐出来就能保命。"

　　堂兄一听这法子能救命，拿个碗急忙向厕所跑去。那女人一听急了，忽地一下就坐起来："我没喝药，没喝药，就是想吓吓你大哥！"

　　这时，堂兄也端着半碗大粪汤回来，一看老婆坐起来就愣住了。

　　"还愣着？赶快拿过来灌，再晚嫂子就没命了！"

………………

　　那女人吐了两天一宿，从此，再也不敢用喝药威胁丈夫了。

　　如此看来，白老转儿的确有些本事了。那时节，村子叫生产队，他是生产队的社员，社员只能靠劳动挣工分才能养家，白老转儿明白，他这种本事是没用的。东边不亮西边亮，白老转儿清楚，这劳动也有分工，也有轻重，也分三六九等。白老转儿不愧是白老转儿，不久，他就发现了门道，觊觎上了赶马车的老板子，并设了一计，用偷马料的罪名，换掉原来的车老板儿，自己干上了这份美差。

　　赶马车可是队上一等一的工作了，那时的车老板儿比现在开奔驰的车主还牛。这是队上最先进的运输工具了，不但队里用，谁家有个大事小情也得用，所以，请的敬的人就多，在队里的地位就不一般了。

　　白老转儿自干上这份美差后，自然也高兴了些时日，可这驾驭马车的差事和开车的司机一样，毕竟是个技术活，特别是这四套马车，想要让这四匹骡马步调一致，共同努力，是需要用心调教的。

　　白老转儿通过两个月的努力，基本上掌握了三匹马的习性，可那头打里（掌握方向）的白骡子，他始终没琢磨透。

　　说起这头白骡子，可有些年头了。白骡子年轻时是青骡子，岁数一大就变成白色的了。据老人们讲，白骡子的寿命长，这寿命一长，就有了老奸巨猾的根基，连白老转儿这样老奸巨猾之人，也被它骗了好长时间。

　　平时，白骡子不但方向掌握得好，拉车也非常用力：车套紧绷绷的，蹄子蹬在地上，留下很深的痕迹，喉咙里还发出吭吭的用力声。这深得白老转儿的喜爱，为此，草料方面，白骡子没少吃了偏饭。

但这一切都是骗局。

有一次，白老转儿赶着拉着重载的马车上一大坡，白骡子还是用尽力气地拉车，到了坡顶，三个马通身是汗，唯独白骡子一点儿汗没出，这让白老转儿有些怀疑，他走上前去抓住套绳往上一提，套绳竟成了一张弯弓，原来，这白骡子用的是假力！

这下，白老转儿的肺都炸了，他停住车，一顿鞭子，把个白骡子抽得遍体鳞伤。白骡子也不甘示弱，它摇着头，打着响鼻，甩着尾巴，还时不时放出几个响屁来以示反抗。

白老转儿打完白骡子，把鞭子扔在一边，蹲在地上薅着头发大喊："我白老转儿还这能那能，能了一圈，我还没能过一头骡子！"

从此，白骡子的地位一落千丈，成了白老转儿的眼中钉肉中刺。不到一个月，白骡子就由一头胖骡子变成一头瘦骡子。

那年暑假后开学，队长让白老转儿送队上在公社读初中的八个学生和他们的口粮。白老转儿装好粮食，孩子们坐在装粮食的口袋上，出发了。一路上孩子们欢歌笑语，这氛围深深地感染了白老转儿，他仿佛也年轻了很多……

"孩子们坐稳！"下一大坡时，白老转儿随嘱咐孩子们随用力拉下车闸。也许是用力过猛或其他什么原因？车闸的铁链断了！马车没了刹车，箭一般向下冲去。白老转儿坐在车辕上慌了，孩子们的欢歌笑语顿时变成了乱叫一团！下面是陡坡和深沟，如果马车偏离了车道，一定是车毁人亡！最初，马车的速度并不太快，白老转儿本打算弃车逃命的，可听到孩子们哭爹喊娘的哀叫时，他的心颤了……

马车越来越快，三匹马已经受惊，白老转儿已经丧失了驾驭能力。但此时的白骡子没惊，它和前面两个拉套的马是连在一起的，它始终沿着道的最左侧奔跑，并带动另外两匹马拉紧套绳，防止了车马绞在一起。有好几次，那两匹马想冲下道去，都被它坚挺的脖子拉了回来……

马车终于冲到坡底上坡了，但快到坡顶时，惯性没了，马车又要往回倒，另外三头马早已失去了控制，唯独白骡子死死钉在原地，套绳绷得紧紧的，四蹄前倾紧抠在地上，身子成了弓形。

白骡子不动，车就没动。

白老转儿好半天才缓过神来，此时马车上已经鸦雀无声。

"是不是孩子们都被甩到车下？"他的心都跳到嗓子，这一幕他不敢想，但还是硬着头皮回过头去，孩子们横七竖八地卧在车上，被吓傻了。他擦擦眼数数，都在！悬着的心才落到实处。他长长出了一口气，试着下车，腿脚却不听使唤……

下车后，他急忙找石头打好车眼，白骡子这才松弛下来。

白老转儿看着通身是汗、浑身发颤的白骡子，跑上前去，抱着它的头放声大哭……

还记得毛小毛吗

陈小莲

自从遇见毛小毛后，王贤只要见到老同事，就会冷不防来一句，你还记得毛总吗？看到对方现出疑惑不解的表情时，又会补上一句，毛小毛哇，记得吗？当对方恍然大悟时，他就会得意地说，你知道？我见到他了！

半年前，他去外地出差，发小吴刚带他参加一个饭局，参加饭局的都是吴刚生意场上的朋友，吴刚郑重地向大家介绍了他，也向他介绍了在座的这个总那个总。那些总们频频向他举杯，一口一个"王总"，在单位混了十几年还是小职员的王贤哪见过那阵势，内心一阵惶恐，拘谨地应对着，与他们在一起更衬出他事业上的失败和渺小，总觉得他们的热情友善都是装出来的，内心指不定对他多不屑呢，他就十分后悔跟吴刚来参加饭局。

正在这时，忽然进来一个人，手上还端着个酒杯，王贤觉着面熟，不禁多看了两眼，越看越觉得像自己以前认识的一个人。吴刚站起来唤了声，毛总！其他人就马上都站了起来，他已经确定来人是毛小毛了。

毛小毛说，我在另一包厢也有局，听说你们在这，就过来看看。他边说边用眼光扫着众人，看到王贤的时候，他用手指了指。

王贤赶紧说，毛总，我是王贤，原来您的部下，您可能不记得了。在座的每个人都很吃惊，看着他们俩，吴刚说原来你是毛总的老部下啊。

我怎么会不记得你！毛小毛说，我记得！毛小毛说着就拿杯跟他面前的杯碰了下，他赶紧就端起了杯子，毛小毛又碰了下，对众人说，这小子文笔特别好！我们公司对外的新闻稿都他写的，诗写得也好，经常有诗发表，笔名叫什么海，对了，海之子。

王贤有些受宠若惊了，他根本没想到那么多年没见，毛总还记得他，对他的情况还那么熟悉，评价还那么高。他记得当年公司作为省里第一批改制试点成功的企业，省报留了一个版面作宣传，这个艰巨的任务就落他身上，经理带他去毛总办公室汇报时，毛总指着他问经理，他能行吗？那么年轻！那次他才知道毛总原来那么不看好他的能力，那次也永远留在了他的记忆里。

毛小毛问他，你啥时候回去呀。他说明天。毛小毛说，明天啊，说着他就掏出手机，拨通后对着手机喊，你把我车上那盒没拆过的茶叶拿过来。挂掉手机，他说，我还想请你和吴刚明天去我家吃饭呢，没想到你走得那么急，知道你有公务就不留你了，我车上有盒茶叶你拿回去喝吧，都是我自己喝的茶，很好的茶。毛小毛走之前，还加了他的微信。毛小毛前脚刚走，那些总们就恭敬地向他献上了自己的名片，说以后要多联系。

在回去的路上，吴刚告诉他，毛总人情世故练达，黑道白道都摆得通，他的公司已经是省里纳税最多的民营企业了，近年精力不济，公司已逐步交给儿子打理了。当年如果不是得毛总相帮，他也不会有今天，毛总是个极重情意的人，对老部下很关照。吴刚的情况他清楚，当年他做生意被人坑了一大笔钱，走投无路的时候幸得贵人相助，现在他才知道吴刚的贵人原来是毛小毛。其实他一直以来对毛小毛印象就不差，对部下客客气气，出手还很大方。那次相遇，他对毛小毛的印象更好了。

刚回到酒店，毛小毛的微信问候就来了，他心怦怦跳，激动得一晚没睡踏实。一开始以为不过是客套一下，没有想到从那之后的每个早上，毛小毛的微信就会准时到达，有时是一段问候语，有时是一段鸡汤。这么个在商场叱咤风云的人物，对他这么个小职员这么在意，着实让他想不到，慢慢地也让他有压力，有时忙不能及时回，有时想主动问候又起得不如人家早，便心下忐忑，不知毛小毛会不会高兴。毛小毛好像没有不高兴，微信像定时发送一样，每早必到。一想到自己有时给经理发条微信，人家爱回不回的；遇到一些领导，打个招呼人家像没看见似的，就越发觉得毛小毛亲切随和了，人家那可是大人物，一般人想攀都攀不上呢。后来，他便逢人就说毛小毛了。

一次部门聚餐，退休的老经理也来了，想到老经理也曾是毛小毛的手下，关系好像还挺铁。他便跟老经理说起了毛小毛。

我已经好几年没见他了。老经理说。

他还天天给我发微信呢。

哦？是吗？老经理眉毛扬了扬，拉长了声音，拿起了自己的手机，说你也在群里？

什么群？

他有个群，毛小毛朋友群，你在里面吗？

复　杂

刘贵赓

　　老婆的爷爷过九十九岁生日的时候，我在众人面前夸下海口：在爷爷百岁的时候，我要在哈达街选一个最好的酒店给爷爷过一个最隆重的生日，把乐队歌手都请来，好好地热闹热闹。大家向我鼓掌，说我这孙女婿够意思，讲究，到时听你通知啦！散席后我又开车把爷爷送回家。

　　回到家里，老婆面带不悦。我摸了摸老婆的头，问她是不是感冒了？她说没有。

　　那为什么不高兴？

　　她坐在沙发上长叹一声说：都是你呀，当着那么多亲朋好友的面你怎么净胡说？

　　我不解：咋了？

　　她说：这么多年啦，爷爷都是跟着五叔五婶过，生日也都是五叔五婶给张罗的，大家去也都不白去，都得带点礼金什么的，你说你这一宣布，五叔五婶的面子往哪放？哦，人家年年张罗都比不上你张罗一回啊，你搞的是百岁生日，你请的是豪华酒店，你又请歌手唱歌又请演员跳舞，那天最风光的人是你啊，大家是不是还得把礼金也送给你？

　　我肯定不收礼金呀。

　　你不收礼金以后让五叔五婶咋办？是不是很尴尬？爷爷的儿女、孙女们会怎么看你？是不是认为你这个土豪有几个糟子就显壳？就吹嘘冒泡？

　　这，这么多问号？我可是好意呀！

　　老婆说我知道你是好意，可谁又能理解你是好意呢？

　　我无语。老婆说的也有她的道理，问题是牛已经吹出去了，想收也收不回来了。我沉思一会儿，突然想出一个好办法：爷爷的百岁生日和往年一样，还是让五叔五婶办。

　　啥？你想缩回来？老婆不解。

　　到时你就说我得了急性阑尾炎做了手术，在医院躺着呢！

　　也行，这样大家都好，只是委屈你了。

　　没事，大丈夫能伸能屈嘛！我很为自己想出这么个好主意而自豪。

　　很快，爷爷的百岁生日到了。大家纷纷追问我为什么没到？不是说要给爷爷过生日吗？怎么没见他的影呢？妻子只好告诉大家说我得了急性阑尾炎，做了手术在医院躺着呢。哦哦，大家都表示遗憾。酒席散后，五叔五婶和一些亲戚们纷纷要来医院看我。妻子推挡不住，赶紧偷偷地给我打电话问我咋办？大家非要去看你，这回你可坐在蜡坨子上了！

我有些惊慌，赶紧假戏真做，给在市医院骨科当主任的哥们儿打电话，把情况和他说了一遍，让他赶紧给我安排好一个床位，帮我渡过难关。

哥们儿很快给我回了电话，说胃肠科没有床了，他的骨科有，问题你这阑尾炎患者住进来有点不伦不类啊。

我说火烧眉毛顾眼前，先住下再说吧。

很快，亲戚们挤满了病房。五叔说你看错医生了吧？阑尾炎怎么住进了骨科病房？

是呀，骨科大夫怎么会治阑尾炎呢？大家关切的目光里充满着大大的问号。

我说本来快出院了，膝关节和颈椎又发现了问题，刚转到骨科。

事后，老婆问我明年爷爷的生日咋办？你去了如果有人要你兑现诺言你咋办？你如果不去，你又以什么理由来搪塞？你咋也不能说你又病了吧？

这还不简单，你就说我到上海开会去了，不让请假！

好主意。那后年呢？你咋也不能像个地羊似的不敢见人吧？

是呀，还得想办法。重感冒？拉肚子？血压高？心脏病发作？不好，感觉好像在咒自己。对，有了，就说我到欧洲考察去了，省里组织的！

老婆说牛，撒谎都气势磅礴！

礼拜天，我和老婆到温泉城去泡温泉。在路过一个被酒瓶椰树叶遮挡的温泉池时，一阵熟悉的笑声吸引了我们的目光，发现五叔五婶和爷爷在温泉池里说笑。

爷爷说不知道孙女婿的病好了没有？

五叔五婶说好了，明年就能在大酒店给您过生日了！

我和老婆呆住了。

泡温泉很爽，但是我的心情却爽不起来。五叔五婶是中学教师，爷爷没有工作，他们伺候爷爷几十年如一日。几十年如一日呀，换位思考，我们是否能够做到？我们那样揣测五叔五婶是不是心理有些阴暗？本来挺简单的事情，为什么想那么复杂呢？

我告诉老婆：明年，我兑现诺言。

被风吹过的夏天

李学志

路还有很长，他不即不离地陪着她——隔着两个拳头的距离。她在心里默默数着路边的打碗花：一朵、两朵、三朵……每攒够十朵，她就在心里扎成一束花，她已经扎到第五束了。

五月的天，云浓，风淡。

鹭鸶？

嗯。

呵，野草莓！

他递过来一嘟噜，她接着了。

乳浆草真多。

嗯，她笑，不就是猫儿眼吗？

弯腰的工夫，他的手机滑落在地。他顺手捡起来，眼镜又掉，拾起眼镜手机又掉。他眯着眼小心地吹去屏幕上面的浮尘，择去粘在镜片上的草茎，像对待自己的孩子。

她抿嘴笑了。有些后悔不该岔到这里来。原本是想找个僻静的地方，告诉他缘由就撤。可是路越走越长，都到田野深处了，话粘嘴边就是说不出口。

他没有问她的年龄、工作、家庭。他什么都没问，散淡地看他的蓝天，看鹭鸶的翅膀，余出来的目光偶尔扫她一眼。

她也没问他什么。

路这么长，她想自己总该说点什么……一只黄影蹿过，她朝他惊叫：快，野兔！那意思倒像是让他去撵似的。

他扶着眼镜追看了许久许久……

路越来越窄，只够走一个人了，她在前，他在后。他的脚步很轻，像只猫蹑手蹑脚。她突然回过头来，吓了他一个趔趄。他腼腆地笑笑，两颊飞上一抹红。她迅速掉转头，告诉自己，不许笑。

路越来越宽，她的脚步越来越迟缓。脚跟磨得生疼，一疼，她的太阳穴就紧跟着"霍霍"跳几下，她暗暗地吸气，咬紧牙关——早知道就不该穿这双新鞋。她偷偷瞄了一眼，他正小心翼翼地迈过一株车前草，藏蓝的裤脚轻快地甩向另一边，像喜鹊扑闪着翅膀。

累了？

她摇了摇头，发愁怎么跟他说，不是光脚疼这个事，是……谁让她来时喝多了水。

远远近近的野地开满了黄色的蒲公英，紫色的兰花儿，风一吹，忽明忽灭，像眨着无数只眼睛。高一点儿的蒿草和野苋菜刚没过膝盖——连个隐身的地方都没有……

不舒服？

没事。她蹙着眉头说，脸颊涨得通红。

他仿佛意识到了什么，说要打个电话。大踏步向前走得飞快，她看着他越过一道土坡，矮下身去，不见了踪迹——她很感激。

她迅速站起，整理好裙摆。他呢？在远处弯着腰，像陪着一朵花慢慢聊天。她突然想起一句谁的诗——像这样深深地嗅/嗅一朵小花，直到知觉化为乌有……

仗着浅浅的青草，她甩下了鞋子——反正他又看不见。一脚下去，柔软而清凉，花儿草儿挠得她脚心痒痒的。在离他两丈远的地方，她悄悄换上鞋子，一瘸一拐地走向那雪白衬衫。

听到脚步声，他冲她笑笑，递过来一束花——红的野草莓，蓝的"星星眼"，黄的蒲公英。她也笑，说很喜欢。

她一瘸一拐地走，尽量装得云淡风轻……路的尽头是一条小街，有几家小饭店。他说，走了这么远，请你吃饭。

她摇了摇头，有气无力地说，谢谢，不用了。

而他坚持着。他们僵在那里。她妥协了。

饭菜端了上来。她突然觉得有许多话要说，刚才他们只顾走路了。

你，在劳动局做什么？她忍不住开口了。

劳动，他说，端茶，递水，打杂呗。

不像，她摇摇头，你像科学家。

他笑了。

你——在邮局呢？

收包裹，寄包裹，再收包裹。

不像，他说，你像老师。

她也笑了。

他让她在面馆等着，去对面药店买了一排创可贴回来。她贴在脚后跟，心里暖暖的。他说，要不一起回城看个电影？

她摇摇头，欲言又止。

走出饭店十米远，她站住了。

谢谢你！嗯——这次相亲，我，我……我是不得已，我妈的朋友做的媒，碍于情面的……她声音越来越低。

显然，他吃了一惊。

其实，我有男朋友，我妈不同意……对不起，对不起，她不知为什么，眼泪骨碌碌滚了一脸。

他静静地听着，递给她一方纸巾，她接过，紧攥着，哭得更厉害了。他干咳了一声说，对不起，我也不好……我是"替身"——冒充我同学，他刚失恋，不愿面对……不过，我是真的没有女朋友，他将头扭向一边。

她有些意外，怔了怔，"扑哧"一声笑了——原来如此。他挠着头，也跟着笑起来，很羞涩的那种。

两个人笑了好久才停下——不知怎么眼泪都要出来了。

分别的时候，她伸出胳膊去握手，再见！

他的手温热，有力地握住，又松开——他没有说再见。

走了几步，她又转身朝他喊，谢谢你——！

他笑了，朝她挥挥手，远远地。

拉　票

代安魁

周末，我回到了上村老家。

我前脚刚进门，堂弟四喜后脚就跟了进来。我说："四弟，你来得正好，咱们一会去看看五婶吧！"

四喜拉了个板凳在我对面坐下，又从自己上衣口袋里掏出一支烟点上，很享受地吐了个烟圈说："五婶去她干儿家了，这一两天就会回来。"

我说："唉，五婶的亲侄子不少，居然顶不住她一个干儿！"

五婶是我的远房亲戚，她的儿子本与我同岁，但不到两岁就夭折了。五婶人好、心善，特别喜欢小孩子。小时候，我和四喜、二根等，不只吃过她家的糖块、桃、杏，还吃过她的奶。几年前，五叔去世后，村里曾打算把她作为五保户供养，但她不让，说有她的干儿孝敬着。

四喜说："三哥，你是记者，明天见到五婶，看能不能把她干儿给找出来。这几年，她这个不明身份的干儿可没少给上村出力呀！"

我问："你怎么知道五婶这两天就会回来？"

四喜说："上村后天要进行换届选举，没出远门的，都会赶回来的。"

"都是谁要参选？"

"大富，还有二根。"

大富和二根都是我儿时的伙伴。听四喜说，这几年，庄稼不值钱，年轻人大多外出打工，大量土地撂荒，也有一些人把土地三八不值二租给了大富。大富脑子活，在山坡地种烟、种辣椒；在平地建草莓和樱桃大棚，还真的"大富"了。二根这些年一直在外搞建筑，听说也没少赚钱，就是太抠门。

"三哥回来了！四哥是不是在说我坏话啊！"随着一阵笑声，大富提了一篮新鲜的草莓走了进来。

我笑道："大富，是光给我呢，还是其他人都有？"

"都有，都有。"大富笑得合不拢嘴，"四哥和其他人家，我已让人挨门送去了！"

"胆子不小啊，大白天给记者送礼，当心我连你和记者一起曝光！"二根笑着大步走来。

"我说二根，我送礼可是明打明的，就当给大伙发红包了。哪像你，铁公鸡一个！这次三哥回来，你准备送什么大礼呀！"大富笑问。

二根笑道："礼，我就不送了！明早我请三哥吃大锅灶：石磨子，大糁子，煮土豆，酸黄菜，三块钱一碗，尽饱吃！"

我说："这个可以有！"屋子里笑成一片。

大富拉着我说："三哥，村里要建敬老院，咱们去看看吧！顺便在我的大棚前合个影。"

敬老院选址在卜相河边，上村小学隔壁。有山、有水，有孩子做伴。

四喜小声对我说，敬老院是五婶的干儿捐建的；另外，他还建了五个香菇大棚，无偿送给村里的贫困户经营。

见我们一行人走过来，些已收到草莓的村民，便主动上前和大富打招呼。大富的脸红扑扑的，他用膀子顶了一下二根说："上村敬老院过两天就要动工了，我捐两万，你捐多少？"

二根笑笑说："到时再说吧！"

大富便挖苦道："真是个小气鬼！到时？到啥时？是等你当了主任、拿着村里的钱捐吗？"

几个人都大笑起来。我没有笑，心想：这票还用投吗？

星期天一早，我被一阵敲门声惊醒。开了大门，见是四喜。我说："我还以为是二根叫我吃饭呢！"

四喜说："吃饭的事，二根怕是早忘了！要是大富，那就不一样了！这俩，一个是憨憨，一个是人精！"

我一边洗漱，一边听四喜说话。这时，我的手机响起来。四喜看了一眼来电号码说："是二根。"

我示意四喜接听。四喜按了下免提，屋子里便回响起二根的声音："三哥，我现在县医院，和五婶在一起！五婶昨晚在公园摔了一跤，右腿骨折！"

听说五婶受伤，我快步上前对着电话说："二根，五婶还好吧？我和四喜马上过去！"

二根说："干妈，噢……五婶刚打了石膏、输了液，医生不让走动。可她听说村里要选举，非要拄着拐回去给我拉票，我怎么挡都挡不住！"

还没等我开口，四喜就直接开骂了："我说二根，你是不是想当官想疯了？你没本事拉票倒也罢了，咋好意思让五婶帮你？还让她拄着拐回来？"

四喜话还没说完，电话里就传来五婶的声音："是三娃和四喜吗？"

我和四喜忙答："是，我是！"

五婶说："我不要紧，你俩都不要来！投票的事，不关二根！要不是大富打电话，说要给我送草莓，我还不知道要选村主任呢！"

五婶略顿了一下说："我想听你俩一句实话，二根和大富争村主任，谁会胜？"

"肯定是大富！"四喜说。

"要是我帮他拉票呢？"五婶问。

四喜直截了当地说："那也不中！二根太抠门！他要想胜，得先改变大家对他的印象！"

五婶说："要是二根是我干儿，我干儿就是二根呢？！"

"啊？"我和四喜都惊得张大了嘴巴，"五婶，您是说……"

五婶没有答话，电话里传来"嘟、嘟、嘟"的忙音。

小 心 思

刘长军

家里捎来口信，说有事让拴柱回家一趟。拴柱请了假，搭来县城拉氨水的拖拉机，一路颠簸回到了家。见秀芬正坐在屋门口纳鞋底，他立时明白了，原来是因为秀芬来家里过六月，娘才捎信让他回来的，心里便有些不快。

每年的六月，家有未过门儿媳的人家，就把准儿媳搬来，住几天，叫作过六月。搬是郑重的说法，其实就是请或叫。

在农村，人们穿的都是千层底的布鞋。做鞋最缠手的是纳鞋底。六月农活较少，麻线也柔软，是纳鞋底的好时机，女人们都是趁着这个时候突击纳鞋底，为以后做鞋作准备。

秀芬被搬到拴柱家后，从早到晚，不是帮着做饭，就是纳鞋底。纳鞋底需要先搓麻线。秀芬把麻放到腿上，用手掌来回搓，只见白生生的麻上下翻飞，很快，一根一头粗一头细的麻线就搓好了。她接着把麻线纫到针上，哧哧啦啦穿过鞋底，用手勒紧。一个针脚，麻线得两次穿过，两次勒紧。她搓麻线的腿，被磨得发红；她拽麻线的手，被勒得通红。

拴柱回家的当天，吃过晚饭，拴柱娘早早打发拴柱的弟弟妹妹们出去玩，让拴柱爹出去串门，自己也悄悄溜了出去。她临走点燃了一根蚊绳，特有的香味和袅袅轻烟，在屋里飘散开来。

屋里只剩下拴柱和秀芬两个人。他俩是拴柱参加工作前定的亲。定亲时，两人都懵懵懂懂，双方基本都是爹娘做的主。拴柱到县城当了工人后，两人才意识到，婚约就像一根绳子，拴着自己。拴柱的爹娘，想方设法给他们制造单独在一起的机会，让他们培养感情。只要拴柱回来，爹娘就找个理由，打发人去把秀芬叫来。

秀芬坐在煤油灯下，低着头纳鞋底。拴柱光着膀子，坐在靠近蚊绳的地方，手里拿着一把用麦秸筳儿做的扇子，扇着风。麻线穿过鞋底的摩擦声，不时响起。

"你纳鞋底准备给谁做鞋？"拴柱问。

"娘说给你做一双，给爹做一双。"秀芬说。

"我的你就别做了。"

"为啥？"

"我不想穿。"

"咋回事？"

"穿不出去。"

"……那就在宿舍里穿，或家来的时候穿。"

"也行。"

秀芬抬头望了眼拴柱，问："现在上班很累吗？"

"不累，就是夜班多，熬得慌。"

"白天要睡好觉。"

"睡，就是睡不浓。"

"饭也得吃饱。娘总挂牵你的粮食不够吃的，俺摊点煎饼，你捎着吧。"秀芬说。

"不用，来不及，明天一早就回厂。"

"啥时再回来？"

"说不准，厂里人手紧，不让歇班。"

煤油灯上结了灯花，屋里渐渐变暗。

秀芬没有言语，纳鞋底的节奏放慢了下来。她的心里生出了一种说不出的感觉，是眷恋，是迷茫，还是忧虑，自己也说不清楚。

拴柱也没有说话，他脸朝向门外，不停地扇着扇子。

屋里只有麻线穿过鞋底的摩擦声，有节奏地响着。

拴柱跟秀芬说："屋里太热，我出去走走。"说着，站起身，披上褂子，走了出去，消失在夜色中。

秀芬望着外面，呆呆地坐着，眼里有了泪水。她用手揩了揩眼窝的泪，又用针拨去煤油灯灯芯上的灯花，再把灯芯往上挑了挑，然后纳起鞋底来。起初，动作缓慢，后来逐渐变得快而有力。明亮的灯光，把她大幅度晃动的影子，映在墙上。麻线穿过鞋底的摩擦声，短促又响亮。

很快到了中秋节，秀芬又被搬到了拴柱家。订了婚的姑娘，除了六月得搬，清明节和中秋节也得搬。

秀芬带来了两双布鞋，每双都针脚细密，做工精致。秀芬跟着母亲学了一手好针线。她做鞋不用鞋样，做衣不用量体，打眼一望，也能做得合脚合身。

刚定亲的时候，秀芬曾给拴柱做过一双布鞋。当地风俗，定亲后的姑娘，都要给未婚夫做一双鞋。秀芬给拴柱做第一双鞋时，母亲叮嘱她如此这般，要不一辈子管不住男人。秀芬没有听娘的。那时，拴柱还没有参加工作。

秀芬带来的两双鞋，一双是拴柱的，一双是拴柱爹的，是用过六月时纳的鞋底做的。拴柱爹的鞋，不大不小，正合适。拴柱在娘的督促下，不情愿地把秀芬给做的鞋穿在脚上，在屋里走了一圈，感觉稍小了点，有点挤脚。

走，喝口去

一 兵

雨越来越大，村口的沙袋墙还是没能堵住洪水，伴着泥沙的洪水进了村，沿着街道滚滚而来，没过了脚面，盖住了脚脖子，又向膝盖的高度上涨。

人们慌了起来，特别是有车的村民，都出来把自己停在街上的车开到地势较高一点的胡同里。

有个别司机不以为然："喊，前几年那么大的洪水都没有淹，这次还能给我淹了吗？"小勇这样想，邻居路明也这样想。

洪水沿着街道打着浪花哗啦啦地流着，涨着。村民们就在自家门口看翻着浪花的洪水，观察着水位："涨了，又涨了……"

小勇和路明的车都还在街上停着。看着街道上的水越来越大了，两人一起蹚水到自己车上，都准备把车开进地势较高的胡同里。胡同里从外向里是个坡，越往里边越高，谁先进去车就会停得高一点，被淹的可能性就小。

街是老街，这些年家家户户几乎都买了小汽车，有车库的没有几户，老街就成了停车场。白天车都被主人开着去上班，一到晚上，特别是周末的晚上，整个老街道像个停车场，从南到北，从西向东停满了车。左邻右舍有时候会因为停车问题发生不愉快。

小勇和路明就是因为这停车位结下了怨，本是好邻居，现在却谁也不理谁。

路明是做小食品批发生意的，家里送货车三四辆，赚了钱又买了小车。晚上自家门口只能停两辆车，其余的车只好停在其他家里没有汽车的邻居家旁边。小勇家前几年没有买车，路明家的车就一直停在他家门前，两人客客气气地倒相安无事。

今年初小勇也买了一辆越野车。有车了，家里进不去，只有停在路边，当然只想停在自己的家门口。可小勇每天开车下班回来，路明家的车就停在自己家的屋子旁边。不是小车，就是货车，无奈，小勇只好经常自己再找能停车的地方停车。

新车，娇贵。小勇娘每天等小勇回来，端盆水去给他擦车，把车擦得干干净净的。可每次看到自己家的车不能停在自己家旁边，却要停在其他人家门口，心里就有点堵，就想去找路明说道说道。

路明家的车多，司机也多，停在小勇家门口的不是这个司机就是那个司机，总是见不到路明。

"咱得让路明把他们家的车给咱让让位啊，每天停在咱家门口，咱的车却要到处找车位。"小勇妈对小勇说。

"妈，你别管了，我已经给路明说过了，他说经常要装卸货，把车停自己家近一点，方便卸货。以后装卸完后会立即给咱把车位腾开。"

"那就行……"

可十有八九小勇每次回家，车位还是被路明家的车占着。小勇就感觉这路明是故意的，难道仗着做生意有了钱欺负人？小勇这样想着。

妈说："小勇，我今天见到路明了，让他家的车以后不要停在我们家旁边。他说他早就给司机们说过了。司机们估计还是嫌装卸货不方便，经常停咱家门口。他说他再和司机们强调一下。"

"嗯，我看这样也不是个办法，我在网上买了两个橡胶锥形墩，咱放到车位旁边。"

"那就好……"

橡胶墩买来了，放在了车位上。还真管事，小勇再下班回来，除了两个停车墩在等他，路明家的车没再停他家门口。

这天小勇下班开车回到家，发现停车墩被放在了一边，车位上又停着路明家的货车在卸货。小勇就把车停在路边等，想等司机卸完货后把车开走。

左等右等司机卸完了货，一头钻进路明家不出来了。小勇憋了一肚子火气，下了车绷着脸闯进路明家，一进院子就喊了起来："路明！路明！把你们的车开一下啊！又堵在我家旁边，我都等半天了。"

司机急忙出来了："哎哟，我一对账就给忘了，现在我就去开走。"司机小跑着出去挪车。小勇没有跟着司机出去，等路明出来。

路明赔着笑，道着歉。可小勇不吃这一套。

"路明，你是做生意了，可不能天天占着我家的车位啊。"

路明见小勇阴着脸，也有点不高兴："啥是你家车位啊，路是你的吗？做生意哪能不卸货装货啊，装卸完就给你腾开了。"

小勇见路明还强词夺理，两人就吵了起来，亏得司机们把他俩拉开了，不然就动起了手。

从此两人不再说话，形同陌路。

锥形墩不可靠，小勇娘就每天在路边看着，不允许路明家的司机再把车停在自己房子旁边的老街上。

洪水越来越大，两人开着车，都准备往胡同里开，都启动了引擎，却都没有开。小勇落下车窗，一按喇叭冲着路明喊："你先进吧，我的车底盘高，我在后面。"

路明也落下车窗说："没事，你先进去吧，我的车破，你是新车，你先进吧。"

"你赶快进吧，别啰唆了，我的车底盘高，应该没事的。"

路明就把车先开进了胡同里，开到了最高处，小勇也跟着开了进去，紧挨着路明的车。

洪水越来越大，没过了膝盖，涨到了大腿根儿。整个村子都淹了。

洪水退去后，路明和小勇不约而同跑到车前查看各自的车。万幸，两人的车只淹没了排气筒，车内没进水。

路明对着小勇说："谢谢你让我先进的胡同啊，走，喝口去！"

"喝口？"

"喝口，走……"

"走！"

吹　眼

黄元太

奶奶生于民国初年。她有一个绝技——吹眼。据母亲在世时讲，这是奶奶从大户人家学来的。

那年奶奶的掌柜婆得了眼疾，就把吹眼绝技教给她。一边教，一边让奶奶给她吹，三天之后，掌柜婆的眼睛好了。这时，掌柜婆又把奶奶叫到她的房间，看看外边没人时神秘地说，这套绝技一般是不传外人的，你一定要保密呀。奶奶连连点头称是。

不久，掌柜婆得了重病去世了，奶奶就成了方圆几十里唯一一个会吹眼的人。

奶奶是个大美人。她有着高高的个子，俊俏的脸蛋，可惜从小就被缠了小脚，只能在家做些家务活。

每一个来找奶奶吹眼的人都是怀着虔诚的心态，有的带着点心，有的拎些鸡蛋，也有的来了什么也不带。更有好色之徒，垂涎奶奶的美貌，但只要奶奶一搭手就能看出来人的心思。

那天家里来了一位不速之客，进门后就左看右看的。奶奶一看这人装束，就感到有来头，丝毫不敢怠慢。先问来人的情况，再把他引到内室，当来人卸下墨镜的那一刹那，奶奶看他好面熟，只是来人一直闭着眼，奶奶在心里闪过一个念头，莫非是他？

他是大户人家的公子，奶奶是童养媳，从小在他家照料他的起居，后来他长大了，去外边读书，而奶奶和同样在他家当长工的"大个子"爷爷私奔了。

很快，奶奶已淡定下来。用她那纤纤细手翻开患者的眼皮的时候，不红也不肿，奶奶就问，你没有害眼啊，莫非害的是心病？

来者见隐藏不住，就慢慢地睁开了眼，当四目相对时，奶奶一眼就看到了当年他的影子。

这时候，他开口了，带着哭腔说，大姐，终于找到你了，还是你了解我，我读了几年书回来后，知道你不辞而别，就一直打听你的下落，这些年我找你找得很苦哇。

奶奶平静地说，人的命，天注定啊。边说边起身走向外屋，爷爷已经候在那儿了。

他起身告辞的时候，说，感谢大姐，我娘的吹眼绝技还是传下来了。说完，就头也不回地离开了。

我领略到这套吹眼绝技，还是小时候。

有一次，父亲在打麦扬场的时候，我在旁边玩耍，一不小心被麦糠迷住了眼，疼得难受。回家后，奶奶把我抱到跟前用手小心地撑开眼皮，但见奶奶嘴唇不停地翕动，就是听不到念叨的是什么，她每念叨完一遍，即用嘴向眼里沿着大眼角向小眼角方向用力吹气，如此重复三次。吹完后，我顿觉清爽了许多，眼睛也不再那么痛了，后来，奶奶又吹了一次，说是巩固巩固就好了。

随着奶奶年岁的增大，已经显得力不从心，遂把这吹眼绝技传给了母亲。

来找母亲吹眼的人也很多，母亲按照奶奶传授的口诀，吹好了村子里的每一个眼疾患者。我就问母亲个中奥妙，母亲也没有告诉我所以然，只是说吹眼的时候必须得用心，心眼心眼，心和眼都是相通的，用心吹眼，你才可能看清楚眼里的异物，然后再不停地念咒语，异物就会被赶出来了。

母亲是秋天患病的，而且越来越重。她预感时日不多，就把我叫到身边，拉着我的手，想跟我说什么，可是一口痰挡住了，我赶紧喊医生，医生来了，给她往嗓子里喷雾，喷着喷着就睡着了。

慢慢地，母亲开始说迷糊话，眼睛也不听使唤，我们竭力在旁边呼喊，但她还是去了。

晚上，母亲回来了。她说，她不甘心，不甘心奶奶传给她的绝技在她这儿中断，就回来告诉我。我看她张嘴，什么也没说出来还急着要走，就根据她的口形，说，妈，我已经记住了，您老多保重。说完起身看时，已不见人影，而我也惊醒了，出了一身冷汗。

盆仙罐仙擂臼仙，青毛子扑眼里……我仿佛又看见了奶奶和母亲用心吹眼的样子，她们用绝技点亮了整个村庄。

二巯基丙醇

胡 明

1993 年的那场救命之举，王强和妻子至今难忘。

"想不出办法了，再过十四个小时还找不到'二巯基丙醇'，我女儿就没命了。"电话里海东声音带着哭腔。

"什么？"

在医院上班的王莉听到二巯基丙醇几个字，不由得怔了一下，虽然她和同学海东已好几年没有联系，但还是关注着海东的发展，近期刚知道海东提炼金子的事。她立刻明白海东的女儿一定是汞中毒，只有特效药二巯基丙醇才能解毒。刻不容缓，王莉知道县城的医院很少备这种药，她想都没想立刻给丈夫王强打电话："你赶快派车去省医院，朋友的女儿中毒了。"

王莉没有说是海东求救，她怕王强不高兴，联系他是因为那个年代单位有小轿车的还真不多，若王强不派车王莉根本没办法再找到车。

王强对二巯基丙醇的印象还是很深的。上初中时语文教材上有一篇题为《为了六十一个阶级兄弟》的报告文学作品，讲的是1960年2月在山西省平陆县，数万民工为支援三门峡建设工程，正在热火朝天修筑风南公路。有六十一位民工发生食物中毒，消息传到北京，卫生部积极组织人力，从药品商店、药品仓库寻找二巯基丙醇，当药品准备齐后为了尽快将药运走，民航局和人民空军紧急行动起来，把药品及时空投到平陆县，几千双手高举迎接着从天而降的药箱，医护人员实施紧急抢救，把六十一位民工从死亡线上拉了回来。

这是与时间赛跑的经典案例，没想到"现实版"的故事就在眼前发生。

海东利用在金矿上班的便利，学会了用汞提炼金子的技术，他雇人在一座早已废弃的金矿中收集尾砂，粉碎后运回院里，又从不法分子手中搞到一些汞，在家偷偷提炼金子，做着一夜暴富的美梦。因为是从废弃的尾砂中提取，其实几无收获，但他不甘心总渴望有一天撞大运。那几日还不满十个月的婴儿除了吃奶整天睡着，这并没有引起海东夫妻的注意，以为刚出生的孩子就是这样。出事那天孩子睡了一整天没有醒来，直到孩子口吐白沫已陷入深度昏迷中，夫妻俩才反应过来着了急。

海东匆匆赶到王强单位时，王强才发现是海东，昔日的情敌，一时俩人很是尴尬。人命关天，王强顾不得多想，喊来司机驾驶一辆213吉普车和海东急赴省会城市。一路上王强不停地给在省城工作的同学打电话，让同学问哪家医院有二巯基丙醇，几个同学分头行动最后终于问清省第四医院有药，等到俩人赶到医院已是晚上十点多了。管特效药的药房库管员那天刚好回乡下看父母，要返回来怎么也得三个小时，此时再没有更好的办法了，俩人商议王强留下来等药，海东回去照看女儿，走时给王强留下三百元钱。

药房库管员赶回医院急匆匆取药、划价：两盒二百八十元。交完钱王强心里总算松了口气，孩子有救了！返回的路上，他回想起和海东的一幕幕往事。

海东是镇上的城市户，王强是村里的，海东高中未毕业接替父亲在这家金矿上了班，俩人上高中时同时爱上一个女孩，就是王莉。王莉和王强考上大学后，俩人正式确立了恋爱关系，可海东不死心，有一天约王强出来，几句话谈不拢海东拿出一把水果刀在王强面前晃着，王强知道是在恐吓他，但面部没有流露出一丝惊慌。

"和谁找对象只有王莉本人能决定，她若和你谈，我决不干涉！"给海东讲了一番道理后王强把事情经过告诉了王莉，王莉果断拒绝了海东的求爱。王强和王莉大学毕业结婚后没几年，他就奋斗到单位下属公司一把手的位置。

孩子出院后海东设宴感谢王强王莉夫妇，临近结束海东不知是有意还是无意，对王强说："二巯基丙醇，别看是特效药，其实可便宜了，平常一支一点四元，一盒十支也就十四元，卖你一支十四元，一盒十支，你买了两盒二百八十元，真不知道是怎回事？"

海东的一席掏心窝窝话一下子说得王强蒙了。

"怎么可能呢？"王强看着王莉说道。

"不可能吧？"王莉也是一头雾水，惊讶地盯着王强，又把目光投向海东。

此时王强如突然被针扎一般，心里特别难受，他想若海东说的是真话，那只有一种可能：药房大夫将一点四元的小数点去掉变成十四元了。

"难道是王强做了手脚，把价格虚报给海东，赚了一把。"王莉想了想，可马上又否定了自己。看着王强惊讶的表情，王莉知道自己的丈夫绝对不可能乘人之危。

回家的路上王强心里十分憋屈，叹息着对王莉说："唉，早知道那如不管呢？"

"他是他，你是你，不管怎说，那是一条人命，怎能见死不救呢？你是什么样的人我心里最清楚！"王莉安慰王强。

一 双 棉 鞋

余秀琦

三茅最大的渴望，就是有一双崭新的棉鞋。

白色千层底，铺上一层新棉，黑条绒鞋面，手轧双排气眼，气眼上再扎根黑色的鞋带。穿在脚上，软乎乎、暖和和，像踩在棉堆上。

眼看要入冬了，班里的大胖翠妞他们早早穿上了新棉鞋，只有他和狗蛋还露着脚指头。他还好，有双旧鞋，捡哥的。虽然烂到不行，但好过狗蛋打赤脚。山里的风像刀子，冷飕飕的，沙土地硬邦邦的，每一步都像踩在冰碴子上，硌得生疼。

人无鞋，矮半截。大胖他们滚铁环叠罗汉都不带他和狗蛋。他和狗蛋像被边缘的土狗蜷在角落里，眼巴巴地望着。狗蛋的一双脚后跟像裂开的嘴，欲哭无泪。

狗蛋爹坐牢去了，娘扔下他也跑了。八岁的狗蛋跟着半瞎的祖母生活，日子过得困顿凄惶。狗蛋爬树像猴子一样。一棵高高的樱桃树，他噌噌几下就上去了，摘下樱桃自己不吃，摘下半口袋与树下的三茅一起品尝。狗蛋还会摸鱼。太阳下，湍急的水流中，他扎着马步，身子斜倾，一手伸进石缝，眨眼间一条银白的小鱼就到手了。他挤去鱼的内脏，用草串着，放在石板上连烙带晒，半干时撒上盐巴，烤着吃，特香。

三茅的愿望一直不敢跟娘讲。讲了又有什么用呢？娘那么忙。三茅五岁那年爹到山西挖煤窑去了，走后再没回来，不知是死是活。家里娘拉巴着他们兄弟三个：大树、二蒿、三茅。农村人取名没啥讲究，逮啥叫啥。娘说，贱名好养活。两个哥哥在几十里外的石沟镇上初中，家里家外全指望娘一个人。娘忙了田里忙地里，侍弄了菜园喂猪鸭。就这样忙活，还常常填不饱肚皮。

上个月娘找张裁缝讨要了一些零碎的边角布头，挑灯熬夜捏起来两双棉鞋。娘说这是给哥的。他们离家远先紧着他们，半大小子了免得被人看不起，说等再攒些布头给三茅做一双。

三茅就一直盼望着。

上星期，狗蛋偷娘种的花生，他脚痛跑不快被娘逮住了。娘看到光脚的狗蛋双脚红肿，把他带回家里。娘打来热水，为狗蛋清洗疮口，又用茄禾灰掩住伤口。娘说小时候外婆就是用这个偏方把她的冻疮治好的。娘忙碌的时候，她那根大辫子在灯下泛着动人的光芒。三茅很喜欢娘的辫子，那辫子又粗又长又亮，一直拖到娘的衣裳边。走起路来，在娘的身后悠来荡去，好看极了。

前天娘一直忙到天黑才回来。三茅扒拉了一碗粥，头一挨枕头就睡着了。半夜醒来，屋里亮着灯。只见，在如豆的煤油灯下，娘左手拿鞋底，右手执针，时不时把针在头发上蹭几下。就是这时，三茅猛然发现，娘的辫子，没了。

三茅一激灵，一下全醒了。娘，您的辫子呢？娘回过头，探过身子帮三茅掖掖被角，说，剪了。干活总是撩来撩去的，碍事。是不是娘把辫子剪了买了做鞋的布？三茅拖着哭腔。俺的傻娃，辫子剪了还可以再长，娘不能让人笑话俺的崽。睡吧，过几天娃儿就有鞋穿了。说着，娘用针拨了拨灯芯，屋里瞬间亮堂起来。

余下好多天三茅都不敢看娘。看到一头短发的娘，三茅觉得别扭、扎心。若要他在棉鞋和辫子中选择，他宁愿娘的辫子还在。这些年，他见惯了娘扎辫子的样子。每次娘梳头总是很小心，动作又轻又柔，好像生怕弄疼头发似的。每天，娘先拿水把头发捋顺，拢到脑后，手指熟练分成三股，七扭八扭一条油黑发亮的麻花辫就编好了。随后，娘把梳子上的，掉在地上的头发捡起来团成团，塞在墙缝里，等到李货郎来拿它换些针头线脑。

一天醒来，娘已经下地了。而那双白底黑帮，一踩就像踩在棉堆上的棉鞋，端端正正，放在三茅的枕旁。

穿着新鞋走进教室，三茅发现狗蛋也穿了一双新鞋。白色千层底，黑条绒鞋面，手轧的两排气眼，气眼扎根黑色的鞋带。崭新的，与他的一模一样。

千 镒 金

郑俊甫

我把短剑横在项上时，第一个跳起来的是母亲。母亲疯了似的扑过来，抱住我的胳膊，尖叫声几乎掀翻屋顶。

其实我也没想自刎，但父亲做得实在太过了。二弟因为杀人，被囚禁在楚国的大牢，杀人虽是死罪，但楚国也有规定，家有千金的子弟，不会被处死在闹市。父亲想救二弟，东挪西借，凑够了千镒金，交由他的小儿子——我的三弟送往楚国。

我就是想让父亲明白，我是长子，这个家里未来的顶梁柱。他不能把我当成一块泥巴，想怎么捏就怎么捏。不能。

吵闹声终于惊动了父亲，父亲到底见过世面，他盯着我手里的短剑，没有像母亲那样惊慌失措，而是慢条斯理地说："不至于吧，送点儿东西而已。"

"怎么不至于？我是长子，遇到这样的大事，您宁肯交给三弟，也不交给我，不是表明我这个长子太无能了吗？"羞愤间，我竟然忘了夫子教导的"君君、臣臣、父父、子子"。

父亲摇了摇头，居然味味笑了起来："不让你去自然有不让你去的道理。"

你看看，还是把我当成了一块泥巴。我流着泪，一字一句对父亲说："不让我去，毋宁死！"手一动，几滴血落上衣裳，洇出一片红艳艳的梅花。

母亲的尖叫声又起，带着哭腔，"你就让他去吧。老二生死未卜，老大再没了，我也不活了。"

父亲低了头，默不作声，似乎这是个很困难的问题。当年越国霸业初成，作为辅国重臣，本该领封受赏、风光无两的父亲，决绝地登上一叶扁舟，隐姓埋名，成一介布衣，也没见他这么为难过。

我把心一横，决定给他点颜色看看。父亲却忽然松了口："有些事，该面对的还是要面对。好吧，这副担子就交由你挑。"

父亲修了一封书信，连同打封好的千镒金，一并交我，直把我送到陶邑的边界。临别，父亲又嘱咐了一句："书信和千镒金一起送到庄生住所。他是我的老友，一切听从他的吩咐，万不可与他争论。"

我点点头，有些不耐烦地回道："您都交代三遍了，放心，儿谨记就是。"

马车渐行渐远，官道上扬起滚滚烟尘。

庄生的家在楚国都城外，四围杂草丛生，人迹罕至。我跟车夫费了几道周折，才在那片荒凉地界寻到庄生的茅屋。屋子很小，蓬草覆门，兔从狗窦入，雉从梁上飞。

父亲怎么会有这么个老友呢？我迟疑半晌，推开了柴门。

庄生很热情，像是早就知道我要来了。他抓着我的手，问着父亲的短长。我把父亲的书信递上去，又指了指装在箱子里的千镒金。

读完书信，庄生沉吟片刻，说："事情险恶，你须快些离开，千万不要停留。即使你弟弟被放出来，也不要问为什么。"

为什么？我真想现在就问一声，想想还是忍住了。

离开庄生家，车夫小心翼翼地问："这个人，乞丐似的，真能帮咱救了二公子？"车夫跟了父亲半生，老实憨厚，忠心耿耿。我明白他的意思，他是怕庄生吞了千镒金，逃之夭夭。

我也怕。但父亲来时再三嘱咐，我不能悖逆了他。我对车夫说："父亲跟庄生一别经年，大概不知道庄生现在的境况。好在我有准备，咱们在楚国住下来，再想办法。"

来的时候，我瞒着父亲，私带了数百镒金，为的就是万全之策。我不能让父亲觉着，长子真是个唯唯诺诺的庸人。我托人求到了楚国的大夫。大夫盯着数百镒金，喜笑颜开："你就安心住在府内，静候佳音。"

佳音很快就来了。三日后，大夫兴冲冲地跑过来，告诉我："成了成了，楚国明日大赦天下，你二弟有救了。"

我将信将疑："国家没有大事，君王也不曾改朝换代，怎么会忽然大赦呢？"

大夫说："听说有人在大王面前进言，要仁德治国，大赦天下，收拢人心。"

收拢人心是他们的事，我只要我的二弟。这么想着，心生欢喜。欢喜过后，又有些惆怅。既然楚国大赦天下，送给庄生的千镒金，岂不是白白扔掉了？千镒金，像我们这样的鼎食人家，也要东挪西借才行。

我动了点小心思，赶着马车，又回到了庄生家。庄生很惊讶："你还没有走吗？"

我轻轻一揖，道："本来是要走的，忽然听到了一个消息，楚国要大赦天下。既是大赦，二弟自然会被释放，所以来向先生辞行。"

庄生愣了一下，我看见他的脸上变换着颜色。还好，他没有生气，指着屋门说："你的东西都在屋里，自己取吧。"

我又回到了楚国大夫那里，等着二弟释放。第二天，没有消息。第三天，终于大赦。但我等来的，却是二弟的尸体。

大夫说："都是那个庄生，说我王大赦不是为了苍生，而是为了陶朱公的儿子。"

"庄生？"我失声叫道，"一个乡野村夫，怎么会影响到楚王？"

"乡野村夫？"这回轮到大夫失声了，"他可是我王最信赖的人。多次辞官，归隐田园。他的话，我王言听计从。"

明白了。

我拉着二弟的尸体，颓然踏上归程。一进家门，就听到了哭声。二弟的死讯早已经传到了陶邑。

父亲不哭，父亲端坐着，面色平静。他示意我坐下，盯着我，半晌，幽幽地说："知道当初为什么不让你去吗？你三弟，含着金汤匙出生，从小不知钱财从何而来，挥金如土，毫不吝惜。而你不同，你跟随着我，历经艰难，半丝半缕，恒念物力维艰。遇事总是精打细算，舍不得钱财。所以才会害了你的弟弟呀。"

父亲的喉咙里流出一丝叹息，若有若无。他大概不想让我听到的吧？但我还是听到了，如雷贯耳。

主 位

海 华

老班长又是发微信，又是打电话，忙活了好几天，总算把家乡中学毕业班的老同学约齐，定好日子，并做了一些有关准备工作，近期举行同学会。

那是个阳光明媚的下午，老同学一聚齐，有的握手，有的拥抱，有的搂肩膀，有的互相拍照，互相问候……说了好话说段子，欢声笑语此起彼伏，十分热闹。紧跟着，天南地北、家长里短地侃个没完。待商量好活动事项，大家伙就按计划和约定好的时间，兴冲冲地先去母校参观，与母校的部分师生座谈。而后，给母校赠送了纪念品和数千本图书……

六时许，入住某酒店安顿好后，便准备举行晚宴了。

这一切都很顺当，充满了热烈、欢乐而友善的气氛。没承想，到安排谁坐第一桌的主位时，却卡壳了。

大家静一静！老班长首先提议，请班里仅剩的一位厅官程旭同学坐主位。站在前面的十多位同学随即大声附和。

程旭同学脸上掠过一丝不易察觉的自恋式的神情，笑了笑，又瞅瞅这位，瞅瞅那位，瞬间想起前不久一位很要好的同事告诉他，那同事的一位在省里某厅当一哥的老乡，两个月前应邀参加一次十多位老同事的聚会，由于这帮老同事数他从政级别最高，大家推举他坐了主位，没想到半个月后，竟进去了。说完，那位同事又一脸正经地说，老程呀，往后如有参加啥聚会，可别轻易坐主位。想到这，程旭心里不禁打了个寒噤。于是，便言辞恳切地婉言推辞，再三说，老同学聚会，不必穷讲究，这……这个主位嘛，我就不坐了。

老班长轻咳了一声，又提出请某大公司的董事长祁大志同学坐主位。祁大志同学身旁的好几位同学都说应该，应该。

祁大志同学先是头一仰，胸一挺，嘴一咧，嘿嘿两声后，心中不禁有些忐忑，耳边猛然响起昨晚妻子给他吹的枕头风，大志呀，咱这些年办公司，开工厂，好不容易赚了一些钱，但不知你那帮老同学有无办企业，做生意的，听说上一届同学开同学会，谁出钱最多，谁就坐主位。你明天去开同学会，不管是开会还是吃饭，座位一定要靠边些，千万别坐主位，咱可别去充什么大头哟。想起妻子的嘱咐，他很快伸开两只手掌，左右晃个不停，使不得，使不得哟。这主位还是让别人坐吧。

老班长沉吟片刻，环顾了一下左右，再次建议道，那就请咱们班里唯一的一位博士文咏静同学坐主位吧。不少同学连声说好。

这时，一位年纪稍大的同学对老班长悄声说，顾建伟同学当年是母校学生会副主席，现如今是咱家乡镇上的镇长，咱们的父母官，这个主位让顾建伟同学坐好些。

原本双眼闪现出些许亮光的文咏静同学耳灵，反应挺快，他赶紧满脸堆笑地说，是是是，应该让顾建伟同学，不，是让顾大镇长坐主位。说完，鼻子里轻轻地哼了一声。心里说，父母官？父母官又咋地？去年冬我有个亲戚建房的事去找他，请他这个当镇长的老同学通融一下，没想到他净给我打官腔，不就是建多一层吗？说啥也不给我半点面子，给他意思一下，还跟我装。这事过去大半年了，而今一想起就来气。哼！不就是个科级嘛，跟你争这么个主位就跌份了。

不不不。还是让文咏静同学，哦，是让文博士坐主位吧。顾建伟同学双手抱拳，满脸虔诚地推让道。可脑子里老打问号，这年头的博士呀？嘿！心里想，去冬正是清理违章建筑的风头火势，他为一个啥亲戚建房的事来说情，说什么就多建一层，钢筋都扎好了，我大道理小道理地说了一大堆，他硬是转不过弯来，老是在念叨看在老同学的分儿上，净想着自个，咋不设想一下我的处境？还扭扭捏捏地想送礼，真是屙屎不知风向。想让我违规，用咱乡下人的话说，捉我的手去抓蛇，门都没有！嘁！还博士呢？这个主位让你坐又如何？

渐渐地，餐厅里的气氛似显得有些沉闷和尴尬……

依我看呀。一位身体有些发福的同学对老班长斟词酌句地说，哎呀，都这么谦让，你是咱们的老班长，又是这次同学会的召集人，这主位呀，还是你坐比较合适。

这位同学的话音还未落地，立马有同学直嚷嚷，是呀，是呀。

老班长愣了愣，心中直打鼓：以往开同学会或搞啥聚会，常为主位的安排伤脑筋，有的争，有的让，有的没坐上主位，事后牢骚满腹，有的坐了主位后出了这样那样的事……得，你们都够猴精的，可我也不傻。

有同学嘀咕道，这个主位真麻烦……

又磨叽了一会儿，老班长亮开嗓门，对餐厅经理朗声道，上菜吧！

终于，晚宴开始了。餐厅里似又恢复了刚刚那热烈、欢乐而友善的气氛，刹那间响起了一阵阵推杯换盏之声……

然而，第一桌的那个主位却空着。

赠 书 者

轩 窗

夜里十点钟，雨停了。他取了雨衣悄悄出来，蹚水到店里去。

大街成了河，在路灯下泛着光。

店铺前的木板是他白天下班时搭上的，此刻开了条缝，果然，进水了。他跳进去开了灯，地上汪汪一层，到脚踝。里边一间仓库，门槛挡着，还没湿。他从角落里拿了旧褥子和纸箱皮，那是他看店疲惫时用来小憩的，当下都是潮潮的。把它们抱到门口，堵好缝隙。架上最底层的书，湿了一半，他把它们都拿到上边。又抄起餐盘和脸盆，向外舀水。

这个店经营五年了。刚开张时就遇过一场暴雨，那时也是狼狈不堪。还是书友的妻，从学校跑来跟他一起清理淤泥和湿书，他们干了整整两天两夜，才让小店恢复到整洁的状态。清理后的书，暴晒后消毒，作为买书者的福利送了出去。

　　书店开在大学城，也是它能存活到现在的最重要原因吧，毕竟大学师生读书的比例还是高于普通市民的。而他最自豪的，当然是那个时常来读书买书的小个子大眼睛女生，成了他的女朋友。她后来常在课余跑来，坐在小小收银台边忙活。

　　"小猫，等着，咱会有一家更大的书店，还要有很多个流动书架，到时候，我们开着车边旅行边卖书，好不好？"他管她叫小猫，她的两只圆眼睛是有些像猫。

　　"当然好哇，跟你做个卖书的吉卜赛女郎！"她笑嘻嘻的样子真令人心动。

　　他有理由让她相信。更早之前，他一无所有，靠着几千块钱经营一点旧书，躲着城管全城跑，后来在市场盘下一个小店面，再后来辗转到这里。

　　"一辈子就要跟书打交道啦！"他摸摸她的头说，"嗯，还有这只小猫。"她蜷缩身体，鼓起嘴巴，做出吹胡子的样子。

　　但愿她和小小猫今晚都能睡好。用盘子已经舀不到水了，就换作旧毛巾，在地面浸了水拧到脸盆里。差不多弄好了地面。

　　他开始整理书架。他从大学开始，课余就摆书摊。工作后还摆，但终究时间有限，干脆辞了职专心做。在这个小城，他自信选书的眼光。最早做杂志，他进的货，全市唯一，爱书人是追着他的。他曾把几本《世界·视觉》拆开过塑，按页卖，收入远高于整本书定价。他也曾给中学生搭配丛书，成套地卖，也接受大学生个性化的定制，反响不错。他当下手里正拿着的《人间鲁迅》，是在二手网站为一个爱阅读的老人买下的，那人还没来取，那是一位多么清爽的老人啊！

　　门外，雨再次唰唰而下，天地茫茫一片。不到半小时，水先是穿过木板和褥子挤进来，后来就冲垮木板，越过褥子涌入了。他有些不知所措，干脆将另一条被子堵在仓库门口——那里还有近万册存书。

　　停电了。

　　他借着手机电筒，把下几层的书全转移到高处。干了一阵，想起给她发去短信：我在店里，如停电，注意保持手机电量，有事联系。妻语音秒回：家没停电，你注意安全；妞刚醒了，在陪她。

　　他索性停了下来——该转移的都转移了，什么都做不了。

　　他刚才一直没有敢想那个问题：要不？转行？

　　女儿马上三岁，要上幼儿园了，好一点的幼儿园每月得两三千元。书店在小城有点名气，但他比谁都清楚，而今只能是顾得住吃喝。

　　开始做教辅？当初，多少人劝他进考研或中小学的教辅书，他都没听！妻子有一次说：三分之一的教辅，不影响你做文学和社科，行不行？他也只是挑选了几种作文书和时事杂志。

　　而今他坐在黑暗中，脚下是越来越高的水，第一次想到也许自己错了。

可是，那时多么美好哇。读书日，他们用书廊把小店布置成迷宫，头顶是一个个小小书包，书友们互相答题，对了的就选一个书包，有的人拆开看是心怡的书，高兴得跳起来！朗读的环节，几十个人被文字和声音感染，轻轻跟着主诵者发声，简直是美妙的和弦！他搂着怀孕的她，不由得站起来，两人眼睛都潮湿了。

是什么时候，来读书买书的人开始少了？是疫情期间？不……是更早更早时候——他自己也读电子书的。

他有些头疼，趴在桌子上眯了一会儿。激灵一下又醒来时，水到膝盖了。他给救援队打电话，那人说会联系抽水机过来，让他注意自己的安全。

清晨五点，手机还有些电。他整理了一些照片，在朋友圈发文：T书店，免费赠送图书，书被泡或受潮，整理后不影响阅读，将陆续把书目贴在评论处，请发来地址，给您邮寄。

突然发现妻子的信息：女儿托付给邻居，我正坐铲车过去，等我。

他抬眼看，他的小猫已经在门口了。

流　转

李学英

回去看望母亲时，她突然拿出手机朝我拍照，还让我教她用微信和视频。我拿过她的手机问，你原来的老人机呢？她回，我换了这台新款的，功能多，就是不会用，你教教我。我先教母亲用微信，说了几遍，她要么按着话键不放，要么没按话键，光对着屏幕说话。我渐渐失去耐性，便谎称，今天忙，等下次来再教你好了。

回到家，想着儿子明天终于要去住校，自己总算得以自由，便哼起歌来。

隔天，送儿子去学校后，我去美容院做了个保养。这些年天天泡在厨房里，如今不必再想今天要给儿子做什么菜、时间到了要去接他放学、晚上还要监督他写作业和睡觉……突然做了时间的主人，我脚步轻快地从美容院出来，又约上朋友去逛街，晚上在餐厅里吃完后，带着饱满的笑意回到家里。

老公出差是常态，只是，今晚怎么觉得家里这样空？我把家里的灯都打开，从客厅走到厨房，从厨房走到卧室，又从卧室转到阳台，经过儿子的房间，我在他门口停了会，笑笑，把灯全都关了。回屋睡觉。我对自己说。

第二天天刚亮我便醒来，冲到厨房淘米时，方想起儿子已经住校，不必为他做早饭。我欢呼着跑回温暖的床，结果怎么也睡不着。在床上赖了会儿，我起身走向厨房。吃什么呢？平时都是儿子吃完，他上学去后，剩余什么都被我扫进肚子。这会，我想了半天却什么都不想吃。我随手拿了几包零食躺倒在沙发里，边吃零食边漫无目的地按着遥控器，看累了就睡，睡醒了就在屋里到处走，走到儿子的房间。我开门进去，摸着冰冷的床，眼睛慢慢地泛起泪珠。我终于知道自己要做什么了。

我来到儿子的学校，让保安把儿子叫出来。我笑嘻嘻地望着身着校服的儿子朝我跑来，张开双手准备迎接他入怀。儿子跑到我旁边忽然停下脚步，皱着眉低声问，你来学校干吗？我都这样大了，好丢人，你快回去吧。我还来不及看清楚他的脸，他已经转身跑向学校的深处。

听说学校每天晚饭后会让学生到操场散步，我便提前到学校附近转。如果儿子在操场，隔着铁栏杆应该能看到。正当我望眼欲穿时，母亲的视频电话打进来，我惊讶地问，你怎么会用视频？她回，我特意求邻居教的，还有微信……母亲说了一大堆不着调的话。我说，没事我挂了，说着便匆匆挂了电话。

在学校附近徘徊了几天，终于望到儿子，他正向我走来。我兴奋地贴在铁栏杆上喊他的名字。他跑到铁栏杆旁大声喝道，别再叫了，你丢人不？快回去，要不然星期天我也不回家了。说完转身跑掉了。

为了周日能见到儿子，我再也没去校外徘徊。我开始着手准备，儿子周日回家要吃什么用什么。对了，房间也要打扫干净，还有被子，每天都要拿出来晒太阳……

母亲又打视频电话来，问我在做什么？我说，你没事能不能不要老打视频电话？她问，影响到你了？好，那我以后发微信给你，你有空再回。

挂断母亲的电话后，没过一会儿，她的微信就到了，你在忙什么？吃饭了吗？我看完母亲的微信，直接把手机丢到一边。

终于盼到儿子回家，我伸手想去摸摸他，他侧身避开了，放下带来的脏衣服，提着他的书包进了房间，我赶紧跟过去，却发现门已经反锁。我只能趁着儿子出来吃饭时，用手机给他拍照，他发现后立马用手挡住脸，气愤地说，你再这样我不吃了。我匆忙放下手机说，别别别，我不拍了，你吃，你慢慢吃。看着他吃饭，我问，跟我说说你在学校的情况呗！有什么好说的，不就那样。儿子淡淡地带过，放下碗筷进了房间。一整晚我都拉长耳朵睡觉，生怕错过儿子出来喝水或有什么需要。

儿子又要回学校了。假如时间能走得慢点该多好。路上我不停地抱怨。儿子说，我都知道啦，你能不能不要再说啦！车刚停下，儿子提起书包头也不回地奔向学校。我突然很想哭，这时母亲又发来微信。我想，似乎有些天没去看她了，便掉转车头，往母亲的家开去。

　　母亲看到我笑得合不拢嘴，搬出许多吃的，不停地劝我多吃点。抬头间，我发现母亲正用手机偷偷地拍我。我说，给我看看。母亲好像做了错事般，立刻把手机放到身后，笑着说，你别删了，我也就是想你时可以拿来看看。

　　我蓦然一愣，眼里一丝酸楚划过，看着小心翼翼说话的母亲，我知道儿子不在家的日子里，我应该做些什么了。

红　蛇

温　暖

　　明德娘肚子的阵痛一阵紧似一阵，汗流浃背的她睁开沉重的眼皮，看见了破木板床边的土墙缝里，爬出了一条又细又长的红蛇，纳底子线般粗细。明德娘一声惊叫，明德哇的一声落了地。明德爹慌忙跑了过来。他一手捏住小蛇的头，一手托住小蛇的尾，把它放到土灶屋后的水沟里。

　　明德快一岁了还不会走。娘放他坐地上的圆蒲垫子上，就着急忙慌地出去办事了。等她回来时，老远就听到明德咯咯咯的笑声。走近一看，明德的胳膊上一圈一圈地缠着筷子粗细的小红蛇，小红蛇正一仰一仰地逗他玩儿哩。

　　明德娘赶紧喊明德爹过来。他爹说，难不成它是咱的家蛇？明德爹又一手捏住蛇头一手托住蛇尾，把它放进灶屋后的杂草丛里：走吧，咱家里穷没吃的，到外边找吃食去吧。

　　兰草山附近的村民，是从来不打家蛇的：说家蛇是家里的保家大仙，说有家蛇的屋子冬暖夏凉，说爱出手汗的人，多捋几遍蛇身子就好了。胆子大的人家，就任由蛇在家四处游动。胆子小的人家，就找人帮忙把蛇放到自家附近的山上或者沟里去。

　　明德一年一年地长大了，家人也经常看到灶屋的横梁上那条探头探脑的红蛇。有时它的尾巴梢子耷拉到案板上悠来悠去地乘凉，有时它的身子横躺在木门槛儿的下面，不让小鸡回屋叼食。有时它在锅门的柴堆底下盘得像个大红盆底儿，一动不动地看着大人们一把一把地往灶洞里递柴棒。有时它领一条小红蛇在梁头上久久对望，不发出一丝声响。

　　胆小的明德娘心里老觉得瘆得慌：尽管家里养的鸡鸭鹅从来没少过，尽管鸡鸭鹅下的蛋从来没丢过，尽管老鼠黄鼠狼也没敢在家里出现过。

　　明德娘该去灶屋做饭的时候，先在灶屋门外啪啪啪敲几下墙上挂的破锅盖，再进屋就看不见它的踪影了。

明德八岁那年暑天的一个傍晚，天热得像个蒸笼。他们三个小孩子一商量就去庄子南头的池塘里洗澡了。忽然有个东西缠住了明德的脚，而且是越勒越紧，他大声呼救起来。明德爹听到喊声跑过来跳下水，把他捞了上来。只见一条断尾灰土蛇紧紧地缠着了他的两个脚脖子。

爹说："是你招惹它了吧？恁多人在塘子里洗澡它不缠，它咋就专门缠你咧？"

明德说："爹，十天前我割草时不小心割掉了一条蛇的尾巴，我真的不是故意的！"

明德爹一手捏住土蛇头，一手托着断蛇尾，把蛇放进了稻田边的水沟里：对不住了哈！孩子小，不懂事，他不是故意的。

明德家的堂屋在日升月落中由草房变瓦房，又由瓦房变成了窗明几净的大平房。可灶屋的土墙和梁檩从来没动过。修缮漏水的屋顶时，也是提前敲敲破锅盖给红蛇一个躲起来的准备。

明德儿子准备1990年的冬天娶媳妇儿，土灶屋是说啥也留不住了。

那年夏天的一个闷热的夜晚，吃罢晚饭，明德赤着上身，坐在灶屋大梁下的长条凳上。他捏了一撮儿碎烟末摁进烟袋锅子里，点上火，狠狠地吸了两口，"吭吭"咳了两声，呛了两眼泪花子。一锅儿，两锅儿，三锅儿，四锅儿烟末都吸完了，灶屋里烟雾缭绕。

地上啪地响了一下，不用看，明德也知道那是自己的汗珠子砸地的声音。一团蛛网噗地落到了水缸的木板上。明德想，唉，蜘蛛的家也得重建了。梁上呲的一声响，明德不用睁眼，就知道红蛇的头抬起来了。夜，深了。明德欠欠身子，板凳上一片汗湿的屁股印儿。明德在板凳角上磕磕烟袋锅子，像做了亏心事似的低着头说：老伙计，你守家护院六十年了，你看到了咱家的日子是一天比一天好。咱灶屋南六里的兰草山退耕还林了，春兰夏荷秋菊冬梅，一年四季就像住在仙境里。咱灶屋西北三十里的盘龙山橡林栗园野葡萄红桑果都美得耀眼，你自己选个好去处吧！

明德蹒跚着走出了灶屋门，浊泪如委屈的小白蛇瞬间爬满了脸上的沟沟壑壑。

第二天晚上，狂风怒号暴雨如注。忽然，灶屋里蹿出一道红光，雷鸣电闪呼啸着向西北盘龙山方向飞去。那天之后，明德再也没看到过那条胳膊粗的红蛇了。

灶屋建成了大平房，地上铺了地板砖，安装了大理石灶台。

2020年的春节，八十多岁的明德老汉站在自家三层小楼的大门口，接着了孙子从上海发来的义务执勤视频，他笑着问孙子，你的胳膊上咋缠着几圈小红蛇呢？孙子说："爷爷，您又想小红蛇了？您的小红蛇保的是咱小家的安康，俺党员的红袖章保的可是咱大国的安宁！"

抠　　搜

马金章

　　在小城的文人中，木笛的抠搜是出了名的，他被我们戏称为黎阳的严监生，身边的葛朗台。

　　他和妻子柳春意同在我们单位上班，两人的工资都是他领，每月15日下午会计发薪，他将钱往口袋里一装，就找借口离岗急着跑二里多路将钱存到银行，怕当天存不上少吃一天利息。那次发薪后，妻子柳春意想买斤肉改善改善生活。他眼一瞪，没好气地说，买肉买肉，就知道乱花钱。吃一斤肉，就能长一斤肉啦？

　　办公室的刘留看不过，插科打诨道：嫂子，跟我过吧，保证你天天吃肉。

　　春意羞红了脸，给丈夫打圆场：木笛不是不让我吃肉，是担心我吃肉变成猪八戒他姐，丢他的人。

　　本来春意是给丈夫拾面子，撑台子，木笛却较起了真：我担心你吃肉不长肉，要能像人家刘留夫人那样，能吃成胖玉环，我天天供你吃肉。

　　刘留听了一下子爆成个大红脸。刘留的老婆赵玉环体胖，胖得很喜相，喜相得回头率特高。那天傍晚，木笛和春意散步，身后传来舒缓的轻音乐声，舒缓的轻音乐中还夹杂一种怪异的不协调的嚓嚓嚓声。这时一个穿短裤的胖女人从后边赶上了他们，超过了他们。胖女人从木笛和春意身旁超过的时候，他们发现那嚓嚓嚓的声音是女孩两条胖腿裤子摩擦发出来的。他和春意对视一下，不约而同地笑了。赵玉环当时还没有和刘留结婚，当这个胖女人出现在他们大院里的时候，他给她起个外号嚓嚓嚓。木笛发现，赵玉环不管是什么季节，不管穿短裤还是长裤，不管裤子的布料是纯棉还是蚕丝、是化纤还是混纺，走起路来都会发出嚓嚓嚓的响声。

　　此时，刘留听出木笛是在笑话他的肥胖老婆，心中猛生恨意，待木笛两口离开办公室，他向同事摆活出一宗儿木笛特抠搜的糗事儿：

　　那个星期天，木笛和春意逛商场，春意看中了一件衣服，木笛不让买，拉她去买干面条。面条有两种，一咸一淡，咸淡标的一个价儿。他问春意要哪种。春意没好气地说，你愿意要哪种就要哪种。木笛一看咸淡都是一个厂家出的，面粉成色也一个样，他想买咸的吃起来方便，还省了买盐的钱。就要了几斤咸面条。

进了家门，春意将面条往桌上一扔，没好气地质问木笛：盐和面哪个贵？木笛顿时省悟：盐五毛钱一斤，面粉八毛钱一斤。买咸面条吃亏了。他一边怒骂着春意，一边提上面条，急溜跟头地到商场换成了淡的。

刘留这天回到家，看着赵玉环的双腿笑着嘟囔：我就不明白，没见你腿多直，却像夹个发声机，一迈步，就发出嚓嚓嚓恁大响声。你看人家春意，两腿多顺溜，走路旋风儿一样？

赵玉环兜头打刘留一巴掌，教训道：眼贼心野，木笛要发现你那色眼，把你揍扁才好。

刘留平日看不惯木笛的抠搜劲儿，今儿个受到他的讥讽心里搁不下，他存心逮住机会，再看看木笛的另一种抠搜。

刘留和木笛两家住在一个四合院。第二天清早，刘留看春意要晒被子。绳儿稍高，春意跳下脚往绳上搭被子没搭好，被头从绳子上滑了下来。刘留赶来：嫂子，让我来。让我来。说着接过被子，往上一甩搭上了绳子，他一边将被子扯展，一边热热乎乎与春意说话。木笛隔窗看到后醋意大发，就在屋里没好气地叫春意。春意刚迈进门槛，木笛暴雷一样怼她一句：你们说的话，太多了吧！

刘留在院里听了畅快地笑了。

同事小徐家境不好，儿子得了先天性心脏病，要动手术，单位号召员工捐款帮助，别人都捐了一百元，木笛仅捐了二十元。春意埋怨：你这样抠搜，会落下啥人缘呢？

木笛说，捐款自觉自愿，献爱心不在多少。他还质问春意，我人缘不好，却三天两头有人请我吃饭、喝酒。你人缘好，顿顿吃自己的饭。木笛说的不假，他有才气，文笔好，是资深写手，又在报社编着副刊版，在小城，爱舞文弄墨者，有了稿子，想请他指教的，希望发表的，少不了请他吃喝，以便饭桌上向他讨教。

木笛爱喝酒、爱抽烟，但认为烟酒是奢侈品，所以，他从舍不得花钱买酒买烟，酒虫子在隔三岔五请他的酒桌上被灌醉了，就会睡眠几天。烟有时也会在酒桌上顺一包，不够吸不要紧，他身上尽管从不装烟，但火机却不离身，谁递烟都接，却从没见过他递给别人烟。

烹文煮字的人，大都爱书。甭看木笛日常开销上十分抠搜，却是个看到好书就想买的购书狂。他买到书后从不张扬，怕人家借。刘留却自认他能借到木笛的书。那天，他登门借一本急用的书，谁知，木笛打开书房的门对刘留说，是的，我有这本书。可不知道放哪里了。你看，装书的纸箱摞得够着了房顶，我啥时能找到你要看的这本书呢？

刘留气得不行，到了单位数落木笛的不是：木笛这抠搜鬼，看管他那几本破书，比看管他老婆还紧。乍听这言论感到刘留说得太过，可一琢磨，还真是这么回事儿。春意在人前，他能挡得住人家看他老婆的目光吗？而他的书，外人要是能看上一眼确实很难。刘留进一步揭木笛的短：当年，为让他看上几部世界名著，我叔连公职都被开除了，看在我叔对他的恩德上，他该对我大方点吧，没想到，他这么不是东西。刘留他叔过去是县图书馆管理员，木笛借的书，当时被列为禁书。

后来，木笛出版了几本自己的书，这成了小城人的骄傲。有人想珍藏他所有的集子，书店售完了，就问他哪里能买得到，他将样书拿出来赠送。谁要是给他钱，他虎了脸说，你这样，就是看不起我。人们对他的看法有了转变。

去年，市里新建的图书馆落成后，刘留听说新图书馆里有许多难得的绝版好书，就过去借。没想到新任馆长是他叔叔，更没想到的是，那些好书、绝版书，不少竟是抠搜鬼木笛捐赠的。

老 兵

钟志良

二十世纪八十年代初，我从部队复员，被安排至祈昌县水泥厂保卫股任干事。股长是比我早十年转业的连级干部，在我这个后来者面前摆了一下谱。

上班那天，股长对我说，新兵，我带你去熟悉熟悉环境。我说，股长，我在部队干了五年，属于超期服役的老兵，不是新兵蛋子了。股长有点不屑地说，我当兵的时候，你还穿开裆裤，在我面前，你就是新兵。我挺了挺腰，提高音量说，报告股长，在你面前我确实不敢说是老兵。股长脸上的肌肉松了一下，露出一排大黄牙，拍着我的肩膀说，这就对了，年轻人，谦虚一点嘛！

股长领着我，沿着围墙脚下的小道绕整个厂区转了一圈。小道并无行人，只有轰隆隆的机器声回荡。股长说，安全保卫无小事，你得把眼睛睁得跟铜锣一样大，保持高度的警惕。当然了，现在这个形势，也不会有大事发生，主要就是预防小偷小摸的行为。我问，股长，有人来偷水泥吗？股长说，有哇，去年就发生过，有人攀爬围墙过来，妈的，不知用什么方法，居然把水泥偷走了。还有就是个别职工爱贪小便宜，会顺手牵羊弄点零配件拿回家里去。所以，上班时间不能像泥菩萨一样杵在座位上，要像陀螺不停地转。

我赶紧点头说，好的股长，我记住了。

有一天我上中班，就是下午四点到午夜零点的班。我沿着围墙内的小道巡逻，发现一个穿劳动布工作服的老人低头弯腰在捡什么。我悄悄走上前去，他没有发现我，仍然在低头寻找什么。见此情景，我大喝一声，干什么的？老人吓了一跳，待看清是一个不认识的人才小声回答说，你是新来的吧，从来没见过你。我口气有点凶，少啰唆，你在这里找什么。

老人直起腰，看着我微微一笑，我在找螺丝螺帽钢球啥的，刚才你一喊，我的手一抖，有个钢球滚进草丛里不见了。

我继续盘问，态度有点不友好。你找这些零碎的东西干什么，是不是想拿去当废品卖呀。你不知道这是国家财产吗？老人有点语塞，嗫嚅道，这、这，不是……我马上反问道，不是什么？就算是废品也是公家的，不能私人捡了拿回家去，快走吧，否则我就要行使保卫干事的权力了。

老人诺诺，好，好，不捡了，不捡了。走了两步，又回过头来说，哦，前几天听说新来了一个保卫干事，原来就是你呀。你忙，你忙。

从此，只要是我上班，我就重点盯着这位爱捡螺丝螺帽的老头儿。

一天，我巡逻至一偏僻处，见有一身影在低头弯腰捡东西，心里猜，是否上次碰到的那个老头儿。走近一看，果然是，我暗暗骂道，好哇，你这老头儿把我的警告当耳边风，那就别怪我不客气了。我快速抓住老人的手，也不说话，拽着他就往办公楼走。老人赶紧说，干事同志，别误会，别误会。我说，没有误会，上次已经警告你了，想不到你的胆子也太大了，我要把你交给厂部处理。老人双脚使劲粘着地，嘴巴动了动，努力地想说什么但什么也没说出来。

就在这时，矿山通往车间的小铁路出事了。只听"哐当"一声，一节装满石灰石的矿车出轨了，接着传来"快救人啊"的呼喊声。我马上松手，朝出事地点跑去，见此情景，老人也在后面跟着我跑。

后来，由于保卫人员增多，对排班作了适当的调整，我不用三班倒连轴转，就很少见到捡零件的老人了。

大概半年后，我在厂道巡逻时看见老人肩扛一个木箱子，朝仓库方向走去。我满腹狐疑：这老头儿究竟在干什么呢？为了探个究竟，便悄悄地跟在他身后。

老人进了仓库，仓管员老韩大声说，哎哟老骆，好久不见你了，又送零配件来了。老人说，是呀，这是近几个月捡的，过来让你登记一下。

这时，股长也跟了进来，扯着鸭公嗓嚷嚷道，老班长，你身体不好，要多休息，不要再去捡那些零件了，要是实在闲不住，我陪你下棋咋样？

老人对股长说，小仲啊，过两年我就要退休，到时想捡还没有机会捡呢。

股长看见我，不解地问，新兵，你怎么来了？我红着脸，笨拙地解释，嗯嗯，我是想看看老骆箱子里装的是什么。

股长似乎明白了什么，拉下脸问我，你小子是否怀疑老班长在做什么坏事。

告诉你，我刚当兵时，他就是我的班长，是名副其实的老兵，后来我转业到这个单位，和老班长成了同事，他经常利用业余时间去捡丢弃在厂区内道路旁的零配件，这些年来，老班长捡回来的零配件少说也有几百个，为单位节约了一大笔费用，就凭这点，够我们学一辈子了。

天，这个捡零件的老头儿居然是在为企业作无私奉献。我的脸热辣辣的，双手不停地搓着，羞愧之心无处安放。

我为自己对老人的唐突和冒昧感到不安，面对老人深深地鞠了一躬：老班长，请你原谅。老人抓住我的手说，职责所在，不怪你。

后来我和老人成了忘年交，有时候也跟他一起做做义务劳动。一次闲聊，得知他有个毛病，一着急就说不出话。老人身患多种慢性疾病，即便这样，仍然闲不住，总要找点事来干。

这是我到新单位后做的一件傻事。多年后，只要一想起这事，心里仍然不是滋味，为自己当初的鲁莽行为而深深自责。

表 彰 会 上

杨庆发

和往年表彰会一样，陈迁神气十足地步入会场。

二叔来了！一壮年村民组长向他打招呼。

二大爷到这儿坐！一中年村民组长急忙站起身来让座。

二舅姥爷这儿有座！一青年村民组长急忙离座上前打招呼。

都坐都坐。陈迁目空一切地摆着手自顾地找了座位。

二大爷您抽烟。中年村民组长急忙掏出烟卷儿递给陈迁。

我不习惯那玩意儿。陈迁旁若无人地掏出旱烟袋，然后捻上旱烟。

来，二舅姥爷我这有火。青年村民组长急忙递过打火机来。

不用，我习惯使火柴。陈迁摆着手拒绝。

点着烟，陈迁撒目一遍这些用敬重眼神看他的村民组长们，心里很是受用。

人都到齐了，现在开会。台上的老支书宣布。

我先说两句。老支书干咳了两声说，任何事情都得有始有终，人总有老的时候，该让贤就得让贤，不能老占着茅坑……

啥意思？这不是在点我嘛！陈迁激灵了一下，烟袋也在他的嘴里抖动了几下。三十年来，我不都是捧着你干的吗，再说当村民组长我也没争没抢，每届都是村民自愿选的。岁数大了咋地，你想拉完磨杀驴吃！

所以，我这当了三十来年的村支书，也该挪挪窝了，换换新鲜血液，让年轻人来发挥朝气。

哦，他原来是在说自己呀！陈迁这才消了气。

下面请村支部副书记讲话。老支书宣布完，便带头鼓掌。

这时大家都朝着年轻的副书记猛劲地鼓起掌来。

呸！你们真会见风使舵，不就是看中他是下届村支书的接班人吗。陈迁藐视地把嘴撇了撇。然后使劲地磕掉了烟袋灰，接着把烟袋收了起来。

副书记起身微笑着向大家点了点头之后，这才坐下来说，也不是什么讲话，只是借这次表彰会的机会讲几件事。今年总的来说各村民组长都干得不错，但也有不尽如人意的事情出现。比如有的村民组长工作之余，动不动就好往女村民家串门。

陈迁脑袋立刻就嗡了一声。这事儿怎么又翻弄出来了呢！不就是村民范寡妇犯病突然晕倒了，我正好有事儿去她家赶上了，就把她背到村医诊所抢救，为此就有人造谣，但范寡妇清醒后给我澄清了！

我今天就不提是谁了，不过我奉劝一句，你作为村民组长，今后不要一喝了酒就去找女村民谈工作……

哦，原来说的不是我呀。陈迁这才坦然。

还有更可气的是，有的村民组长以工作之便占村民们的便宜……

这句话一出，陈迁的脸立马就火烧火燎起来。他想起入秋时自己干的那件不光彩的事儿。那时眼瞅着庄稼上浆的时刻却秋吊了，于是村民们商量决定秋灌，为此陈迁就以犒劳电工顺利供电为由，摊派村民们买了一只羊杀掉存放在自己家中。然而今年的电工因廉政教育的威慑，他既没来吃喝，又没给停电，这只羊后来就他自家享用了。但是村民们不干了，陈迁一看不行立马掏钱还给村民各户，所以为这事差一点毁了自己的一世英名，好在及时采取了补救措施。但是刚才听副书记的口气，他今年获奖有点儿悬了。

村民组长是干什么的？他是为村民服务的，不是作威作福的！当上村民组长，就以工作之便天天地吃东家、喝西家，无缘无故地给村民们增加生活负担……

呵呵，闹了半天说的仍然不是我！陈迁着实地虚惊了一场。他用袖子擦掉头上沁出的虚汗，然后他暗自埋怨起副书记讲话太拐弯抹角，让他听着累得慌。他感念老支书讲话直来直去，让他听着顺耳。这时他偷眼想观察一下周围人对他都是什么表情，然而他发现人们这时都不再关注他了。

陈迁的心这时有点儿翻江倒海。想想当年分田到户那阵儿，他踊跃地当上了村民组长。那时各个村民组的组长都是年轻人，大家都是兄弟相称。青年人总有一股朝气，大家都是比着赛干，但总还是有被淘汰掉的。由于他干得出色，三十几年下来，其他村民组的组长就像走马灯似的更换，而他这位村民组长却一直稳坐钓鱼台。截至现在，也就只剩下他老哥一个还在台上干，所以他也就成了年年获奖的老资格了。年复一年的，尽管年轻人还逢迎他老当益壮、宝刀不老，但这年龄一大，怎么就滋生了骄气、多疑。特别是在今天的会上，自己总是在一惊一乍地对号入座……

现在由陈迁同志上台领奖！

哎……哎……由于他的走神，副书记后来都说了些什么，他一概没听进去。刚才的这一声宣布，让他又是一惊。

他跟跄着上台领了奖。然而这次获奖一点也没让他感到轻松、愉快，相反的还有点儿头晕目眩。

看来自己的确是跟不上脚步了！还是老支书说得对。

助 理 丽

杨新宇

丽松开小男孩的手："宝宝，再见。"小男孩甩下一句"丽助再见"飞快地跑进校门。丽瞧他朝霞般融入校服的彩云中。上班的第一项工作完成了，她向值勤老师微微一笑，转身走向她的红色马自达。值勤老师柳终于鼓起勇气喊住了她："加个微信吧。"他俩已经在清晨相视微笑了一段时日。

丽说："好呀。"柳说我扫你，丽点出二维码。两个年轻人熟练地加了微信，这是再简单不过的事了，然而时下加了微信让看朋友圈的，就算是朋友了。微信朋友圈的图文日记般袒露着心声。

丽坐进驾驶室，启动前划了下手机屏幕，见到柳送了她几朵小红花，便回了个愉快符。汽车向菜场驶去，这是她每天上班后的第二项工作，买菜。

两位年轻人白天工作都很忙，我们只能等到晚上再来看他俩的微信。

是夜云淡风轻，弦月的两个尖角勾得人心里痒痒的，明亮的星星诡谲地眨巴着眼睛，忽明忽暗。

丽划看柳的朋友圈，抿嘴暗笑早知道了一个老师嘛，仔细瞧瞧当然看出点名堂，是个喜欢航天的物理老师，十二分地羡慕神舟十二号遨游太空。丽遥望太空拍了张星空照，但没有按"发送"，存了草稿。

柳看着丽的微信朋友圈犹如闯入深邃的太空。丽今天的微信就有两条，一条的图片是一对老夫妻在用餐，几盆菜拍得很清楚，配了文字"荤素搭配、红绿相间"。柳想这两老是谁呢，不像是她爸妈，比自己父母几乎年长了一辈。那么丽是做什么的呢，老两口的保姆吗。另一条的图片是那个小男孩在做作业，书包扔在边上，丽在院子里采黄瓜，有一只松鼠爬在香樟树上。配的文字是"认真读写，请妈放心"。柳纳闷她是在向小男孩的妈妈汇报工作吗，她又是在做什么呢，家庭教师吗，听小男孩唤她"丽助"这算什么称呼。

男人天生主动。柳发送微信：你好，在干吗呀。静等中的丽还是被微信的浮窗怔了一下，她定了定神就将草稿按了"发送"。柳马上回复："看星空，点赞。"

不一会儿他俩已相聚在太湖大堤上看星空。太是一个很有想象力的文字，猜想古人琢磨如何表现比大还大呢，大是一个人远远站在地平线上的气势恢宏，云空横在"大"上就成了"天"，比大还大那就加一根棍把大支起来，又撤去了云空，可见太之大。长江下游湖泊众多，江浙之间有个大湖，人称太湖了。丽是从西部大山里来的，太湖让她心胸开阔。这当儿，太湖南岸月亮酒店的霓虹灯秀得青青的芦苇披金带银，太湖水轻轻拍打堤岸，远处的小雷山隐隐可见，像水上仙山。

柳的物理专业养成他凡事都想探个究竟，他喜爱太空，如今丽在他面前就像太空。"看了你的微信，我都看不出你是干啥的。"丽看看太湖，又望望太空，说："你猜么，估计也猜不到。我做那些大忙人的助理，协助他们管小孩和老人，清洁整理房间，还下厨做饭。"她顿了顿："现在是快餐时代，工作节奏快，不少人把吃一顿家里的便饭热菜当作高端享受。"丽职业中专毕业，她很自傲自己的工作。

柳面对相视已久，气质高雅谈吐清新的丽，着实吃了一惊："你是小——"他咽住了保姆两字，"是在做家政？"

"对，家庭行政助理。"丽说："我现在管着两个家庭，一个只有老两口，他俩的女儿在国外，还有个儿子在上海，我帮他们打理卫生再烧一餐中饭，替那姐弟俩孝敬他们的老爸老妈。另一个就是你们学校那个小男孩的家，小男孩的父母都是医生，工作忙得团团转，经常加班加点还要出夜诊，时下应对疫情就更忙了，我没去之前，他家里可以说是鸡飞狗跳，接送儿子像打仗，家庭作业没人管，偌大的别墅一团糟，院子也没人打理，衣服一周只洗一次，晚餐不是从食堂带来就是叫外卖。所以我帮他们。"

"那不是当保姆吗？"柳终究还是说了出来，学物理的晃不了虚枪。

"这样说吧，"丽朝柳笑了笑，"小男孩的父亲说一个有文化的姑娘称保姆有点俗，他们叫我阿姨也不合适，他说新时代了，医院里有医生助理，现在我们把家托付给你打理，就创新下也叫助理吧。我觉得这名称好，助理，听起来蛮有档次的。"丽一口气说下来："每次妈妈打电话问我在做啥工作，我就告诉她当助理，妈就说当助理好，但不要动老板的孬脑筋，给俺山村争点面子。"

柳大声笑了起来，湖面也跟着跳了跳，像是有鱼顶起水面。

"我还有个想法，想开个家庭行政助理代理公司，培训业务，制定工作职责，提出薪酬建议，建立档案，签订劳动合同，让用人的家庭放心，给助理有份保障，消除社会上对这一行业的担心，把它做成一个满足现代家庭需求的新产业。"

柳说："你心好大。"

"这不是在太湖边嘛。"丽答。

一对白鹭掠过湖面，发出嘎嘎的叫声。

往高处去的亲人

王小东

我儿时像无人看管的庄稼，自顾自地疯长着。我常在乡野间游荡，手脚闲不住，总喜欢随手拿起土坷垃扔向杂草中的虫鸟，或是折断地上的蒿草。

村里的大人总有忙不完的事，就我父亲整日卖呆儿。勤快人家的院子里种瓜果青菜，我父亲则不顾母亲唠叨种些不知名的野花。我家门前有两棵杨树。一棵枝叶如盖，村里老人常在树荫下唠闲嗑儿；另一棵枝叶稀疏，树下卧着块儿一尺高的大石。父亲常在大石边闲坐，石头表面被他摸得光溜溜的。

我蹲在大石上抻脖儿望天，口水顺着嘴角往下淌。天瓦蓝瓦蓝的。突然有人嗷一嗓儿，把我吓得跌落下来。父亲正在大石旁端着搪瓷缸子看花，见我口水沾着泥土的狼狈相，他愤怒的目光从厚厚的近视镜片后投射过来。

树下的老人咂咂嘴："这孩儿真缺点啥呀。"这话并不避讳父亲和我。

"啪"一声，父亲的大手落在了我光亮的大脑门上。我咔咔大笑。这激起了父亲更大的愤怒。母亲闻声赶来，塞给我一把地瓜干。我把吃食放进嘴里，一溜烟儿往野地里跑。

村南头有个黄土坑。我们这儿黄土少见，人们取土垒墙修屋，大坑渐成。夕阳缓缓坠向青山的尖尖上，我踏着落日余晖向黄土坑走去。土坑周遭寂静，我准备如往常一样往下跳。

我惊奇地发现坑下有一双晶亮的眼睛盯着我——那是双女人的眼。我身体弹簧般往后退。

"坑是你的？"女人认真地问我，她身后的瓶瓶罐罐叮当作响。从来没有大人这么正式同我讲话，我拼命摇头，又拼命点点头。

女人用木棍在头顶画了一个圈，不容置疑地说："圈住了，归我！"

在女人君临天下般的威势下，我仓皇而逃。从此，那女人霸占了我的领地。村里人也终于发现了女人，大家叫她文疯子。文疯子除了进村讨吃的，从不骚扰乡邻。

喜鹊做窝，老鼠打洞，疯子也会归置落脚地。土坑加了顶，碗口粗的木头不知是什么人帮她搬过去的。女人用细一些的木头在坑顶又搭了一层，远看像城堡。她似乎并没有收手的意思，城堡还在继续长高。

我觉得，这土坑应该属于她。

父亲最近很少在大石旁闲坐了，要么在屋里发呆，要么急匆匆出门。母亲也是满腹心事的样子，却总是做好吃的，还打发我趁热给那女人送去。母亲总不忘塞给我一把地瓜干，也许是怕我偷吃给女人的吃食吧。

有一天我在野地里疯玩，天擦黑才回家。我隐约听见母亲啜泣着说："让她住家里来吧。"我进屋便问："家里要来人？"母亲别过头擦了擦眼角，父亲则沉默地望向窗外。

城堡仍明晃晃地立在村头，很扎眼。

父亲的病来得突然，整宿咳嗽。母亲把炕烧得滚烫，说出出汗就好了。后来，父母进城瞧病，他们回来时脸色很难看。父亲看着我，想说什么终究还是什么也没说。

一个月后，我经历了人生中第一场大变故。父亲去世了。

出殡那天，我一向混沌的头脑少有地清明起来。我看见那女人如雕塑一样坐在城堡上，我用力摔碎老盆，青烟般散开的纸灰模糊了我的视线。

我打着灵幡引路，在唢呐的颂唱里父亲被安葬在高高的青山顶。门前那棵枝叶如盖的杨树成了父亲的棺木，光滑的大石刻上了父亲名字立于坟头。

父亲下葬后，母亲拉着我来到黄土坑。我默默看着背起瓶瓶罐罐的女人，她如来时一样。

女人说："我走了。"

母亲问："去哪儿？"

女人的声音平静如水："往高处去……"

许多年后，我离开了老家。后来，我把母亲也接了出来。又过了许多年，我再一次带着母亲踏上回乡路。我们来到了青山顶，父亲的坟头干干净净的，周围生长着不知名的野花。

我问母亲："会是谁常来看父亲呢？"

母亲撩起额前的白发，像是应答也像喃喃自语："她和你父亲认识得早，只是你爷爷奶奶先认识了我。"

站在高高的青山顶，远处田野里的蒿草已经泛黄，这些土地上顽强的生灵即将迎接又一次枯荣。

我至今也不明白，儿时的我为什么总喜欢折断它们呢。

厨 子 张 生

李华雨

张生多年科举不中，父母年迈困窘，张生只好靠个人爱好赚几个铜板贴补家用。

一个穷书生，其实也没什么爱好，无非写字画画，读书人的必修课。字画闲置家中还占地儿，能换点碎银铜板也算派上了用场。可张生画不过武丹、陈卓、扬州八怪，书不过王铎、傅山、八大山人，字画摆街上，三天五天也难得有人问津。

这年秋天发榜，张生找了几天都没找到自个儿名字，只得叹气回家。行至汀州府，盘缠耗尽，摆摊卖字，只有鸡犬驻足围观。饿到他直冒冷汗，一头扎进一小酒家，想赊点吃的。

酒家不见一客人，账台后一老者，见张生仓皇进来，便说，后生，小店就要关张了，师傅都散伙了，我也没备菜，要不你到厨房看看，有什么吃的自己动手吧。

张生看看老者，不及细想，又一头扎进厨房。

煮饭做菜难不倒张生，父母手脚不便，平素在家他也常下厨。农家饮食简陋，眼下这爿酒家早先备下的配料还相当充足，张生不一会儿就做好三个菜。

你煮什么，这么香？连账台后的老者都惊呆了。

一碗红烧豆腐，一碗笋干，一碗南瓜。最普通不过的农家菜，在老人桌上却如龙肝凤胆，夺人眼目，芳香四溢。

后生，好手艺呀，老者连连赞叹。

路人闻香惊呼：刘掌柜，煮什么好料？

这后生做的，老者又对张生说，后生，你帮我掌勺吧，我请你。

我是读书人，张生边吃着南瓜边说。

就帮我一段，等我再请过掌勺师傅。不影响你考功名。

那就赚点银子再考吧,张生决定留下。他的厨艺很快闻名汀州。他仿佛上天派下来的调味师,原本在农家无处施展手脚,现在给他一个平台,再不堪的食材,经他一拨弄,就色香味俱全,满满的诱惑。老者的酒家很快红火起来。不出两个月,老者带着张生租下汀州最大的店面,开了一家最大的酒楼。酒楼生意爆满,张生一煮成名。

知府闻讯,隔三岔五传请张生进府做菜,一饱口福。汀州首富傅员外听说了,也重金邀请张生上门主厨。张生起初不去,他酒楼生意忙,对富人也没有好感,而且他心心念念的是读书考功名。傅员外三次加价,店家便怂恿张生看在银子份上上门服务。谁知此后傅员外每月都几次重金邀请,据说员外家千金吃了张生的菜就看中了张生。

张生在员外府上见过一次傅小姐,不是那种让人一见倾心的大美人,但配张生还是有余,何况还搭了一个有钱的爹。可傅员外跟张生提及婚配之事,张生还是犯了犹豫。他知道古代也有一个书生叫张生,也知道自己没有那个张生的艳福,遇不到崔莺莺那样的美女,更没有红娘替他们月下送情书,可如今傅小姐相中了自己,她爹极力撮合,自己还有什么不满意的?只是张生很清楚,自己不过一落第书生,碰巧会煮几个小菜,才落脚汀州,门户不登对,再说他心中念念不忘的还是功名。

傅员外家千金都回绝,张生的声名一时大噪,就像他的厨艺。食客慕名而来,每天排着长队巴望张生美食。经常累至深夜他才大呼:我要读书,我要读书。可呼完躺下就呼呼大睡。

张生疲于应对,知府又率人围住酒楼,把张生传到跟前。

张生,这位是刑部侍郎大人,好好露一手。

刑部侍郎才吃两道菜,就拍案叫绝。太棒了,知府大人,这张生我要了,带进京城肯定能成为御膳房大厨,到时你我加官晋爵就靠他了。

张生忙说,大人,我还要考功名呢。

知府不屑道,到御膳房任职不好吗?你以为你能连中三元?

张生明白,到宫里煮饭,再荣耀不过一厨子。他张生是读书人,入仕做官才是正途,他爹可是等着他回家光宗耀祖呢。要是考中状元,骑着高头大马游街,羡煞一街的人,他做梦都会笑。现在这般光景,哪是自己的初衷?

可是,大人,我是读书人,我要考功名……

考功名为什么?不就是做官?御膳房做官多好,经常能面见皇上。

考什么功名,速速把河田鸡做来吃,侍郎大人喝道。

是,是,我这就做。张生退回厨房忙碌。

忽听外面一阵喧哗，连张生都忍不住跟出去观望。只见酒楼门前熊熊大火，几个侍卫把一堆书和箱箧扔进火堆。

张生好像发现了什么，抽泣道：大人，大人，这可是我的身家性命啊。

刑部侍郎瞥了他一眼，转身走进酒楼，嘴上说，御膳房不去，还考什么功名？

潜 伏 期

脱微娜

第一次听到她笑时，我正埋头修改一个营销策划案。那天，办公室静静的。这笑声尖厉而局促，像是在为没什么好笑的事而讪笑，那笑声仿佛一个物件，直拍过来。

我抬起头，大吃一惊。组织部胡部长和一个留齐耳短发的中年女人杵在我的面前。

“进来半天了，看能把我们晾到什么时候？”胡部长以拍皮球的姿势大巴掌盖在我的头上。

我“呀”的一声弹了起来。

“给你送个能人来，加强你们部的力量。这是瞿梅老师，从外地调来，之前是小学校长。”胡部长做着介绍。

瞿梅一边和我握手，一边上下打量我，嘴里发出一串啧啧的咝咝声。

“到我这可屈才了。”我嘴上这样说，心下十分不悦。我的部下都是经我考核选拔的，硬塞给我的，别管什么校长能人，我真不想要，这话我不能明说。胡部长像看穿了我的心事：“先干着哈。”

胡部长走了。瞿梅龇出一口白牙，表情有些夸张：“部长年轻有为，太帅了！”说着，一只眼像少女撩情似的朝我猛眨几下，扑哧一声又笑了。我晕！这半老徐娘太搞笑了。我没有接她的茬，急着案头活，便把一大本营销部工作职责、规章、标准扔给她，让她先熟悉一下工作流程。

开始，瞿梅表现得中规中矩，我很尊敬她，叫她梅姐。不久，她反复无常、散漫的作风就露出了端倪。她大咧咧口无遮拦，高兴起来热情似火，情绪低落就丧着一张脸，让人莫名其妙。开始，我试着把一些组织检查的工作交给她，可她的能力令人大失所望。一些工作她不懂也不肯学，口气却大得离谱，仿佛她还是那个校长，讲起话来，三句不离她当校长时的辉煌。我觉得她脑子哪根筋不对劲，但具体又说不出。

营销部是清一色的年轻人，大家认真好学，工作雷厉风行。瞿梅的到来非但没有加强力量，反倒成了不和谐因素。比如我领大家开会，快到中午，正讨论激烈时，她捏着鼻子说："该喂脑袋了。"引起一阵哄笑；部里搞大型活动加班加点是常有的事，她提议给大家一些赠品做补偿，表面看是为大家说话，实则是违反纪律，让我陷入两难。

这样下去可不行。一天，我找瞿梅谈话，委婉地要她注意影响。她打着哈哈，油滑得像根老油条。忽然她咄咄逼人起来："别整天像个真格似的，我当校长那会儿你还尿尿和泥玩呢，知道我的后台是谁吗？这个我会告诉胡部长，不会告诉你，要说会吓死你。"我不吃那一套，告诉她，我没有兴趣也不想知道，这和你的工作没有关系。我们谈崩了。

两天后，胡部长告诉我瞿梅是市政府瞿市长的亲侄女，到你那是过渡一下，将来还有重任。怪不得呢，我暗暗吃惊后怕，到口的话又咽了回去。

不久，瞿梅调到了公司组织部任副部长。

组织部考核干部找人谈话是正常工作。瞿梅主抓考核，开始背靠背找人谈话。可她谈话的方式很不正常。找我谈话时，她看我的眼神颇有意味，像是看着一只待宰的羔羊。望着这个曾经的部下威风凛凛，我的眼前像有层云雾看不清她真实的面目，只是不时发出的冷笑让我后背发冷。

她说出一个个中层干部要我评价。谈到胡部长时，我话没说完，她便打断我："你还说他好，知道他背后怎么说你吗？"听到这话我的心像遭到突然坠落的重物击打，一阵沉闷的钝痛。

更让我郁闷的是，自那次谈话后，一些中层干部看我如空气，胡部长竟然气哼哼地不理我了。

我的厄运开始了，瞿梅以群众反映为由，开始查营销部的账目。我说："梅姐，何必没事找事呢？你也知道，部里的账清清楚楚的，我不怕查。要说有违规的，就是那次部里加班后，在你的提议下，给每人发了一桶豆油。"

她眼睛翻了几番，不承认此事，说我撒谎，建议党委给我撤职处分。我的处境岌岌可危，若不是后来营销部人员集体做证，我的违纪就坐实了。

我决定远离这个疯狂的女人，远离纷争，我应聘去了一家大型企业做营销总监。

一年后，胡部长来看我："你小子走运了，是金子在哪都闪光。"

你怎么能背后说我坏话？我怼了他肚子一拳。

别听瞿梅瞎咧咧，这个害人精，把整个公司人心搞乱了，你知道她是个骗子吗？

什么？我愣住了。

"有人对她的年龄产生了怀疑，策略地问了瞿市长，瞿市长说，他有个侄女叫瞿梅不假，可现在才上高中。骗局被揭穿了，瞿梅灰溜溜地下岗了。"

"善恶有报，活该！"我真解气。

又过去了几年。彼时，我已是公司的副总裁，对人生、人性有了更深的认识。

一天傍晚，我开车路过一家大型超市门口，看到一群人在围观，便偏头看一眼，只见一个头发花白的老太太，素面朝天用吸管吹泡泡，看着一串串泡泡升起、破灭，发出瘆人的大笑。从她的笑声中我瞬间认出了这张脸：瞿梅！

其实，她早就病了。

不知怎么，我忽然鼻子一酸，喊了声梅姐，把她领出来……

古　　蛊

左海伯

光阴如梭，一晃，几十年都没了。

我爷那辈人，个个像岁月中风干的枯树，纷纷倒下了。

好在我爷，三爷，都还活着。可这活，质地不一，千差万别。

我爷用老人机，只接电话，鳏夫蹩村头，搓土烟，喝闷酒。

三爷驾奥迪车，专搞旅游，高龄泛商海，刷抖音，赶新潮。

三爷抖音炫的，是他旅途中的民俗、风光、美酒、美食……他常常不着痕迹地显摆的，是他的藏酒、名表、雪茄、钻戒、老狗、少妻……

这一切都是三爷放的烟幕弹。时常，他在抖音里以无比激动的声音报告他的重大发现时，大幕往往才真正拉开。三爷这回的重大发现是他在西安的古玩市场上，斩获一批仿制唐代的陶瓷酒盅。头戴瓜皮帽，着文化衫的三爷，在抖音里把酒斟进那内置腾龙造型的酒盅里，斟一半，斟大半，如何摇晃，倾倒，盅中酒虽有泼洒，但大多仍在；如果此时贪婪念起，不知饱而停啜，见好即止，继续贪杯，将酒斟满，那底子无缝的酒盅，开始漏酒，最终会漏得一滴不剩！

都瞪大你们的鹰眼，这酒盅富有人生哲理呀！快要结束时，三爷无比煽情地引诱道。

贪婪致人一场空哦！

镜头最后，三爷哑摸着他薄如刀片的两叶嘴唇，总结道。他这么说时，脸上适时浮出无限遗憾的神色，意味似乎无限深长。

三爷目的是卖货。他抖音界面不会忽略他的销售热线，店铺地址。前面的是饵，后面的内容，才是钩。

我朋友二愣，就是我三爷钩上的鱼。他佩服我三爷。在我心中，你三爷是个神秘人物。他常对我说。

今年五一节，我与二愣两家人在武汉度假期间，一个夜晚，我们去汉口见了我的三爷。我没让我们的夫人和孩子同往，不是二愣硬拽，我都不想见他。

同是古玩销售，三爷的店铺也与众不同。他店面中布置不少鲜花，一个小三爷约莫三十岁的眼种睫毛的丰腴女人（显然不是三爷原配，也非翠翠），在那花间穿梭。这是花店嘛！我心里直犯嘀咕。

见二愣要买古盅，三爷来了精神。老伴，快沏茶！他对那女人刚说完，那句话在吧台上立即回荡了一遍，像放录音。二愣诧异，抬头发现是一只鹦鹉，站在那吊着的横杆上学舌。他脸上现出莫名其妙的笑意。

三爷站在那里，干瘦的身子，尽显铿锵的气韵。他一手端着古盅，一手往那古盅里斟酒。他边演示边说，年轻人，这酒比如女人，你找应份的，不管怎么折腾，都不打紧，最低还有回酣，你看你看，是不是？可一旦贪婪，出格，最终会鸡飞蛋打，一无所有。你看你看，不剩一滴了，连酒味都不存在了。说罢，他把那酒盅伸到二愣的鼻子前，让二愣闻。

我们像是在看一场魔术。二愣不太相信，他把那古盅拿起，又闻了闻，明显被震撼了。

年轻人，这古盅，藏哲理，对吧。

是的。真是神秘。

买不？

买。

好好对待老婆，不可喝酒贪杯哟！

当然，当然；向古盅学习！

二愣应道，小鸡啄米似的。我暗笑，他大脑那会被三爷洗得，够净了。

我的丁克族同事

王庆高

亮和琴是我的同事。他俩都在卫生系统上班。一个做行政工作，一个是医生。亮和琴结婚时，我参加了他们的婚礼。婚礼很隆重。

转眼三年过去，我都是两个孩子的爸爸了，他们还是两个人。

我问亮，怎么还不要孩子呢？

亮嘿嘿一笑，不急，不急。

我又问琴，怎么还不要孩子呢？

琴忸怩着，不想要。

转眼又是三年，亮和琴身边还没有孩子。

单位的人开始议论了，这个说，亮不管用。那个说，琴有病。满城风雨的。

皇帝不急太监急。下班时，我把亮叫住说，你和琴下班到我家去一趟，我有话给你们说。

我们都住在单位的家属楼，很近，很方便。

亮和琴敲门的时候，妻子正在给我的公主喂饭，我在给儿子辅导作业。儿子错别字连篇，我正在训他。

亮和琴进门看到了我们四口家的模样：小公主一脸的稀饭，妻子正在擦衣襟，我一脸怒气，儿子低着头抹眼擦泪。

他俩禁不住笑了，你们干啥呢！

我把他俩叫到我的卧室，小声问，你们为啥还不要孩子？你们谁有病？外面可有人嚼舌头了呀！

亮淡淡地笑笑说，我们谁也没病。我们不打算要孩子了。谁爱说啥就说啥好了。

我转脸问琴，是这样吗？

琴微笑着说，是这样。不打算要孩子了。

我不理解，又问，你们俩工资也不少哇，养一两个孩子不成问题的，为什么不要孩子？

琴摇着头说，跟工资没关系，就是不想要。

我冷眼瞪着亮，想要他给我一个合理的解释，亮不好意思不开口，说，我俩商量了，不要孩子了，当丁克族。

我想发怒，指着他，你！不怕你家绝户？

亮不急不躁笑笑，没事儿，我兄弟有儿子。

单位举行舞会，亮和琴从音乐响起跳到彩灯闭幕。我不行，得回家帮妻子照料孩子，一下班就回家了。

五一节小长假，亮和琴出双入对游山玩水，好不快活。可我不行，孩子小，出不去。

看着他们出双入对玩得快活，我的不理解似乎释然了。

　　大约过了十来年，我们都到了中年，我到局里当了副职，亮当了医院的书记，我们是上下级。有一次开完会我留住他问，还想不想要孩子？

　　亮说，算了吧，都这个年纪了。即使她能生，也很危险。

　　我说，没事儿，现在医疗条件好，剖腹产嘛。

　　亮思想上有松动，琴坚持不要。这事儿就黄了。

　　转眼又是几年过去了，我们都越过了知天命之年。琴忽然得了子宫癌，子宫摘除。每次化疗之后在家养病，由于亮还得上班，我的公主恰好放暑假在家，她就担当起琴阿姨的保姆，把琴阿姨照顾得还算周到。

　　琴有时情绪低落到极点的时候，曾经劝过亮，说我要是死了，你赶紧找个年轻的生一个吧，我对不住你。

　　亮劝她说，看你说的啥！不生就不生嘛，我不埋怨你。

　　琴眼睛流了泪说，王局长是对的。有个公主多好！

　　亮说，我就是你的公主！

　　琴泪流不止。

　　琴的病稳定住了。亮得救了。

　　夫妻俩退休后相濡以沫，还经常随团出国旅游，生活得很愉快。有时候，我们夫妻俩和他俩结伴出去旅游，说说笑笑，打打闹闹，身心很是轻松。

　　人有旦夕祸福。亮突然出了车祸，大腿粉碎性骨折住进了医院。我也不慎跌倒把盆骨跌裂缝了，和亮住在了一间病房。我的儿子和公主担当起照料我两个的任务。琴看到我的儿子女儿都有了孙子和外孙女，围在我的病床前爷爷姥爷地叫，又勾起她的心思，她背着我们出去暗自落泪……

　　有一天晚上，他们都走了，只剩下我和亮，亮突然问我，听说现在试管婴儿研究成功了？

　　我愕然。那是多遥远的事情啊！

扶贫村的女队长

朱莲花

　　春阳从芳草萋萋的小路上爬起，揉一揉摔疼的胳膊，收拾收拾自己狼狈的妆容，继续向白云深处马莲沟村走去。

　　国家扶贫开发的东风吹过东洼县，对这届刚上任的领导班子来说，自然是出政绩的好契机，领导们转悠到山大沟深村落时，当即拍板：走出大山，才能迈上脱贫致富之路。

这不，在腾格里沙漠边缘广袤的黄土地上，很快就开发出大片农田，一排排种植棚，青砖黛瓦的住宅楼，凭空多出个整洁小城镇。

马莲沟村民们，是下山入川搬迁去小城镇的第一批受惠者。

谁知，在动员村民搬迁时，扶贫队跑细腿，磨破嘴皮子，只讨得女人们轻飘飘一句话：男人们回来再说吧。

马莲沟村的老少爷儿们，春天山坡上扶犁下种，秋天割麦拔莜回家，农闲时在城市的工地上做活挣钱养家，掌握着当家做主的话语权。

马莲沟村的男人们，是漂在山乡的白月光，看得见摸不着，寂寞地映照着满村老人妇孺。

组织部便派宣传部副部长春阳，任马莲沟驻村队长，重点做移民搬迁宣传工作。

春阳进村时，马莲沟村的女人们，看到满山洼马莲花正开出一片蓝。春阳穿着淡蓝色连衣裙，在青山绿水间闪啊闪，如一朵微风中摇曳的马莲花，就那么惊艳地盛开在马莲沟村民们面前。

城里机关来的女子嘛，就是花瓶一个，村民们摇着头耳语半晌。

春阳上任第二天，在四周一众妇孺探究的目光中，迈着悠闲的步子，去各家串门子。

马莲沟村依山傍水，空气温润，夹岸草木繁盛。只要勤苦点的村民，春来播撒种子，秋天可以收获两三年的口粮，就可过上衣食无忧的小日子，像古老的桃花源，时光静静流淌，风缓缓吹过。

山大自然沟深，交通不便，就医上学都是难题。

村子里的老人们念旧，不想一把老骨头埋在异乡土地上，常斜着眼瞪着来家中做动员工作的春阳。春阳对于他们的白眼，报以淡淡笑容。她迈着小碎步，成天像一朵快乐的马莲花散发着怡人的香气，陪着老奶奶干些琐碎家务活，细声慢语聊着家常，尽心为小孩子们辅导作业。慢慢地，村民们都夸她：是个好女子，一点也不像长的那么娇气呢。

春阳网上发起图书募捐活动，很快在村委会办公室整理出个图书室。孩子们放学后都跑来看书，各家的女人们等孩子时，会顺便去春阳的房中坐坐。

山里女人们虽没有当家做主的话语权，可毕竟是女人啊。她们同样喜欢春花秋月的美好，也喜欢把自己打扮得漂漂亮亮。眼眸灵动，视线就在春阳身上转来转去，羡慕地摸着春阳款式新颖的衣裙，和春阳聊城市生活，聊外面的世界。春阳趁机描述新开发的阳光村，村容村貌的美丽，上学就医的方便，道路如何宽阔。

春阳说，马莲沟村山再清，水再秀，毕竟绊住孩子们走出大山的脚，怎么能比得上阳光村美好的未来。关于孩子未来这一句，直接激起女人们最深的母爱，她们的心思活泛起来。

山乡的阴雨天缠绵了几日，暗沉的旧木窗边竟爬出些青苔。谁能料到这样的日子，山乡的女子们却坐上自家的电动三轮车，呼姐唤妹相伴去阳光村。

等一趟转回家，女人们都给自家男人打电话，倔强地要搬家。再硬气的汉子，也架不住媳妇和孩子闹腾，他们陆续从外面赶回来。

老人们个个气得咬牙，男人们也啧啧称奇，都道：人不可貌相，娇滴滴的小女子，竟有这么大的蛊惑力。

男人们开始到移民区雇人装修新房子。动员搬迁的宣传工作，算是取得圆满成效。

春阳和驻村工作队，督促着各家各户的新房装修进度，披星戴月奔波在阳光村，小麦色的皮肤，快和山乡女子一样，只有笑容依然妩媚。

此时，一年一度绿过的马莲，绚丽过的花儿，又开满马莲沟村的山坳。如烟如雾，处处新绿。

春阳这次上山，是接山中的老人和孩子们去阳光村。

在山上张望着的村民们，看到好大一朵移动的马莲花。

大家眨巴眨巴眼睛，才认出，这朵花是穿裙子的扶贫队长春阳。

捷　径

祝全华

如果你站得高远，透视力又极强，可以看到我那些天在几百米的地下活动着，活动范围是竖井和巷道。竖井一千多米深，每隔六十米一个中段，每个中段有几条巷道，每条巷道几公里，它们全部以竖井为中心沿着矿脉向四处分散延伸。如果你把我想象成一只巨型蚂蚁，那竖井和巷道就相当于蚂蚁窝了。采矿的工人每天就在这种"蚂蚁窝"里工作。他们打眼儿，放炮，运矿，再通过竖井的大罐提矿，埋藏地下亿万年的金银铜锌等就见了天日。

你以前肯定没在"蚂蚁窝"里见过我，因为我是临时来这里支援作业的，等我们作业完毕，你会发现"蚂蚁窝"又往下延伸了三百米。

竖井延伸，原来的供电、通风系统都得更换。我们负责供电系统的安装。胳膊粗的电缆从顶部井口顺下来，蛇一样沿井壁向竖井深处爬去，等它爬到底部位置，我们就把它固定在井壁上。

竖井直径约四米，中间是罐道，外侧是巷道口，里侧是一层层木梯，木梯与罐道之间有简单的木板隔离。那些天我就在这一层层的木梯上攀爬，爬几格，扶住坚硬的电缆，让它紧靠井壁，木匠师傅用电缆卡子钉紧固定。如果你仔细看着我，发现我那时还是个愣头青，尽管来支援之前听老师傅讲过，在竖井里干活得加倍小心，人掉下去就摔稀碎，得用土篮子捡，我还是有点愣头愣脑左顾右盼看新鲜。木匠师傅是当地的，他叮嘱我别往下看，可是我总忍不住时不时往下看两眼。下面黑咕隆咚，深不可测，看一眼，臀部就不由自主地紧一下。这是恐高带来的本能反应。

你已经看到了，尽管我每天都穿着雨衣，却也几乎全身湿透。井壁岩缝不停往外冒水，大滴的水噼里啪啦往下砸，人只能被动地接着，时不时地流进领口。如果愿意，水也可以随时流入口中。由于木梯和隔板长年接受滴水的"洗礼"，结着厚厚的高低起伏的黄色水垢，要形成钟乳石的样子，摸上去湿湿的，滑滑的，脚踩上去得小心翼翼——下面就是万丈深渊啊！你清清楚楚地看到，我每攀爬一步，做每个动作，都有死神跟随。谁敢跟死神逗着玩啊！

我们每天只能完成两个中段，工作时木匠师傅话不多，除了作业指示和安全叮嘱，别无闲话，只有来到某个中段，跟大家见了面，吸上口烟时才有一阵闲扯。

那天我们干得挺快，到七〇七中段时没有别人，师傅跟往常一样靠井壁绕多半圈往巷道去，我看到井壁太窄，又湿滑，自己身材又高大，觉得跟师傅一样侧身挪步紧贴井壁绕出去太麻烦，看自己与巷道只隔着一米多的罐道，就鬼使神差上来懒劲儿，想图省事直接跳到巷道。我抬脚踩踩木梯外侧湿漉漉的护板，觉得还挺硬实，就一步踩上去。

这时你肯定看到了，那结着厚厚水垢的木板内部其实早已经糟透了，我一踩上去，它突然往下一沉，那意思明显是让死神快点抓住我的脚。如果这时我稍有一点犹豫，力气稍减弱那么一点点，必会随着这块该死的木板坠落井底，如此一来，你就会听到木匠师傅的尖叫，随后就有大罐顺着罐道下来，一些人满脸悲伤地带着土篮子到井底捡我的剩骨残渣了。就是说，当时我的脚已经收不回去了，只能奋力一蹬，死活全在那么一下了。

但是呀，这奋力一蹬也是徒劳，我身体飞跃出去并没有落到巷道上，只是扑在了巷道的边缘，只感觉魂儿被死神往井底拽去了。千钧一发之时，一只有力的大手一把把我拽住。

那是师傅的手！

我三下两下爬上来，尽快站立，装作自己如何敏捷。没想到师傅照我腿上就是一脚，吼道，找死呀！他搓了一把脸，居然搓下了眼泪，又吼，我他妈都看见你踩上挡板了，我一喊你死定了！

你看清了，这不是两个蚂蚁在掐架，而是一个负责任的师傅对冒失鬼徒弟的教诲。这时我才感到害怕，要不是师傅拉那一把，我将面临怎样恐惧且永无回头之路的坠落呢？

我知道捡回了一条命，却不知道这段时间，家里已经为我搭估了九个对象，都等着我见面呢。

安宁的两个夏天

班琳丽

林安宁独自向塞纳左岸走来，优雅的身段包裹在碎花棉布裙里，神情略带忧伤。

塞纳左岸是一间咖啡屋，依然不怎么热闹，依然守着老地方、老模样，林安宁眼睛瞬间流泪了。她下意识地扫一眼临窗的那个位子，显然空着。待走到门口，略一迟疑，还是推门走了进来。

临窗的二号桌，静静地空着，阳光透过落地窗洒在红木桌面上，一半慵懒的明，一半落寞的暗。

林安宁坐下来，马上一位帅气的小服务生，脚下像踏着梦幻舞步似的站过来："您好，女士，请问来杯果汁，还是咖啡？"

"摩卡。"林安宁轻声应。

进入大学至今，她不仅喜欢上喝咖啡，而且只喝摩卡。

那是他教她的。

当年他说："在国外，男人喝蓝山，女人喝摩卡，这是一种讲究。"

那时她歪着头傻傻地问："是吗，什么讲究？"

他说："蓝山是王，摩卡是后，而且，摩卡像足了女人的心情。"

她就又问："女人的什么心情？"

他就说："你还小，等你长大了就知道了。"

是的，那时她还小，只有十六岁，刚刚读高二。而他已出国读书一年。他们之间整整差了十二岁。

等的间隙，林安宁轻轻抚摩着眼前这张红木桌的桌面，古色古香的红，水一样滑的抛光，像十年前他的笑脸，洋溢着温暖的真实。

十年前，故事发生那天，她随姐姐来见朋友。姐姐和她的几个朋友坐着喝咖啡聊天，她安静地待在一边，听点歌台上的人唱歌。有一刻，她低着头翻看画册，突然听到台上一个大男生向台下的女孩子大声发出邀请，问有没有愿意上台与他一起唱歌的，那首歌叫《情歌赛过春江水》。

这首歌她会唱，但她没有动。倒是有两个女孩子先后上台跟那个大男生对歌。这是一首民歌，女声部太高，两个女孩子都没飙上去。

那大男生摊开手，表示很失望。她忽地站起来，跑上台去，也不自我介绍，拿起话筒，随着伴奏就唱。

她有着被上帝吻过的嗓音，太漂亮了，像流水高高甩起，在空中打着旋，响亮，清脆。而且，她小小年纪就能把歌里的深情演绎得入髓断骨，惊呆了那个大男生，也惊呆了所有人。台下掌声"哗哗"雷动。

那次，那首歌她与那个大男生唱了一遍又一遍，因为台下的听众一再要求他们唱啊唱啊。

原本觉得只是唱了首歌，不想，她与姐姐离开时，那个大男生塞给她一张字条，约她第二天再来塞纳左岸。

她喜欢唱歌，就这样，她避着姐姐来与他见面，就是在这里，就是在这个二号桌。

她也才知道，他叫高括，已出国读书一年。

刚满十六岁的她，扎着高高的马尾，眼睛含着泉水一样清澈，亮亮的激流中的石子一般，整个人春天一样青春，天使一样快乐。

二号桌的桌面不怎么宽，不是那种拒人千里的宽，也不是那种毫无距离感的窄。她与他对坐，他很自然地伸出手，为她将散发抿到脑后去，给她擦去唇边的咖啡沫。他总是很遗憾地说："你怎么会那么小？小得我等不及你长大？"

她就头一歪，调皮地回："你等我长大呀，等十年怎么样，那时我一定已大学毕业，长成一个大姑娘了。"

他就说："等不及呀，傻丫头，我有女朋友，一起出国的。"

那年，他走之前，约她在塞纳左岸见最后一面。她从课堂上偷跑出来。

他说："再陪我唱一次《情歌赛过春江水》吧。"

她听话地点点头。那次，那首歌他们一直唱，也不知道唱了多少遍。天很晚了，他送她回家。他很难受，很多话不知道该怎么说。他很清楚，她太小了。

分别时，她竟然哭着投进他怀里。他紧紧拥抱她，喉结一上一下快速抽动，什么却都说不出。

"你等我十年好吗，十年后的今天，我们就在这老地方见，不管发生了什么。"

她哭得泪人似的。他心疼了，伸手为她擦泪。她那么小，那么单纯，他不敢拒绝，便郑重地点头。

今天，正是十年之约的同一天。他会来吗？他还记得这个约定吗？她看向窗外。此刻的街道上，人和车辆熙攘来往，行色匆匆。

咖啡屋独自落寞着，轻轻混响的背景音乐里，荡漾着蓝色的忧郁。

"您好，女士，您要的摩卡，请慢用。"

"谢谢。"

林安宁伸手端过服务生递来的杯子，捧在手上，转动两下，又将它放回盘里。眼睛不觉已湿漉漉的了。

大学这五年，她开始频繁地想起他，可脑海中的形象总是模糊。她想，他那里一定结婚了，一定忘记还有个她。那样一个年龄，那样一个约定，她都没有完全当真，又怎能寄希望于他还记得？

大二那年，她谈了一个男朋友，暑假她带他来塞纳左岸。那天，她不知道自己怎么了，逼着他跟她上台唱《情歌赛过春江水》。他不会唱，就一直尴尬地陪着她站在台上。那天的二号桌原本已坐了别人，她非要求店里出面，让那一对恋人坐到别处去。等她终于如愿以偿地坐在了二号桌，却又莫名其妙地哭了还哭。

回到学校，她就与那男孩分手了。

生活的一波三折，兜兜转转，让她终于体味出，当年他为什么说摩卡像足女人的心情了。

摩卡的风味太复杂，太独特，太多变。红酒香、狂野味、干果味、蓝莓、葡萄、肉桂、烟草、甜香料、原木味，甚至巧克力味……

品摩卡，当如品一杯百感交集的红酒，入口，那种绕在舌尖上的绵软，多像生活中好没来由的忧伤，淡淡的，捉摸不定，却又遣它不散。

林安宁再次端过杯子，小口呷了一下，一股清苦刹那从舌尖蔓延，迅速灌进心灵，眼睛随之涨涩。她努力张大眼睛，再次看向窗外。窗外依旧是行色匆匆，熙来攘往，一如一场永不落幕的舞台剧。

他会来吗？他会来吗？她心里一遍遍问自己。不觉已坐了一个下午。这个夏天的这一天，黄昏似提前来了，暮色开始薄薄地降临。林安宁又要了一杯摩卡，始终没有喝。又落落地坐了两个时辰，这才恋恋不舍地起身离开。

他不来，她也将不再反抗，不再自欺，安然地穿上嫁衣，接受命运的安排。

夜幕更重地垂下来，林安宁拉开门，踟蹰着走进一地忧伤的霓虹里。而此时，在她身后，一个怀抱鲜花的男人恰好在这一刻，急匆匆来到塞纳左岸门前，他对着玻璃门整理一下风衣和被风吹乱的头发，而后推门而入……

粗 心 记

许心龙

在我们村里，评价一个人，好用"一辈子"这仨字。譬如说这个人一辈子好强、这个人一辈子小气、这个人一辈子窝囊……村里人的口气里，是从某一个方面看透了这个人，无疑是对这个人某一个方面的定论。

村里人都说我娘是一辈子的粗心。

我娘那年冬天出嫁，结婚当天就落了个"粗"人。细心人发现我娘的一双大红袜子，一只竟是反穿着的！

我哥两岁那年过春节，大年初一串门给我爷爷奶奶拜年的村里人，听到我哥吐字不清地说"冷、冷"，以为是感冒发烧，就去摸额头，又去摸小手，再去摸小脚。这一摸，把我娘的粗心摸了出来！原来我哥的一条腿，被我娘穿在了棉裤腿外的罩裤里！

村里人都笑话我娘粗心，可粗心的我娘却很争气地给我爹生了三个娃，都是带把儿的男娃！让急着要男娃续香火的媳妇们恨不得能撕吃了我娘。

一次，我娘说，生了我哥和我后，打心里就再想要个闺女，连名字都想好了，叫麦花。我问我娘，为啥叫麦花？我娘说，有了麦花，白面馍就离嘴近了呀。阴差阳错，我添了个弟弟。那时吃穿都发愁，我现在还记得，我们弟兄仨挎着书包一起上小学时，脖子都跟鹅脖子一样探着前行。脖子饿得又细又长！

我娘还是有不少长处的，譬如做鞋就没有能跟她比上的，好像别人吃力地做好一双，我娘眨眼三双就做好了。被比败的婶婶们自然不甘心，就拿着我娘做好的鞋翻来覆去地看，仿佛研究新发现的化石，终于瞅出了问题，原来是我娘的毛糙，提高了速度！我娘的鞋底针脚明显稀疏，大田埂似的，简直是粗而糙！

我娘上面有个大姐，也就是我大姨，家里做针线活轮不到她，东庄演电影，我娘是第一个赶去看；西庄唱大戏，我娘第一个跑去听，所以针线活不好。

我娘的解释是，男孩子穿鞋狠，毁鞋快，不做快点孩子就要赤脚上学啦！

生产队里割麦子，我娘挣的工分最高。有人说我娘是快工没好活，割过的麦茬太高，要扣除我娘的工分。生产队长看着我娘一头灰汗，也没再说别的。应该是善良的生产队长想到我娘还有三个男子汉要养活，才不忍心的吧。

我娘的粗枝大叶，也不止一次招惹了我爹的恼火。一天傍晚，我娘做饭，把大锅烧漏了，满院子呛人的烟气。我爹先闻到了刺鼻的烟气，就朝厨房赶去。看见我娘手扶着风箱把，竟勾头睡着了。我爹正欲大发雷霆，刚好我哥放学回来。跟我爹一样身高的我哥凛然地站在了我娘前面。我爹瞅一眼我哥，一点一点把举起的半截棍落了下来。

在县城读高二那一年，我有一次回家过星期天，把餐票忘家里了。离家十多里路，就想先借同学的迁就一周吧。不想，傍晚时分我娘却赶到了学校，把餐票送了过来。我娘喘着气说，要不是你爹骂我，我也不来了。爹骂你啥？我问道。我娘说他骂你像我，就会粗心！我娘又补充说，骂孩子就是骂我，像我就像我，比像你强！一气就赶来了。我接过餐票，眼一挤泪水滴落在了皮筋束着的餐票上。

弟弟在中考前，得了鼻炎，光头疼。医生建议要除根就吃中药，我爹点了头。熬药就落在了我娘身上。熬好药，装暖瓶里，一次，娘把暖瓶没放稳当，嘭的一声暖瓶炸了，褐色的药水淌了一地，滋滋地冒热气。随即一阵有力的脚步声旋风一样刮来。我娘用手刮着地上的药水，一口一口送到嘴里。我娘边喝边反复说，瓶烂了，我儿病就好了；瓶烂了，我儿病就好了。我娘察觉到，我爹平生第一次张口结舌。

后来，我哥考上了师专，我和弟弟也不甘落后，先后考上了大学，很快都有了工作。

村里人说我娘是粗人有傻福。主动找我娘拉呱的人多了。有谁炒了小鸡也端我娘一碗。村里人说就应该学学我娘，啥事都不能较真。

我娘做饭最拿手的是摊煎饼。几个鸡蛋，一把葱花，一盆面糊。喷香喷香中我们弟兄仨不觉长大了。一天夜里，我爹说，吃够了我娘摊的煎饼。印象中，我爹这话没说多久，就突发心梗离开了我们。

殡葬我爹那天，大姨来了。大姨久久握着我娘的手，好像四只手长在了一起，再也分不开了。大姨说，没他爹了，你得多操心了，可不能再弄啥事都粗心了。大姨握着我娘的手，继续说，现在有了条件，孩子都大了，你可要注意营养，鸡蛋啦，牛羊肉啦，多吃一些。

大姨坐上三轮车，跟我娘挥手告别。我娘望着三轮车扬起的风尘，对我说，你大姨可不是省油的灯，她六岁那年夏天，为了争夺半牙子西瓜吃，竟把你四姥爷的小妮子推倒进粪坑，险些淹死！就是你英姨。

英姨？在学校教书的英姨？

可不是！我娘点点头，她当时不到三岁吧。

哦！我张大了嘴巴，英姨还记得吗？

记不得了，我娘说，要是记得了，就不会跟你大姨行走了。

这个事，我可是头一次听我娘说呀。我娘怎粗心个人，竟能守口如瓶，真是粗中有细呀！

这天，八十二岁的石碾爷腿脚不利地挪着步子找我娘唠嗑儿，一进堂屋门口就指着我娘的黑色大褂子，塌蒙着嘴笑说，你瞧瞧你这颗纽扣，咋钻进别的扣眼里了？难怪大褂前襟一高一低，看着别扭呢！我娘笑着递去一支烟，就忙着去找打火机，等打火机从抽屉里找着，递给石碾大爷，却坐了下来，把纽扣扣错眼的事抛到了九霄云外。

如果我娘真像村里人说的那样，是个粗心人，那我娘也真是"粗"了一辈子，因为面前的我娘满嘴里仅剩下两颗黄牙，半个残牙……

我把这篇《粗心记》读给我娘听，没想到我娘听后说，你咋写的是我呀？说着就笑了，竟笑出了泪花。

昔日端午节

蓝 静

每当端午节来临，那久远的多彩的浓郁气氛，都会伴随着爷爷奶奶的笑脸浮现于我眼前。

在我的老家，端午节称为五月节。

小时候，我们姐妹大多时间生活在爷爷奶奶身边，他们都是热爱生活的人，因我们的存在，他们越发地把节日过得有仪式感。

五月节来临之前，奶奶就开启了五彩缤纷的制作，这也是我们姐妹最期待的时刻。

每当奶奶打开蓝底白碎花布包的刹那，我们都按捺不住自己的兴奋。

伴随着奶奶"别抢，别抢"的呼喊，我们开始争夺起来。同时又会被奶奶把我们各自手中红的、蓝的、粉的、绿的布块一一哄回去。奶奶将这些多彩大小不一的布块铺在桌子上，耐心地告诉我们，樱桃或桃子应该用红色或粉色的布料；小猴子用红色和咖色的最可爱，白色的也可以；绿色与褐色的做小粽子；荷包什么颜色的都行。

奶奶征得我们各自的想法后，开始精心搭配，一针一线地缝制起小猴子、小樱桃、小桃子、小葫芦，还有小荷包和小粽子。完成这些后，奶奶拿起爷爷事先为她准备好的一缕缕亚麻丝，制作精致的小笤帚。

最终将这些用红黄蓝黑白线拧成的五彩线拴在一起，一嘟噜一嘟噜地送给我们。

五月初一早上，爷爷就开始在房门上的一角插艾蒿挂蒲草，佩挂上稍大一点的荷包和小笤帚，为的是祛毒辟邪。

之后，爷爷又开始将白的黄的糯米，还有红红的大枣，绿豆与红豆等分别放在八仙桌上，等待奶奶要的比例后，用大大小小的锅碗瓢盆，分别用水泡上。

这期间，奶奶开始给我们每个人的手腕和脚踝系上五彩线，佩戴香囊与荷包。

五彩线寓意长命线，奶奶边给我们系五彩线，边嘱咐我们说，遇到第一场雨时，一定想着把五彩线剪下来，送到水沟里，让它们变成花蛇游走。

知道身上佩戴香包，是为了祛除疾病、身体健康的目的，所以我们都会很积极地等候佩戴。

爷爷还会用绳子和小木板凳儿，在杏树枝上为我们搭建秋千。

经过一段时间，那些米与豆泡得差不多了，奶奶扎起围裙，开始带领我们包粽子。

我们围坐在奶奶身边，一边学习包粽子，一边听奶奶讲屈原的老故事。奶奶麻利地将芦苇叶弯曲成漏斗形，放米、包裹，再用马莲叶捆住。我们耳听目视，年复一年，百听不厌，百看不烦。

我们说是与奶奶学习，但我们谁也包不出奶奶那棱是棱、角是角，很文艺的标准粽子。

奶奶包好的粽子，个个绿绿的，被马莲叶子绑着，如同一个个大菱角，被爷爷码在大大的厚铝盆里，堆成了小山状，像一座青山，提前两天就会绿在爷爷奶奶的厨房里。

每年端午节前，爷爷奶奶都要包出好多粽子，送给一些残疾人和没有成家而经常出入家里的人。

端午节那天早上，爷爷奶奶会起得很早，他们将头天煮好的粽子与鸡蛋、咸鸭蛋还有鹅蛋一起煮。在满屋飘香的气氛里，爷爷再插艾蒿，奶奶撸一些艾蒿叶放在洗脸盆里，喊我们起来洗脸。

这天我们都是兴奋的，只要听到爷奶的声音，都会一拥而起。

我们手脚系着五彩线，身上佩戴香囊与荷包，嘴里吃着蘸过糖的清香粽子，手里拿着鸡蛋，到处去找小朋友顶牛或荡秋千。

这一幕幕的久远，似在眼前，温馨如故。

青梅煮酒

王小杏

梅子其实不叫梅子。梅子，是阿嫲叫出来的小名。梅子姓李，叫李青梅，八零后。青梅是个女孩，"妹子"叫着叫着就成了梅子了。

那年春天大旱，秀水村旁边的梅溪竟也水位大降。溪边的大片稻田无法及时插秧，青梅爸只好到外地去务工，结果他在一次意外中受了重伤，高位截瘫了。

晴天霹雳，阿嬷时常以泪洗面。幸亏阿嬷酿得一手好酒，农闲时就走村串寨卖卖自家酿的娘酒（娘酒，客家地区女人坐月子时喝的酒，近些年人们也拿来作保健类饮用酒，可活血祛寒，通经活络），赚一点钱补贴家用，日子这才勉强撑了下来。

时光飞逝，几年过去，青梅已经长成亭亭玉立的大姑娘。这年秋天，青梅就要去鹏城读科技大学了。阿嬷真的太舍不得了，可是村里出个大学生不容易，自家的娃争气，这是好事。想到这，阿嬷又擦干了眼泪，努力挤出笑脸看着青梅的背影越来越远，直至消失。

好多次，阿嬷在电话里问青梅："梅子，鹏城大吗？""梅子，大学里人是不是很多？"……青梅总是告诉阿嬷："嬷，我在忙。""嬷，我等会给您回电话。"……

屋门前的苦楝树绿了黄，黄了绿，青梅终于大学毕业了。阿嬷每天傍晚吃完饭都坐在家门槛上乘凉，这天黄昏，狗吠得特别凶，原来是青梅回来了。穷人的孩子早当家，青梅去读大学以后，寒暑假都去打工，没回过家。这不，家里的狗都认不出她了。

"什么，你不走啦？"阿嬷急得差点没跳起来，原来青梅根本没打算留在鹏城工作。"阿爸这个样子需要人照顾，况且阿嬷您累了那么多年，我得回来。"

尽管阿嬷极力反对，但青梅回乡立业的决定却是吃了秤砣铁了心，不为所动。

生气归生气，青梅要求跟村里租梅溪岸边的山坡种青梅时，阿嬷还是扛上锄头跟着去了。虽然费解，但年轻人想回乡创业，村长总是该支持的。没费多大的劲，青梅就拿下了那片山坡，签下了土地租赁合同。第二年春天，山坡披上了绿装。春雨滴答时，看刚长出新叶的梅树在雨中起舞，青梅觉得那是世上最美的舞姿。

这天傍晚，村长说要带青梅去见一个人，青梅便一路跟了去。"秀水村小学"几个水泥字已显得有些破旧，"林峰？"青梅像见了鬼一样叫起来，"怎么是你？"

"怎么？不想见到我吗？"林峰脸上挂着淡淡的笑意。原来，青梅一直没告诉阿嬷，她在鹏城的时候有了男朋友。毕业季，也是分手季。青梅执意回秀水村，离开了林峰。父亲的村庄，是她一辈子放不下的牵挂。

大概，这就是爱。林峰留在秀水村小学教书，青梅继续种她的青梅。但，青梅还是没有多少时间谈情说爱，她还得跟阿嬷学酿酒。家乡的娘酒远近有名，而阿嬷酿酒的手艺，十里八乡的人都赞不绝口。

三年后，青梅的果林开始挂果了，她酿酒的手艺也越来越好。这天，林峰来帮青梅摘果。果还不是特别多，两个人默默地忙着。发现一个很特别的梅子，林峰把青梅叫过去，"青梅，你说要是我们把梅子放到娘酒那里泡的话会怎么样？"青梅狐疑地看了林峰一眼，不吭声。

青梅把阿嬷叫来试酒的时候，阿嬷是不情愿的。她酿了大半辈子的娘酒，从没想过在娘酒里放青梅，那不得酸死去？阿嬷一想到酸酸的梅子，就想到当年怀上青梅的时候特别喜欢吃酸，都说酸儿辣女，怎么生出来的却是女儿呢？

"怎么有点甜？"阿嬷咂咂嘴，一脸困惑。

"林峰说暂时不能说。"青梅笑了笑，自顾拿了青梅娘酒找村长去了。

很快，青梅酿的青梅娘酒就在十里八乡有了名声，来订购的人络绎不绝。林峰看着人群，若有所思。第二年，青梅的荔枝娘酒、乌豆娘酒、姜娘酒、艾娘酒、红枣杞子娘酒，像雨后春笋般陆续上市。紧接着，青梅又说服村长动员秀水村的村民们加入种青梅的队伍中来，扩大种植规模，还成立了公司，有了自己的娘酒品牌。

七夕那天，月影婆娑，梅溪水哗哗地流着，林峰第 N 次向青梅求婚："青梅，古有'青梅煮酒论英雄'，今朝是不是可以青梅煮酒嫁林峰啊？"青梅只回了他一句话："听阿嬷的话。"

夜色中，青梅银铃般的笑声，渐去渐远。

工 作 群

郑洁尘

组织部部长通知老张谈话，他心里就知道是为了退休的事。果然，部长先是称赞了他主政六年取得的成绩，把单位和个人的各种奖励娓娓道来，显然是做足了功课；接下来就把常委会免去他职务的决定宣读了一下，也不意外，毕竟年龄到了，因为新任局长党校学习没结束，所以已经延迟了将近两个月。

老张表态很干脆，马上就办理交接，他在心里对自己说："退也要退得潇潇洒洒！"

刚收拾完东西，秘书小王小心翼翼敲门进来，说："张局，人都到齐了，在会议室等您！"

老张一愣："做什么？"

"杨局长说欢送您！"

"形式主义嘛!"老张嘴上这样说,心里还是掠过一丝丝暖意,跟着小王下了楼,快到会议室门口的时候,小王紧走两步,把门拉开,说了一句:"老局长来了!"

"一天之内,我竟然成了老局长喽!"老张不免唏嘘,脸上却保持着一贯祥和的微笑,在掌声中稳稳当当走了进去。

告别演讲,老张足足说了一个钟头,会场鸦雀无声,他依旧能感觉到自己的思路还是那么清晰,情绪还是那么充沛,他的回顾和展望,还是那么张弛有度,坐在会议室主席台中央,有那么一瞬间,他感觉这就像是自己的就职演说。

不经意间,老张瞥见旁边的杨局长借着喝水的空,轻轻地瞄了瞄手表,他顿时回到了现实,有所感悟,办公室里自己刚收拾好的那几只箱子映入了脑海。

老张从来没有过的在公开讲话当中卡壳了。

杨局长带头鼓起掌来,老张顺势摆摆手,做出一副激动难抑的模样坐了下去。

杨局长做了最后总结:"张局长为了我们单位的发展做出了巨大的贡献,今后虽然不会再有时间和我们朝夕相处,但他依旧是我们的老领导、老朋友,是我们单位的宝贵财富,张局长还是会继续关心关注我们,我们希望还能经常在工作'群'里听到您的声音!"

单位的工作群是老张刚担任局长时候,为了响应无纸化办公和提高工作效率要求而组建的,单位很多走流程的工作,各科室的业务交流,都通过这个群快速便捷的落实,他也通过群动态很方便地了解单位各项工作的运行情况,并且可以及时督促和点评。

六年来,张局长除了日常工作,最用心的事情就是打理这个微信群。每天晚上新闻联播之后,老张要首先把自己总结下来的当日国家大政要闻,用简洁的提要形式发布到群里,之后,就是结合单位当前的重点工作,@相关科室的负责人,做一些探讨、交流和部署,接下来,就是最热闹的群里发言时间。

"张局长对中央决策的领悟非常透彻。"

"领导的关注点凸显大局观!"

"必须跟张局好好学习,认真研究政策。"

"已经安排科室本周政治学习研讨,恳请张局长莅临指导。"

…………

那些没有什么合适文字表达的,也会及时出来"冒冒泡",发些"玫瑰花""鼓掌"或"竖大拇指"的表情,年复一年,日复一日,这成了老张的必修课。渐渐地,他对那些回复迅速、文字有水平有高度的科室人员就留意起来,会不由自主地增加一些交流和接触的机会,空闲的时候也会喊他们到办公室来聊聊天,进一步增进了解。当然，一旦单位里有了晋升和评优评先机会，他有所倾向也是很自然的事。

所以，工作群的重要性在单位里也是尽人皆知。

欢送会之后，老张回到家，吃完晚饭，先陪着老伴散步遛狗，赶着七点钟回来看新闻联播，天气预报之后，又像往常一样开始总结归纳当日要闻，然后随手发布到工作群里。这时候老伴在阳台喊他拿东西，他就把手机放在茶几上走了过去，等他忙好再回到客厅，第一件事就是去翻开手机看群里回复，然而这次却惊讶地发现，已经十几分钟过去了，工作群里还是静悄悄的，没有一个人回复和响应。接下来的两天，这样的情况依旧，老张就有些纳闷了，难道这几天单位里一点工作都没有开展？为什么连平时的科室工作动态都没有人发布了？

一晃到了周末，司机和秘书小王过来，把他前几天收拾好的几箱私人物品送了过来，小王解释说："车子随杨局长出差才回来，所以送晚了两天！"

两个小伙子忙着从楼下往上搬东西。其间，小王接了一个电话后，顺势把手机放在了门口鞋柜上，老张站在门口等他们的空，正好听到了微信群的提示音，扭头一看，小王手机屏幕上显示"工作群有新消息"，可老张自己的手机却没有反应，他有些纳闷，忍不住伸手去划拉小王的手机，微信工作群页面瞬间展开，是一个明天下午的会议通知，再仔细一看，老张愕然发现，原来这是一个新组建的单位工作群，群成员里面已经没有了自己。

小王在群的备注信息上标注的是：工作群（新）。

第二天晚上，看完天气预报，老张招呼老伴："走去看看小孙子吧，马上要期末考试了，咱买点他爱吃的东西去慰问慰问！"

老伴很诧异："你天天这个点不是还要写东西、发东西吗？"

老张呵呵一笑："那些都已经不是我该关心的事情喽！我要开始享受退休生活了！"

昨天晚上，一直睡眠很好的老张翻来覆去怎么也睡不着，到了半夜，他坐起来，拿过手机，打开工作群翻着以前的聊天记录看了半天，最后轻轻叹了一口气，点了一下群设置里的删除并退出，再放下手机后，他一觉睡到了大天亮。

上门女婿

陈首印

砖盒放砖，瓦桶制瓦，把弄泥巴的父亲，是乡里有名的砖瓦匠。

高考前的筛选考试被筛下，我只得回到乡村。

回乡后，父亲有意把担子压给我。选泥料，和均匀；四角满，晾晒干；砌炉桥，通风口；一层层，做扎实；青烟出，即成功。这是父亲教我的口诀。摸爬滚打几年，父亲想着放手。一日，父亲让我去石桥，为一户人家烧制。

一棵缠满古藤的老树，斜拱在村口；一排年代久远的建筑，倒映于池塘。一边欣赏美景，一边向村民打听。指路人指尖上的院落，走出一中年男人。

"叔叔好！"

"你父亲呢？"

"哦，他过些日子来。"主家看来对我不放心。

忽地，一姑娘提着一篮猪草跨进门来。她的出现，一时冲淡了我的尴尬。

"巧儿，这是烧窑师傅小张。"

"张师傅好！"姑娘捋了捋汗湿的头发，向日葵般，向我张开笑脸。

"你好！"不知是姑娘的俊俏，还是她的爽朗感染到我，我给出的回应跟着提高了分贝。

先抑后扬，我的第一次独立作业，就这样开启。

勤快劳作的我，得到主家认可。沉重的苦力活，在劳动号子中变得轻松；呼朋唤友的鸟儿，不时光顾砖棚瓦堆；踏歌而来送茶倒水的巧儿，常被帮工们调侃；深受其"害"的我，也被卷进欢笑旋涡。

一晃，几个月过去，泥坯等活儿陆续完工。到了烧制阶段，父亲掐着时间过来。

我在砖瓦场勘测出窑址，用石灰画出施工图。开坑挖道，砌炉架桥，装砖上瓦，煤夹在砖中，瓦揽着煤块，圈圈加箍，层层上涨。几日后，一个碉堡似的砖窑，拔地而起。

窑被点燃，父亲与主人吧着"喇叭筒"，谈笑风生。巧儿自是欢喜，我当然期待。这是个美丽的黄昏，炊烟与窑烟结伴而行。

一周后，煤燃为灰烬，窑随后冷却，父亲再次来到石桥。不同位置取样，哑色的砖瓦，一敲就碎，甚或还不如泥坯。围观的村民，悄然散去。巧儿幽幽的眼神，让我面部肌肉痉挛。

这次烧制失败，表面看是火力不足，深层次想，是我技术不过关。心里乱糟糟的，我独自来到池塘边的古树下。水中不解人意的鱼儿，各自翻着波浪。波浪对冲，弄出一池凌乱。

临近黄昏，码头那边传来槌衣声。落下的槌声，像深仇大恨者在狠揍仇家。顺着打架的水波望去，是巧儿。她此刻的心情，我当然明白。

码头下，巧儿的倒影被揉碎，我不由得向她靠近。

"就知道你在这儿。"甩出一串泡泡，巧儿回过头来。

"对不起！"我蹲到她身旁。

"没事！大不了我不结婚，守着父母便是。"

我知道，主人家没男孩。这次烧制为建房，建房为招上门女婿。可是……

我一时没搭上话。

"你是个笨蛋！"漂洗完，巧儿起身，撂下"笨蛋"，慌忙离开。

迟疑一下，我拾起她落下的棒槌，跟了上去。

进到门口，见父亲与主人正喝着酒。这是怎么啦？难道他们像只有短暂记忆的鱼儿，瞬间忘了之前的不快？一时，我云里雾里。

放下酒杯，父亲把我叫到一旁，问我喜不喜欢巧儿，我羞涩着不知如何回答。

"这次，我们把人家的希望烧灭了，咋办？"

"咋办？"我望着父亲，"爸，您不是要把我……"

"就这么定了。"父亲的话酒味十足。

"可是……"

"可是什么，听我的！"

就这样，我成了上门女婿，生我养我的家乡成了故乡。

成了家，需立业。为光大父亲手艺，也为证明自己，我办起砖厂。

尽管有父亲的全力支持，也有家人的呵护，但每当想起父母，和其他上门女婿一样，我时不时生出惆怅。荒芜太多的月光，回不去的是故乡。内心的愧疚，随岁月伸延。

一日，老家来电，说父亲外出，晕倒在路上。赶到现场，见父亲面色苍白，眼球不停地转动。上了救护车，父亲说他睁不开眼睛，心里难受。我紧握着父亲的手，泪水止不住地流。

脑梗的父亲，医治一段时间，恢复了笑容。我跟父亲聊天，问他："您当年让我去做上门女婿，现在后不后悔？"父亲反问我："能让大家幸福，你说值不值？"

出院后，父亲需要人照顾，岳父特地过来，提出让我迁回。父亲反对。

"要不，我们进城买房，把家搬到一块？"妻子给出建议，众亲眼前一亮。

姥姥捉贼

律新民

姥姥捉贼是在内蒙古包头市，算起来，那年她五十六岁，我六岁。

贼是个中年男子，姥姥捉这样的贼，简直是耳朵上挂镰刀，太玄乎！

捉贼不是什么简单活计，首先得有胆量，姥姥捉贼的胆量来自舍命不舍财，她见那贼要端走家中唯一的小铝锅，这才鸭子上锅台，一个猛劲儿冲上去。捉贼还是个力气活儿，蒙古族女人不裹脚，姥姥脚大底盘稳，苦日子受过累，有把干巴劲儿。

姥姥捉贼时不是赤手空拳的，她拎着一杆长烟袋。烟袋是姥爷的，姥爷过世早，姥姥接着用，红玛瑙的烟袋嘴，一尺半长乌木杆，铜烟袋锅锃光瓦亮。姥姥点烟时，一边吧嗒吧嗒地吸，一边伸直胳膊才能用火柴点燃烟袋，所以，姥姥的长烟袋能当打狗棍，硕大的铜烟锅能将狗脑袋敲开花。

大舅家住的是筒子楼，一条走廊串起十几户，每户两小间，外屋厨房，里屋卧室。大舅和舅妈带着两岁的表妹住得靠里，姥姥和我住得靠外，中间隔着三四户。白天姥姥带着我照看两岁的表妹，还要做一日三餐，晚饭后大舅和舅妈才将表妹带走。

那天夜里，搂着我睡觉的姥姥穿上衣服，悄悄下了地。融融的月光浸过玻璃窗洒在姥姥的后背上，姥姥贼似的扒门缝往厨房看着什么，手里拎着那杆长烟袋。

两天前，舅妈弄来一只漂亮的小白兔，是给表妹我们养着玩的。小白兔像柔柔的棉花团，捧起它贴近耳朵，细细的胡须轻拂我的耳郭，一股一股暖暖的气息灌进耳朵眼儿，心都是痒的，真的很好玩儿。

姥姥继续扒门缝向外看着，关兔子铁丝笼就放在靠门口的墙边，是不是厨房进了猫？

突然，姥姥开门冲进厨房，紧跟着喊：新民，快去喊你大舅捉小兔！我一听小兔跑了，光着腚瓜儿，披上棉袄冲进外屋。当我摸住灯绳拉亮电灯时，见姥姥一手揪住一个男人的衣领，一手用长烟袋抵住他的头。噢，听错了，不是捉小兔，是捉小偷。

我跑出去敲开大舅家的门。大舅原来是个解放军，因战斗中负伤转业到地方工作。听姥姥说，当年大舅不辞而别去追革命队伍，只是托我母亲给姥姥报个信儿，姥姥说：随他去吧，在家也是挨饿，三根肠子闲着两根半。

大舅用我的裤腰带捆住了贼的手。裤腰带是姥姥用彩色旧布条编成的，像表妹的小辫子那么粗，其实就是红蓝黄一根绳。

那贼灰头土脸，破旧的黑棉袄打着补丁，还有几处露棉花，脖子下面的衣襟，算盘疙瘩袄扣扯开两三个，裸露着黑黢黢的胸。

贼说去年家乡遭灾，粮食接济不上，来包头投亲找活儿干，亲戚搬家没找到，盘缠也都用光了。

姥姥说，听见外屋有动静，扒门缝看他端着小铝锅喝粥，喝粥也就罢了，还要端走锅，这才冲出去揪住他。你端走锅，我咋做饭？！

大舅说姥姥舍命不舍财，厨房里菜刀擀面杖啥家什儿都有，后怕呀。还说这贼入室盗窃危害严重，马上押送派出所。

贼即将踏出房门的时候，姥姥拽住大舅：放了他吧，他是被饿的，我知道挨饿的滋味儿。大舅迟疑片刻，将贼拉到屋中间，解开他手上的绳，归还了我的裤腰带。贼说讨饭回家，绝不再偷。

那贼的脚又将踏出房门时，姥姥喊了一声：你回来！

姥姥端出一小碟咸菜条儿放在饭桌上，还有一双筷子一个碗。她用长烟袋哪哪地敲了两声桌上的小铝锅：吃吧，用碗。

贼用碗吃光锅里的剩粥，抹着眼泪出门时，转回身，哽咽着说：晚上……别忘了闩门。

兔笼瘪个坑。姥姥捉贼撕扯时，怕踩着屋门口的小白兔，抬脚将兔笼踢到了一边儿。

那天，姥姥修复着兔笼，教着我儿歌：小白兔白又白，两只耳朵竖起来，没有萝卜和青菜，又可怜啊又可爱。

大　鹰

贺敬涛

葱郁的林木与巉岩的巨石，不断变幻着古怪的样子，逐渐模糊成了一团黑雾，最终消失在了夜色里。

沙门江像一条蜿蜒遒劲的巨龙，一头撞开伏牛山山体，奔腾的江水顺流而下，翻滚着向下游流去。夜色中，江水猛烈地冲击着两岸的岩石，发出巨大的声响，轰轰隆隆地传来。

深陷的眼窝，高挺的鼻梁，紧绷的嘴巴，瘦削的脸庞，以及经年的皱纹深深地镌刻在鹰爷的脸上，山风吹过，鹰爷静坐着，一动不动。

鹰爷收回目光，低下头："大鹰，你在哪儿呢？"

夏天的山中之夜幽静、躁动、阴郁。

金色的火苗像个灵动的小鹿，伴着干柴毕毕剥剥的燃烧声，在黑夜中激情地舞蹈，火星子飞起来转瞬间不见了踪影，闪烁的火光把鹰爷冷峻的身形印在岩石壁上，火堆周围弥漫着燃烧的松木清香，远处的天幕上点缀着密密的繁星和一弯月亮。

那是一个多么奇妙的月夜呀！

一只大鹰，尖利的喙，冷峻的眸子，灰褐色的羽毛，钳子一样的爪子，机警地看着鹰爷。强壮的翅膀下面露出一个小脑袋，滴溜溜的小眼睛盯着鹰爷手中的火把，那枚火把照亮了鹰爷屋子后面的小草棚。

午后，那个雄鹰的身影划过蓝天，高飞，盘旋，嬉戏，鹰爷久久望着……

"砰！"清脆的枪声打破了山谷早晨的宁静，忽地飞起一群鸟儿，惊恐地飞向远处了。

鹰爷敏捷地推开盖在身上的枯树叶，立起身，用竹筒到溪边汲了水，又从布袋里掏出干粮，就着溪水吃了，继续赶路。

山路崎岖，古木遮天，古藤缠绕，挡住了前行的路。

岩石的下面，有一股细小的烟飘起来，鹰爷走过去，火堆刚刚熄灭，有人昨晚在这儿住过，鹰爷下意识地攥紧了砍刀。

"大爹，在山里见过鹰吗？城里有人做标本，活的出价一千元哩！"不知从哪里钻出来一张竹斗笠，竹斗笠下面是张黝黑的脸，声音从那黑黄的口中飞出，身后背篓里有几只兔子、獐子，左手提着一只口袋，口袋有活物在动，右手握着一只火铳。

"没有呢！走远些！"鹰爷厉声呵责。

"好喽，走喽。"竹斗笠嘟囔着离去了，眼睛却四处寻找着什么。

第二天，鹰爷正做饭，一只毛茸茸的小东西跳了出来，是那只幼鹰，它警惕地望着鹰爷，显然是饿了。鹰爷突然想起，这几日无了老鹰的踪影。

从此，鹰爷就照料着小鹰，喂食的山鼠、蛇、兔子都是新鲜的，直到那天小鹰飞过大树，越过山顶，冲向蓝天。

"砰！"随着枪声，小鹰一个趔趄从空中划过，吃力地向远处飞去。

"不好！"鹰爷提着火铳冲出院子。小鹰已无了踪影，而找遍了大半架山，也没有找到那个开枪人。

鹰爷走进了森林公安派出所。

这座山崖，怪石嶙峋，青藤悬挂，一路急急行走，汗水早已湿透衣服，鹰爷脱去上衣，露出古铜色肌肉，青年时的鹰爷那一身古铜色的腱子肉，吸引了多少女娃的目光。鹰爷曾在这山里打猎，直到国家把这一带划为自然保护区，鹰爷再也没出过手。

鹰爷拉住藤条，脚踩岩石，攀了上去。

山谷中有一块巨大的岩石平整光亮，鹰爷从布袋里掏出一包荷叶，把兔肉取出放在岩石上。

天高云淡，蓝天上多了一只壮硕的黑影，矫健的翅膀掠过山巅，时而一动不动地停在空中，时而箭一样地斜刺向天际，这是一只健硕的大鹰。

鹰爷将手指弯曲放入嘴中，一声口哨凌空响起，那只黑影子一个回旋，低空掠过。

"是它。已经长成了大鹰！"鹰爷快步走过去，坐在岩石中间，高扬着头，把胳膊大大展开。

大鹰一个俯冲，稳稳地落在了鹰爷不远处，眨动着白里泛黄的眼睛，注视着鹰爷。

噼啪，远处传来一声奇怪的声响，一个黑洞洞的枪口钻出树枝，瞄准了大鹰。

鹰爷倏然站起，张开双臂，将大鹰护在身后。

"轰！"一声沉闷的枪声响彻山谷，鹰爷突然感觉有一只大手猛地推了左臂一把。

"住手，放下枪！"两个身穿警服的人影扑向对面林子。

崎岖的山路上，树木苍翠，林荫蔽天，有阳光穿过枝叶缝隙投照在担架上。

"醒了。别动！"两个穿制服抬担架的森林警察轻声制止。

一个黑胖的汉子低着头，戴着手铐，垂头丧气地走在前面。

大鹰，兀立在鹰爷的身边，冷峻的眼神，尖利的喙，锋利的爪子，强劲的灰褐色的翅膀，大鹰望着鹰爷，鹰爷也望着它，对视着，一百年，一千年，像两个雕像。

海 棠 树

范玉梅

金秋，硕果累累，诱人的海棠果一串串挂满了枝头。黄里透红，红里透鲜，脆生生地咬上一口，酸甜爽口，味蕾大开。

守望看在眼里，喜在心里。他看路人摘海棠果。他问一个男子，男子说：我媳妇怀孕了想吃酸的。他又问一个小女孩，小女孩说我摘回去让爷爷吃。他欣慰了。

一如几年前，他的焦急和无奈——此时在想象中换了位。假如现在摘海棠果的人是自己，可以美美地摘海棠果，就不会有终生遗憾。让更多人少了遗憾就是给自己的遗憾做减法。他眉头舒展开了。

守望的爹临死前，就要吃脆生生的海棠果，爹大张着嘴"咝咝"地喘气。爹，您先吃个苹果。不，海棠果……酸酸甜甜……

守望急得转圈圈。不知所措地搓着手，没了主意，他恨不得吹一口仙气能变出海棠果来。离县城还有二十里，等急匆匆买回来已晚了。

爹走了，爹张着嘴的样子一直萦绕在他脑海，这是他一辈子的遗憾呀！他后悔偷偷背着爹把那海棠园卖了。那个后悔呀！悔得把头皮都抓破了。

从那以后，守望一门心思栽海棠树，一棵棵，一排一排，整齐得像列队士兵。海棠树的路对面是一个化工厂。守望在门卫当保安。每天十二小时守候着。从一棵苗到树冠，都在守望的视线里长大，结果。

守望兢兢业业，在大门口站成了一棵树。春夏秋冬一站就是八年。村里的二狗开着货车路过，就下来跟守望闲扯拉家常，视线所及之处是红灿灿的海棠果。

夜里，守望似乎听到对面海棠园树叶"唰唰"响，借着月光才看清是二狗，二狗已摘了几大筐海棠果放车上。守望说：吃可以，卖不行。二狗说，我给你钱，守望说不是钱的事。

是让真正需要的人不留遗憾。二狗不知他在说什么。守望决绝拦下二狗。

二狗说厂内棚子下那些电缆我拉走，反正厂子用不着。守望像触了电，那不行，你钻钱眼了。你整天钱钱……钱！明人不做暗事，老板信任我，咱不能玷污了这份信任。只要我在，厂里的一枚螺丝都不能动。

二狗再也不来了。他见了村人就说守望看大门看傻了。或者说一个看门狗，还把自己当成看门官了，一辈子也就那点出息了。

厂子效益越来越好，扩大规模，扩大生产，场地不够用了。厂老板对守望说：把你的海棠园卖给我吧，一百万，我要扩建。

守望头摇得像拨浪鼓。老板说：二百万！

守望仍不作声！

过了几天老板以为守望嫌钱少，调侃性地开出了一千万。没想到守望坚定地摇头。老板纳闷了，围着守望转了一圈，他倒要看看顽固不化的守望与别人有哪不一样。

老板找守望老婆，她嗷了声。似在做梦。能值那么多？她眼珠子差点蹦出来。别人不要的石头坷垃地，都是守望起五更睡半夜一点点捡干净的。她抬头看太阳明晃晃的光刺眼睛。她眨巴了下眼。厂老板实实在在在眼前。才知不是做梦。

老婆找到守望二话不说就在头上耙了一把，似乎要扒拉醒守望。你没睡醒吧！

别人家等着盼着拆迁，都等凉凉了。你倒好，机会来了……见守望不为所动，老婆一气之下转身而去。

过了几天，老婆突然想起了什么就给守望打电话，你留着海棠树有什么用，你爹去世这些年了，你能让你爹复活！吃口海棠果！

守望是吃了秤砣，铁了心不卖。

近日的各地暴雨惊醒了守望，他突然觉得自己的遗憾都是小事一桩，危及全国乃至世界的事才是大事。

如果地球得病了，就会导致异常的极端天气，那可是我们赖以生存的家园啊！

守望火急火燎地去找厂老板，那急迫劲不亚于人得了重病想办法求救一样。老板，你路虎开着，别墅住着，钱也够花了。凡事适可而止。你把厂子关了，栽海棠树。

真没想到呀！我没收购你，你要收购我！你是痴人说梦话吧……！老板哈哈大笑。笑得让人摸不着头脑，笑得让人毛骨悚然，笑得让人心里没了底。

守望拿着手机让老板看个抖音视频。老板，我不是为自己着想。你看看，污染空气质量，破坏臭氧层，对附近河流造成水污染，极端的气候，全球变暖，沙漠面积不断变大，这是对所有陆地生命的毁灭呀！

行了行了，你倒给我上课来了。就算地球得病了，地球上的人千千万，也轮不上你我操这心，你的这点觉醒，就是大海里的一滴水，空气里的一粒微尘，管什么用，不要咸吃萝卜淡操心，老板轻蔑地看了守望一眼。

守望靠前一步拽住老板胳膊眉头紧蹙说：如果每人觉醒一点点……

守望恨不得把海棠树种在老板心里。

追

杜宗林

天蓝如洗。阳光透过高高的树梢，在河堤上拉出长长的影子；泛着碧波的拉萨河上，几只水鸟时出时没，逐水嬉戏。

小兰把车停靠路边，坐在驾驶室内翻看一阵手机，又下车来不住地张望，可川流不息的过往车辆中，始终不见军车队的影子。儿子柯柯跑绿化带摘了两朵紫红的带着晶莹露珠的格桑花，回车内把玩，这会儿大约累了，躺在后坐垫上酣睡，小鼻翼一张一翕的，看着令人心疼。

小兰是藏三代，爷爷和姥爷都是进藏十八军，父母也曾是西藏军人。受家庭熏陶，小兰高考填报志愿时选择了军校，军校毕业又主动申请入藏，被分配到西藏军区某通信总站。同单位年轻英俊的上海小伙阿普走进她的生活，数年后，他们的军娃柯柯降生。再后来，因工作需要，小兰调往成都某部，她的丈夫阿普，则成长为某野战部队步兵营长。

野战部队训练战备任务重，边防斗争形势复杂多变。丈夫作为领头人，责任之大，担子之重，小兰深有体会，平时难得接到丈夫电话，就算微信也是寥寥数语。休假就更难了，总是走不开或放不下，这不，快三年了还没回家一趟。难道就你一人忙吗？儿子常常在耳边嚷着要爸爸，说得多了，小兰就有些怨气，心想你走不开，我申请休假，带孩子来看你该行了吧，可说好的事，一下又变了，变得让人措手不及！

这天早上，小兰拎着大包小包，带着睡眼惺忪的儿子登上飞往拉萨的航班。宽大的空客机舱内，发动机嘤嘤直响。对号入座后，小兰赶紧给丈夫打电话，希望他能带上氧气袋来机场迎接。

小兰，能不能退票？阿普在电话那头嗫嚅着说。

飞机马上起飞，你让我退票？小兰感觉头嗡地大了，怎么回事呀？你！

实在对不住，我临时有任务，不能来……

小兰还想说什么，机舱广播响起：女士们，先生们，请系好安全带……身材高挑的空姐款款走来，右手优雅一伸，微笑着提醒小兰将手机关机或置于飞行模式。

妈妈，爸爸要来接我吗？柯柯偏着头问。

小兰紧咬着嘴唇，一把将儿子揽到怀里，半句话也说不出来。

下飞机后，高原干凉的风扑面而来，小兰不禁打了个寒噤。

贡嘎机场出口站满了黑压压的人，有人举着写了名字的牌子乱晃。小兰看看熟悉而又陌生的大厅，拉着柯柯径直走向民航大巴。

小兰住进军区一所，缺氧让她胸闷气短，柯柯也没精打采的。阿普来电话不住地道歉，说这次任务时间长，母子俩要么先回去……小兰气呼呼地打断说，你总不能让儿子又失望吧。

三天后，柯柯恢复了活蹦乱跳，小兰带孩子到罗布林卡、龙王潭转了转，看到许多三口之家开心游玩，小兰觉得好无助，她反复安慰自己，再等等吧。

又过多天，眼看自己的假期快到了，而丈夫仍没个准信儿，小兰不免焦躁起来。

这天晚上，阿普突然来电话说，已完成任务，即将归建，明天车队要路过拉萨。

能停下来，让孩子见你一面吗？小兰急切地问。

车队统一行动，休息时间应该可以吧。

那你们能停多久？

最多一刻钟。

那么短？好吧，我想想办法。

次日早晨，小兰穿上蓝底白花连衣裙，就近买了阿普最喜欢吃的汉堡包，开上战友借来的车，去公路边迎候。

快中午一点，手机铃声这才响起。阿普激动地说，车队马上到拉萨，我带的车车牌号是……

我们在青（川）藏公路纪念碑斜对面，黑色奥迪，你到时候招手吧。小兰感觉手有些抖。

隆隆的马达声响起，一长串披着伪装网的军车从天边滚滚而来。

柯柯牵着妈妈的手，好奇地睁大双眼。

一辆，两辆，军车倏倏从身旁驶过，驾驶室里端坐着一个个身着迷彩的军人，他们黑红着脸膛，全神贯注地凝视着前方。

小兰紧张地注视着每一辆军车，毫不顾忌扑面而来的尘灰。终于，后边有人招手。小兰飞快地挥手回应。

近了，正是他！小兰抱起孩子往前靠，快看爸爸！

阿普大喊，危险！不要过来，我们要到前面才停车。

什么？小兰还没听清楚，阿普就随车远去了。

这怎么办呢？小兰稍一思索，就果断地决定：追！

赶倒是赶上了，但车队不允许插队，小兰只得不温不火地跟在队尾。

车队继续向前行驶，川藏路两旁的绿柳一晃而过。手握方向盘的小兰突然觉得这样的团聚好喜剧，大约前无古人后无来者。

直到进入墨竹工卡县境内，军车才纷纷亮起红红的尾灯，依次停了下来。一时间，车上跳下无数士兵，他们四散在公路两旁，寂静的原野一下子闹腾起来。

小兰继续前行，寻找阿普。

阿普飞快跑过来，抖抖身上尘土后，一把抱过柯柯就亲。柯柯向后缩了缩，乌黑发亮的眼睛闪过一丝惊恐。

柯柯，叫爸爸，这是爸爸呀。小兰看了眼一身戎装的丈夫，所有的委屈顷刻间烟消云散。

你辛苦了，看把你们折腾的。阿普歉意地望着小兰。小兰背过身，感觉泪水在眼眶里打转。

我的假期快到了，明天就带孩子返回。

…………

十分钟后，哨音骤起。

　　我要上车了，阿普仰天叹了一声，你回去路上要慢点。刚才还怯生生的柯柯抱着爸爸的脖子不愿松手。

　　军车隆隆，淡蓝色的尾烟飘散开来。阿普双眼噙满了泪水，不住地向母子俩挥手告别。

　　爸爸，爸爸，我要爸爸。柯柯不停地挣脱哭喊。

　　望着渐渐远去的车队，小兰泣不成声……

告　别

刘日华

　　日上三竿，秦老汉带着水牛回家。水牛吃得很饱，肚子圆溜溜的，慢悠悠地走。秦老汉跟着水牛的步子，一边走，一边挥着蝇拍，赶走那些不怀好意的讨厌牛虻。

　　小黑一如既往，保镖似的不离秦老汉左右。

　　大女婿阿杰已经在门口了。

　　"爹，我现在就把牛牵走啦。"

　　"等一下。"

　　秦老汉提了桶子，倒进米糠、温水，加了盐，用手在里面搅了一会儿，再将桶子放在水牛嘴边。水牛一口气喝完，晃了晃脑袋，眼睛看着秦老汉，看得秦老汉眼窝子发热。

　　秦老汉把牛绳递给阿杰："阿杰，水牛就交给你了，要像对我一样好生照顾。每天早起，把水牛牵出去吃露水草。晚上睡觉前，一定记得喂一次米糠，水要温的，放一点盐……这牛老实，肯出力，耕田的时候，别拿鞭子打……"

　　"知道。"

　　"还有，水牛不能卖，贩子出多少钱都不行，等哪天能回来，我还要养它。"

　　"放心吧，爹。"

　　阿杰牵着牛前头走，秦老汉紧挨在后面，一直到村口大樟树下，这才停下来。

　　水牛不停地转过头，朝着秦老汉的方向，"哞——""哞——"

　　秦老汉的眼泪就掉下来了……

　　返回来，秦老汉拿出昨天从圩上买好的项圈，帮小黑戴上。戴的时候，小黑伸出舌头，使劲地舔着秦老汉的手、秦老汉的脸。"小黑，对不住你啦，等会阿武要来，你就乖乖的……"

　　阿武是秦老汉的小女婿，平日里喜欢养狗，把小黑托付给阿武，秦老汉想好了。

　　阿武是开车来接小黑的。车子开到大樟树下，阿武从后视镜里发现岳父在后面小跑跟着，以为还有啥事，就踩了刹车，按下车窗玻璃。哪知嗖的一下，小黑纵身跳下来，飞奔到蹲下身子来的秦老汉跟前，扑到秦老汉的怀里，使劲摇尾巴，"呜呜"地叫着……

　　小黑也是老伙计呀！十年来，小黑和秦老汉形影不离，秦老汉上山砍柴，小黑屁颠屁颠地在前方引路；秦老汉在稻田里忙活，小黑安安静静地趴在田埂上等候；秦老汉去圩上赶集，小黑前前后后地黏着……

　　通人性的小黑，预感到主人要把它送走，任凭阿武怎么用力拽那根皮带，就是不肯走，地上留下长长的爪印。无奈，秦老汉只得抱起小黑，狠心塞进车子里……

　　阿武的车子望不到了，秦老汉还站在那里发了一阵子呆，然后才慢慢地走到邻村张老汉家。平日里，秦老汉和张老汉经常互相走动，玩玩纸牌，喝喝小酒，一辈子的关系啦！临走前，怎么的也得跟张老汉打个招呼哇。

　　"还是你有福，要去省城见大世面了。"张老汉笑着说，"儿子这么争气，在大城市上班。不像我，儿子女儿都还在土里刨食，面朝黄土背朝天。"

　　秦老汉的脸上却没有丁点高兴之情，"哪里是去享福，说不定这是去受累呢。"

　　"岂有此理？大城市的生活多少人羡慕。"

　　"唉，各家都有难念的经。"秦老汉犹豫了一下，"不瞒你老弟，孙子莫名其妙得了自闭症，不能正常读书了，好好地上着课，突然会下位置去打这个同学，打那个同学，弄得很多家长告状……儿子忙单位上的事，媳妇又生了二胎，哪有时间去管？这不，儿子媳妇前两天打电话来，让我去学校陪读，不然，孙子就只能退学。"

　　"怎么陪？"

　　"就像小黑跟着我一样，一天到晚跟着孙子。孙子上课，我也在旁边上课；孙子去厕所，我也去厕所……"

　　"唉，你这不是受累，是受罪！"

　　"受罪也心甘情愿，我是爷爷。"

　　"自闭症也是病吗？"

　　"嗯，听说很麻烦，不容易好。"

　　"你去的话孙子就能好。"

　　"当然，没有过不去的坎！我把收藏的几十本连环画都带了去，有时间就跟他讲《岳飞》《杨家将》《三打白骨精》《铁道游击队》的故事……孙子现在自闭，我要给孙子打开。"

"你肯定行！来，坐下来，等会炒两个菜，咱哥儿俩喝几杯。"

"喝！"

白 球 鞋

张国星

黄羊川学校开运动会，学校要求赛跑的同学都穿白球鞋，董良却急得抓耳挠腮。

董良是老三，穿衣穿鞋都是大哥二哥传下来的，不是这有窟窿就是那儿张嘴，根本没穿过新的。那年月家穷人多，吃咸盐买灯油靠几只鸡下蛋去换，小学生只有上山挖点甜草换点零钱，交学费、买纸笔什么的。

星期天，董良早早扛铁锹上山去挖甜草，甜草的学名叫甘草，药书上说：甘草甘温，调和诸药，炙则温中，生则泻火，黄羊川一带是主产区之一，是一味常用中草药。

董良先沿着须草找粗的疙瘩草，几米外小军也沿着须草找疙瘩草，挖着找着两人一块挖到一棵大疙瘩甘草，顶端有鹅蛋粗细，草身也有锹杠粗，这是一棵几十年长成的特等甜草，很少见到。

"三战两胜！"小伙伴们主持着，若是两人同时挖到一棵大甜草，就摔跤决定归谁。

第一跤，董良胜了。第二跤，小军龇牙瞪眼要拼命一般，但他从来都摔不过董良。

"董良，你让给我吧……"小军要哭了。

"你也买白球鞋？"董良停住手。

"给我奶奶配药，我奶奶是肺病，先生说得用几十年的老疙瘩草。"

"给你奶奶治病？那你挖吧。"董良知道小军奶奶整日弯着腰，不停地咳嗽，治病要紧。

"董良，谢了，这个糖球给你吧。"小军掏出唯一的糖球。

"我不要。"

"给。"小军嗑开糖球，一人一半。

"嘿嘿。"董良接过半块糖球。

挖甜草攒的零钱估计能买一只白球鞋时，忽然董良妈妈的胃病犯了，疼得厉害，董良把所有的零钱都拿出来，和爸爸一块陪妈妈去医院，妈妈的胃疼止住了，所有的钱也花光了。

后天就开运动会，挖甜草买白球鞋是不可能了，不中就用白土子染染鞋，也算白鞋。黄羊川有一种白土块，盖房子抹在房顶上，干后看着土白土白的。

董良把白土子和成稀泥浆，一遍一遍地刷在那双旧胶鞋上，晾干备用。

"都怪我，把点钱都买药了。"妈妈责怪自己。

"没事妈，其实跑赛光脚跑也一样。"董良从小光脚惯了，非常能跑，追过跳兔，几次差点抓住兔子。

"再用白粉笔头画画边。"小军弄来几个小粉笔头，让董良再画画鞋，确实比白土子白多了。

开运动会了，董良拎着那双"白鞋"来到学校，比赛前穿好鞋，勒紧鞋上的鞋带，轻轻地跳一跳。

"别跳，别跳！"小军叫道，他看见鞋上涂的白土子往下掉渣。

比赛的哨声响了，董良全力开跑，轻松地把身边人一个一个甩到身后……

"董良，加油！董良，加油！"班里的男女同学一齐呐喊，为董良鼓劲助威。

董良非常高兴，从来没被同学们这么重视，是前所没有的，今天跑好跑坏，不仅是关乎他个人了，而是要为全班同学争荣誉。

在锣鼓声中，在同学们的呐喊声中，董良越跑越快，再一圈下来，肯定第一。

突然，董良感到一个钉子扎进右脚掌上，每跑一步钻心疼痛，想停下拔出钉子，肯定会被人追过，跑第一就不可能了。

"董良，快跑！加油呀，后边追上来了！"同学们全力喊叫，都站起来给董良助威。

拼了，拼了！董良咬紧下嘴唇，忍着剧痛，拼命加速，头上的汗珠滚落下来，还有几十米了，董良简直像飞一般到了终点……

"噢！董良第一！董良第一啦！"同学们一拥而来，架着董良慢慢缓行，欢呼祝贺。

"哎呀！"董良这才感到一步也走不了，一下瘫在地上，大家帮他脱下右脚的鞋，发现鞋里流了一些血，脚掌上从鞋底扎进一个小钉子尖……

第二年，董良代表黄羊川学校去城里参加运动会，终于穿着一双雪白雪白的白球鞋参加长跑比赛，他跑得飞快，就像一阵风掠过……

无 语 灯 笼

左同超

清晨，袅袅炊烟升起的时候，崎岖不平的山村小路上，就会闪出一个肩挑担子、头缠蓝布巾的中年男子入村串户。

他是个哑巴，做木工手艺，人们便叫他哑木匠。

那时，哑木匠已四十有二，仍是个单身汉。也难怪，谁家姑娘愿意嫁给一个哑巴？

哑木匠倒很乐观，已习惯"一人吃饱，全家不饿"的生活，整天乐呵呵地挑着担子揽活。他不会像其他木匠发出"打家具、做桌椅、修凳子喽"的吆喝声，但这些声音都在他心里装着呢。

哑木匠兄弟姊妹八个，从小家里穷，没上过学，十二岁拜师学艺，十六岁出师。他心灵手巧，做出来的木器用品要比一般木匠精致、美观、耐久，许多村民都愿意找哑木匠到家里做活。

那个年代，条件好的村民家里才会有八仙桌子。每年一到过年来亲戚时，母亲常到别人家去借桌子，有时人家也在用，只好把家里仅有的小桌子和凳子拼起来凑合用，就显得很寒酸，特别是家里遇到红白事情八仙桌子必不可少。于是，那年冬天，我父亲咬紧牙关对我母亲说："让哑木匠到家里打一张八仙桌吧！"

过了两天，冬日的阳光刚露脸儿，哑木匠就挑着担子来到了我家，一缕阳光也被牵进了院子。哑木匠生得眉清目秀，脸膛饱满，黝黑的皮肤显示出山里人特有的粗犷、质朴和健康。他放下担子，把工具一一拿出来摆放好，就用哑语和手势"啊啊，呀呀"地与父亲交流起来。明白了他的意思，父亲从屋里把事先剖好的桑树、榆树、德国槐等木料扛到外面。哑木匠分别把桌腿、横梁、面板等木料选出来，然后开始画线、量尺寸、下料，挺有意思的。

于是，我蹲在一旁傻傻地看。不一会儿，哑木匠"啊啊啊"地向我叫喊起来，我问他叫喊什么，他用手比画半天我才弄清楚，原来他是让我离摊子远点别挨碰着，并示意我先去屋里看书，等中午作业完成了再来。

做好作业将近午饭时，我又过来。只见他两手握住刨子的两边柄子，拉开步子，倾着身子，一刨子下去足有一米多长，刨下来的白木皮源源不断地从刨子上卷出来。

我连蹦带跳地跑过去想抓刨下来的木皮卷，哑木匠连忙放下手中的刨子，笑着招手让我在他旁边坐下，然后顺手把一旁凳子上的小木笼子拿给我，还"啊啊，呀呀"地叫了一通。我一看，这是用下脚料做成的六边形小灯笼。我喜滋滋地接过来，生怕丢了似的抱在怀里。

去年，隔壁二叔家打八仙桌时，我过去玩。听二叔说，做八仙桌最关键的工序是割角，四个桌角分别由两块呈四十五度角的边框拼接而成的直角，边框尺寸和两端角度不能有偏差，尺寸大点尚可裁剪，尺寸小了就割不成直角，无法补救就有可能作废。

现在看哑木匠做事这般精细不由得有了感触。只见他把桌腿、横梁、面板等部件做好后，又拿起直尺、角尺对所有部件一一反复测量和修整，直到没有一点误差才放过。

傍晚时分，一张崭新的八仙桌打好了，他才直起腰杆，伸开双臂高喊，"啊、啊、啊"的声音在山谷里久久地回荡。

晚上躺在床上，对他那"啊啊，呀呀"的声音有一种神秘感和崇拜感，再细细欣赏他送给我的那盏小灯笼，赫然发现灯笼底部用红色木工笔写着"好好学习，天天向上"八个正楷字。顿时，一股暖流涌遍我的全身……

如今，再也见不到哑木匠了，可这盏灯笼还在。灯笼无语，却时时在点亮什么。

纠　纷

左文义

要不是被人群堵了路，我是不会停车的；要不是听到里面好像是老王的声音，就算停下来，我也不会费力地挤进去。鲁迅先生早就说过，不要做看客。

一看，果然是老王。套着橘红的坎肩。那辆笨重的二手破三轮上，大扫帚、小扫帚、簸箕、长柄夹，酒瓶子，纸夹子，堆得像个小山包。老王叉开腿站在那里，一只手攥车把，另一只则抓着一个穿着初中校服的女孩子。"放开我、放开我！"女孩一边挣一边嚷，就像一个被困的愤怒到了极点的小野兽。老王住我家楼上，又矮又瘦的一个小老头儿，退休前是一个单位的电工，后来就找了扫马路的活。天不亮就能听到他下楼的声音。老王所过之处，家家门口的垃圾统统不见。全单元都念他的好。

"怎么啦老王，出什么事了？"我问。

老王用下巴指指身边的垃圾桶，说："好端端的一个垃圾桶，让她踹成了这样。"

女孩又嚷起来："你是大骗子，老骗子，明明是你自己踹的！"

我没理她。一看那垃圾箱，果然，背面凹进去了一个坑。我不觉来了三分气，愠怒地盯着那个女孩。女孩也望着我，眼中冒火，咬着牙说："他是坏人，你也是坏人，你们都是坏人。你们让我走，快让我走！"说到最后，简直有些歇斯底里了。连蹿带蹦，连踢带咬，把老王折腾得满头是汗。多亏老王紧靠着三轮，否则非被拽倒不可。

有人说："算了，放她走吧，大庭广众的，让孩子多没面子。"

女孩听到有人替自己说话，软了下来，可怜巴巴地望着老王，乞求道："我错了大爷，求求您，放我走吧。"

老王说："放你走，这垃圾桶就得我赔。没个三五百下不来，我扫一个月也才挣五百。"

"那我回家拿钱给你送来还不行吗？我说话算数。"女孩说。

"你当我是三岁小孩子呀，到时候你不回来，我到哪里去找你。道理我也都和你说过了，最好是告诉你父母的电话，让他们来接你。不然跟我去环卫队，把你往队上一交，就没我什么事了。还有就是报警，让警察处理。你说，你选择哪种？"

女孩低下头不说话，好像是在认真考虑。趁老王没注意，突然拔腿就跑，一下子把老王带倒了，一条腿结结实实跪在地上，疼得鼻子眼睛都挪了位。老王冲我喊，"抓住，别让她跑了！"我上去薅住了女孩的领子，气愤地说："把人摔成这样，你更不能走了！"

我也得上班，不能老这么耗着，就对老王说："她不可能跟你回队上，她家大人的电话咱又不知道，干脆报警吧。"见老王还犹豫，我索性掏出手机开始拨号。

小女孩突然硬硬地说："别报警，给我妈打电话好了！"然后说了一个电话，并报上了自己的名字。

电话是老王打的。电话接通，老王刚一提女孩子的名字，电话那头就哇地哭开了。问了地点，恳求老王无论如何要把女孩控制住，千万不能让她跑了，她和孩子的爸爸马上赶过来。

女孩的父母是开车来的。妈妈上来搂着女孩子啥也不说，就只是哭。女孩子把头扭向一边，对妈妈的悲伤不理睬。妈妈哭着哭着突然没声音了，软软地顺着女孩的身体滑了下去。人群大乱。女孩子这才慌了，哭喊着跪了下去。好半天，女人才缓上来这口气。又搂着女儿呜咽起来。男人对老王说："孩子因为学习和她妈妈吵架，一晚没回来，我妻子有高血压，一激动血压又上去了。"说着，男人掏出一沓钱就往老王手里塞，说是桶钱。老王把钱推开，呵呵一笑，说："给啥钱，这桶是我自己端的。"说完把手伸进垃圾桶,在里面咚咚咚捶了几下,垃圾桶嘭地复原了。

人群散尽。我对老王说:"可真有你的,肚子里道道还挺多。"

老王笑笑:"逼的,那孩子天不亮就在那边的河边坐着发呆,我猜其中就得有个缘故嘛。"

见老王走路一点一点的,我忙问怎么回事。

"端垃圾桶,小脚豆挫了一下子,刚才又摔了一家伙。"

"那还不赶紧打电话让他们回来,拍片子看看骨头……"

"用不着,离心脏还远着呢。"

说罢,抄起笤帚,一瘸一拐哗哗地扫起地来。

二姑的娘家

王 巍

二姑父开着大众,带着二姑到我家来时,正在扫地的母亲惊呆了,尤其还搬下来许多礼品。

见母亲疑惑。二姑父说,以前年轻不懂事儿,不喜欢走亲戚,嘿嘿。说完小眼睛乱扫,找人,找我父亲。母亲放下扫帚,说,你大哥最近忙得很,村教学楼重建,这些天乡镇里跑、县区里跑,天天不沾家。

二姑父说,那哪行,这样太辛苦了,跟大哥说,咱现在有小车了,这段时间我可以天天接送大哥跑工作。说着又掠了一眼沧桑的二姑说,二英说她小时候就是大哥带大的,大嫂嫁过来后,对她就像亲姊妹样地疼。所以,今天专意来看看哥嫂。

二姑曾对母亲说过,每次从婆家来时身心都是伤痕累累,每次从娘家走时都对生活充满了希望;刚刚,二姑把这话又说了一遍。母亲打趣说,所以说,小姑子对嫂子好没错,能给你撑腰打气。两人都笑,就像大嫂刚嫁过来时说的话。

厨房里。

母亲对二姑说,他姑父多年不来了,今天咱用土锅做小鸡合饼,土锅炒菜吃着香,一会儿你烧火我来炒。二姑的眼睛飘忽了几下,说,大嫂,就用液化气吧,快。顿了顿才说,那个孬种不是来吃饭,也不是来看大哥和大嫂的。

母亲正杀了鸡煺毛,转头看着剥葱的二姑,说,咋?这次来,还是要和你离婚吗?这个狗日的,这些年一大家人咋就暖不了他的心啦!我今天就好好和他掰扯掰扯！母亲愠怒的样子，像极了二姑心底里"娘"的样子，而且说着话，手下还用力拽了几根鸡毛。二姑的眼泪就啪啪下落，连忙笑着阻止，不是的大嫂，他不像以前在外面花花绕了。现在也想正干，就是他的包工队，一直零星着干的都是小活儿。二姑看了看母亲的脸，才说，他，他听说村学校想改建教学楼，大哥不是校长嘛！就想，来看看……

没见到父亲，二姑父不回去。等。

二姑急得脚印成花，二姑夫的小眼睛就射向她三个字：沉住气。

母亲说，这些天好几个工头来找，都想走后门要承包。给谁不给谁的，像上次学校拉院墙一样，夜里都有人朝你大哥砸黑砖，横竖都是得罪人。现在更不行了，不是你大哥一个人能当家的事儿呢。

中央一套播放电视剧第一集结束的时候，父亲回来了。母亲就说了二姑父的来意。

父亲一脸的焦黑，筷子上挑着二姑下的面，悬着，碗里还卧了两个荷包蛋，对二姑父说，你能想着为家里多挣点收入，来找我这是好事，大哥也想让你的包工队有饭吃。二姑父听到这儿，紧绷的脸上舒展了，说，谢谢大哥能想着咱是一家人。这些年我有不到的地方，长兄如父，您和大嫂多担待些；后边，我和二英一定好好过。父亲吞下面，又说，是呀，日子就得凑合着过，这些年你在外面跑，她一个人带两个孩子长大，流了多少泪，吃了多少苦，我和你大嫂都清楚。

是，是。二姑父搓着手。

但是，父亲说，家是小家，关起门来，吃亏倒巧不到外人；学校不一样，我虽然是学校校长，但这是公家的，一些事也不是我一个人能决定。再说，学校建设是个良心活，一点不能马虎。所以，为公平起见，你回去准备手续参加竞标吧。

二姑父的眼睛大了，道，大哥明知道我这小包工队，根本没有和大公司竞争的资本，岂不就是蚯蚓和龙比长短，小石子与大山比高低嘛！你直接拒绝我得了，更显得你"大义灭亲"！

父亲说，虽然你是我妹婿，就算再芥蒂十几年，这个后门也还是不能开。

场面僵住了，墙上石英钟的秒针扑嗒扑嗒地疾走。最后，二姑夫对着二姑喝了一声，二英，走！身后的墙皮掉了两块。父亲追着，把二姑父带来的礼品又拎回车上。

母亲立在父亲的身后，说，那一年，他二姑夫来求你想当代课老师，你死活不同意，说误人子弟。这些年他心底有气，就拿捏二英。这次，你又——

黑夜里，父亲回头闪了母亲一眼，丢下一句话，像星星从天上掉落，说，你懂个啥，糊弄谁，不能糊弄学生！

父亲起早去县里找领导的时候，一打开门，二姑夫竟在大门外立着，身后是他的小车……

老"马糊"

叶建武

在县城老街的记忆深处，二十多年来，一个画面时常生动地出现在晴日拂晓，星垂欲亮的小食街路口，一个面色红润敦实健硕的汉子，一副冒着热气的胡辣汤挑桶，一条标志性搭在肩头的白毛巾，身后一位碎步紧跟，臂挽竹篮的女人，前面的一步一颤悠，后面的三步两摆柳，那造型韵味让人过目难忘。

马叔早，老哥早，已先来蒸高壮馍的，卖汗鹅块的，烧糟水汤圆的，炖羊肉碗子的，炸酥角萝卜窝的摊主和等着喝头锅汤的食客们不时地和马老汉打着招呼。

好、好……马老汉一边回应着，一边摆下挑子，夫妻二人支开大锅，倒入胡辣汤，摆开一应碗碟配料，一声悠长高亢的叫板："胡辣汤……马记的。"随后，马老汉勺入汤锅，盛上满满一大碗，端到食客面前，还不忘缀上一句，您请好，吃去！小食街的空气里，慢慢飘出一缕独特的鲜香。

胡辣汤常见，但南北风味各异。北偏麻辣，味道厚重，透出北方人性格中的豪爽与侠气；南重鲜香，细腻清淡，蕴含江南人秉性中的讲究与典雅。马老汉的胡辣汤风味别样，南北相宜。其色状如琥珀，其味酸辣鲜香，佐以手工面筋，脆酥的寸鱼小虾，撒上一些姜丝葱段，滴上几滴地道的麻油，一勺入口，如食甘饴，一碗下肚，胸抒腹畅。用老食客的话讲：舒坦到家了。

名气的背后是太多的辛苦，头天要采买原料，熬制底汤，马家的底汤是用土鸡汤勾兑，绝不用味精之类的提鲜料，用马老汉的话说，那样做汤必单薄，没有回味；然后要洗、酥面筋，摊土鸡蛋皮等，尤其是拾掇寸鱼小虾，特别费工夫，不仅要洗净弄干，还要逐条剪去虾枪虾须，再放入油锅，一炸熟，二炸酥；第二天清晨即起，生灶点火，勾兑汤汁，加入黄花菜，干豆皮，酥面筋等配料，调味起锅，至此正宗的老"马糊"才算齐活。

生意不负勤劳人，二十多年的辛苦付出，马家盖起了二层小楼，日子过得也顺风顺水。但随着年事渐高，一桩心事越来越重地压在马老汉的心头——手艺无人传承。膝下虽有一子，但一门心思读书，虽然闲时帮帮忙，但对子承父业毫无兴趣，再则，谁不希望孩子能出人头地，光宗耀祖，眼瞅着儿子学业有成，娶妻生子，马老汉半是高兴，半是忧心。

一日，马老汉一个远房的、在外晃荡几年一事无成的侄儿找到家来，大伯，我想和您学手艺。马老汉非常高兴，但也一再叮嘱，这个活挣的是辛苦钱，偷不得巧，耍不得奸。侄子漫不经心地应承着。接下来的日子里，马老汉悉心指导，侄子开始还能耐得下性子学些东西，仨月一过毛躁、浮飘的秉性渐渐显露出来，活也做得越来越粗糙，有几回虾枪虾须都没剪干净。开始马老汉没说什么，自己重新返工，后来实在忍不住了，马老汉对侄子说，生意靠的是诚信，本分赢得万家客，你糊弄顾客一次，就是砸一次自己的牌子，打一次自家的脸，侄儿见伯父话说得重，心中也来了气，就您这每天两大锅的汤料，三元一碗的价格，驴年马月能发家，我也不想干了。

侄儿走了，手艺的传承又回到了原点。长年的辛劳，加之多年高血压没有认真医治，导致中风，马老汉终于病倒了。这一躺就是两个多月。在老伴和儿子、媳妇的精心照料下，马老汉的身体渐渐康复了，但脸上却难见笑容，一些老主顾上门探望，殷切之情溢于言表，说有两家摊主，乘着空当也做起了胡辣汤，但没有好手艺难出精致活，那味道差远了。这些话语更加重了马老汉的心事，时常看着厨具出神。儿子理解父亲，见父亲身体无大碍后说，我有个想法不知父亲同不同意，马老汉嗔怪道，有话直说，别拐弯抹角。儿子在父亲耳边一阵嘀咕，马老汉听得十分认真，脸上露出难得的笑容。

次晨，全家上阵，马老汉亲自掌勺，精心操作，着重讲解水、汤、淀粉和盐、陈醋、蒜蓉辣酱的勾兑比例，关键之处反复演示；老伴灶下烧火，打下手配合，也忙得不亦乐乎；儿子、媳妇用手机，多角度拍摄、录像；还请来朋友进行后期制作。

那天，儿子挑着汤桶，媳妇挎着竹篮，老两口随后跟着。小食街一阵热闹，马老汉对围上来的人们说，今天的胡辣汤是我们全家精心熬制的，算是我的"封刀"和告别之作。有心学艺的，三天后到我家免费领取光碟。

一年后，老"马糊"作为地方名小吃，走进了电视台的美食节目。

洋媳妇见公婆

边庆祝

中国有句俗语：丑媳妇终要见公婆。

俄罗斯某边境小城的漂亮姑娘喀秋莎虽是个洋媳妇，模样一点儿也不丑，但也早就想见一见住在中国东北某村落的未来公婆了。

一年前，因为疫情原因，和未婚妻喀秋莎滞留在俄罗斯的强子就接到了老爸老妈从中国打来的电话，让强子和喀秋莎在疫情结束后就回到中国，老两口也很想早日见到一直未曾谋面的洋媳妇。

在这一年的时间里，喀秋莎一直在俄罗斯的中国餐馆打工，她充分了解到了中国人尤其是东北人的饮食习惯，还学会了各种中国东北菜系的做法，其中猪肉炖粉条、小鸡炖蘑菇、地三鲜、熘肉段等做得最为地道。

在打工之余，喀秋莎还每天坚持到一家俄罗斯的中文学校学习中文，经过刻苦钻研和训练，喀秋莎终于把一说中国话就僵硬的舌头彻底捋直，能说一口标准流利的中国东北话了。

一年很快就过去了，洋媳妇就要见到公婆了。

临行前，喀秋莎让强子陪她到俄罗斯的中国商店买几件衣服。

强子指着一处货架上的旗袍说："媳妇儿，我看这几件旗袍不错，你买一件呗！"

喀秋莎用地道的中国东北话说："不行，旗袍开叉太高，我怕咱爸咱妈犯膈应。"

强子又指着另一处货架上的高跟鞋说："媳妇儿，你穿上这双高跟鞋肯定性感迷人。"

"那怎么行？我本身身高就有一米七五，再穿上这么高的高跟鞋，会让咱爸咱妈难堪的，我可不干那不招人待见的事儿！"喀秋莎继续用贼溜的中国东北话说，"我买衣服我做主，你就负责当我的搬运工好了……"

呜——呜——

碧空如洗，艳阳高照。一列高铁穿过隧道，越过平原，呼啸着，飞奔着，由俄罗斯某边境小城急匆匆地驶向了中国东北某村落。

到站了。

当喀秋莎拎着一兜又一兜给未来公婆精心准备的礼物，下了高铁的时候，强子告诉她："我刚才给老爸老妈打电话才知道，老两口已经在县城买了楼，现在都搬到县城去住了。"

喀秋莎白了强子一眼，说："那还不沙楞的，去咱爸咱妈新家呀！"

"好嘞！"强子答应了一声，赶紧和喀秋莎打车赶往县城。

咚咚咚——咚咚咚——

门开了。

洋媳妇终于见到了中国公婆。

喀秋莎眼里的公婆是出乎意料的时髦：只见公公西装革履，皮鞋擦得锃亮，还烫了一头鬈发；再看婆婆长发披肩，一袭旗袍，脚踩高跟鞋，看上去都是活脱脱的都市白领的装扮。

公婆眼里的喀秋莎是始料不及的土气：只见喀秋莎扎着一对朝天辫，上身穿一件花格布衫，下身穿一条灰色裤子，打眼一看就是一个既秀气贤惠又聪明能干的中国农家姑娘。但后面要加括号，而且要特别注明：二十世纪七十年代的中国农家姑娘！

婆婆到厨房忙活去了，喀秋莎也悄悄溜进了厨房，她用纯熟的中国东北话告诉婆婆："妈，我不是来捣乱的，我会做好多道拿手的中国东北菜呢！"

"哎！"婆婆应了一声，可一边忙乎一边嘀咕："真大方！这还没正式结婚呢，咋还直接喊上妈了呢？"

约莫两三个小时的工夫，婆婆从厨房端出了十分正宗的意大利面条、鱼子酱、小餐包、汉堡排、烤肉串和罗宋汤等俄式大餐。喀秋莎也从厨房端出了色香味形俱佳的猪肉炖粉条、小鸡炖蘑菇、地三鲜、熘肉段等中国东北名菜。一家人围坐在一起，喝着甘醇的美酒，品尝着两国的大餐，说说笑笑，好不热闹！

叮咚——叮咚——

门铃响过，门打开了。外卖员又送来一个大蛋糕。公公满脸兴奋地对喀秋莎说："这是我们老两口特意为你定做的俄罗斯风味蛋糕，你打开看看！"

喀秋莎打开蛋糕盒子，只见蛋糕的底层是一圈淡紫色的花边，如一道道美丽的波纹，上层排列着五朵粉红色的达紫香，娇艳欲滴、栩栩如生的花朵下面用奶油写着这样两行字：祝愿中俄世代友好，祈望家庭永远幸福！

看着喀秋莎狼吞虎咽，又吃蛋糕又吃米饭的狼狈吃相，婆婆拽过强子小声说："这洋媳妇聪明，漂亮，贤惠，懂事，样样都好，就是不懂羞涩，有点大咧咧呀！记得我第一次到你爷爷奶奶家吃饭，紧张得手心冒汗，两腿发抖，只吃了不到半碗饭。这洋媳妇可倒好，都吃了两大碗了。"

强子"扑哧"一声笑了，附耳说道："妈，这才哪儿到哪儿呀，她的正常饭量是四大碗呢。"

爷 青 回

陈柯舟

年纪大了，就越发不想麻烦家中小辈，儿孙们健康顺遂，平安喜乐，就是我们最大的心愿。自己也没个大病大痛的，还是更愿意和老伴儿一起住在老家，养养花草，看看新闻，闲时和老伴儿下楼散散步。虽说没有儿孙绕膝在前，却也乐得清闲自在。

儿媳妇孝顺，隔三岔五就各种电话问候，家里需要的补品药品也从没断过，不过，每回电话末了，总是要试探我和老伴儿的想法，问我俩愿不愿意去城里一起住。

还真不是不愿意，儿子儿媳所在的城镇，虽说不远，开车约个把小时，只是，他们一家子的住房没电梯，还得爬楼，前几年，身子骨硬朗的时候，爬一爬问题不大，可岁月不饶人，如今，叫我上个三楼都是气喘吁吁，爬完还得缓上好一阵。更关键是，年纪大了，真的不想动，在自己熟悉的老家还是最舒适。

所以，每每面临这种试探，我总是各种推托拒绝，说得多了，儿媳也不好再说什么。但我那儿媳，可真是聪明得很，直接找我说不动，就时不时找我老伴儿絮叨。老伴儿是个耳根子软的，久而久之，也有些动摇。但我呢，一直立场坚定，坚决不肯搬。

儿媳又想了一招。孙女相亲、结婚、生娃……这些样样都是大事，没您老人家怎么能行！这个乖巧儿媳妇哟，最是懂我和老伴儿的心，这小孙女，是我俩从她婴儿时期起，就一天天带大的，什么时候长牙、会爬、走路，我们一点点看在眼里，一直到她上了大学。

老伴儿也时不时爱翻老照片。看着我以前给孙女拍的一张张时光的印记，眼睛里也有些湿润。这人哟，真是老不得，越老，越感性！

趁着五一假期，儿媳的电话又打来了。不过这回，并不是要我们去城里住，而是，孙女主动提出要来老家看望我俩。挂完电话，老伴儿那眼神里，立马有了多日不见的神采，主动张罗着提前去买孙女最爱吃的排骨、东安鸡……

我嘴里笑话她是个急性子，说这孙女真是比贵客还尊贵，看把你急的，自己心里却乐得跟朵花似的，还在老伴儿出门后，悄悄翻出了老照片，看着小孙女乖巧依偎在自己身旁的照片，嘴角咧得合都合不拢。

电话是前天打的，人却要今天才到。昨晚，我和老伴儿都睡不着。彼此戏谑，你看看你哟，孙女来了，觉都睡不着喽……

孙女抱着刚满周岁的小奶娃娃到了，嘴跟抹了蜜似的，"我最亲爱的爷爷奶奶！看，这是小Cici！"我一把抱过小Cici，大大的眼睛，又黑又长的头发，越看越像孙女儿小时候，小Cici也乖巧，抱着他走了一圈，最喜欢家里的吊灯，小手指一指一指的，看得我心都要萌化了。

孙女倒也没闲着，还是和小时候一样，各种捣鼓，不一会儿翻出来一个"保健盒"。"爷爷，这不是我小时候的'宝贝盒'嘛！"我一瞅，确实是孙女上小学时，把各种她喜欢的小物件都收集起来的小盒子。"可不是嘛，你看，里面那根鸡毛，还是当年你奶奶准备杀鸡时，你于心不忍，捡了几根毛回来留作纪念呢！""哈哈，爷青结啊！""还有那块化石，其实就是块普通的沉积岩，你非说人家是化石，宝贝似的收藏着！""哈哈，真的是爷青结！"孙女又翻了几样自己的"老宝贝"，嘴里不断地重复着"爷青结"，我忍不住问道："什么是爷青结呀？""爷青结，是网络上年轻人流行的说法，就是说，爷的青春结束了！爷就是自称的意思！"虽然不明白为啥现在的年轻人要自称爷，况且还是女孩子，不过我看孙女高兴，也跟着乐呵。

快乐的时光总是短暂的。吃完午餐，睡完午觉，等小 Cici 醒来，他们一家子又该回了。送他们出楼梯口，心中是诸般不舍。"爷爷，您拍照水平那么好，能不能以后多来给小 Cici 拍照呀？"就知道这小丫头片子，给我准备了这"灵魂拷问"。"行行行，等腿脚利索点再说！""好咧，那孙女等着您！"孙女笑意盈盈地离开了，我和老伴儿又失眠了一夜。

过了一个月，我还是主动给儿媳打了电话，孩啊，我俩决定搬回去住了！儿媳不禁大声地在全家广播，哪想到电话旁，孙女也在，只听得她大声喊了句："爷青回！爷的青春回来喽！"挂了电话，我和老伴儿相视一笑。

抓　阁

周国丽

抓阁凭的是手气，靠的是运气。老郭家的大事定夺就是以抓阁论输赢的。诗圣抓阁每每胜出，这在郭家湾已传为了佳话。

诗圣在家排行老二，也是老满。满月那天，读过私塾的爷爷按老规矩做了三个阁：诗贤、诗圣、诗文，小宝宝抓中了"诗圣"，学名为郭诗圣。比诗圣大三岁的哥哥叫诗书，长得虎背熊腰、牛高马大。矮小干瘦的诗圣是在哥哥的呵护下长大的。

父亲在县城粮站工作，爷爷多病，哥哥从小跟着母亲在生产队挣工分。待诗圣到了读书年纪，诗书为陪弟弟，一起到离家十里外的镇里上学。哥儿俩读书用功，在学校是出了名的好学生。

五年后，诗书、诗圣正憧憬着去县城读书。爷爷得了重病，花光了家里的积蓄，债台高筑，爷爷还是在寒冷的冬天走了。

过完年，就是春季开学时，诗书、诗圣谁也不敢提上学的事。一天，全家人围炉烤火，父亲把纸旱烟在火上点燃，对兄弟俩说："想去县里读书吗？""想！"哥没吱声，诗圣立马回答。"唉！我们家只能供一个上学"屋里鸦雀无声，停了许久父亲又说，"为了公平，老规矩，抓阄！"父亲从那他领子发白的蓝中山装口袋摸出两张卷烟纸，递给诗书："你是哥哥，按爸教你的方法，把阄写好！"哥把写好的两张纸交给父亲，父亲瞟了一眼，点了点头，拍了拍哥的肩膀。两个阄团安静地躺在高桌上。"诗圣，你是弟弟，先抓！"哥哥站在一旁没动。诗圣踮起脚，手在两个阄上举棋不定，闭眼抓住一个，睁开眼，"上学！"诗圣围着高桌又跳又蹦转了几圈。诗书抓起另一个阄丢进火炉燃成了火苗，然后，他转身对诗圣说"弟弟手气好！去县城要好好念书！"母亲望着满墙的奖状不停地落泪。

就这样，诗圣在城里心安理得地读完了初中和高中。诗书就在队上挣工分，农闲时到粮站搬运，帮助父亲把债还清。

毕业那年，父亲退休了，兄弟俩谁顶职？诗圣很想吃国家粮，但还是表态让哥去，诗书坚决反对"我没文化吃不消，弟弟是高中生，到单位准有出息！"手心手背都是肉，父母为难了。"莫争，老办法，抓阄！"父亲发话了。阄团仍是哥写的，弟弟仍是先捡阄，手气真好，"顶职"二字抓在了手中。哥把自己的阄撕碎丢在门外，风卷起纸片夹着雪花飞向了远方。

第二天，郭家湾不论男女老少，见了诗圣，都说"好手气！有出息！"也有人悄悄议论"老大满月抓阄，取名诗书，还不老是输？"从此，兄弟俩的名字在方圆几十里家喻户晓。

诗圣去单位报到那天，哥哥相中的邻村姑娘捎来了分手信。哥儿俩坐在拖拉机上，车在崎岖不平的山路上颠簸，想起哥的付出和婚事，诗圣的心也在不停地翻滚。他把头靠在哥肩上，"哥！对不起！总让你吃亏。"哥笑着大声说："你傻呀！公平抓阄，凭手气，哪有对不住的。"一路上，哥一直在吩咐诗圣要努力工作、照顾好自己、不用担心家里……

诗圣记住了哥的话，在单位年年评为先进工作者。国家恢复高考制度那年，诗圣成了村里的第一位大学生。临去学校报到的一个晚上，一弯新月挂在村头，兄弟俩在家门前禾坪乘凉，聊得正欢，诗圣突然对哥说："当初不该让我顶职，可惜了那个指标。"哥憨笑着，"不说了，那是手气！"母亲从厅屋朝兄弟俩走来，"什么手气运气，都比不上情分！"母亲想接着往下说，却被哥的暂停手势打住了。

若干年后，当了市粮校校长的诗圣带老婆、女儿回家过年，女儿与堂姐文静为看喜欢的电视节目，哭闹争抢一个遥控器。诗书背着手从里屋出来，蹲在两姐妹面前，伸出满是老茧的手掌说："来，我们一起做个游戏，这有两个阄，谁抓中了'遥控器'，那遥控器就归谁。"然后他看着文静，"你是姐姐，让妹妹先抓！"

女儿迫不及待抓一个，打开是"遥控器"，破涕为笑。诗书正想把手中另一个阄团撕掉，不料被文静抢走，打起飞脚跑了出去，不过，马上又大哭着回来了，手里拿着的纸片分明也写着"遥控器"三个字。

诗圣愣了一下，一把从女儿手中夺过遥控器，将侄女紧紧搂在怀里，看着手足无措的哥哥，眼里闪着晶莹的泪光……

四号缸的故事

黄兴波

暮秋时节，圆大的红薯撑破地皮露出了鲜润的笑脸。岳父挑着一担荆条篓子来到我家，催促我们早些上山挖，以免立冬后冻坏红薯。

岳父和我们是村连村的近邻，我和妻子刚结婚那阵儿日子过得比较紧巴，岳父就安排我们每年饲养两头大肥猪助力发家致富。我们村人多地少，岳父就把紧挨着我们村的那一大块坡地种上红薯，让我们养猪。

岳父说："红薯能喂猪，红薯秧子晒干打成饲料还能喂猪。"

红薯挖完挑回，把地窖塞得满满的，红薯秧在地里晾干把小院堆得山高。秋雨连绵，红薯秧淋湿发霉了喂猪可不行，得赶紧把秧子粉碎成面装进瓦缸里储存，这样不吃潮、不变味，想放到啥时就放到啥时。

岳父在屋里伸着指头点了点：头号缸、二号缸、三号缸能腾出来两个用，屋里地方窄，有大缸也放不下，要是有几个四号缸，见空放着装饲料就好了。

岳父忽然眉梢一展，转过身对我说："明里我俩去寺弯挑几个四号缸回来！"

我去挑缸？这可是从没干过的苦力活！寺弯是河南地盘，离我们这儿来回六十多里山路，扁担两头挂着两个圆滚滚的不敢碰、不能掉的东西可不是闹着玩的。看着岳父坚定的目光，我勉强答应说："行，那咋不行。"

听说我们要去挑缸，邻居同族大嫂对儿子红娃说："我们家也缺两个四号缸，正好有个伴，你也去挑两个回来卧红薯叶酸菜用。"

红娃比我小五岁，还未结婚，正是天不怕地不怕的毛头小伙儿年龄，听了他妈的话，仰着头满不在乎地说："不就俩缸嘛，一百二十斤的担子我也挑过，没事儿！"

岳父去那儿挑过几次缸，每次都是当天赶回。那天早晨天还黑咕隆咚的岳父就起床了，他把我俩的扁担、绳子准备好靠在门边，一声不吭地坐在堂屋里吧嗒着吸旱烟。母亲喊了我两声，又出去到红娃家院子里，红娃家灯也亮了。

　　不大会儿，红娃打着哈欠怀里夹根扁担过来了。这时天已露明，岳父对着堂屋的光亮看了看红娃扁担上挂的绳子说："有根绳子细了些，回来时走山路怕不稳妥。"红娃妈就赶紧回去找粗点的绳子。

　　红娃和我一样自小没了爹，他是个大的，后边还有两个小弟弟呢，我现在也算是有个"爹"的人了，和红娃比还算幸福。

　　我和红娃跟在岳父身后翻山越岭，大约走了一个多小时，来到一个叫姚庄岭的大山脚下，仰望山顶炊烟缭绕，上面还住着人家呢。

　　岳父说："上到这个山顶再下个长陡坡，就交河南地界了，剩下的几里路都是平路。"我和红娃虽然有了个底儿，望着堵在眼前的这面大山坡心里直发怵：这儿陡的山，空手都不好走，咋能挑缸啊！

　　岳父闷声地说："山这边的人祖祖辈辈挑缸不都是从这儿走的！"红娃妈盼着他挑两口缸回去卧酸菜，我啥也没说了。

　　我们来到缸窑场，日头已偏正午了，缸窑场里大号缸剩得不多，我们要挑的四号缸还不少。岳父细心地用巴掌拍拍这个缸又挪过身拍拍那个，撅着屁股仔细地用手指头荡着缸底缸边看有沙眼、裂印没。选好了我们几个挑的缸，又一个一个用绳子绑牢，岳父挑的那两个四号缸里还外带了两个做黄酒的小坛子。

　　我们在集镇边上每人买了碗面条刚吃完，岳父就催着要往回赶路。两个四号缸不过七八十斤重，红娃挑着缸哼着歌轻快地走在前边。

　　走到那个陡山坡下，岳父拣了个平处让我们放下挑子，他从来时带的那个挎兜掏出一把细麻绳，把我们每人担子头的缸绳牢牢地绑在扁担上，然后说："不急呀，我把你俩的挑子挑到坡上面坦和的地方放着，都上去了再一起走。"我和红娃没有推说，红娃就脚跟脚地跟在岳父后边先上去了。

　　岳父就这样气都没喘，连挑了三趟，脑门上汗珠子啪啪往下掉，后背心湿了一大块。

　　我和红娃勉强上了坡顶，两边肩膀被扁担拉得火辣辣的，红娃早就嚷着要放下挑子休息，怎奈坡陡路窄没个地方搁，只好咬着牙耐着劲往上上。上到坡顶看见一个平处，扔了挑子，就四仰八叉躺在地上叫累。

　　下坡路比上坡路省力些，坡陡路窄，挑着缸好走不到哪儿。岳父怕摸黑，歇了会儿就催着要走，下到半山腰，红娃实在顶不住了，找了个地方就把挑子往下放，挑子也放得过猛，后面那个缸嘭的一声碰到了一个大石头堡上。

　　岳父放下挑子走过去一看，瓦缸从上到下碰了个大裂缝，红娃摊着手妈哎妈哎地叫个不停。岳父走到坡边，扯了几根葛条藤编在一起，把裂缝缸拦腰捆住，又把绳子绑好。剩下了一个好缸，红娃没再叫累，扭扭咧咧咬着牙下坡。

岳父怕红娃那个好缸碰着，几次转过来帮红娃挑，我也是两个肩膀被扁担拉得火辣辣生疼，有个地方放挑子就急着往下放。一路上就这样磨磨叽叽，天黑前我们总算赶回了家。

红娃累得几天没见出来，他妈说："两个肩膀都破皮红肿了，挑个烂缸回来也没唠叨他。"我也是两条腿硬得站不起来，后脖子疼得不敢挨。

我们家挑回的几个四号缸，主要是装猪饲料用，岳父就把红娃挑的那个烂缸倒过来，用铁丝箍紧再勾上油条灰装饲料，好缸让他们拿去卧酸菜。

一晃二十多年过去了，现在的生活条件发生了翻天覆地的变化。

我们村有着丰富的旅游资源，每年有很多城里游客慕名前来旅游，我瞅住商机办起了民宿。

我把老屋里那几口多年没用的四号缸清洗干净，搬在民宿大院里种花养莲，使清新雅丽的民宿大院里又增添了乡村韵味，城里的游客进了大院，好奇地围着瓦缸驻足观赏。

送 曲 莲

王应军

马花和牛强在陕西东府市一中上高中时，就互相欣赏，悄悄谈着恋爱。毕业后，都回乡务农。一河之隔，娘家在河北岸约莫二十几里远的马花，嫁给家在河南岸边的牛强。

新麦子入了囤，他们的男娃小山也快一岁了。当地有个送曲莲的风俗：小孩十三岁完灯前，忙罢了，外婆把新麦磨面，烙成锅盔，送外孙子、孙女吃；若外婆过世，则由妗子代劳，送给外甥、外甥女。选用上等白面，面中垫有茴香、花椒叶，烙成很厚的圆形锅盔，外皮金黄内酥香者为最佳。锅盔上面有手工压上去的莲花图案，当地人叫曲莲。

再过几天，香港就回归祖国啦。小山外婆头天后晌就在灶膛里燃着麦糠，在平底铁锅里烙曲莲。想起她乖巧、懂事的小女儿马花，想起让她疼爱不够的外孙小山，快六十岁的她，就禁不住笑出声来。这天，她起了个大早，因为不会骑自行车，戴着一顶草帽，用红布包袱包着若干小曲莲，背着走了近两小时，来看外孙子。

马花系着围裙正在院里择菜，见娘家妈来啦，朝屋里喊了一声："妈，我妈给小山娃送曲莲来啦！"她接过曲莲包袱，放到婆婆的房间。

"亲家母来啦，屋里坐！"小山婆摇着扇子从屋里出来。她一边热情地招呼着，一边倒上茶水，给小山外婆递过一把竹扇子。一对亲家母轮换着抱小山，逗他咯咯地笑，惹他牙牙学语，乐他蹒跚学步。她们谝着今年麦子的收成、牛强和马花小时候的趣事、小山的可爱及未来。

马花在厨房做饭，牛强打下手。小山婆反复叮咛马花多炒几个菜。见两个妈谝得如此投机，马花朝牛强吐了吐舌头，牛强回敬了一个鬼脸。

快开饭了，小山婆回了一趟里屋。从里屋出来时，小山婆脸色突然阴沉下来，饭桌上话也少了。吃罢饭，小山外婆说，要早点回家收晾晒在院里的麦子。小山婆没有挽留，也没有起身送亲家母出门。小山外婆觉得好尴尬。

牛强用摩托车载着小山外婆，过桥回家。

"牛强，吃饭时，你妈咋啦？"

"不知道，我也纳闷！我妈那人认死理。妈，你别往心里去！"

"牛强，你妈年纪大了，不管啥原因，回家后，别和你妈吵！"

马花抱着小山在桥头等着牛强，心里想："奇怪，平时热情好客的小山婆，今天怎么啦？我妈哪得罪她啦？"

工夫不大，牛强骑着摩托车从桥北边返回。马花怀里抱着小山坐在摩托车后座上，抱怨着："你妈今天对我妈态度不好，你妈应该向我妈道歉！"

"不过，你妈也是咱妈，我不怪她！回家后，不管咱妈咋样，不准你对咱妈凶！"过了一会儿，马花又说了一句。

"多谢娘子理解！"摩托车的速度不快不慢，稳稳的，牛强心里很感激马花的贤惠。

牛强、马花一进家门，就看见小曲莲滚了一院子，听见小山婆在大喊：

"小山，你外婆看不起人，光送些碎曲莲，没送大曲莲。咱吃了人家送来的曲莲馍，没有大曲莲，咋切成小块送人，这人情咋个还哩？"小山婆快七十岁了，心里很看重老风俗。

虽然婆婆叫着小山的名字，但是马花心里清楚，婆婆的话是说给她听的。知书达礼的她，不会对婆婆恶语相向，也不想让她心爱的丈夫夹在她们婆媳中间为难。她想起了，前年结婚那天，因为河两岸风俗的差异，婆家和娘家闹了许多不愉快，婚差点没结成。多亏司仪见多识广，说要入乡随俗，女婿去接新娘子，遵从河北岸风俗；新媳妇进门，依照河南岸礼仪举行婚礼。这样，她和牛强才没拜拜，顺利入了洞房。

"给小山送曲莲这事，我咋忘了给他外婆提个醒，按河南岸的风俗办呢！"马花自我抱怨着对牛强说。

　　文中暗表：河南岸风俗，送曲莲，一家送一个大的，有几个小娃，带几个小的。曲莲送来后，小的，归小娃个人，大的，要切成许多扇形小块，送左邻右舍一家一块分享。河北岸风俗，无大曲莲之说，只送小曲莲若干。

　　牛强说："乡政府旁边那个村子开着一家烤馍店，那儿烤曲莲，生意红火得很。"

　　把小山留在家里，小山婆脸上仍然阴云密布。牛强骑上摩托车载着马花，直奔那家烤馍店。交了钱，订了一个大曲莲，他俩只有小山一个娃，又订了一个小曲莲。

　　已而夕阳西斜，牛强和马花商量好了：牛强现在骑摩托车送马花回娘家住一晚上。明天早上，牛强接马花返回，再从烤馍店取回那一大一小曲莲。回家后，他俩一致对小山婆说，是小山外婆，按照咱河南岸的风俗，给小山重新烙的曲莲。

　　夕阳的余晖里，牛强摩托车骑得不快不慢，稳稳的。

　　他深情地对摩托车后座上的马花说："回家后，对河北岸的妈多解释，请她老人家多多包涵！"

　　马花双手拽着牛强的衣襟，额头贴着牛强的背，也非常善解人意："今晚回家后，扔曲莲的事，不许你对咱妈发火！她守寡多年，把你养大也不容易！她老了，身体又不大好，咱俩要容忍她身上的小问题，多孝敬她老人家才是！"

野　麦　子

王翠玲

　　瞧我这命，硬也就算了，还专克老婆和儿子媳妇，今儿个你哭，明儿个她闹，搅得这日子没个安生。

　　眼下正是秋分，得回去侍奉我的大白菜了。这不，刚从小卖部提了一瓶白酒，回头让左右邻居尝尝。我就不信，若不是有孙子，它城里的酒能比乡下的酒好喝？

　　哎哟，你又犯傻了不是？车上不让带酒。瞎花钱，几块？

　　二十七。我编个数。老婆小心眼，在家花错一分钱，得追二里地。

　　这么贵！查出来让你扔去可咋好？再说了……老婆指指里间，怕我在儿媳妇跟前犯傻丢了面子，然后悄悄地把这酒倒入水池。那酒瓶子上系的红绸子，一颤一颤的，像是害怕，又像是冲我挤眼睛。瓶肚子倒是挺得圆溜，还散出淡蓝色的光。这光从老婆手指头缝里冒出来，眼瞅着跟我孙子的尿是的，热乎乎的那么好看。所以我将空酒瓶灌满水，从楼下拔了一株野麦子，插进去，放到老婆的窗台上。

是野麦子吗？像稗子草呢。

是野麦子，咱白菜地就有这么一株，看它好看没舍得拔。野麦子可不挑土，哪儿都能活。

傻呗。随你。老婆哭了。并让我去里间看看孙子。

得洗手。用我的肥皂。那块肥皂可贵了，是专门给孙子洗尿布的，别碰。这不比乡下，你说你天天的，脸都不洗。

去里间路过客厅，我发现我带来的大包小包还都没动，便拆开一个盒子取出一袋方便面。告诉儿媳，这是康师傅的，非常好吃。让你妈再打个蛋。

不料儿媳沉下脸，嘟囔着方便面过期了。

过期怕啥的？你看这纸筒、勺子和叉子都新新的。这要在田里，若能吃一筒这玩意儿，那可得乐坏了。

老婆一把夺过这康师傅方便面，扔进垃圾桶，你爸就是傻。还不赶紧抱抱孙子？

孙子哪能不抱呢？抱孙子比耪菜地可是舒服多了。趁儿媳低头看手机，我还亲了孙子的小脸、小屁股蛋子。

这时候，活在酒瓶子里的野麦子也跟着高兴哩，它迎风摇摆着，闪着深绿色的光，就那样，温和地照着老婆的窗台。

这辈子我活得值。走前掏出两万块钱，让儿媳妇买些补品，儿媳吃得胖，孙子也跟着壮实，早早地会叫爷爷。

谢谢爸！路上多穿件衣服，外面冷了。身份证带好，进了站看别人怎么刷证，你就怎么刷。

知道了。我还是头一次看到儿媳妇有了笑模样，也是头一次感觉到，在城里住了几天我这命软乎了许多。

瞎说吧你，儿子媳妇不就是闺女吗？人家大老远来了，跟咱过日子。闺女嫁了人，不定谁家闺女呢。

我当爷爷了。我有孙子了。我这样告诉庄里的李老头儿和张老头儿。

李老头儿不行，进回城没抱住孙子。你说你歪带个帽儿不洗手土了吧唧的，啧啧啧，寒碜。给咱庄稼人丢脸。

张老头儿小气，舍不得拿钱砸。孩子们在外边闯荡生活也不容易，帮帮他们，顶算白菜没种还咋了？大不了喝稀粥就咸菜。抠门儿你。

正说着，老婆打来长途，说：你这傻瓜笨蛋啊，你这该死的硬命啊，儿媳妇都被你快克疯了，哭着闹着不想吃饭了。你说，你抱孙子没有？

抱了呀！为啥不抱？那是我孙子。

你把野麦子叶带进孙子衣服里，这叶子像麦芒子一样顺着孙子的小脖子往下滑……

呀！划没划住小鸡鸡呀？快说。

没有。屁股蛋上划了一道口子，红肿红肿的。

我放下电话，飞一样跑到白菜地，抓住那棵野麦子，拔了，扔出多远。

但我可以望见它，这株野麦子，叶子依然黑绿黑绿的，迎着风，摇摆。

可我的心里还那么不是个滋味，只好求百度。

——野麦子，稗子一样的野草，禁活。长在哪里都不招人稀罕。但它有驱虫、助消化、美容及预防高血脂等功效。

看 风 景

赵世英

我不亦乐乎地做着午饭。

厨房是我的领地，是我一身厨师戎装，手握锅铲，率领油盐酱醋米面菜，赴汤蹈火，奋勇献身的油烟战场。

当年，小娘子低眉娇羞地说，不会做饭。我当即挺身而出，像对着首长保证，放心，我做！好家伙，哪个男人会像我不忘初心，一把锅铲挥到现在。

以前我和娘子下班回来，她洗菜，我掌勺；她盛饭，我端汤，聊着家长里短，新闻趣事，人生感悟，真是乐哉美哉！我把米倒入电饭煲，哼起"你耕田来我织布，我挑水来你浇园……"

"姥爷！"两周岁多的外孙女边喊边抱住了我的双腿。祖孙俩玩完回家了。

"要帮忙吗？"娘子问。我正要回答不用，她就咋呼起来："你做顿饭就像打仗，厨房不乱不罢休！"

"大厨师风范。"

"啥呀，邋遢人吧！这个盆还用吗？"

我转过脸一瞅："不用。"

娘子哗哗地冲洗完："放橱柜里呀！这几个盘子还用吗？"

我又转过脸一瞅："不用。"

"咋老是这样！吃完饭我又得紧忙活，再哄孩子去睡觉。"

"死心眼！你活得累不累？"

"累啊，那你刷锅洗碗吧。"

"干脆活我都包了，你啥也别干！"我气恼地轰着蹭腿的外孙女："臭丫头，快跟烦人的姥姥出去！"

听着娘子咣的关门声，啪，我用刀拍着蒜。娘子吃错药啦？回来就找事。退休在家，我天天绞尽脑汁研究特色美食，强力推出新疆的抓饭大盘鸡，河南的烩面胡辣汤……大家直呼好吃，你到哪去找我这样上得厅堂下得厨房的暖男！

我把鸡肉丢进炒锅，嘶啦一声，热气直冲头顶。

娘子现在咋跟个知了似的聒噪，一会儿让我扫地，又嫌没扫干净；一会儿让我帮着带孩子，又怨我叫孩子看手机。

尤其那天早饭后，娘子说，她擦地我擦桌子。我刷着手机，哼哈地没动。性急的娘子擦完地，又擦桌子，嘴不闲着，吵我光知道刷屏，不知道干活。买菜做饭，就不是干活？我走进朋友圈溜溜达达，不愿理她。可娘子越吵越来劲，居然吼道，说不想看见我！喊，谁想看见你！我立刻甩门出去。呃，手机没带，急忙回去拿。出门走两步，一掏口袋，坏了，口罩没带，又返回去。最后，我气呼呼地摸着口袋里的钥匙，砰地关上了门！

做好小鸡炖蘑菇，我抹了几下灶，厨师帽一扔，大叫："吃饭！"

瘦巴巴的娘子进厨房一转，吊着黄脸，端着菜盘，出来嚷道："灶成大花脸啦！"

"洁癖！"

没点油还叫厨房吗？我不吃了！叮——叮——手机连响两下，我拿起一看，是表弟微我，说收到孩子的大学录取通知书了，全家激动得要自驾去游西北，又问我和娘子去不去。哇，太爽了！男人嘛，就应该信马由缰，驰骋天涯。这是我盼望已久的西北自驾游，是计划退休后，带娘子去的第一个旅行项目。哈哈，不好意思喽，我自己痛痛快快去看风景啦！我立马回他："我自己去！"

我在沙发这头和表弟煲手机，热烈筹划出行车辆、时间等。娘子搂着孩子在沙发那头，冷眼瞟我撂出一句，别以为打了疫苗，就能到处瞎跑。我冲她翻翻眼皮，管我的，我戴上口罩，想走就走，想看风景就看风景。

这天清晨出发前，我唱着"胜利在向你招手，曙光在前头……"开车去加油。表弟来电话说，现在疫情形势严峻，孩子跟同学相约，要去社区申请当志愿者，他们都不去游玩了。

唉，人算不如天算，计划不如变化快，没想到自己退休会遭遇疫情。惭愧，还不如表侄有觉悟。回家！唉，娘子跟前如何下台？

我悄悄进家，望见娘子迈着大步，握着大拖把，外孙女拿着巧虎的拖把小精灵，伴着"……拖啊拖，灰尘不见啦……"的歌声，热火朝天在拖地。

我心虚地上前夺过娘子的拖把，想表现一番。

娘子斜眼一瞪，抢回去："这是你娘子的活！"弯腰又拖，"回家干啥，快去看你的风景！"

我嘿嘿一笑："还用到外面看风景嘛！"用力又夺过拖把，迈开大步，一甩胳膊，一拉一推。嚯，娘子的活够劲道，难怪她精瘦精瘦的。

外孙女推着小拖把过来："这里！这里！"

哟呵，臭丫头凑啥热闹："走开，别在这里！"

谁知身后的娘子怼来一句："怎么，我不能看看嘛！"

我赶紧直起腰，指着一片光洁如镜的地面，小心翼翼地讨好娘子："看呗，咋样？又亮堂又舒坦吧？"

"是又亮堂又舒坦，要不咱俩换换，我也只买菜做饭，咋样？"

愿 望 树

王馥君

自汉水和丹水在这里牵手筑起一座大坝，再到大坝二次加高，改子已是第四代移民了。她不记得搬过多少次家，从山脚搬到山腰，从山腰搬到山顶。好田好地被淹，不得不到山上开荒，日子过得紧巴巴的。

改子深刻地体会到翻山越岭、隔船渡水的苦痛。那年，爷爷半夜发病，山路崎岖，人还没被送到医院就在半路上被耽搁得断了气；那一年，小伙伴们坐船上学，十个孩子和老师全部被洪水卷走，她因发烧请假，才免于那场灾难。

改子不愿意一辈子待在这样的地方，终身与贫穷和落后为伍。高二那年，她决定退学，到外面的世界去闯一闯。

母亲问："为什么要退学？要到外面去？"

"这里太穷、太落后了，我要出去打工，供弟弟妹妹上大学，让乡亲们摆脱贫穷。"

母亲说："走之前，种一棵果树吧。"

"为什么要种一棵果树？是因为我们这里人多地少，要想富，就要种果树？"

"你说对了一半，因为女孩子就像一棵果树，总要开花结果的，总要由酸到甜的。"

"那种一棵桃、一棵杏，还是一棵石榴？"

"种一棵橘子树吧。"

"可我没见过橘子树哇。"

那时候，这个地方从温州引进了一种果树，还在试种阶段，人们称它为"温州蜜橘"。

"村里大喇叭已通知去领树苗了。可这橘子树是新品种，能不能扎得住根，长出酸果果，还是甜果果，全靠它自己了。你也一样啊。"

改子似懂非懂地点点头。

"孩子，在这棵橘子树下许个愿吧，别忘了回来的路。"

改子就这样离开了家乡，在深圳的一家服装厂做了一名小学徒。每当失意的时候，她就想起那棵橘子树、想起许下的心愿。"我要像橘子树一样，每天长高一点儿，每天进步一点儿，开花结果、从酸到甜。"于是，一股无形的力量使她重新振作起来，向一个个困难挑战。

改子还利用工作之余参加工商管理自学考试，顺利拿到大学文凭，并由一名学徒工一步步成长为班长、车间主任、厂长助理；后来在厂长的帮助下，在东莞建立了自己的服装厂，产品俏销欧美和东南亚市场。

改子成功了，成为知名的企业家。然而，她却始终忘不了她的愿望。于是，在一个秋天，她决定重回家乡。

还是那条山路，只是有些陌生。

在山路的拐角处，突然出现了一棵橘子树。改子的心剧烈地跳动着：小树苗已长成了大树，枝繁叶茂，金色的橘子像一个个黄灯笼，写满了喜庆，溢满了芬芳。树下，一位白发的老妇人搭手远眺。是妈妈，这么多年过去了，这位老妇人每天都要来这里侍弄橘树，眺望那条通往外面世界的路。

"孩子，你的愿望实现了吗？"

"实现了一半，还有一半正在完成呢。"

"妈妈，你看这棵橘子树，果实累累；你再看远处，漫山遍野都是橘子树。可这么好的果子卖不出好价钱，我要在这里修一条柏油路，把橘子卖到山外；我要在这里盖一座加工厂，让乡亲们和城里人一样上下班。"

改子在当地政府的帮助下，很快修了路，盖了生产橘子酒、饮料的扶贫车间，还办了个安幼养老中心、建了一个助学基金，让村里的孤寡老人和留守儿童住进了新家，让村里每一位考上大学的学生都有丰厚的助学金。

在精准扶贫千企帮千村的表彰大会上，我见到了披红戴花的改子。

有记者问：你拿出这么多的资金和精力，投入家乡的精准扶贫？到底为了啥？

"为了一棵树，一棵种满愿望的橘子树，是它帮我找到了回家的路，帮我实现了一个美丽的梦。"

那一刻，我和在场的人都情不自禁地鼓起了掌。我仿佛看见漫山遍野的硕果累累的橘子树都在和我们一起欢呼和鼓掌。

空 鸟 笼

京格格

杨老退休后，常把自己关在家里，像鸟被关进笼子，一关就一天。杨老的叹息声，一日复一日。

不知什么时候，以往小区里一些遛弯的人，喜欢遛鸟了。遛累了就在广场一角放下鸟笼，看着鸟聊鸟，谁的鸟是名鸟，谁家的鸟羽毛美，谁家的鸟歌声动听……大有斗鸟的势头。

杨老家住在一楼，阳台外有个小花园，隔着阳台的玻璃窗喧哗声、鸟鸣声声声入耳。

守在窗口不屑的眼神与微驼的背影，让杨夫人口中的茶涩涩地卡着，难以下咽。

从窗口窥视几天后，杨老一大早出门了。回来时，手里拎个空鸟笼，喜滋滋地挂在阳台外的葡萄架下。轻轻地打开鸟笼门，仿佛怕惊飞笼中鸟，去厨房叫夫人，赶紧给鸟喂食喂水。

杨夫人一脸疑惑，看着空鸟笼，这哪有什么鸟啊？

杨老在家最权威，说笼子里有鸟就有鸟。杨夫人麻利地侍候着杨老伺候着鸟。

杨老搬个椅子坐在屋里阳台上，打开玻璃窗面带微笑，等待着什么。

这笑容久违了。

听，这鸟的歌声多动听？再看它的羽毛，绿中带黄，红眼睛，尖尖嘴，是百灵，不愧是会唱歌的百灵鸟。

杨夫人忽然想起，家里之前曾经养过的百灵鸟，也是挂在阳台的葡萄架下，是杨老刚画画那会，买给他当模特儿的。

没想到的是，一天下班回来，鸟笼子门开了，飞走了一只鸟，笼中鸟在歌唱，可歌声凄凄切切。

杨老又去买来一只鸟，放进鸟笼，这两只鸟叽叽喳喳吵了一夜。没办法，打开鸟笼，将鸟放飞了。

从此，杨老不养鸟，也不再画鸟了。

这事早过去了，咋又想起鸟，神神道道的。杨夫人想起前几天在电视上看到，有人不适应老年生活，出现各种不靠谱的行为，开始担心起来。

从空鸟笼进家，杨老精神头也来了，每天一起床，就跑到阳台打开门听鸟歌唱。还拉着夫人一起听，说些莫名其妙的话。

杨夫人望着葡萄架，哪有什么鸟的影子，更别谈鸟的歌声了。是幻听幻觉？越想越感觉杨老精神出了问题，就陪他去了精神卫生中心。

张教授与杨老是老朋友，看见满心欢喜的杨老，心想一定是有什么喜事要分享。

杨老坐在张教授对面，说起了鸟事……真真切切。

杨夫人站在杨老背后，连连摆手眨巴眼睛，急得直打转。

张教授了解情况后，告诉杨夫人不要着急，有些症状不是病。唯一的办法是顺应杨老，把他的愿望完成。

分手时，张教授开了处方，吩咐杨夫人在阳台上支个画夹，让杨老把看到的鸟画出来。

杨老兴奋极了，握手与张教授告别，灵感一触即发，准备回家画鸟。

还别说，杨老因为找回了画鸟的感觉，挺直腰板走出了医院。

杨老每天上午遛鸟下午画鸟。画夹上，开始有了鸟的翅膀。

杨夫人跟在手拎空鸟笼的杨老身后，接受着邻居们异样的目光，感觉背后有手指头戳脊梁骨，凉飕飕的。

这次杨老画画是开放式的，画得很流畅。杨夫人每天按照杨老的安排给鸟喂食喂水，听鸟的歌声。

一周后。杨老画夹上一幅新的《笼中鸟》诞生了，直接放到花园里的葡萄架下，吸引着邻居围拢过来。起初是一个人过来看，一会儿就三五成群来了，越聚人越多。

不见了杨老的影子。

只见那画上，左下角有个鸟笼子，鸟笼子门是开着的，顺着鸟笼门的方向，有两只飞翔中的鸟，一前一后，奔向远方的枝头。

邻居王老伯感慨道，真是没想到，杨老画这《笼中鸟》有这么深的奥秘。

躲在角落里的张教授一块石头落地了。

广场上，杨老正在柳树下听鸟在歌唱。

王老伯与杨老成了朋友，时常一起聊聊画再聊聊鸟。

杨老不再一个人闷在书房里画画了，画累了在园区里遛弯儿，去柳树下看看鸟。

葡萄架下，仍挂着空鸟笼，杨夫人照例给鸟喂食喂水。有天，鸟一个跟一个飞进笼子，吃呀喝呀唱啊，不想走了。杨老发现后，又放飞了。

渐渐地遛鸟的人改回遛弯儿了，鸟飞了笼子都还在，时常有觅食的鸟飞进来，再飞出去。广场上，鸟仍留在人们聊天的话题里。

阳台外的空鸟笼成了一道风景，鸟儿唱着歌飞来飞去。

左手受伤右手好着

陈菊艳

秀娟是我在向阳机械厂上班时同事张雷的媳妇，姓什么不太清楚，张雷整天叫她秀娟，大家也就习惯叫她秀娟，从来没有人问她姓什么。

秀娟，中午咱吃饺子，你包点韭菜大肉的。秀娟，我的衬衣你洗了放哪儿？秀娟，壶里没有热水了你快烧点吧。秀娟经常系着围裙，有时笑着回答行，有时大声说好，有时匆忙应一声知道了。

秀娟没有工作，每天接送孩子去幼儿园，做饭、洗衣服。单身楼里住了几对夫妻，女的都是家庭主妇，秀娟是最勤快的一个。单身楼每层只有一个水房，早起刷牙洗脸的人多，秀娟提前给盆子接好凉水，烧好热水，等到张雷起床时牙膏已经挤好在牙刷上。中午下班，张雷进门就端起饭碗，拌好的热碗面，秀娟手工擀成。饺子、面皮、麻食、煎饼、搅团，每天换着花样。张雷爱吃面食，孩子喜欢吃米饭，周六娃在家吃饭，秀娟经常会包包子，每次换着花样。大肉包子、辣子茄子包、南瓜包子、菠菜豆腐包，蒸锅里给孩子蒸一小碗米饭。炒点土豆丝、青菜蘑菇、蒜薹炒肉、西红柿炒鸡蛋等家常菜。有时也炖排骨，自己烙馍，泡发好的海带木耳，煮点粉丝，热汤浇之，比街上卖的羊肉泡馍要实惠好吃。

那时我刚上班，离家又远，没事就逗逗单身楼里的小孩，看他们在楼道里跑来跑去，慢慢和秀娟她们熟悉起来。有次周末我感冒发烧一个人在宿舍，浑身发冷，就到秀娟那儿借温度计。秀娟熬了一碗姜汤给我端到了房间，她说家里有小孩子，一些常用药都有，先让我喝点姜汤出出汗，不行陪我去医院。

那晚秀娟留在女工宿舍，直到我烧退下去。

厂子里新盖的家属楼，有资格的师傅搬了进去，腾出来的旧家属楼面积有大有小，都是两家共用一个卫生间，独立厨房。秀娟喜滋滋搬到面积最大的那间，她笑眯眯在厨房忙碌，乐呵呵招呼张雷的工友们在家吃火锅。

闲暇时，秀娟坐在家属院的花坛旁边和人拉家常，手指上缠着毛线给张雷织毛衣。细细的毛线绕着秀娟的手指头一寸一寸移动，秀娟两手翻飞，上下交织，毛衣针来回交换,嘴里说着张雷和孩子。阳光从秀娟身边慢慢移动,她和一群女人一会儿窃窃私语,一会儿放声大笑。

秀娟有时邀请我去她家里,热心地给我介绍男朋友,说她和张雷之间的事情,经常说着说着就笑了起来,嘴角露出两个浅浅酒窝,明眸皓齿;有时也会埋怨几句,细眉紧蹙。手里却一直忙碌着,不是织着毛衣就是用钩针做着拖鞋。

那个周六下午,秀娟和往常一样坐在院子的长凳上,一边和人说话一边用毛线钩针忙碌着。一群小孩在旁边玩耍打闹,有几个小孩比赛骑自行车,一辆大车开进院子,其中一个小孩慌乱躲避时自行车冲着秀娟就撞了过来,车把碰到了秀娟右手,她的钩针顺着左手拇指划了下去。

秀娟受伤,左手大拇指缝了五针。

当我周一上班听到这个消息时,同事捂着嘴角在我耳边说:秀娟这两天还做饭,说她左手受伤右手好着。

带着关心和疑惑,我晚上到了秀娟家里忍不住问了一句:这几天张雷做饭吧?

没有,他做的不好吃。我左手受伤右手好着。秀娟向我伸出了左手大拇指,缠着白色的纱布,脸上带着夸张的笑容。

时间是一切的见证者。秀娟的手慢慢好了,我也嫁人搬出了单身宿舍。后来单位重组,张雷和我分到了不同的地方,一晃多年,我和秀娟渐渐失去了联系。

前几天我去超市,听见一个男人正在打电话:秀娟,排骨今天有活动,你说我给咱买多少?

顺着声音我认出了张雷,他说退休后没事接送孙子,和秀娟一起逛逛菜市场。

秀娟中午参加中老年旗袍秀演出彩排,让我买肉她下午准备包饺子。张雷给了我秀娟的电话号码。

我和秀娟加为微信好友,约好去看她们的旗袍秀表演。我不禁想象秀娟身穿旗袍婀娜多姿的样子,脑海里浮现出秀娟缠着纱布的大拇指,耳边响起那句家属院人津津乐道的话:左手受伤,右手好着。

鞋

陈 涛

一季度管理工作检查验收,监督室权主任检查警队警容着装,检查完第一排,径直走到队伍后面,一声"向后转",最后一排成了第一排,当场发现有一名同志未按规定做制式警用鞋。

二季度检查验收没毛病，离开前权主任说去下卫生间，折腾了好一会儿，出来后拉着程教导来到卫生间旁一个民警宿舍，结果刚才还符合要求的内务卫生，床下竟多出了两双摆放凌乱的鞋。上次是釜底抽薪，这次是杀了个回马枪。

权主任个不高，圆脸，慈眉善目，说话轻声细语，长期战斗在督察一线，以经验丰富、明察秋毫、手法老辣、铁面无私著称，虽然和程教是球友，但公私分明，通报扣分没商量。程教也打定主意，给自己增加两个标的任务，球场上盖他两个帽。

当晚程教把自己关起来"面壁思过"。年初到任后，自己两眼一睁忙到熄灯，两眼一闭提高警惕。自感功夫下得深，却难以铁杵磨成针，到关键时刻就掉链子，连续两次受挫，问题出在哪？原因又是啥？从不抽烟的程教借来一支烟，装模作样地吸了起来。

升腾弥漫的烟雾竟神奇般打开了思"锁"，似时光倒流把上任后的日子做了个回放。结果回看到第一天也没捋出个道道来，思绪就停在了原点，突然想起了政委的任前叮嘱"……打基础管长远，举众力共克艰"。有了切肤之痛后再细细品味，真是别有一番滋味涌上心头，从原点返回的路上，看到了问题找到了答案，回过神来烟也烧到了屁股。

今天是第三季度检查验收日，一大早程教就和大家忙碌起来。虽然平日里都是按规定标准做的，程教还是条件反射似的专门对脚上穿的床下摆的鞋来了几次"清剿"，并安排"流动检查暗哨"后才放心离开。

接着来到大堂前台，这是服务群众的窗口，程教每天在此岗前训示时，坚持对服务群众工作强调几句。由于经常抓抓经常，反复抓抓反复，一直保持不错，便对前台民警提出相关要求和注意事项后回到办公室。

才坐下还没来得及喝口水，突然接到权主任电话："程教，我们马上到你们所门口了。"

"好的，我到门口接你们。"言毕，喜欢打篮球的程教甩开两条大长腿，几个超大三步上篮眨眼间就跨到了大堂，才站稳还没等喘过气来，门口的状况又差点让人背过气去。

只见大门两侧男女胶鞋各一双，虽然摆放还算整齐，但脏兮兮鞋帮挂着干裂的泥浆，鞋面上还盛开着朵朵泥浆花，两双鞋仿佛灰头土脸的哨兵各自矗立于一尘不染的哨位，把守着洁净敞亮的玻璃大门，又好像代表程教在恭候迎接检查组的到来。程教深深倒吸一口气：问题还是出在"鞋"上。

就在程教准备以迅雷不及掩耳之势将鞋没收时，权主任一行也到了门口，眼光便随着程教收鞋的动作追踪下去，程教准备的一肚子欢迎词正要出喉咙也被这眼光倒逼着咽了回去，权主任笑着说："程大教导，想销毁证据呀！"虽半开玩笑，却听出话里分量，尴尬中程教也没忘了挤出点笑说道："欢迎检查组莅临指导工作！"赶紧放下鞋一起进了大堂。

上上下下仔仔细细检查完毕，权主任就在大堂作了现场点评："经检查各方面都达标……瑕疵就是门口那两双鞋……"

正说着，突然前台两名像外来打工夫妻的办事群众站了起来，男人小心翼翼问权主任："领导，您刚才说的是门口那两双鞋吗？"现场气氛突然凝重起来，大家的目光便聚焦到他俩的脚上，男人着袜女人光脚均未穿鞋，众目睽睽下女人紧张得双脚不安地在地面蠕动。男人歉疚地说："那是我们的鞋，太脏了，穿进来会把这里干净的地面踩脏的，我们不能破坏了这么好的卫生环境。"又一再向大家道歉："给你们添麻烦了！"

程教默默走到门口，将两双鞋拿起来，走到它的主人面前分别放了下来。程教与权主任不约而同又耐人寻味地对视了一眼。

这次是加分还是扣分呢？

慌

杜 玮

古语云：智者千虑，必有一失。

1月4日下午4点多，当哈尔滨飞往北京的航班平安降落首都国际机场后，我拖着行李箱，坐上出租车直奔预订的酒店。办理完入住手续，进房间洗了一个热水澡。因多日熬夜翻译图纸和相关技术资料我已疲惫不堪，飞往乌克兰的航班是5日早上6点的，国际航班是在飞机起飞前三小时办理登机手续，我必须在凌晨2点起床。手机设置了闹铃，检查护照和机票，一看，惊出一身冷汗，护照里竟然没有邀请函。

我大脑快速旋转，想起出发前一天把邀请函复印件放在办公桌的抽屉里。一向工作严谨细致的我竟然把邀请函忘拿了。

当家人去我公司取了邀请函并传真给我时已是晚上8点50分。

回到房间再次躺下时却失眠了，熬到凌晨2点爬起来，洗漱、退房、奔向机场。三个多小时后终于坐上了北京飞往基辅的航班，九个半小时的航程，我睡了一觉又一觉，恨不得把缺的觉一下都补回来。

北京时间16点飞机降落在基辅鲍里斯波尔国际机场，当地时间是上午10点。

过海关时，前边的两位男士遇到了麻烦，我走上前帮他们解答了海关人员提出的问题后，他们顺利通关。

当我拉着行李走出海关，看到之前帮助的两位男士站在那儿向我招手，他们身边有一男一女两个来接机的人。

他们再次对我表达了谢意。问我去哪里，我说我要去顿涅茨克，而他们则去敖德萨游玩。接机的两人是在敖德萨大市场卖货的中国人。

我计划坐第二天的飞机去顿涅茨克。那女人说，既然都是明天到基辅国内机场坐飞机走，晚上让我跟她住一个房间，房费我们各半。

因为我对基辅很熟悉，就建议去市中心的第聂伯河酒店，这是一家历史悠久，比邻第聂伯河的四星级酒店。

吃过晚餐我和那女人回房间休息，通过交谈我了解到她是同老乡一起到敖德萨大市场帮人卖货的，已经快两年了，除了简单的问候和商品名称，她跟乌克兰人几乎无法交流。她的儿子五岁，丈夫因病在儿子两岁时去世。公婆在老家帮她照看孩子。她说为了儿子要努力赚钱，孩子上学前她就回国。她在讲述时我极其专注地看着她，三十多岁的她像一个失去了水分的苹果一样整个人都发蔫，眼神中充满了无助和酸楚，让人不忍直视。我的心莫名地感到疼痛。

第二天早餐后我到前台订车，服务生说因大雾天气导致机场关闭。接机的那个男人说，明天是东正教的圣诞节，乌克兰人都在放假，你俄语说得好，不如帮我们租台车，一起跟我们去敖德萨。他俩是第一次来乌克兰旅游，而我俩虽在市场卖货，但俄语说得不好，你就给我们当个翻译，顺便在敖德萨游玩几天。

那女人也很开心地说我可以跟她住在一起，很方便。而我这时正犯愁去哪儿，这次出国从开始遗忘邀请函就是因为慌忙出岔的，当到达基辅后看着街上的节日气氛，我才想起7号是东正教的圣诞节，13号是旧历新年。这期间乌克兰一直放假，而我此次去检测中心送检的任务只能等到13号之后才能进行。他们四人热情邀请，我欣然接受。

通过酒店租了一台面包车，司机六十多岁，说自己大半生跑长途，闭着眼睛都能开车。这位基辅大叔用事实验证了他说的不是大话，在能见度极低的迷雾中，从上午10点半出发，到晚上10点我们在心惊肉跳中经历了生死时速，安全到达敖德萨。

我们五人在一家中餐馆饱餐一顿，三位男士还喝了啤酒，然后就到了离餐馆很近的住地。这是一个有前后院的房子，房东是一位老奶奶，我和那女人住在前院，她睡客厅的沙发床，让我在里边的小屋休息。三位男士在后院的房子住下。

连日的旅途劳顿，当我躺到床上不到一分钟，立刻就进入了梦乡。后半夜被说话声吵醒，是那女人和一个男人的声音，断断续续听不清，最后只听房门砰的一声关上了，再无动静。

早上吃过早餐，我们五人漫步在敖德萨的街上，我发现那女人和跟他一起接站的男人都很不自然。趁三位男士离开一段距离时我问女人出了什么事，她告诉我那个男人喝多了，半夜过来让她出去，要进我的房间，被她死死地拦住，并把他推了出去。我听完心脏狂跳，后怕不已，当即决定离开敖德萨。

溜达一上午，当我们在市中心半圆广场附近找个快餐店吃午餐时，我跟他们打了招呼离开当即奔附近的售票处，购买了晚上7点钟去顿涅茨克的火车票。下午我告诉他们我临时决定赶往顿涅茨克，那两位从国内过来旅游的男士感到很意外，并再一次表示感谢。

上了火车我有一种胜利大逃亡的喜悦。

喜悦是短暂的，半夜11点火车到达顿涅茨克。我站在顿涅茨克火车站出站口，看着一个又一个乘客坐上了出租车，当昏暗的火车站小广场只剩下一辆小轿车时，我绝望到想哭。

这时一位身材高大的男人走到我面前，低下头看着我说：“这里只有我这一台车了，你上不上车？”

我近乎哭腔地说：“我不知道你是不是好人？”

他忽地一下脸凑到我眼前，说：“你看看我的眼睛，我像坏人吗？”

我说：“那好吧！我去体育场街。”

他打开后备厢把我的大行李放进去，又拉开后车门请我上车。

半夜12点到达我的朋友玛丽娜家楼下，司机从后备厢取出我的行李，帮我拿到二楼，等着我按门铃，当听到玛丽娜的应答和开门声后，司机才收了我的车费下楼离开。我小声地说了一声：“谢谢您！”

来 栓 姨

朱 维

一弯月儿在树梢上晃荡，村子浸泡在夜色里。

一个男人正在敲街门。他边敲边喊：“来栓姨……”

见院子里没有回应，他就爬上院墙边的一棵楸树，再朝里面喊：“来栓姨……”

屋子里的来栓姨听见了：“我耳朵背，啥事？”

楸树上的男人说:"来栓姨,我媳妇坐月子哩,她肚子疼得要命,我接你来了。"

"等嘎,我赶紧穿!"来栓姨应声一毕,屋里的灯亮了。

稍顿,腋下夹着包包的来栓姨就飘出了院子。男人说:"我是沟对面的,姨你赶紧骑驴!"

"走上就行了嘛。"来栓姨这才看清楸树上还拴着一头毛驴。

"天黑又翻沟越岭,骑上驴快。"男人很焦急。

待来栓姨骑上驴,男人就牵着驴消失在夜色里⋯⋯

来栓姨是我们大队的接生员,来栓是她的儿子。来栓姨是新中国成立后学的新式接生法,因她的接生技术高明,不管本大队还是外大队的人,只要谁家生孩子,都会来请她接生。

其实,来栓姨的丈夫来栓伯和儿子来栓都很反对她当接生员:一是这活太累,她经常天南地北到处跑,耽误自家的事情不说,而且腿上还有了骨刺,有时候疼得连路都走不了;二是这活危险,弄不好若出了人命,这麻烦可就大了。

来栓姨却说:"接生是救命哩,救人一命,胜造七级浮屠嘛。"

来栓伯"砰"地把烟锅一磕:"你可不要救了人家,害了自己!"

谁也没想到,来栓伯的话一语成谶。

一次,外村的一个小伙子来请来栓姨给他媳妇接生。来栓姨正准备跟着小伙子走,她却被儿媳妇挡住了:

"娘,你急着给人家接生,我现在也是预产期呀,你走了我害怕⋯⋯"

"你的产期不是还有二十天嘛,这几天我离开不会有啥事。"来栓姨对挺着大肚子的儿媳妇说。

"要是有个万一⋯⋯"

"娘给你天天检查着,不会有万一的。"

虽然儿媳妇一脸的不悦,但来栓姨还是随小伙子走了。

谁知来栓姨走后,儿媳妇不慎跌了一跤,肚子就立即痛起来了。

跟前没了娘,来栓慌忙找了几个邻居妇女给媳妇接生。来栓媳妇生了半天,只生出来婴儿的一条腿。看着来栓媳妇疼得喊叫娘,一个女人慌了,她捏住婴儿露在外面的那条腿用力一拽,虽然婴儿生出来了,却不知道把婴儿的胯骨拽脱臼了。

由于儿媳妇生着来栓姨的气,好长时间不让她抱小孙儿。直到儿媳妇的气消了,来栓姨才发现小孙子的胯骨不对劲。在医院里,大夫检查后说小孩的胯骨脱臼太久,已经无法复位,并说这孩子以后瘸子当定了。

来栓姨接生了上千婴儿,从没有发生过一次意外,却偏偏把自己的小孙子耽误了。她后悔欲死,常常躲在没有人的地方哭。

她发誓再也不接生了，甚至将接生的剪刀、钳子等用具都扔到沟里去了。但之后却禁不住人们恳求，她又重新买了一套接生用具。

小孙子终于能走路了，果然是个瘸子。儿媳妇从此再也不理来栓姨了。

小孙子能说话了，也会叫奶奶了。有一天，他望着来栓姨刚叫了一声"奶奶"，却被一旁的妈妈扇了一个耳光。说来也怪，小孙子从此不把来栓姨叫奶奶了。

来栓姨觉得：自己成这个家里的罪人。

这时候上级卫生部门发文：不准农村的接生员再接生了。不再为接生奔波的来栓姨反而病倒了，而且从此卧床不起。

来栓姨就这样一年又一年地瘫在炕上，她的病既不见好也不咽气。人们来看望她，她也没有表情，似乎谁也与自己无关。

小孙子考上了市里的重点高中，不知是什么原因，他突然跑到奶奶的病床前。这时候的来栓姨已经不能说话了。小孙子"砰"地跪在地上，扯着嗓子叫了一声："奶奶——"

听到这久违的一声"奶奶"，植物人状的来栓姨顿时泪流满面。之后，她安详地闭上了眼睛……

送　别

王生平

不知从啥时候起，柱子他家大门口外的那棵老槐树上筑起了几个不大不小的鸟巢，小鸟儿从早到晚叽叽喳喳地叫个不停。这可把柱子的爷爷和奶奶乐得不行，爷爷说："这是个好兆头！"

奶奶说："天天听小鸟儿叫，一定会吉祥如意交好运。"

柱子的爸妈到城里打工去了，家里就剩下爷爷、奶奶和他。柱子上面是个姐姐，去年嫁人了，嫁到很远的地方去了，就是他爸妈前几年打工的那座县城。

一天，柱子背着书包放学回来，刚走到老槐树底下，便感觉头顶上有东西"呼呼"地飞过，他扭转着头看，原来是老槐树上好几只小鸟儿正从空中朝他俯冲下来，它们狠狠地啄他的头，然后扔下几粒微型炸弹（鸟屎），便拔高飞走……眨眼间，小鸟儿们又飞了回来，轮番朝柱子进攻，不大一会儿工夫，柱子的头顶就被啄得血渍呼啦，白衬衫也变成了"花衬衫"。柱子好像从噩梦中醒来，他双手紧捂着头，飞也似的朝家里跑。

爷爷说："咋回事，让狼给撵了？"说完笑了。

柱子的双手从头顶上滑落下来,奶奶吓了一跳:"你这孩子,咋满头是血啊?!"

柱子喘着粗气说:"让、让小鸟儿给啄的。"

爷爷和奶奶惊讶不已。奶奶心疼极了,忙拿来毛巾给柱子擦脸抹头。柱子"哎哟哎哟"地呻吟不止,脸上露出痛苦的表情。

爷爷说:"活了这么大岁数,头一回见小鸟儿把人啄成这样。"

奶奶放下手中的毛巾,轻轻地用手抚摩着柱子头顶上的伤口:"一个疙瘩,两个疙瘩……这小鸟儿啄人可真够狠的呀!"

顺便说一句,这还得怪村里的剃头匠刘瘸子,喜欢给半大不大的男孩子剃光头,他说,剃光头省钱哩。

爷爷和奶奶告诉柱子,有一年蝗虫成灾,眼瞅着地里的庄稼遭蝗虫祸害,村民们心急火燎的毫无办法,都觉得,这回算是全完了……正当大家感到绝望的时候,不知从哪里飞来一拨又一拨的小鸟儿,它们没日没夜地啄食着害虫,庄稼才得到了保护,不然就颗粒无收了。

奶奶说:"……小鸟儿对我们有恩啊,伤害它们,丧良心!"

爷爷说:"我每天都会在老槐树底下撒把苞米或稻谷,那些小鸟儿一点也不怕人,立刻从树上飞下来抢着啄食,它们边低头啄食,边不时地抬起头瞅这瞧那,那模样儿真是惹人疼爱。咱们家大黄狗,见到小鸟儿落在地上啄食就去追,让我给呵斥了两回,以后就再也不敢去追在地上啄食的小鸟儿了。"

"柱子,你是不是做了对不起小鸟儿的事儿?"奶奶问道。

"我,我……"柱子支支吾吾。

此刻,爷爷和奶奶的心里已经有了底。

柱子当着爷爷和奶奶的面,把他和同学大奎爬上老槐树掏小鸟蛋儿的事,一五一十地和盘托出。

爷爷咳嗽了几声,叹了口气说:"冤有头,债有主,难怪小鸟儿啄你。那些小鸟儿的蛋呢?"

柱子回答道:"让我和大奎全都给煮吃了。"

奶奶说:"造孽,真是造孽呀!"

从此以后,柱子每次出门都要遭到小鸟儿的袭击。为了避免头部被小鸟儿啄伤,他学村里的二癞子,不管刮风下雨,头上总是扣着一顶帽子。村里有人笑他,说:"柱子,二癞子戴顶破帽子是怕村里人见了他的秃头奚落他,你不会是头上也生癞子了吧?"

柱子生气地说:"我没……你才生了癞子呢!"

于是,招来笑声一片……

笑过之后，有人说道"别瞎扯了，现在哪还有人生癞子呀，这种病基本绝迹。"

有天放学，柱子问大奎："你咋也戴顶帽子？"

大奎说："学你呗……那些小鸟儿也啄我……"

柱子家住村东头，大奎家住村西头，两家相隔一二百米远，可大奎却也未能逃脱小鸟儿对他的攻击。

柱子戴顶帽子，小鸟儿算是啄不到他的头了，可身上每天却少不了落上许多的鸟儿屎……奶奶说："这可咋办呀，哪有这么多的衣服来换洗……"

爷爷说："你学我，每次出门抓把苞米或稻谷，撒在老槐树底下。"

柱子照爷爷的吩咐去做了。可是，小鸟儿根本不买账，照旧攻击他，把柱子"轰"跑后，它们便会把树底下的食物啄得一干二净。

爷爷无奈地对柱子说："小鸟儿在记你的仇……你和大奎俩，犯了不可原谅的错啊！"

这件事儿，对村里人震动很大，尤其是那些喜欢上树掏小鸟儿蛋的顽皮孩子，再也不敢做对不起小鸟儿的事情了。

老槐树上的鸟巢里，孕育出一批又一批小生命，那叽叽喳喳的叫声，比起以往，有过之而无不及。

让人哭笑不得的是，柱子和大奎头上那顶帽子，却一直戴到初中毕业后南下打工离开家。

临行前，柱子和大奎对着老槐树上的鸟巢喊：

"可爱的小鸟儿们，我们要到外面打工去了……不论我们走到哪里，再也不会做对不起小鸟儿的事情了！"

"祝你们天天开心，永远幸福！"

说来也怪，小鸟儿们好像听懂了他俩的话，竟然没来攻击他俩。

柱子和大奎，依依不舍地离开了亲人和村庄，他们的身影渐行渐远……让人感到惊讶的是，一大群的小鸟儿，围绕着他俩飞来飞去，把他俩送了一程又一程……

奔跑的火烈鸟

黄志华

偶然地，在手机上看到这样一个短视频：广袤的沼泽地上，一大群火烈鸟幼雏，海浪一样朝一个方向涌过去。远处，奔跑着一只掉队的火烈鸟。或许由于贪玩，或许由于贪吃，也或许由于其他原因，总之，那一刻，它掉队了。它扑腾着未丰的羽翼，惊叫着，朝着鸟群奔跑。

我第一个闪念，就觉得我的大哥特别像这个掉队的火烈鸟。大哥是二十世纪第一批出去的打工仔，去北京学习了机械维修之后，回来就进了工厂，成了浩浩荡荡的工人大军中的一员。不料想，九十年代初期，大哥就赶上了下岗潮。

强大的工人兄弟连瞬间被海浪拍得四离五散。人生海海，谁都不知道对方被拍到哪一片沙滩上。他们彼此失联，共同恐慌，歇斯底里地呐喊，但是谁也听不见他们的呼救。就像大鱼在宰杀前，头脑壳上先受了一记重击，你只看见鱼儿张大的嘴巴，却听不见鱼儿疼痛的叫喊。

下岗的大哥陪着下岗的大嫂把小城转了个遍，对于囊中羞涩的人来说，所有门面房的租金都是天文数字，大哥望门面房而兴叹，只好买了辆人力三轮车。中年的大哥，属于他的，只有自己身体里的力气了。

大哥曾不止一次地梦想着，终有一天会有企业聘请他。他希望他的所学能有用武之地。

他说："不是吹的，方圆几十里，没有听说过谁的维修技术超过我。"

他说："我能通过机器微调，减少物料磨损，提高粗纱和细纱的产量。"

但是，大哥梦想的时代一直没有来临，倒是一场糖尿病把大哥撞得七零八落。

首先撞掉的是大哥身体里的力气。这是硬伤，力气没了，大哥很快瘦下来，变得轻飘飘的，像老树上的枯叶，随风抖动，随时有飘落的可能。大哥对生活已没有还手之力。

其次撞掉的是大哥的牙齿。虽然伪装了假牙，但大哥对生活已失去了招架之功。

再次就是把大哥撞得浑身疼痛难忍。神经痛的那种，说不清是哪里痛，但是哪哪都痛。只要是醒着，大哥总是苦巴着脸，忙不停地抓捏他身上所剩无多的肌肉。

最后，又把大哥撞进了 ICU。在各种仪器的"嘀嗒"或"嘟嘟"的暗语警告之下，大哥举起了双手，缴枪不杀的投降姿势。其实，大哥早已手无寸铁。

命不该绝，大哥从阎王爷门口走了一遭之后，又回来了，常年与药物和胰岛素相伴。在大嫂的精心照顾下，大哥慢慢好转了一些。

就在大哥好转的当儿，一家新兴的水泥砖厂负责人找到了他。

大哥说："我以前是维修制粗纱和细纱的机器。"

负责人笑着，有点儿答非所问："我们现在用的是粗沙和细沙。"

大哥认真地研究了制砖流程图解，又细细揣摩了器械的安装和维修详解。大哥用舌尖顶了顶他松动的假牙，同意了。应该说，大哥非常珍惜这个机会，管它是制纱机器还是吃沙机器，反正，自己擅长的，就是和机器慢慢磨合。当初，嘴里的假牙，曾硌得自己牙床生疼，真想把它砸烂，扔得远远的。可是非常需要它呀，只有耐着性子慢慢磨合。很多关系都是要慢慢磨合的。很多时候，生活把我们硌得生疼，我们不也是耐着性子忍气吞声吗？慢慢磨呗。

生活还要继续。大哥卷着铺盖回农村制砖厂上班去了。为了照顾大哥的饮食起居，大嫂也跟了去。当年，为了跳出农门，经过两三代人的共同努力，才从黄泥巴岗跳到了小县城。时隔若干年，一个回头浪，又把他从小城推到了农村。浮萍一样的生命，根系不大，也怪不得风大浪大。

真真心疼那个奔跑的火烈鸟啊。但是，唯有奔跑，才是王道。

最佳期待奖

莫文师

黄校长想在退休之前，改善一下学校的办学条件和教学环境，让学生们能在优雅的环境里学习、成长。

县里的领导说，县财政已拿不出资金来建设校园了，学校自己想办法筹措资金。那栋建设到一半的现代化教学综合楼就被耽搁了半年，没有工人来施工。黄校长精疲力竭，伤透了脑筋，一丝丝的白发像雨后的春笋一样一夜之间在他的头上猛长了出来。

黄校长和学校老师商量，向社会募捐，筹集建设综合楼的款项。一些人不理解黄校长，在背后议论纷纷，说学校的办学条件和环境已经够好了，没必要再折腾搞基础建设。有些人说，黄校长是在趁退休之前"捞"一把，退休后好安度晚年。也有人支持黄校长，包括学生家长，纷纷捐款，但所筹集到的款项却很少，很难弥补那栋现代化教学楼的"窟窿"。

时间一天一天地过去。那楼教学楼仍在风雨中飘摇，没能真正投入教学中来，家长和学生们只能是"望洋兴叹"，惋惜，叹气。

黄校长正在愁得焦头烂额的时候，有一个穿着西装的中年男人走进了他的办公室。

黄校长抬头注视着中年男人，问："你是……"中年男人脸上洋溢着笑，"黄老师，你的学生千千万，也许你不记得我了，但我永远记住你！"黄校长站起来，给中年男人倒了一杯热开水，叫他坐下。黄校长高兴地说，"谢谢你，还记得我！

请问你是……"中年男人说，"我是刘兴国！"黄校长使劲地抓挠着丝丝的白发，想开启记忆之门回忆起刘兴国的一些点滴事情来。刘兴国脸上仍然洋溢着笑，他拉开皮包的拉链，从皮包里拿出一张褪色泛黄的证书内页来，递给黄校长，说，"我是谁，可能你想不起来，但这张奖状，你一定会记得！"黄校长双手接住了证书内页，轻声地念着："……最佳期待奖……"黄校长念完证书上斑驳的字迹，双眼溢出了热泪，惊诧地说："刘兴国！我想起来了！"刘兴国站起来，紧紧地握住黄校长榆树皮似的双手，兴奋地说："老师，我让你失望了，没能考上大学，最后到外面打工去了！"

话匣子一打开，师生之间的话语就停不下来了。

黄校长高兴地说，"当年，我是你的班主任，我希望全班的学生都能学有所成，成为社会有用的人！"刘兴国扶着黄校长坐在椅子上，说："我是班里的差生，拖了全班的后腿！老师，让你丢脸了！"黄校长笑着说，"没有教不好的学生，只有不会教的老师！"刘兴国说，"成绩好的同学理应得到奖状、鼓励，但我也得到了奖状！"黄校长收住了脸上的笑容，"我发那张奖状给你，是在鼓励你，期待你有进步！"刘兴国眼眶中润湿了起来，"老师，就是你的'最佳期待奖'，不断地激励我，让我战胜了困难和挫折！"黄校长拿着证书内页，来到刘兴国的身边，愧疚地说："这张没有盖学校的公章，是假的，老师欺骗了你！"刘兴国接住证书内页，凝视着，思潮翻滚。刘兴国说："证书是你发的，比盖什么章都重要！"黄校长歉意地说："那时，我只是学校里一个普通的老师，找学校领导商量，学校领导不同意给后进生、差生发奖状，所以学校的公章就没办法盖了！"

刘兴国把奖状小心谨慎地放入皮包里。黄校长走到办公桌边，拉开抽屉，拿出公章，噙着泪花说，"让老师给你的证书补盖上公章吧！"刘兴国说，"不用盖章了！谢谢你，老师！其实那年我领到证书时，就知道证书没有盖章……"

"补盖上公章吧，现在老师有这个权力了！"黄校长说。

"金无足赤，人无完人。证书上少了公章，犹如美玉中的一点瑕疵，更加珍贵！"刘兴国爽朗地说。

"谢谢你！理解老师的苦心！"黄校长说。

最后，刘兴国说明了来意，把自己这些年开工厂办企业赚到的钱，捐给了学校，填补了那栋现代化教学综合楼建设的资金缺口。

不系安全带的女人

曲喜平

她坐在副驾驶座位上，张逸在她的旁边娴熟地握着方向盘。

她不时偏过头瞅张逸一眼。张逸虽没瞅她，嘴角和眉弯已挂着笑意。她想到小时候妈妈背着姐姐偷偷塞给她一块橘子味的糖。芬芳香气敲打她的味蕾，又蜿蜒甜到了心里。

在他们周围淡紫色的苜蓿草热闹地开放，带有青草味的风萦绕她的脸庞。她感觉有一双温和的明亮光照在她的身上，热烈又奔放。她周身的血管里有无数条溪流在喧嚣、在擂动。橙色的太阳隐入翻滚的云层，她的心也翻滚着。她感觉自己一点一点在融化，她听见一声鸟鸣在翠绿的枝头滴落。

她和李维走进围城已十年，都说外边的人想进来，进来的人想出去。她进来后就没想出去过。

有一次，她和李维吵得很厉害，结婚以来吵得最厉害的一次，她的泪水汹涌地流着。李维没有像每次那样哄她，把门摔得"哐当"一声怒气冲冲地走了。也就是那次，李维一夜未归。后来在李维醉酒的时候，她问李维："你那天一宿没回家去哪了？"李维醉眼蒙眬地说他看见了王颖，说完他就沉沉地睡着了。她知道王颖是李维的大学同学也是李维的初恋。虽然没有相守，她能感觉，李维在心里某一域把王颖埋了起来，李维不愿提起，她也从不碰触。

后来，她就常想，王颖是不是打开她围城的那个人。再和李维亲昵的时候王颖的脸总在她的眼前晃动，沸腾的火焰就撒上一注注干冰，一下就熄灭了。她还像以前那样依赖李维，生活依然丰富而热烈。只是她害怕黑夜。到了晚上，她和李维说她想一个人在书房安静地看书，实际上她是想避开李维。

她坐车的时候不再坐在副驾驶的座位。在她脑袋里总会有一个问号在盘旋，王颖坐过副驾驶座位吗？李维抛来探寻的目光，她讪讪地说，后座不用系安全带。坐在宽大的后座位上，她感觉像是旷野里的一株小草，寂寞地摇曳。她把往事在心里拧成一个疙瘩，她不知道这个疙瘩随着时间的推移会系得更紧还是会慢慢就松开了。

那夜已经不早了，疲惫的月光从窗户挤进来，歇在书房的座椅和她临时支起的简易床上，把房间的东西染得和铅制一般。李维悄无声息地走了进来，看着披着一身月光的她静卧在床上。她身上散发着一股淡雅的清香，这是他熟悉的味道。以往这种清香能清洗他身心的疲惫，今天却感到有一种伤痛袭击着他、搅动着他、挤压着他。他感觉身上的力量一丝一丝被抽走，双膝瘫软坐在了地上，他的眼泪便同骤雨似的落下来，肆意而滂沱。

此时，她正在梦中走向她向往已久的南海。细柔的黄沙抚摩着她的双脚，满眼都是绿绸缎样的海水。她欢喜着扑向海里，层层海浪重叠着，欢笑拍打着她，她也欢笑着。她看见不远处漂泊着一只装饰华丽的小船，如浪花上的蕊，摇摆着。她不由得朝小船游去，身边的海水越积越多，堆砌起的浪头击打着她，她感到呼吸受到了压迫。她拼劲全身的力量去抓小船，刚要能碰到，一个浪头翻卷过来，小船又漂走了。海浪滚动着，号叫着。她茫然地向四周张望，恍惚中他看见李维在翻滚的浪尖处向她走来，她呼喊着，一个更大的浪花向李维压过去，李维被咆哮的浪花吞没了，她焦急地大声呼喊着李维……

她感觉谁在用力推着她，睁开眼看见李维正紧张地看着她，"你是不是又做噩梦了？你在喊我的名字！"李维红肿着眼睛，脸上挂着未干的泪痕，一绺散乱的头发忧伤地耷拉在前额。她紧握着李维的手说："我梦见你，梦了大海，梦见咱俩都被海水吞没了。"说着她不由得更紧地抓着李维的手。

她好久没有握着李维的手了。李维兴奋得满脸通红，红肿的眼里跳跃着欢快的浪花。"我好久就想和你说，只是不知如何开口；有时看着你和我正热烈地说笑，笑容一下就凝固在脸上，我知道你心里的痛苦。你不知道，我心里也同样经受着煎熬，我知道是因为我……对不起你，我和王颖……再也没有见过……李维用手挠着头，眼里蓄满了歉疚的目光。

她第二次坐在张逸的副驾驶座位上，他的嘴角和眉弯仍旧挂着让她沉醉的笑容。他月牙似的眉弯像两条钩子，她的心就在这个钩子上挂着，巍巍地颤着。她歪着头孩子气地对他说："你媳妇是不是也坐在这个座位。"他说："我媳妇三年前就开始不坐在副驾驶座位上，问她为什么不坐，她说后面不用系安全带。"

她的心好像被马蜂蜇了一下，疼痛从后脑勺咚的一下砸到了脚后跟。在等红灯的时候，她说家里有急事，逃也似的下了车。两道不争气的泪水一下就爬满了脸，凉凉的。

白面馒头

张　路

苗扎根站在自家馒头店前的桂花树下观棋。

队长祝建和同事小赵抱着一大摞红布标语，环顾四周，寻找适合悬挂横幅的最佳位置。

苗扎根嘻嘻哈哈迎上前，搭讪道，队长，这又在宣传啥哩？

队长天生一副喜庆脸，今又逢喜事，精神格外清爽。他嗔怪道：没眼色，还不快搬架梯子来！把咱"伟大母亲的生日"忘了？

小赵接过话题说：双节了，今年又是决胜小康年，你更值得高兴啊！

苗扎根听后朗声应着，转身疾步搬梯子去了。

人多智谋广。他们仁约莫一根烟的工夫，一大摞宣传标语张挂完毕。街面上红底白字的宣传横幅在金秋艳阳下，随风微动，格外醒目。

祝建拍拍身上的灰尘，抹去额前的汗珠，又往前走两步，向观棋的人说：占用大家一点时间哈，传达一下会议精神……

观棋的人纷纷挑起大拇指。

有人说：每晚的新闻联播我是必看！

有人说：决战决胜，事关民生。

向来下棋雷打不动的张伯，抬起头来目光扫向观棋人。当看到苗扎根时停住了，说：你小子，不但脱单还彻底脱了贫，你算是做到了决战决胜啊！这两年没少赚钱吧？多亏祝建和领导干部的扶持，致富不能忘本啊！

引起在场的人一阵大笑。

几朵桂花也乐得从枝头跌落。

苗扎根也附和着笑了笑。老人的话触动了他的心弦，口里连声应着，心里却盘算着一个行动。

父亲苗青死得早，撇下他和年迈的母亲度日。二十七八岁了还没讨上媳妇。后经人介绍，讨得县区一婆娘，婚后自是美满。可天有不测风云，女儿五六岁时，苗扎根患了一场大病，花尽了积蓄，总算保住了性命。不料婆娘薄情寡义，丢下这个破败的家，扔下他和女儿一走了之，杳无音信。

突如其来的变故让苗扎根深受打击，心灰意冷，几度对生活失去信心。多亏街坊邻居们帮衬，队长祝建耐心细致地做思想工作，才使他重燃生活激情。

苗扎根真正走上发家致富的道路，过上幸福的生活，还是缘于祝建的父亲祝国。一次，他不经意地向苗扎根讲述了父亲苗青的故事。

一天，也是在这桂花树下，桂花正开，沁人心脾。祝国讲道：你父亲苗青曾是我抗美援朝时的班长，胜利归国后，1957年11月又响应国家号召支援东西湖围堤工程。你父亲任队长，带领咱们大队几十口人，跟随河南商丘其他三个乡共一千五百多人，第一批奔赴东西湖围垦筑堤。我们在江岸火车站下闷罐车，接待人员向每人发了三个白面馒头。那时候，咱老家遭受自然灾害，闹饥荒，围堤工地上我们可没受屈，吃的是白花花的大米饭和白面馒头，俺还以为是到了天堂呢。围堤完工时，带队领导说，乡亲们，围堤圆满完工，留去自由，愿意回家的，我们欢送，愿意留下来搞农场建设的，我们欢迎。我们要把东西湖变成武汉市的后厨房，到那个时候，咱天天吃、顿顿吃白面馒头，绝不是梦！我和你父亲就是在那个时候，又被一起分到了这个叫作幸福的生产队。

你和祝建是同年出生，我和你父亲约定啊，互给孩子取名。我给你取名苗扎根，意为"是一棵苗就要在这片土地上扎根成长"。你父亲给我儿取名祝建，意为"为农场而建设。"你父亲啊，当了几十年的干部，一心向党，无怨无悔，还没享一天清福呢，就走了！唉！

父亲走了，带着深深的遗憾。梦想天天能吃上白面馒头的愿望未能如愿。苗扎根清晰地记得父亲临终前曾经说过的一句话：儿啊！好好生活，你一定会天天、顿顿吃上白面馒头的！咱住在幸福，幸福的日子呀，离你不远喽！

父亲的临终遗言，始终叩击着他的心扉。

当苗扎根萌生出自己要开一家馒头店的想法并向祝建父子提出时，他们三人的想法不谋而合。苗扎根说，我要兑现父亲的遗愿！

祝建帮苗扎根寻得一间门店，就是现在这个店。店门前有一株桂花树，满树的桂花开得正灿烂，香气直扑鼻。绿油油的叶子衬托着橙黄色的小花，煞是好看！

祝建帮人帮到底，请来姨妹萍萍帮苗扎根做技术指导。终于，馒头店在众人的帮扶下开业了。用老面发酵蒸出的馒头，既蓬松又柔韧，麦香醇厚，筋道十足，生意红红火火。

酒香不怕巷子深。苗扎根的馒头店可谓方圆几十里远近闻名，不但老家的人爱吃他做的馒头，本地人也爱吃他做的馒头。苗扎根的大名连同他的馒头一并网红武汉三镇。每逢节假日，到金银湖湿地公园、码头潭公园、石榴红村等景点观光游玩的市民，临回城车辘辘也要多跑几圈，奔向苗扎根馒头店，带走大兜小兜的馒头。

萍萍的丈夫在老家集镇也是做馒头生意，做馒头是老行家，声誉响遍十里八乡，不幸的是丈夫死于一次意外。苗扎根和萍萍同命相连，惺惺相惜，互生情愫。后来，经祝建夫妇撮合，二人成为眷属。

"伟大母亲的生日，双节，……"苗扎根心中暗喜。他在心里已盘好计划，对谁都没透露，他要用自己的行动给街坊邻居和老顾客们一个惊喜。

次日清晨，排队买馒头的人们，个个头伸得像刚淘的豆芽，两眼直勾勾地盯着店墙上张贴着的红艳艳的告示。

接不通的手机

李学仁

村外的这个个体印刷厂，是甄宝财接手过来的。

宝财有几个哥儿们，好得像旧时磕过头的把兄弟。按年龄宝财算老大，排下去便是老二老三老四老五了。哥五个各有家室，但照例掰不开，隔三岔五就凑在一起，喝不到尽兴不散。

今又该宝财做东。天一擦黑，哥几个就在厂里开始了碰杯。喝到脸热，宝财一面斟酒一面道："恁说，村里没比咱哥几个更铁的了吧？"

"那可不。"哥几个应和着。

"所以嘛，"宝财摆出一副小老板的做派，"你们啥时手头紧了只需一个电话。"

哥几个一怔。

缓过神来的老二老三对视一眼，咬着嘴面条般软在桌上哧哧偷笑。

老五耐不住宝财的"慷慨"，当即调笑："大哥一分钱能攥出水来，还指望你借给钱？"

老四也趁机难堪宝财："大哥发财，等我们借钱？那这电话您可一定要等噢！"

老四把"等"字故意咬得很重。

哥几个一听，彼此心照，笑喷了酒。

宝财知道老四提的是哪把不开的壶，装傻，笑笑说，我到伙房再拍根黄瓜去……

宝财过日子向来精细，人送外号"甄大抠"。

这是以前，可是，哥几个纳闷，现在的大哥兜里鼓胀，为啥还这么抠呢？

就拿通电话这事来说，宝财是只接不打，即便自己有事，也要对方打进来，如此这般就使人犯琢磨了。

宝财的小招数是：拨出电话，然后托着手机，将一根指头点在按键上，当听得"嘟"一声立马断线，等待回电。

这一招的屡试不爽让宝财很得意，然外人不悦，当面揭穿，而宝财早已经备下了一堆理由。

哥几个对宝财的"这一手"也已看穿，但不说破，由他去。

不过这回，哥几个借着酒兴，说要给宝财来一回猫捉老鼠的游戏。

言定：从今起，三天内谁也别理会老大的电话，让他也犯一回琢磨。

酒酣夜阑，宝财挪开座位把哥几个送走后留下自己值夜班，他瞅着柱爷——门卫兼伙夫关上厂门，便回屋睡下，但他给酒烧得睡不着，又爬起来揉着肚子下到院里。

西斜的半月亮在厂房顶上，车间没了白天的嘈杂，几声蛐蛐的鸣叫从屋角那边传来。

宝财在院里晃荡了两圈，蹲在看门狗的跟前和它说话，那狗摇头摆尾中忽地躁动起来。宝财奇怪："犯哪家的病？老实趴下。"但狗不听，更加躁动。宝财疑惑了，倒抽一口站起，看那狗身变得明暗斑驳，愈加吊诡。

宝财怕了，却步，冒出一身冷汗。

大门口那只灯忽地灭掉。月白里，那条狗猛地扑上来，宝财确信狗是疯了，抄起一根木棒砸过去，但"疯狗"闪开，朝宝财的背向汪汪……

宝财回首朝狗咬的方向看去，不由得惊叫："着火了！"

他看到厂房里燃起一团火，另有个像蛇一样的小火焰扭动着，沿着墙面上的电线刺溜溜地攀爬。

宝财不知所措，跳着脚满院折跑："着火了，着火了！"

被惊醒的柱爷一看情势，边跑去提水边喊，快叫救火车！宝财吼道："他娘的来不及了。"

是来不及了，等救火车来到，恐怕这火早已烧毕。

不过，柱爷的"叫救火车"倒是提醒了宝财。

他抖着手，挨个给他的兄弟们拨打电话。

但，全不通。

急疯了的宝财冲柱爷嘶号，要他回村叫人。

柱爷叮当当扔掉水桶，跨车蹿出大门。

稍显冷静的宝财冲进厂房，他想从火口里抢东西，但滚滚烟火将他阻在了门外。

火正在由厂房的一端向另一端的库房蔓延，宝财猛地想起那道后门，拔腿就跑，他清楚，烧掉库房，等同烧掉了他的一切。

"哈呀"，惨叫中宝财跌身倒地。他是在蹬翻了一块砖头后倒下的；他捂着崴了的脚踝试图爬起来，却没有成功。

火势在向仓库逼近，几近绝望的宝财拍打着地面——"快来人哪！"

但，没有人来……

火终究是把该烧掉的烧掉了，灰烬上的余烟与黑夜搅和在一起。

哥几个把一摊烂泥似的宝财背进屋，燃上烛，默然不语地立着，心里都有些愧疚。

宝财拉长哭腔:"你们怎么就没一个接我的电话呢?"

"宝财啊,"柱爷查看过厂房回来说,"除一些广告单、作业本和备料外,那些铁器设备没大损坏。"

宝财说:"这我知道,还有那些台架模板、零散东西烧就烧了,也不值几个钱,可是,"宝财突然瞪起眼,"可是仓库,几十万的存货啊!"

宝财又起了情绪,恼恨几个弟兄关键时刻不见影子,更恼恨自己,当初没听前主离开时交代的一句话:"电路有些老化,最好重新扯一下。"

"放心吧,哥几个把库里的货都抢出来了。"柱爷说。

宝财以为听走了耳朵,打个挺身,直勾勾地看着他的每一位兄弟。

原来,柱爷进村砸开哥几个的门后,他们边往厂里赶,边根据柱爷对火情的描述,决定直奔仓库。

哥几个破开后门,浓烟已灌满了整个库房,火舌正通过连通车间的内门向里舔舐,老二蹿上去"嘭"一声将门关上,一下阻住了向内蔓延的火势。接着,哥几个不顾一切地往外抢搬一令令的新闻纸、铜版纸以及印刷彩墨……当大火猛烈地燃烧并冲开内门时,仓库里的所有物品已被抢搬一空。

过火不到十日,整葺一新的厂房里重新传出印刷机咯咚咔嚓的响声。响声虽然嘈杂,但对宝财来说尤为耐听。

宝财掏出手机,把"嘟"略掉。

老二到老五随即接到了他们大哥宝财的邀约电话。

依旧在擦黑天,哥五个围坐桌前。

宝财端起酒杯,仰脖先干下一个,他有话要说,却哽咽了,泪花在眼眶里打转。

拼 车 记

廖书亮

胡秘书在车站上班,与妻子长期两地分居,而节假日又是值班高峰期。临近中秋节,经理重新调整值班,安排自己十五日值班,胡秘书先一天值班。

十五这天清早,胡秘书提着两斤妻子最爱的通吃香麻饼,拼车往家赶。谁知刚下高速,经理火速来电,说交通局领导查岗,强调安全工作,要求集体上班。到小区门口,胡秘书把麻饼托付给保安,无奈地望着楼上的家,转身又回到的士。

司机老朱常年跑的，脸色蜡黄，笑容可掬，靠出租车养家糊口。

"还差个人呢。"坐满四人才划算，老朱盘算着。

"我多买个座位。"胡秘书爽快地给老朱交个底。不遇到急事，小胡不会出冤枉钱。

老朱满意地笑笑，开车去接另外两人。

一个四十出头的女人，穿着优雅得体，怀中抱着一只泰迪。

老朱愣住，还有个人呢？

"这是我'儿子'，我俩。"

老朱反应过来，笑着说，我载人不载狗。

"我说了这是我'儿子'。"女人有些生气。

老朱支支吾吾，觉得自己说错了。胡秘书急着圆场，算啦！我要赶时间，车费作俩人算。

女人没有感激谁，抱着泰迪坐后排。

老朱从反光镜里见女人一直抱着狗狗，没让它蹦，没让它坐，心情舒畅。

"美女，今天过节，到小县城干吗？"老朱比她大，这种称呼不失礼数。

女人哄着怀里的狗狗，眼睛都没抬，"我'儿子'想他爸了！"泰迪竟然叫了两声，表示回应。

"哎呀！我的妈！你'儿子'太聪明！"老朱很惊讶！

"我大儿子更聪明，现在国外读博。"女人对老朱似乎有了好感，说起家事来。

"老朱，别光顾聊天，开快点！"胡秘书听着却浑身长刺般难受。

老朱想起小胡的事。一个加速急转弯，女人前俯后仰，手一松，泰迪摔到座位下。"师傅，开这么快干吗呀！"女人凶起来，一边心疼地抱起狗狗。这里揉那里揉，狗狗撒娇似的不叫了。没过多久，女人脸色苍白，想吐，摇下车窗。老朱见状赶紧制止，递上方便袋。一阵呕吐之后，女人舒服些，但车内弥漫着刺鼻的气味。小胡摇下车窗，向窗外大口出气，一股热流挤进车内，非常燥热。

"喂！把窗户关上！听见没有！"女人元气一点也没减。

老朱启动一键窗户开关，小胡又往下摇出一条缝。

"你这人怎么这样，想热死谁呀！"女人没有好话。

好男不跟女斗！小胡自认倒霉，从公文包里翻出口罩，把口鼻封个严实，肚子里憋着无处释放的气，催老朱开快点。女人吆喝老朱开慢点。两人像演双簧，把气撒到老朱身上。老朱只是笑，自有分寸，谁也不理。车内一时风平浪静。

"老朱，开快点！我快撑不住了！"小胡又在催促，这次不同，只见他脸色乌青，全身乏力，直不起身。

老朱被小胡的样子吓了一跳，安慰着说不远了。

女人注意到意外，跟老朱说，稍微快点没关系。同时降低声调问，"你怎么啦？"

小胡怕女人误会，告诉她实情，低血糖发作。

"你先把口罩脱掉，赶紧吃点东西。"女人关心起来。

车内哪有吃的？女人忽然想起背包里的月饼，儿子从国外寄回，定做的，只有两个。今晚和老公赏用，一个人舍不得吃。何况他们不知情。女人觉得多想了。

小胡此时冒着冷汗，出着粗气。女人平时注重养生，知道低血糖严重时人会昏厥，还可致命。这么年轻，和她儿子年纪相仿，得这病，唉！

"年轻人，吃个月饼吧！"女人仿佛看见自己的儿子。

"谢谢！我没事。"小胡不贪便宜，何况闹过不快。

女人理解小胡，"年轻人，别犟了。下车买一盒还我，我沾大光呢。"老朱一旁笑着附和。小胡这才接过月饼，咬了一口，缓了缓，抬起头，转身说着感谢。月饼很漂亮，像件工艺品。上面雕着康乃馨，花瓣上刻着"祝妈妈中秋节快乐！"细若蚊足。小胡庆幸还没吃掉祝福。

小胡把祝福送给女人看："阿姨，这盒月饼是不是只有两个？"女人微笑着，很慈祥！

"美女，家住哪？"下了高速，老朱习惯性询问。

"车站！"

"车站？"小胡觉得不可思议，以为听错了。

"我老公今天值班，带'儿子'过来陪他过节。"

小胡恍然大悟。

下班后，小胡买了一束康乃馨和一盒月饼，径直走向经理办公室……

鱼

尚晓玲

鱼缸里的一条红鹦鹉扑腾一下沉到缸底，一会儿扑腾又沉下去一条，再会儿扑腾又一条，眼看着一缸鱼仿佛演戏一样，扑腾扑腾往下掉，圣子呼吸急促，心也像这鱼挣扎着，眼泪像断了线的珍珠往下掉……

丈夫消失了，除了一屁股债什么都没留下。随着丈夫的突然消失，讨债的会一个个找上门来。她不敢躲到妈妈家，那会给妈妈找来麻烦；她也不敢去单位，那些人会踢破单位的大门。她没有任何地方可以去！最要命的是，她根本就来不及躲出去，就听到了"嗵嗵"的砸门声，她真想钻到鱼缸里，可是鱼缸里的鱼此刻也缺了氧……

怎么办？儿子要放学了，她得在儿子回来前解决掉这些人。她拽了拽衣角，擦了把眼泪，胆战心惊地打开门，三个黑衣大汉鱼贯而入，从她身边视若无睹地闯进家来。一个说："没人？"另一个进了卧室说："这儿也没人！"后面一个进了厨房、卫生间搜索一遍说："没人啊？"

谁给开的门？

圣子缩在门边，游离地看着几人。他们没有看到自己吗？她抬了抬胳膊，竟也看不到自己的胳膊？我在哪里？

最先进来的一个说："不对，我敲门时门是锁着的，有人从里面打开的。可是人呢？"

这时，鱼缸里最后一条鱼也"扑通"一下沉到了缸底。这家别说人了，鱼都死了，没有活气的，快走吧。

圣子突然身子一紧，睡到了光滑的鱼缸里。

她看看丁丁、胖胖都在她身边，它们朝她挤了挤眼吐着泡泡。主人，我们把氧气给你留着，你别害怕，我们在一起。

她成了鱼缸里的一尾鱼。

多少次窝在沙发里看着鱼缸里的鱼无忧无虑地游来游去，她想要是变成一条鱼好了，就什么烦恼都没有了。没有阻止丈夫赌博换来的拳打脚踢；没有怕儿子和母亲看到身上伤痕的提心吊胆。而母亲看到的远不止是她身上的伤痕，她还会不停地叹气："唉，当初就告诉你不行，哪能那么快就决定了终身？"

快吗？一个还没举行婚礼就被离了婚的女人，能有人娶她就不错了，还是有体面工作的年轻小伙？虽然结婚前就以种种借口和她借钱，但是在医院工作遇到需要帮助的人太正常了，她信了。当她发现他有赌博恶习的时候，她已经怀了他的孩子。

她又想起儿子，儿子回家看不到她怎么办？刚上小学的孩子，每天拿着班门钥匙第一个去学校，懂事儿的让人心疼。她上夜班，丈夫去打麻将，孩子自己在家一待一晚上，从来不说一个怕字。那个小小的人儿，天不亮就到了学校门口，冬天的早晨，漆黑得如同一团墨，只为了害怕迟到耽误了给同学们开门。他不知道，妈妈的婚姻如同那漆黑的看不到天明的夜呀，漫长又寒冷。在暗无天日的日子里她为了一个没有的结果一直在等待，等待变成一条鱼，人们都说鱼的记忆只有七秒钟，她等待着从第八秒钟开始遗忘。

这时，门外又响起了敲门声……

ＡＡ制

王 广

我和妻子在大学时相恋，她独立性比较强，学会了AA制，毕业后我们在同一座城市找到了工作，她一直痴迷AA制。

2014年我们结婚了，所有花销都是每人付一半钱。结婚花销也是各付一半钱。婚房妻子也是付了一半房款，房产证上署我们两个人的名字。婚房是三室两厅两卫的大户型，我们一人一室，一人一卫，我的卧室设置一个书架，妻子的卧室设置了一个梳妆台，当然，书架的花销是我自己花的，梳妆台的花销是妻子花的。第三室是客房。家里的一切开销都是每人付一半钱。

平时在饭店吃饭时，自己点的自己买单。妻子过生日我买的蛋糕，她问我花了多少钱，转账给我。结婚纪念日我买了一束鲜花，她也问花了多少钱，转账给我。后来，我不再给她买任何东西。

有一次，岳父过生日，我邀请岳父岳母到酒店吃饭，每个人都点了自己喜欢的菜，在结账时，岳父岳母都坚持AA制付款，我说我请客应该我付款，他们都听不进去。后来，我再也不请他们吃饭。

妻子怀孕了，和我商量说："老公，我爸嫌弃我是女孩，不能为家传宗接代，我又是独生女，你看我们生的第一个孩子，随我姓，算我父母的孙子，你同意不？"

我说："我又不是上门女婿，为啥我的孩子随你姓？"

妻子说："你这是大男子主义，法律都规定：孩子可随父姓，也可随母姓。"

我说："你是想气死我爸呀，我爸不能同意的。"

妻子说："二胎政策放开了，二胎姓你家姓，这总可以了吧？"

我说："这叫啥话，好像咱俩是搭伙过日子，也不像是夫妻呀？"

妻子说："我就是想在我爸面前出这口气，为他传宗接代。"

我说："我爸能把咱俩臭骂一顿，你也肯定招架不住。"

果不其然，我爸知道妻子要把第一胎孩子随她娘家姓，对我和妻子说："你们敢把孩子在户口簿上随他姥家姓，我和你们断绝关系，老死不相往来。"

妻子说："第一胎不随我姓，那第二胎随我姓总可以吧？"

我爸说："你这都是啥逻辑，中华优良传统不学，竟学些西洋糟粕。"

第一胎生了个小子，满月后，妻子把孩子交给我妈抚养。

妻子说："大儿子随你姓，归你抚养，孩子的一切费用你出。"

我说："我是孩子的父亲，费用由我出是应该的。"

2016年，妻子又怀孕了，我说："别生了，一个孩子的抚养费就不少了，养两个孩子我确实感觉压力挺大的。"

妻子说："抚养这个孩子不用你出一分钱，由我和我娘家出钱抚养。"

妻子太执拗，又管不了她，索性，随她意愿。

第二胎又生个小子，妻子给孩子取名随了她姓，我的爸妈也没有干预，她为此还给我爸妈买了好多礼物，给老人好多笑脸。

孩子满月，岳母就来接走了孩子，岳父岳母高兴得笑逐颜开，岳父走起路来雄赳赳的像只大公鸡，张口闭口：我孙子……

2020年底，妻子说："三胎政策要放开了，咱们应该生三胎。"

我说："生三胎压力挺大的！"

妻子说："三胎咱俩共同抚养，我是独生子，比较孤单，我决定了，生老三。"

两个月后妻子真的怀孕了，正在欢喜之时，五十多岁的岳母也怀孕，妻子劝岳母不要生了，但是岳父岳母坚持要生。岳母说："既然有了，说明我们母子有缘分，况且已经有五个月了，一定要生的，别担心，孙子我们照样抚养。"

后来，岳母生了个男孩。岳父高兴得像只大公鹅，趾高气扬。对我和妻子说："你们把二小子抱走，还是改回你家姓吧，我没有能力抚养两个孩子。"

妻子带回了二儿子，把孩子的户籍从岳父家户口簿迁到我家户口簿上。

妻子宣布取消AA制，她负责家庭财务，我把工资卡交给她。

取消了AA制，我和妻子在花销上精打细算，我爸妈帮我们带孩子，在经济上资助我们，齐心协力过日子，再也不分你的我的，都是我们的，和谐幸福指数攀升。

学友薛项婷

李亚民

比我大三岁的薛项婷，是我从小学到高中十年的同学，我也一直是她的班长。

在知识青年上山下乡接受贫下中农再教育的年代，她家被安排了六个女知青住在厢房里。

她很"崇洋媚外"，上小学就会模仿知青的一举一动。她喜欢穿着带补丁的裤子，喜欢穿牛仔袄，喜欢扎一条独辫子，喜欢乘车时站在驾驶员的车门外头，脸朝前，一只手扒住车门扶手，一只手平举做出要飞的姿态。大家都叫她"二知青"，她更乐了，从没觉得别人有贬义的意思。整天挺起高高的头颅，做出很高傲的样子，见了人从不主动打招呼，别人问候她时也就鼻子里"哼"一声。在我们同学面前，她就是一个漂亮的另类。

但她喜欢和我套近乎，今天说我这个班长当得最好，就连她院里的知青都说喜欢我。明天说某同学不服气我，背后说我坏话了。后天说她妈做了菜卷，下学要带我去她家吃。每一回她都是兴冲冲地来，垂头丧气地走，班里同学就扑哧扑哧笑话她。她才不管三七二十一，我行我素，三天两头重演一次，还从不怪罪我。

我是反感她的，虽然那个时代不讲究学习，但字写不好，不会做题，同学们仍然会嗤之以鼻。可是她生活得很快乐，总有讲不完的笑话，讲不完的天南海北，尽管这些笑话都是她从知青那里听来的。平心而论，她讲的东西还真不赖，她讲的时候绘声绘色，叫人有一种身临其境的感觉。

跑操时我的脚脖崴了，红肿红肿不能上课，老师让我不用到教室去，在寝室里做题就行。

学友薛项婷可是忙坏了，下课就来照顾我，晚自习还来照顾我。给我倒开水，敷药，晚上还给我端来热乎乎的水让我烫烫脚。说实话，我慢慢就习惯了她的照顾。还别说照顾人她是行家里手，在她的细心照料下，半个月我就能一拐一拐到教室听课了。为此，老师在班里也表扬了她。那之后我对她是感激的、感恩的。自然而然我们成了无话不谈的好朋友。

各自参加工作后联系越来越少，但内心深处对她的那份情却越来越浓。多年后，我们相互成家生子，仍然还是联系不断。

二十世纪九十年代中期她下岗了，我多次去看她，每次都是大包小包生活用品，接住我她还是老样子，乐呵呵的。我们一起说说话，离开时我总是要硬留下一些钱。每回都在"不要不要"的强拉硬拽式推辞中我们依依不舍地挥手再见。

年关将近，我转商场时，她从背后捂住我的眼睛，让我猜猜她是谁。几乎没有迟疑我就叫出她的名字！我们热烈拥抱，好一阵子的嘻嘻哈哈。要分手时，她似有话说但又没说，这一切被我这个粗中有细的人观察了出来，在我步步紧逼下，她终于说："给孩子买衣服差二百元钱，你若方便，我后天就还你。"

什么呀，我立马掏出身上买完年货剩下的三百九十元钱，她坚持只要二百元，说多了用不上。

我下乡了，回来单位人说今天有你个同学找你，在这坐了会儿走了。我说没事，我这同学很认真，是来还钱的。

我又下乡，她又来找，仍然坐了一会儿走了。

我还是下乡了，一连三天，她都没见到我。这次她把二百元钱留给办公室小李让转交给我，还有一张字条："小敏，不巧得很，你一连下乡。你们办公室女孩小李可好了，给我冲一杯浓浓的茶水，可热情了，说明你在单位混得不错，我很欣慰的。上班悠着点，别累坏了身子，保重啊，哈哈！"

办公室小李看我见字条在笑，就告诉我："你那个同学看着很洋气的，衣服尽管不是很高档，但熨得展展的，有棱有角，说话还拿腔拿调的，但声音挺好听的。"我说："那就对了，她上学时都那样。"

我们同时呵呵呵笑了起来。

过完年没几天，还在正月里，看到我另外一个同学邢，和薛项婷一个村，问我知不知道薛项婷的事。我说她能有什么事，年前我还见她来着。

同学邢说："什么呀，她已经去世了，大概有一个星期了吧。"

我瞪大了眼："你这个玩笑可是开大了！"

同学邢继续说："是真的，埋人那天她妈的哭声，把整个村里人都惹哭了。唉！白发人送黑发人哪。老人太可怜了，一生就生薛项婷一个，招个上门女婿，还留两个孩子，这一家子可咋过啊……"

同学邢还在继续："一年前她感觉不舒服，到医院检查是直肠癌晚期，她没告诉家里人，没告诉任何人，尤其说不让告诉你，她怕你为她花不必要的钱来治疗。更不想看到化疗带来的狼狈相。她一生喜欢打扮，不能最后破坏她的形象……"

我没听完同学邢还在说什么，踉踉跄跄回到家，趴到床上哭昏了头，一直到什么时间全然不知。

含泪飞奔

刘诗良

这一辈子，我都不会忘记第一次参加运动会的情景。

我常常沉浸在1989年盛夏的那轮骄阳之下。

正是"双抢"季节，时过正午，头顶，烈日如火，脚下，水温如沸，父亲、姐姐和我还在水田里弓腰插秧。再干上半小时，这块田就完工，汗水在衬衣里滋滋滋地响，我们的衣背已全被洇湿。

"汗金叔！有信！"稻田上的三岔路口，邮递员支起单车，一手抓着草帽扇风，一手扬着一封信在喊。

"老四，看看去。"父亲用衣袖揩了把满脸的汗，又埋下身去。

我如获大赦一般，拔腿上田，一阵轻松。

拆开信，我忍不住大喊起来："爸！姐！我考上大学啦！"父亲、姐姐不约而同直起身看向我，一脸惊喜，父亲喊一声："收工！回家去！"

我朝山坡上的家撒腿飞奔，我要第一时间把这个喜讯告诉给大半辈子只围着锅台转的母亲。

简陋的厅堂里，乡亲们闻讯赶来道贺，平时沉默寡言的父母亲一反常态，满面笑容，连声道谢。

人群散去，一百六十元的学费，又让父母沉重沉默起来。"豁出这老脸，也得凑足孩儿的学费！"父亲一磕烟斗，火星迸溅。

我背着亲人的期盼，登上北上的列车，期待全新的生活。

走进偌大的校园，穿梭在人流里，我发现自己像刘姥姥进大观园，也像陈奂生上城，想着各具特长的同学们，不禁自惭形秽起来。

课堂上，他们才思敏捷，对答如流；运动场上，他们身姿矫健，生龙活虎；才艺展示，他们吹拉弹唱，各怀绝技；谈论时事，他们指点江山，壮志飞扬……我除了学业，一无所长，进了大学，连学业也开始垫底，简直一无是处，我对自己失望透了。

睡我上铺的武子几次看见我快快不乐的样子，常会默默陪我坐一会儿。

就在我眼前一片迷茫的时候，一年一度的校园运动会开始报名了。

在苍茫的星空下，我想起了远方的家乡，想起了一生劳苦的亲人们，常会悲从中来。我知道，我不能再这么消沉下去了。

我把心事告诉了武子：我要参加半程马拉松比赛！武子疑惑地望向我：你训练过吗？这个很考验耐力的。我说：高中三年，家校之间十里路程，我一天四趟，都是一路奔跑，风雨无阻，我相信我行。武子拍拍我的肩：好！这段时间我骑单车陪你练！

比赛的日子到了。那天的现场人声鼎沸，彩旗飘飘。据说，半程马拉松是校运动会上的热门项目，因为赛程远，挑战性强，胜出者备受瞩目。

"砰！"发令枪响，上百名选手冲出起跑线，踏上不断向前伸展的跑道。一开始，大家还挤挤挨挨地混在一个队伍里，慢慢地，选手们逐渐拉开距离，队伍越拉越长。

赛程过半，赛道两边的人越来越多，加油声此起彼伏，气氛陡然紧张起来。我紧紧地咬着第一阵营，加快了脚步，耳边只剩呼呼的风声，自己的喘息声，还有赛道两边越来越响亮的加油声。

汗水浸透一身。天上，初秋的太阳还是那么炽烈，就像盛夏的那轮骄阳。

我想啊，跑哇，脑海里闪过一个个画面：那是满脸汗水插秧的父亲，灶台边被烟熏出泪的母亲，挑着重担咧着嘴跟跄而行的姐姐，还有那个一天四趟在家校之间来回奔跑的自己。

我跑哇，想啊，泪水慢慢盈满眼眶：我看见了那个躲在图书馆角落孤单的自己，我看见了那个在课堂上回答不出问题不知所措的自己，我看见了那个在寝室里自卑自弃的自己，我看见了那个在食堂里捏着菜票舍不得打一份红烧肉的自己……

我想啊，跑哇，噙泪飞奔，我看见阳光在对着我笑，我看见同学们在为我叫好，我看见又一个选手被我甩掉，我看见我前面只剩下那两位夺冠呼声很高的学长。

我跑哇，想啊，含泪冲刺，耳畔仿佛响起了那首激昂的《国歌》，响起了贝多芬那首悲怆的《命运交响曲》……

终点越来越近，我盯着前方，噙着泪，撒腿飞奔。我只做一个动作：跑！我只剩一个念头：拼！我只有一个目标：追！

我冲在最前头，迎来撞线一刻！我看见武子挥舞着双手朝我奔来，欢呼声山呼海啸一般淹没了我……我再也抑制不住，满眼的泪水夺眶而出。

老 抠

张清福

老袁在煤矿干了二十年了，自从入矿，一直在井下采煤一线扒煤。

那次老袁上夜班，煤洞上方的岩石冒落，把右小腿砸成骨折。在医院住了三个多月，出院的时候走路还是有点瘸，这瘸腿不能再干重活了。

矿上一纸调令，把他从井下调到地面煤场看护场地。

二十世纪八十年代末，国家出台政策，给一线工人家属"农转非"，老袁也在条件允许的范围之内。

于是老袁给妻子和两个儿子办理了手续，吃上了国库粮。

老袁脚前刚办完手续，村里脚后就把家里的五亩多责任田收回。家里没有了土地，农活也跟着消失了。

一个锅里省，两个锅里费，老袁决定让家属来矿上住。

矿上分的三间房子，门窗还算整齐，平整的水泥地面，周围还有大块小块的空闲地，没有院子，是个光腚屋。最大的问题是，房子东屋山头和后墙被矸石山上滚下来的矸石埋没了半截，一下大雨淋湿的矸石顺着墙缝往里洇水。

老袁决定先把矸石挪走。

除了上班，一有空他便蚂蚁搬家似的清理矸石，大块的石头垒院墙，碎的石块填进周边的沟里。用了二十多天的时间，矸石清理完了，腾出的空地连起周围的边边角角的空闲地，有一分多地。

这些天的工夫没白费，白捡了块菜地。老袁心里寻思。

房子收拾好，他把妻子和两个儿子接来矿上住。

老袁除了上班，屋后的菜园地容纳了他全部的业余生活。在地里种上辣椒、茄子、豆角、米豆、黄瓜、葱姜蒜各种蔬菜；秋天种上白菜、萝卜，房子左右沟边地沿种上南瓜、秋米豆，自己吸的旱烟也种上两沟。

日常生活吃的蔬菜全靠这块风水宝地提供。

这块菜园子从不上化肥，老袁有个专门的"肥料厂"，就是煤场的公共厕所。上班的职工，拉煤的司机，分拣矸石的老娘们、推场子出苦力的农民工，都在这里大小便。

老袁把粪便清理出来，挑到菜地头上，拌上碎土，用泥巴封严盖实，到了种菜的时候，把捂好的肥料施到地里做底肥。

每到夏天，菜园里青枝绿叶，瓜果满园，一家四口吃不了用不清，便摘些送左邻右舍。

老袁有两件宝贝：一个是旱烟袋，另一个是指甲刀。这两件宝贝自从在部队当兵复员回来，跟随左右有二十个年头。

去年夏天，烟袋无意中掉到地上，汉白玉的烟嘴摔碎了，他没舍得买个新的换上，剩下的烟杆和烟袋窝，照样吧唧吧唧地吸他的旱烟；指甲刀也不再锋利，大块的指甲已剪不动，只能从指甲的边沿一小口一小口地往前挪着剪。他的原则是，东西能用将就用，不乱花钱，除了生活中的柴米油盐和日常用品，基本没有别的开支。

骨头汤有营养，老袁把骨头汤的营养发挥到极致。

除了逢年过节、家里来了客人，老袁才去割点肉吃。平时的一日三餐吃的就是园子里的蔬菜。两个儿子上学，又都在长身体，老袁过些日子就到集上买几斤猪骨头，放在锅里煮。用骨头汤炖蔬菜、下面条、烧面疙瘩汤。骨头在水里煮了一遍又一遍，一直煮得清汤寡水，没有一个油花才扔掉。

老袁扔掉的骨头放在院子里，看护场地的狗都不多看一眼。

邻居给他开玩笑："老袁你也太抠了，上厕所尿尿也得用箩子过一遍。"

他满脸堆笑："你看现在咱生活多好，天天精米细面，还有骨头汤喝。小时候填不饱肚子，没有衣服穿，冬天穿一双单布鞋还露着脚指头。俗话说吃饭穿衣亮家当。现在吃国库粮是好事，可也有不好的地方，现在我房无一间，地无一垄。以前家属在家种地，粮食不用买，一年还喂两个大肥猪；那时我在井下干活拿钱多，现在开的工资那是黄瓜打驴——是以前的半截。家属刚来矿的时候，每月到粮站买低价的商品粮，现在粮站关门了，低价粮取消了，只好到市场买高价的。再说两个孩子一天大上一天，矿上又不给安排工作，以后还得娶妻生子，得花多少钱，这日子就得抠着过。"

老袁的治家理念说得人连连点头。

老袁今天又上夜班，他坐在矸石山上，守望着静谧的煤场，满天星辰，他心里踏实多了。大儿子去年当兵去了部队，小儿子学习很努力，现在上高三，每次考试都是前三名。他望着矸石山下那三间瓦房，小儿子住的房子窗户上，还亮着灯光，他知道儿子还在用功读书，他仿佛看到儿子坚毅的脚步正走向高考的大门。

密　码

王晓飞

我十分惊愕地发现，父亲的银行卡绑定在手机上，还设置了六位数的密码。念中学的儿子说，爷爷也与时俱进了。我不能不感叹，这是一个历史性的进步，妻子却说，这是吃饱了撑的。

我爷爷在世时的优点很多，代表性的优点是勤俭，还有木匠手艺。爷爷的木匠手艺，被我叔父全盘继承，且略有发展。爷爷的勤俭，被我父亲发挥得淋漓尽致，且有过之而无不及。父亲从不抽烟，不乱花一分钱，从不嫌粗茶淡饭，穿衣服也从不讲究。母亲有病的时日，我们都在上学，他学会了做饭。母亲去世后，两个妹妹相继出嫁，我的孩子进城读书，家里就剩下他一个人。父亲六十刚刚挂零，衣食起居，全靠他自己打理，我时常担心他亏待了自己的身体。

自打退耕还林，农活随着季节，便有了清闲时日。父亲没有活干就会憋得慌，村里的小伙子一勾引，跑到西安干起了零工。眼看着父亲跑出去挣钱，我动起了买出租车的心思。竭尽屋里的积累，卖了家里的余粮，又办了贷款，从亲戚朋友手中伸手告借，车终于开回来了。父亲也从城里赶回来，我正办理各种手续，手里已力尽汗干，急得像热锅上的蚂蚁。父亲不声不响，绽开一个牛皮纸包，里面竟有三万元现款。

听村里小子们说，你爸舍不得买衣服，吃饭买最便宜的，活儿一天不敢耽搁。

父亲攒够一个整数，就赶紧往回捎，让我抓紧还账。他说，借亲戚的钱，欠一个人情，贷银行的款，那钱可是长腿的，还钱一定要心狠。小儿子念了小学，妻子找了个活儿。不几年时间，除了丈人家的两万，欠账和贷款宣告清零。那时正值农历九月，小妹也从河南赶来，大家给父亲过六十大寿。妹子给父亲买了一身新衣服，告诉他，年纪大了，账也还完了，不要再出去打工了，沿低上高叫人好操心。

堂弟买房子，引得我媳妇也动了心思，跑了好多处楼盘，感觉价格太硬，诚恐急切难以消化。堂弟买了城郊的小户型，我又不想去城郊，高不成低不就。城市出租车投放增速，出租车的经营大不如前。没生意时我就去打牌，并沾染了抽烟的毛病。心思都在挣钱上，荒疏了孩子的学习，成绩便直线下降。妻子摔碟子摔碗，我吹胡子瞪眼，家里有了不和谐的杂音。妻子辞了临时工作，专管孩子学习，父亲说，除过买房盖房娃念大学，挣的钱今后都给你攒着。

装粮食磨面时，我无意中发现了粮仓里一个铁盒子，打开，里面居然放了一个存折，存款数目一万八千三。信用社说没有密码，我给父亲打电话说看好了房子，父亲没再说什么。这一回把父亲的存款取回来，我和妻子欢了手，钱花得说不出明堂。紧接着，丈人家买房子要交首付，我一时束手无策，妻子说，咱总得把欠人家的钱还上。我知道借账还钱天经地义，可近来手气太差，挣的钱输得一塌糊涂。我们都想到了父亲，想到了家里的粮食仓，于是便打道回府。

兔根本没在老窝里卧。邻居说，你爸回来过几回，每回都去过信用社。事已至此，没有更好的办法，寻，挖地三尺寻！为躲过村人的耳目，大白天，我们关门闭户，然后翻箱倒柜。终于找到了母亲的梳妆盒，盒里有一张存折，上面的存款数目超过三万。我的心情格外复杂，那可是父亲一滴一滴的汗水，一分一分从自己牙缝抠出来的，妻子的脸上却绽露着无限得意。

到手的钱款却取不出来。父亲竟设定了六位数的密码，难道父亲看出了我们买房的骗局……老实巴交的父亲，居然给存折设了密码，这是谁给他出的馊主意，这个出主意的人实在可恼可恶。我劝妻子，别再埋怨了，我们总是向老人索取，从没主动反哺过一次。父亲男寡妇磨娃，他把日子过到这样，容易吗？都六十开外了，回家要亲自做饭，攒几个钱留在身边，难道不应该吗？这话是我在心里说的，生怕说出来惹恼妻子，让我成为村里光棍大军中的一员。

很快找到父亲在西安的落脚之处。两个人合租的半间屋子，里面除了两张床和两床铺盖，每个人的床底下，还有一个蛇皮袋子，袋子里是一些捡来的电线、插板、水管、龙头……天已经全黑，同房的叔叔均已回来，问到我爸，他们说，我们在一起干活，回程换一次公交，你爸舍不得钱搭车，余下的三站路都是走回来的。我给叔敬了一支烟，他接着说，都是早上就近买早点吃，十二点在工地附近买饭，晚上回来再就近买。你爸细密，舍不得买早点，十二点买一次饭，晚上回来买的是软蒸馍，吃不完的明天当早点吃。

街灯把城市的夜照彻，一派金碧辉煌，我的脸热辣辣的，眼泪很快涌出来。远远望见父亲的身影，我像很久很久没见到一样，泪水像决了堤涌出来，我像个小孩子一样老远迎上去，扑向我的父亲。

老，伴儿

江红斌

大个儿双脚岔开，分别踏在车辕的两侧，踩高跷样身体直立，那神态宛如一位挥斥方道的将军。他手持一根三股细竹绕成的、鞭梢上扎着一束红缨的马鞭。他把红缨马鞭在空中连续舞出漂亮的圆弧，甩出"啪啪啪"的脆响，嘴里连声"驾驾驾"地喊着号子。驾辕的枣红马脖子上的铜铃极速响起。它扬起四蹄，身体绷成一张弓，奋力向陡坡爬去，蹄下扬起一溜尘土……

载着满满砖块的马车终于爬上了坡。大个儿这才敢喘口气，坐在砖块上，用袖口抹去额头的汗珠，抱了马鞭，从耳朵上取下夹着的香烟，点着火，狠狠地吸了几口。他长长地吐出一串白烟，白烟直冲云霄。他扔了烟头，抬头看天，毒日头正挂在头顶，就回头对运输队的所有成员命令道："晌午了，收工。"

大个儿是李庄镇运输队的队长。土地流转后，闲了的农民拾起使唤牲口的老手艺，置办了马车，拉脚搞营运。运输队伍浩大，马车有几十辆。街巷里驶出时，銮铃叮当，蔚为壮观。这时，大个儿的精神抖擞，把马鞭在空中甩出一个个脆响，高声吆喝着号子，让牲口踏出"嘚嘚"的蹄声。撒欢儿跑起来的马车风驰电掣，村庄也想跟着炟蹶子。那时的大个儿风光无限。

大个儿是对好车把式的尊称，他的名头便由此而来。只是大个儿虽体格敦实健壮，却个头不高，大个儿的名头名不副实，这让大个儿气恼。他置办了两匹牲口，上午套枣红马，下午套栗色骒，中午人车不休息。这样，他就比其他成员多拉两趟。加上一匹牲口只拉一晌活儿，力气大，跑得也快，他大个儿的名头也就名副其实了。

大个儿时间观念极强，12点整的时候，他的枣红马准时停在自家门口。他"吁——"的一声长啸，停下马车，对着门里喊："孩儿他娘，卸车！"随手把马鞭扔在车厢里，扭身往家里走去。

街门虚掩着，家里没人应声。大个儿这才想起，老伴儿患急性心肌梗死，已经离世半年多了。他长叹一声，卸下枣红马，让马打了滚，拴在槽头吃草，进厨房动手做午饭。

老伴儿在世的时候，大个儿为了赶时间，他要求老伴儿听见马车来到家门口，就必须把午饭端上来，卸下枣红马，然后套上栗色骡。等老伴儿把这些活儿收拾停当，三碗捞面条的午饭正好吃完。他扔下饭碗，摇起马鞭，赶车就走，从没马虎过。

下午上工，大个儿的车迟到了，大个儿知道是套栗色骡时耽误的。虽然，大家没说啥，他也为第一次迟到感到脸热。马车在路上行驶的时候，他的脑子就开了小差。他想起了老伴儿在世时说的话。

老伴儿见大个儿起早贪黑，就劝："眼看七十岁的人了，挣多少钱是个够呀！"

大个儿瞪起眼："孩儿他娘，这不是钱不钱的问题。"

"那是什么？"

大个儿语塞，自己也说不上是什么。不种地了，该干什么连他这个老农也说不上，一身的力气总得释放吧？他在心里问自己。

老伴儿不理解，就叹了口气，说："啥时候咱也像镇上的人那样，吃罢饭聚到光照寺门前晒太阳，说闲话……"

大个儿不等老伴儿把话说完就截住了她的话头："在光照寺门前说闲话的都是些懒货，运输队的人都叫他们敢死队哩！"

老伴儿就不再说啥，努力做好大个儿的后勤工作，不再多言。

"大个儿，发什么呆，骡子跑偏了！"

听到伙伴在后面马车上提醒，大个儿才回过神来，一阵忙乱呵斥栗色骡。他有些恼自己，这种跑神的情况还是第一次发生哩！

傍晚收工回到家门口，大个儿习惯性喊卸车，想起了老伴儿，就闭了嘴。卸车，打滚，上槽，拌草料，独自把该做的事情办完。有老伴儿的时候，马车停下来，老伴儿就盛好饭摆在桌子上了，不冷不热，正好。大个儿风扫残云样吃了饭，倒头就睡，呼噜声一直响到天亮。夜晚，老伴儿起床几次给牲口拌草料，他压根儿就不知道。

大个儿不堪回首，胡乱做了晚饭，盛在碗里，刚要张口吃，看到老伴儿的遗像摆在条几上，就虔诚地跪下来，把碗摆在遗像前，说："孩儿他娘，你先吃。"

晚上，大个儿像拉肚的病人，时不时披衣起床给牲口拌草饮水，睡眠质量大打折扣，以至于白天拉脚无精打采。

以后的时光里，大个儿每顿饭都要让老伴儿的遗像先吃，自己则长跪不起。有时，他跪到地老天荒还不愿起身，常常耽误吃饭和拉脚。两匹牲口逐渐体瘦毛稀，跟大个儿一样耷拉着脑袋。李庄镇人就问大个儿："让霜打了吗，咋都打蔫了？"大个儿语塞，挥起马鞭狠劲儿抽牲口。他卖了栗色骡，只留枣红马。但他的马车依然跟不上车队的节奏。有人就嫌他拖了车队的后腿，坏了李庄镇运输队的名声，骂得他像挨了鞭子的牲口样抬不起头。

伙计们就有了意见，说他根本不能胜任"大个儿"的名头。大伙儿合计一番，另换了队长。大个儿没话好说，只得在车队后面跑，拖泥带水地紧跟。

大个儿从此一蹶不振。

不知什么时候，李庄镇人发现，大个儿也到光照寺门前晒太阳了。他不跟大伙儿说闲话，总是两手抄在宽大的袖口里，蹲在光照寺的墙角边，头埋在胳膊里，一动不动。太阳灿烂地朗照过来，把大个儿罩在霞光里，像罩着一块石头一般。

你在他乡还好吗

尹延哲

火车疾驰在广袤的北方大地，铁道两旁绿意盎然的玉米迅速向后退却。细雨从天空飘落，天地间逐渐泛起雾蒙蒙的烟气。

老洪开车送我上火车时，虽然和我说好不再联系老闵，但是我还是不由得心中默念：老闵，你在他乡还好吗？

我到省城办理业务，碰巧遇到十多年前调到省城工作的同事老洪。言谈中，我们提到了二十年前同宿舍的同事——小闵。那时的小闵才二十二三岁，还不能像现在称为老闵。

"小闵，不，老闵，听说他干得挺出色的。"老洪说道。

"他现在在哪里呀？"我问道。我跟老闵已经失去联系很多年了。

"听说他现在在南方一所高校任教。"老洪说，"我离开咱们年轻时那家企业后，也跟老闵慢慢失去了联系。"

回忆的镜头，把我和老洪带回当年的岁月。

二十世纪九十年代末，那时小闵、小洪和我，有缘分到在单位的同一间员工宿舍。小闵那时人特别腼腆，不爱说话，但他聪明好学。小闵所在的生产岗位环境嘈杂，任务繁重，可他每天下班后都坚持在宿舍学习。我们听说他想考研。

那年三月，在车间工作的小闵应聘上了销售业务员。小闵当上业务员以后，几乎每天都是到外地跑市场，他就不太能回宿舍学习了，那年的研究生他没考上。

小闵性格内向，可他做业务员却上道很快，没多久销售业绩就在新业务员中拔尖。不到三个月，他就提前结束了业务员见习期，年底还被评上了企业劳模。但后来小闵和他的上司也不知什么原因产生了隔阂，他一气之下，辞了职，跳槽到了另一家效益也不错的企业工作去了。

小闵跳槽，人都走了当然东西也得搬走。小闵搬东西的那个晚上，我和小洪帮忙。和小闵可怜的生活用品相比，他的书籍显得格外多，盛书的大纸箱子装了十几箱。

帮小闵搬完东西之后，他在新单位附近的饭馆让我和小洪一起吃饭。也许是离开了不开心的地方，看着他比较高兴，笑容还是一贯的那种温暖干净谦逊。

饭桌上，小闵慢声细语地说着他跑业务的往事，好像在讲述别人的故事一般，语气轻松，海不扬波。小闵讲他为了赶时间也为省钱，寒冬腊月从汽车站下车后，一边小跑一边啃着烧饼，朝客户那里奔。小闵又说，他为了促成订单，本来酒量不行的他，一杯接一杯往胃里使劲儿灌酒。小闵喝到兴奋处，还高举起酒杯，但他没像那个年代大多数人唱上一首歌，而是晃晃荡荡地吟了一首李白的《将进酒》，从而把那场酒局引向高潮，订单也最终签下。那次小闵也让陪酒的客户全都喝高了，以至于让在场的人都恍恍惚惚，仿佛神游到李白转世、岑勋和元丹丘重生的幻境。

小闵诉说着他对上司的屡次失望。有一年到一个生产商竞争激烈的市场跑业务，小闵就干脆租房子住在经销商的对面，天天跑天天磨，一百三十斤的小伙子也瘦到了九十来斤。小闵最后硬是拿到订单，可上司竟然没有奖励他。我和小洪劝他不要对别人期望值过高，做好自己就行了。吃完饭告别时，小闵的眼睛里有一丝清凉发亮的泪光打转。小闵双手使劲儿地搂着我和小洪的肩膀，慢慢举起右手，遥指那一大片灯火通明的高大建筑物——他即将就职的新单位说："宇宙无限，人生有限。这里，亦不是我的最后归宿。"

当时，我和小洪都当小闵又喝醉了。

后来，我也调到一个距离更远的单位，而老洪也调往省城工作。从那，我和老洪都跟小闵来往得少了，一直到与小闵中断了联系。

时光匆匆，春去秋来，又是多少年过去了。我听其他老同事偶尔提起小闵，说他在那家企业工作两年后，又考上了公务员。从那往后，我就没有小闵的任何音信了。

其实，不善言谈也不善表达的我，心里一直装着小闵。毕竟，我们共同度过了那段难忘的青葱岁月。

还好，这不，在省城，老洪把老闵的下落得以接续。我也终于知道老闵现在在高校工作。

老洪慨叹道："人家小闵命是真好。"

我说："是呀，小闵也比咱们更努力吧。"

我和老洪就要分别了，关于是否联系老闵，我俩达成共识：老闵现在是一条潜在海水深层的鱼。就让"相见不如怀念"那句话在我们这里投影为现实，不要打扰老闵他现在的幸福和宁静了。

转　　正

司海乐

小李能不能转正，他的心里忐忑没底。

旋开拖把池上的水龙头，小李用力涮干净拖布，怕布条滴水，就用双手狠劲地把布条拧成麻花。办公室的地板拖好后，小李又抹桌子擦玻璃，一会儿也没闲着。上午上班的铃声未响，科室人未到齐，窗明几净的工作环境早早就绪了。这让小李满意。

公司里那些圆滑的老员工，干事缩手缩脚瞻前顾后，遇到一些问题，不是躲着走就是踢皮球，事不关己高高挂起。应聘试用期的小李，经验缺乏、思想单纯，初生牛犊不怕虎，对于公司老总的工作部署、部门科室的任务安排，他态度虔诚，敢于创新，拿出大学里担任学生会主席的责任和努力，把公司的项目企划、业务报表，弄得有条不紊、顺顺当当。

在办公桌前坐稳，小李又是一通的忙碌。

他的双手轻悬于电脑键盘上，手指头飞快、灵活地起落翻舞，好似跳跃在指尖上的"芭蕾"。键钮"咔咔咔"地脆响，仿佛在奏一曲欢快的乐章。不一会儿的工夫，小李就打印好了出席会议的讲话稿。他仍不放心，一个标点符号都不放过，又滤了几遍，直到满意为止。然后，他步履轻盈地走进领导的办公室，把讲话稿递给了总经理："这是您要的材料，请审阅。"

"嗯，不错。"总经理翻阅了一遍，微笑地点了点头，很满意地把材料塞进公文包里。

总经理起身站立，瞟一眼手腕上的表，脸色由晴转阴，眉头拧起个大疙瘩："司机去哪儿了？关键时刻掉链子，开会要迟到了。"

小李转身正要出门，听到总经理说："小李，你有驾照，开我的车，我们去参加现场会。"

"啊？好。"小李一愣，等回过了神儿，三步并作两步钻进了小轿车。

小李启动了引擎后，等待领导上车。

总经理手提公文包，拉开了后车门，探身把包搁在座位上。忽然手机急促地振响了铃声，忙伸手从口袋里掏出，接通了号码。说是外地一位朋友来考察调研，借机与总经理叙叙旧，让他等着。总经理无奈，对小李摆摆手："你先去会场等我，我随后到。"

小李开车是新手，这样高档的车没有驾驶过，听总经理这么一吩咐，心里更增添了几分的紧张，脚踩一下油门，车子喘息几下，一溜烟跑远了。

半道上，一辆出租从后面呼啸着强行超车，急促鸣笛示意要拦小李的车。小李想，不能停，路上耽搁时间，误了领导的正事，那可吃不消。工作能否顺利转正可就更成了未知数。小李边打左转向灯，边往左转动方向盘，加大油门，小轿车冒了股白烟，嗖的一下把出租车甩在了屁股后。

这时，小李的手机突然响起来。开车不允许接手机，交通法规可不能违反。可万一是总经理的电话呢？小李不由得暗暗叫苦，如果真是那样，那可就麻烦了！等车开到了会场，小李停住车就手忙脚乱地按通了接听键。

"小李，你不接电话，急死我了。"听筒里传来总经理的声音，"我坐出租车拦你都不停。来不及了，材料在公文包里，你先替我上台讲话吧。"听着总经理的吩咐，小李蒙了，举着手机的胳膊定格在半空。

会场的工作人员过来敲车窗提醒，请他上台做重要讲话。小李只好硬着头皮站在台上，双手紧张得直发抖，话筒都不听使唤了。他带着颤音解释着领导委托他代表公司发言的理由，引起台下一阵哄笑。所幸他凭着稿子熟，担任过大学的学生会主席，发言小有经验，讲着讲着，越发入味，头头是道了。讲话结束，台下掌声如雷。小李扫了一眼台下，余光里发现总经理正使老大劲儿鼓掌呢。

散了会，小李握紧方向盘，等总经理坐进小汽车，才不慌不忙启动了车子。问总经理："您外地的朋友，已回去了？"

总经理没有搭腔，反问道："你对公司的这份工作喜欢吗？"

"喜欢，很喜欢。"

"我故意说有朋友来找，是想考验一下你的应变能力的。后来，真有点儿不放心，就打出租车去拦你。想不到没拦住。"

总经理边说边拨通了电话："人事科，把公关部的职位空缺给我留一个。"

小李这才恍然大悟，感觉车子要飞起来似的。

透过汽车玻璃窗，偶尔眺望，桃花灼灼柳色青青。小李纳闷，来时为什么没见到如此的美景呢！